帝台娇【上册】
完结篇

纳兰初晴◎著

重庆出版集团 重庆出版社

图书在版编目（CIP）数据

帝台娇：完结篇 / 纳兰初晴著. — 重庆：重庆出版社，2015.4

ISBN 978-7-229-08858-3

Ⅰ.①帝… Ⅱ.①纳… Ⅲ.①长篇小说－中国－当代 Ⅳ.①I247.5

中国版本图书馆CIP数据核字(2014)第246591号

帝台娇（完结篇）
DITAIJIAO（WANJIEPIAN）

纳兰初晴 著

出 版 人：罗小卫
丛书策划：李　子
责任编辑：罗玉平
责任校对：刘　艳
装帧设计：意书坊

重庆出版集团
重庆出版社　出版

重庆市南岸区南滨路162号1幢　邮政编码：400061　http://www.cqph.com
重庆升光电力印务有限公司印刷
重庆出版集团图书发行有限公司发行
E-MAIL:fxchu@cqph.com　邮购电话：023-61520646

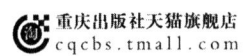

重庆出版社天猫旗舰店
cqcbs.tmall.com

全国新华书店经销

开本：700mm×1 000mm　1/16　印张：38　字数：806千
2015年4月第1版　2015年4月第1次印刷
ISBN 978-7-229-08858-3
定价：56.80元

如有印装质量问题，请向本集团图书发行有限公司调换：023-61520678

版权所有　侵权必究

目录

第三十七章 他的骨肉	001
第三十八章 旧情难放	016
第三十九章 祭天遇刺	031
第四十章 金陵待产	046
第四十一章 双生之子	075
第四十二章 骨肉离散	091
第四十三章 凤台之约	104
第四十四章 左右为难	116
第四十五章 不敢爱你	131
第四十六章 绝世之痛	146
第四十七章 心不由己	175
第四十八章 皇族秘辛	185
第四十九章 此情昭昭	215
第五十章 重回盛京	227
第五十一章 朕的孩子	257
第五十二章 双子重逢	278

第三十七章
他的骨肉

　　自玉霞关回到彭城的一路上，凤婧衣整个人都是恍恍惚惚的，脑子里不时传来夏侯彻自城墙上坠落在铁钎阵里的轰然之声，一声接着一声快要将她的脑子炸裂开来。
　　一直到了彭城军营，凤景勒马停下，先下了马扶她下来，却发现她根本站都站不稳，看着她惊骇未定的眼睛，顿时红了眼眶："皇姐，我们回家了，他再也欺负不到你了。"
　　凤婧衣怔怔地望着眼前的凤景，张了张嘴想要说话，口中却瞬间涌出阵阵腥甜，眼前的影像阵阵模糊，最后坠入无边的黑暗。
　　"军医，快召军医过来。"凤景一边将人扶住，一边唤道。
　　好不容易将人扶回了大帐，他执袖擦去了她嘴角的血迹，看着她额头的伤，再一看到她手上包着的渗着血迹的白布，难以抑制地哭出声来。
　　人说长姐如母，于他而言这话是真的。
　　母妃早逝，他是跟着她长大的，是在她的保护下长大的。
　　可是这么多年，为了保护他，他的阿姐受了多少苦啊。
　　他小心翼翼握着她受伤的手，跪在榻边擦了擦脸上的泪痕，坚定地道："皇姐，小景长大了，以后小景都会保护皇姐的。"
　　"皇上，军医到了！"侍卫在帐外禀报道。
　　凤景连忙擦干净脸上的泪痕，起身站在床边道："快进来。"
　　"皇上……"
　　"免礼，先给皇姐看看伤势如何！"凤景不耐烦地打断军医的请安，催促道。
　　两名军医连忙到了榻前请脉，查看了伤势之后，一人上前回话道："皇上，长公主并无大碍，都只是些皮外伤，可能是头上的新伤有些重，最近又未能休息调养好，所以才晕了过去，好生调养一段时日应该就会有好转的。"

凤景微微松了口气，道："快下去抓药，煎药过来。"

"是。"两名军医连忙应声，跪了安退下。

凤景望了望榻上的人，快步出了大帐，道："来人。"

两名侍卫闻声过来，拱手道："皇上有何吩咐。"

"你们立刻回金陵，传朕旨意接沁芳姑娘来彭城。"凤景道。

沁芳一直服侍在皇姐身边，又厨艺过人，有她来照顾皇姐是再好不过的。

两名侍卫连忙领命，前去金陵传旨。

凤景回了帐中，亲自侍奉在床前，等着她醒来。

一个人坐着坐着便不由得想起了往事，以往他生病的时候，皇姐也是这样一直守在他的床边照顾他，那个时候他却总是喜欢这种被宠着照料的幸福，从来不懂得她的辛苦和担心。

日暮黄昏，萧昱一行人方才带着兵马回到彭城，一进城向公子宸等人交代了几句，便先打马回了军营。

"阿婧！"

快步如飞进了大帐，却是看到她面色煞白地躺在榻上，人事不省。

"皇姐可能是最近太累了没有休息好，刚刚让军医过来看过了。"凤景低声说道。

萧昱这才松了一口气在床边坐下来，看了看她额头的伤，好似是昨天才受的新伤。

"我刚刚已经上过药了，军医说伤势无碍，要好好休息调养，你不用担心。"凤景连忙出声说道。

"那就好。"萧昱道。

凤景笑了笑，这才想起来正事，问道："夏侯彻呢？"

"被方湛他们救回城里去了，不过应该伤得不轻。"萧昱微皱着眉头，说道。

当时在半空之中，还用内力将她推了出来，这也让他无法再以内力控制自己，从而坠落在铁钎阵中，想来若非那一身铠甲护体，只怕已经当场毙命了。

可是，如果可以，他更宁愿那时候救下她的人是自己，而不是那个人。

"铁钎阵是他布下想对付我们的，现在倒是对付了他自己，要真死在那里才更好。"凤景说着，眼中顿起沉冷的杀意。

"小景，不管怎样，阿婧是他救下的。"萧昱道。

虽然，他不想承认这个事实，但如果夏侯彻真的就因此死了，只怕会成为阿婧心里永远也越不过去的坎。

凤景沉默地抿了抿唇，没有再说话。

萧昱望向他，郑重说道："你让人把先前备下的粮草送到玉霞关外面去吧，他日战场上他若落在我手里，我也必放他一回，也算还他今日相救之情。"

他知道凤婧衣是什么性格，如果他们什么都不做，她心里会更加过意不去，索性这份恩情，他们替她还了。

"我即刻让人去。"凤景虽然心中不愿意，但他也明白萧昱让他这样做的用意。

他行至帐门处，回头又道，"萧大哥，我还要去见几位将军商议事情，皇姐这里就交给你照看吧。"

"好。"萧昱微笑着点了点头道。

凤景默然笑了笑，掀帐出去了。

他知道，此刻那个人比他更想守在皇姐身边，如今北汉也是战火连连，也许过不了多久，他又要回去了，所以这个时候还是让他陪在皇姐身边吧。

萧昱起身点燃了帐内的灯火，回到了床边坐下来，床上的人似乎在做什么噩梦，眉头紧紧皱着，额头不住地沁出冷汗。

他连忙取了巾帕给她擦了擦，喃喃说道："阿婧，你怎么能那么狠心，竟然那样不管不顾地从城上跳下来。"

那一刻，他真的三魂七魄都被吓出窍了。

他不敢去想象，如果夏侯彻没有在他之前救下她，他不顾一切冲过去，面对的却是一具冰冷的尸体，那将会是什么样的绝望。

所以，即便他再恨夏侯彻，却不得不谢谢他在那样的时候出手救下了她。

凤婧衣做了一个梦，梦里一遍一遍回放着夏侯彻掉在铁钎阵里被锐利的铁钎刺穿身体的画面，他一个人孤零零地躺在那里，血流了一地，任她怎么叫他，也无济于事。

从前，她不爱他，却骗他说她爱他。

后来，她爱上他，却只能骗他说她不爱他。

她动了心，却只能是埋葬在她内心深处的秘密，因为身为玄唐长公主的她不应该爱上他，不能爱他。

所以，她爱他，也只能在那个无人可知的梦里。

或许是因为近日都不曾合眼，她这一睡便整整睡了一天一夜，在次日的午后从噩梦中惊得坐起身来。

"你终于醒了。"萧昱微笑叹道。

凤婧衣怔怔地望着坐在自己眼前的人，又望了望帷内的陈设，似乎还是有些难以相信自己已经回到了玄唐。

"做噩梦了？"萧昱拿着帕子擦了擦她额头的冷汗，温声说道，"没事了，这里是彭城，你已经回来了。"

凤婧衣渐渐平复了呼吸，想到自己离开玉霞关发生的一幕，张了张嘴想要问夏侯彻的事，却又有些问不出口。

说来真是可笑，在大夏的时候他挂念着眼前的这个人，可是真正回到了玄唐，这个人就坐在了她的面前，她心中担心挂念的却又是那个人。

"我们撤兵的时候，夏侯彻已经被人救回玉霞关里面去了。"萧昱没有瞒她，坦然言道。

不过，关于夏侯彻生死不知的话，却并没有向她言明。

凤婧衣没有说话，只是心中暗自松了一口气，他有铠甲护身，身手又鲜有敌手，应该……应该不会有事吧？

可是，在城墙之上明明那么痛恨她，明明说好要对她无情无义，为什么……为什么还要跳下去救她？

"你睡了一天一夜了，我让人送吃的过来。"萧昱说着，起身掀帐吩咐了人送膳食过来。

而后，倒了水给她送到了床边。

"凤景呢？"她问道。

"他一早过来看过你，你还没有醒，他这会儿跟几位将军在商议要事。"萧昱说着，扶着她下了床。

不一会儿工夫，便有人将膳食送了过来，公子宸等人也闻讯赶了过来探望，一伙人都围在桌面看着她一个人吃饭。

"你们伤势如何了？"凤婧衣打量了一眼公子宸和沐烟两人问道。

沐烟叹了叹气，说道："虽然现在一时半会儿还没办法恢复内力，但小命还在已经很不容易了，其他的就要看淳于越有几分本事了。"

凤婧衣含笑点了点头，道："那就好。"

因着进帐之前，公子宸就已经嘱咐过不要提起大夏皇帝的事，故而有说有笑，却再没有人提起那个人的名字。

她刚用完膳，北汉便有信使来见，说是有要事禀报，萧昱只得将她交给青湮等人照顾，出去接见信使处理事情。

"好了，你们也都伤得不轻，都回去好好休息吧，我这里有青湮陪着就行了。"凤婧衣道。

公子宸等人也没有强留，一一起身告辞离开了大帐。

"外面太阳好，我扶你出去走走。"青湮说道。

凤婧衣无奈失笑，起身道："我还没伤重到那个地步。"

说罢，赶快走在前面掀帐先出去了。

青湮跟着出来，与她并肩在营地里走着，直到人迹稀少之处，凤婧衣方才问道，"夏侯彻他……怎么样了？"

这些话，她不能问萧昱，更不能问凤景，能询问的人也只有青湮了。

"当时具体的情况我也没有办法看清楚,不过去看了他掉落的地方,应该伤势不轻。"青湮说着,望了望她道,"今天一早我又去了一趟玉霞关,关内的大夫和附近的军医昨晚连夜都被召去了,想必情况并不乐观,至于现在是生是死,我也不知。"

那么高的地方掉下来,又在半空之中使用内力救了人,掉在那样的铁钎阵中,任凭他有再大的本事,即便不死也是重伤。

凤婧衣痛苦地敛目,呼吸阵阵颤抖,却沉默了许久都没有说话。

不知不觉地走着,当她回过神来才发现,自己竟是走到了彭城军营的牢房附近,于是鬼使神差地朝着当年自己被关过的那间牢房走去,她当年放火烧过的痕迹都还在。

她怔怔地望着空荡荡的牢房里面,久远的记忆如潮水般地涌来,恍惚又看到了那个一身黑羽氅坐在那里面的人。

一切,清晰如昨日,却又恍然如隔世。

那个时候,他们谁又能料到,初次相遇的他们会纠缠三年,走到今天的地步。

"你也不用愧疚,凤景已经让人送了粮草到玉霞关,暂时也不会乘人之危进攻,算是还他出手救你的恩情。"青湮站在她背后说道。

当然,她看得出,她并不是愧疚,而是深深地痛心,因为心底那个不能让任何人知道的秘密。

凤婧衣闻言回过神来,转身望向青湮道:"你能不能悄悄去一趟玉霞关,看能否从前去问诊的大夫口中知道病情,然后从淳于越那里拿些伤药过去。"

她不想他死,起码……不想他是为她而死。

"好。"青湮没有多问,便一口答应了下来。

凤婧衣笑了笑,道:"谢谢。"

之后,虽然是进攻玉霞关对付大夏的大好时机,玄唐军队却始终没有出兵。

直到半个月后,潜伏在玉霞关外的探子回来禀报道:"皇上,玉霞关的大夏兵马撤兵了。"

"撤兵?"凤景和帐内将领面面相觑,不解其意。

凤婧衣原本坐在一边旁听,听到消息心不由得一颤,连忙追问道:"会不会是看错了?"

"我们还特地进关去看了,大夏的兵马昨天一夜之间一人不留地都从玉霞关撤离了。"

"大夏会那么好心,把玉霞关拱手让给咱们,会不会设了什么埋伏?"一名将领出声道。

为了玉霞关,大夏与玄唐交战数次,如今他们还没有出兵,大夏怎么就自己撤兵把玉霞关白白让给了他们。

凤景沉默地想了想,望向她问道:"皇姐,你怎么看?"

"带兵入关去吧。"凤婧衣平静地说道。

没有什么埋伏,没有什么阴谋,只是那个人履行了他们之间的那个赌约。

如果她回到玄唐,大夏便从玉霞关撤兵,他说到做到了。

即便,她是以那样的方式回到了玄唐,并不是真正地赢了他。

大夏军队撤离玉霞关的举动,让玄唐军中上下都甚是不解,一开始以为是对方设了什么圈套,可是入城里里外外都巡查了几遍,也未发现任何可疑之处,凤景这才下令让玄唐兵马驻守了下来。

萧昱先带了凤景去巡查靠近大夏一方的关口,教他布兵防守策略,凤婧衣一个人最后入城,站在城门处看着玄唐的士兵正在清除城下的铁钎阵,夏侯彻坠落的地方数根铁钎压断了,隐约还可以看到一片被鲜血沁过的泥土。

她举步走了过去缓缓蹲了下来,颤抖地伸出手抚上那片浸过血的泥土,原本死在这里的人应该是她的,可是她一心想逃开的人却代替她坠落在了这里。

半晌,她起身进了城,独自一人上了城墙,那一天从这里走上去,发生的一幕幕都清晰地浮现在眼前……

她知道他恨她,恨她不肯爱他。

他将一生中最珍贵的心意都给了她,可她却将这份心意无情地碾得粉碎了。

青湮寻到城墙之上,看到孤身迎风而立的人,上前道:"我可以去一趟盛京,打探消息回来。"

她看得出来,她很担心那个人的生死。

她之前来这里打探过,前去诊治的大夫说是一直伤重昏迷,恐有性命之危,她也从淳于越那里拿了药交给大夫,至于后来怎么样,她再没有打探到消息。

如今,大夏的军队撤离玉霞关,她就更加无从知晓了。

凤婧衣苦笑着摇了摇头,道:"不必了,路是我自己选的,现在又有什么资格回头恋恋不舍,不必再去打扰了。"

大夏撤兵,若没有他的命令,方湛是断然不会撤兵的。

虽然不知现在伤势如何了,但人应该是醒来了。

只要知道他还活着便足够了,她在这里见到他,大约也是这辈子最后一次见面了,回了玄唐想来以后至死也难再相见了。

青湮见她心中已有决断,便也没有再出言相劝了。

凤婧衣平息下心底的暗涌,转身道,"我们下去吧。"

"那你以后作何打算?"青湮并肩跟着她从城墙往下走,一边走一边问道。

"玄唐现在百废待兴,先帮凤景安定朝堂再说吧,好在他现在已经长大了,许多大事也能自己做主了。"凤婧衣眉目笑意微微,侧头望了望她问道:"你呢,你和淳于越准备什么时候成亲？"

"我不会和他成亲。"青湮沉下脸来道。

凤婧衣失笑："为什么？"

这两年，看他们两个关系也算小有进步了，怎么一说起成亲的事，她还是这副模样。

她不由得暗自同情了一把淳于越，看来要想得偿所愿，还得等下去了。

"不为什么。"青湮平静地说道。

凤婧衣也知她的脾气，虽然很同情淳于越，却又不好太过帮着他。

"淳于越还要多久的时间才能把公子宸她们的伤势调养好？"

"最少也得一两个月。"青湮说着，望了望她追问道，"是有什么事？"

"我想和公子宸追查冥王教和傅家的事，总感觉背后没有那么简单。"凤婧衣说着，不由拧起了眉头。

她很清楚傅锦凰的个性，栽在她手里之后，总会找机会再对付她。

傅家在大夏多年，却暗中与冥王教有牵扯，这背后到底有什么阴谋，她现在也一无所知，不过这个娄子是她捅出来的，也该由她亲手解决。

虽然现在冥王教并没有什么动静，但他们的存在对于任何一个朝廷都是莫大的威胁，而现在她们对它没有一点了解，将来若真是交起手来，只会处于被动挨打的局面。

尤其，玄唐刚刚复辟，正是薄弱的时候，已经再禁不起多大的风浪了。

青湮闻言不由得皱起了眉头，道："有什么我能帮上忙的？"

公子宸现在重伤在身，起码两个月内是不能做什么的，而这件事又是非同小可。

"你和沐烟，还有星辰就别参与其中了，白笑离说过你们不能跟冥王教的事扯上关系，虽然不知是何原因，但总归是为你们好的。"凤婧衣淡笑说道。

青湮无言以对，这件事确实是白笑离一再交代过的，她们多年以来也一直遵守着。

两人刚从城墙上下来，凤景和萧昱也刚刚安排好驻守的兵马回来，下了马便迎面过来了。

"皇姐！"

"你们回来了。"凤婧衣轻笑道。

凤景刚过来，望向青湮道："青湮姐姐，我们先去驿馆吧，沁芳一个人在那边收拾，我们看能不能帮上什么。"

青湮知道他不过是想叫走她，让那两个人能独处，没有多问什么便跟着一起走了。

萧昱望着两人离去，无奈地笑了笑："以为他有个一国之君的样子了，还是跟个孩子样。"

凤婧衣默然含笑，没有说话。

萧昱伸手拢了拢她身上的披风，抬眼看到她额头的伤不由得叹了叹气："这都半个月了，怎么还没见好？"

"没事,总会好的。"凤婧衣笑了笑道。

萧昱伸手牵住她的手,一边往驿馆的方向走,一边道:"过两日,我就要回北汉了,你要不要跟我一起去?"

凤婧衣怔了怔,一时有些不知道该怎么回答。

萧昱沉默了一会儿,又道,"不过我回去要忙很多事情,你现在又有伤在身,去了我怕也是照顾不好你。"

刚刚从大夏回来,他想她还需要一段适应的时间。

"是很紧急的事情吗?"凤婧衣问道。

这段时间她不在玄唐,他既要顾着北汉那边,又要帮着凤景这边,时常这样两头跑,其中艰辛可想而知。

"父皇现在身体越来越差,前线的战事加上朝中的政事,总之是没什么空闲的。"萧昱说着,不由得叹了叹气。

"我和凤景也准备要回金陵,朝中官员选拔想必也要费一些时日,安顿好了我去北汉看你。"凤婧衣道。

萧昱眉眼间染上笑意,牵着她的手紧了几分:"凤景现在大了,你也不必事事为他操心,让他自己多做些主,你最重要的事就是好好休养身体。"

凤婧衣含笑无奈地点了点头,道:"知道了,太子殿下。"

"阿婧,这次回丰都之后,我打算和父皇商议好我们的婚事。"萧昱坦然说道。

凤婧衣顿步,沉默了半晌道:"这件事……你要不要再考虑一下?"

"考虑什么?"萧昱失笑,一把将她拥入怀中道,"阿婧,我等你嫁给我,已经等了太久了。"

如果没有三年前那一场变故,她早已是他的妻。

"萧昱,我已经不是当年的清白之身了,你应该知道的。"她坦然说出这个不争的事实。

他是北汉太子,将来更是北汉皇帝,娶这样一个她,虽然现在知道的人不多,但将来难保她曾在大夏宫里的事,不会被北汉朝中人所知,届时只会给他惹来更大的麻烦。

"我知道,可是我要娶你的心意,不管从过去还是到现在,从来不曾因任何事而改变过。"萧昱深深地望着她的眼睛,道,"阿婧,不要再让我等下去了。"

他不知道,未来还会有什么未知的风浪,但他绝对不能再一次失去她。

他要娶她,迫不及待要娶她为妻,让全天下的人都知道她是他的太子妃,他未来的皇后。

"萧昱,我……"凤婧衣沉默了许久,鼓起勇气想要告诉他自己心中所想,却又被他给打断了。

"你说过的,我们已经成过亲了。"萧昱温柔地抚着她清瘦的脸庞,笑着说道,"但是，婚礼总要补上的。"

凤婧衣看着他，话几番到了嘴边，终究还是说了出来。

"萧昱，我动过心，对夏侯彻我动过心。"

她可以不告诉他，答应和他成亲，可是她骗不过自己的心。

她不想欺骗了夏侯彻，转过头来又欺骗他。

她知道这个答案会伤他的心，但她想，她应该告诉他。

萧昱面上的笑意僵硬，而后缓缓地沉寂了下去，这个答案他不是不曾想象过，却没有想到会从她的口中如此残忍地说出来。

凤婧衣垂下眼帘，有些不敢直视他此刻哀痛的目光，低声道："我不想骗你，在大夏三年里，我是真的对他动过心，这样的我……已经不配再嫁给你了。"

他在那个人面前始终不敢承认的话，却在这个人面前坦白了。

萧昱久久地沉默，一颗心仿佛瞬间坠落进了冰凉的湖底，这世间最大的悲哀，莫过于自己倾心所爱的女人，却告诉你，她爱上过另一个男人。而那个男人，还是你不共戴天的仇敌。

"阿婧，这样的话，我真宁愿你永远不要说。"萧昱苦笑叹道。

"对不起，可是我不能骗你。"凤婧衣道。

她无法带着那样的秘密，却装做若无其事地与他成亲。

萧昱伸手抚了抚她鬓角被风吹乱的发丝，没有勃然大怒地质问，却是道："阿婧，我已经说过，我要娶你的心意，从过去到现在从来不曾因任何人任何事改变，直到这一刻，依然是。"

凤婧衣怔怔地望着他，面对他的执拗与深情，她无言以对。

萧昱垂目，无奈地笑了笑，坦然道，"我不得不承认，听到你说的话很痛心，甚至很愤怒，可是这一切怎么也没有让我放弃你更痛苦。"

这么多年了，这个人早就已经成为他生命的一部分，深深扎根在他的心上，要他放弃她，等于让他放弃生命一般。

凤婧衣咬着唇，有些自责说出那样伤他的话。

萧昱叹息的低头吻了吻她的额头，叹息道，"阿婧，别再让我等了，好吗？"

他不想再追究她在大夏的事了，也不想再去追问她与夏侯彻之间的任何事，只要她现在回来了，此刻在他身边。

一切，便已足够。

他们这么多年的情分，不是说夏侯彻的三年就能抵消的，他们还有一生的时间相守，足够让她忘掉过去，忘掉那个本不该出现在他们生命中的人。

凤婧衣抿唇久久地沉默，终究还是在他期待的目光中点了头。

她不知道自己要多久才会忘了那个人，但是于情于理，她不能再辜负这个陪伴在她身边多年的男人。

萧昱笑着将她拥入怀中，吻着她头顶的发，喃喃说道，"我要请凤景帮我在金陵再准备一场婚礼，我们说好的，要在那里成婚。"

这是他们三年前在那里未能完成的大婚，虽然迟到了三年，但所幸上天还是给了他们一次重来的机会。

他们成了亲，她便是北汉的太子妃，去丰都那里自然也是少不了的。

"好。"她应声道。

"我想我大约要很多天都睡不着觉了。"萧昱突地笑语叹道。

"为什么？"她仰头望他，有些不明所以。

"我等了这么多年，终于要美梦成真了，当然高兴得睡不着。"他说着，又突然道，"嗯，我回去要好好谢谢丰都城的河神，一定是他听到了我的话，才把你送回到了我身边。"

凤婧衣看着眼前笑容欣喜的男人，心情也不由得明快起来，挑眉道："你就只知道谢河伯？"

萧昱失笑，温柔地说道："当然还要谢谢我的阿婧。"

凤景几人站在驿馆门口，伸着脖子瞧着站在外面半晌不进来的人，不由得急着叫道："皇姐，萧大哥，你们到底说完了没有，老站在门口我们都不好意思出去打扰你们了。"

萧昱回头瞅着几人，拉着她进门笑着道："我和阿婧要成亲了。"

几人一点都没有恭喜的意思，齐声道："早就听到了。"

凤景坐上正座清了清嗓子，摆出一副皇帝的架势，说道："太子殿下，你一没向朕提亲，二没下聘礼，这就想拐跑朕的皇姐，是不是太失礼了？"

萧昱上前一把将他从椅子上拎下来："臭小子，才几年工夫，跟我们摆起皇帝架子了？"

"皇姐，皇姐，快救我……"凤景从他手里一脱身，赶紧钻到了凤婧衣身后躲着，伸着脖子便冲着萧昱道，"对小舅子不敬，小心我把皇姐许给别人。"

"你敢？"萧昱一把将他从凤婧衣身后揪出来，狠狠地敲了敲他额头，疼得他哇哇直叫才罢手。

凤景一手捂着额头，一手挽住凤婧衣，可怜兮兮地低声道："皇姐，这个驸马太不讲理了，回金陵之后我们还是重新挑些青年才俊……"

他正说着，被萧昱狠狠瞪了一眼过来，连忙闭上了嘴。

一时间，院子里欢笑一片。

玉霞关停留了三日，凤景安排好了留下驻防的兵马，一行人准备回金陵，萧昱也不得不在北汉朝中一次又一次急奏的催促下踏上回国之路。

第三十七章 他的骨肉

凤景先上了马，冲着萧昱道："萧大哥，等定好了婚期，我会写信告诉你的，可要是你自己再赶不回来，我可不会让皇姐再等你的。"

"臭小子，你话真多。"萧昱瞪了他一眼道。

"好了好了，知道你嫌我话多，我们先走了。"说着，望了望凤婧衣道，"皇姐，你们慢慢话别吧，我们在前面等你。"

说罢一行人却已经快马扬尘而去，将她一个人留在了原地。

半响，凤婧衣回过头对上含笑而立的男子，却一时不知该开口说些什么。

"你一路小心。"

萧昱伸手拉住她的手，低眉看着她手上还未愈合的伤，叮嘱道："不用担心我，你自己回去之后好好养伤，我已经向淳于越说过了，请他暂住在玄唐一段时间为你调养身子。"

"嗯。"凤婧衣低眉点了点头。

"边境的战事最近应该不会再有大的交战，我也都向几位将军交代好了，你不必再操心，回去只要乖乖休养就行了。"萧昱看着她清瘦的脸，不由得心疼地叹了叹气。

夏侯彻如今重伤在身，想来前线和后方也无多少精力兼顾，不管是因为伤势状况，还是因为她，起码暂时不会再发兵玄唐了，只是南宁城那边似乎并没有罢手的意思。

不过，如今她已经平安回来了，他悬着的心也算安稳了，至于以后的事，且走且看吧。

"你也是，不要只顾着战事朝事，注意休息。"凤婧衣道。

萧昱笑了笑，伸手将她拥入怀中，轻抚着她的背脊叹道："真想把你装口袋里带回去，想你就能拿出来看看。"

好不容易等到她回来了，自己又要赶着回国，继续忍受相思之苦。

凤婧衣被他的话逗笑了："好了，天色不早了，早些启程吧。"

萧昱却抱了好一阵不愿松手，跟个耍赖的孩子一般："让我再抱一会儿。"

凤婧衣没有再说话，只是静静地靠在他的怀里。

半响，萧昱终于松开手，低头在她额头落下一吻，笑着道："我会尽快办完事去金陵找你。"

"好。"凤婧衣含笑点了点头。

萧昱抬手让人牵来了马，道："你先走吧，等你走了我就上路。"

凤婧衣无奈叹了叹气，任由他扶着上了马，道："保重。"

萧昱将手中的缰绳交到她手里，笑着道："等着我去娶你。"

凤婧衣笑了笑，掉转马头朝着南方而去，走了好远回头望了望，一身素袍的人还站在原地，朝着她含笑挥了挥手。

她不由得抬手挥了挥，冲他无声告别。

直到她彻底走远了，萧昱方才上马带着一众亲随朝着相反的北方策马而去，只是整个人都洋溢着难言的喜悦。

他迫不及待地想要回去处理好一切，前去金陵娶她为妻，却不想这一别，再相见之时上天竟是给了他那样一个难题。

凤婧衣一行回到金陵之后，没有直接回宫，而是带着凤景直接去了上官家的墓园拜祭了上官老丞相和素素，凤景为素素在墓园立了衣冠冢，也为死在盛京的旧臣在金陵建了忠义祠。

"时辰不早了，宫里还有很多事等着我们去做，先回去吧。"凤婧衣望了望边上的凤景，道。

凤景面色沉静地站在墓前，神色有些难言的哀痛，说道："皇姐，你先回去吧，我想陪陪老丞相和素素说说话。"

凤婧衣想开口再相劝，沁芳却先出声道："主子，我们先回去吧。"

她不由得奇怪地望了望沁芳，只是叮嘱了凤景早些回去，便先带着她走了。

两人走出了一段，她回过头看到凤景在素素的墓边坐了下来，心中不由得一震。

"主子以往勤于政事，小主子和上官小姐素来亲近些，感情也当然不一般，之前一直没有人向他提起上官小姐过世，他还一直以为人还活着的，直到自青城山回金陵之后方才知道的。"沁芳说着，不由得叹了叹气。

"你是说……"凤婧衣目光深深地望了望沁芳，她的言下之意，凤景是喜欢素素的。

素素虽然比她年小一岁，但也还是比凤景长五岁，加之也有些贪玩，她以为两个人只是合得来的玩伴而已，从来不曾往这方面想。

"小主子身边的人不多，对上官小姐有这样的心思也不奇怪，奴婢也是瞧见几回小主子给她送东西猜测出来的，这衣冠冢还是小主子亲自立的。"沁芳低声说道。

凤婧衣无奈地叹了叹气，一边往墓园外走，一边说道："等过些日子，朝中官员定下来了，你打听着哪家有与凤景年纪相仿的女儿。"

"主子这是要替小主子张罗亲事了？"沁芳笑语道。

"素素总归是不在了，便就是她还在，他们两个也是不可能的。"凤婧衣一边往山下走，一边道，"凤景今年也到十七岁了，我成了婚之后必然不可能再留在玄唐，他身边总需要个帮衬的人。"

素素倒是个好姑娘，可是她现在不在了，可即便她还在，她心里的人也不是凤景。

"奴婢一定暗中留心着，等瞧着有品貌好的再禀报主子。"沁芳笑语道。

"最近想来事情也不少，我只怕自己一忙给忘了，你替我记下了留意着。"凤婧衣侧头望了望她，叮嘱道，"等你瞧好了，召进宫来见一见，若真有适合凤景的便将人留在宫里，让她先与凤景相处着试试，虽说如今都是父母之命媒妁之言，但总要能让他们两人合得来，不然我瞧着好的了，硬塞给他也不会是什么好事。"

"主子顾虑得周到，可回来之前太子殿下一直叮嘱要奴婢伺候您好好休养，你这一回来又是要忙着帮小主子朝政，又是要操心他的婚姻大事，回头太子殿下回来了，又得责罚奴婢的不是了。"沁芳说道。

"好了好了，我知道了，我这不是好好的，还要怎么休养了？"凤婧衣失笑道。

回了宫里，她还是住进了以前的寝殿，飞凤阁。

凤景直到天黑才回到宫里，凤婧衣等着他一起用了晚膳，却并没有向他追问任何有关上官素的事，虽然询问了些朝中的事务，便嘱咐了他早些回去休息。

玄唐刚刚复国，一切都还是千头万绪，凤景也已经到了亲政的年纪，故而在朝中事务上她也不会再替他做主，虽然还是有些不放心，但也只是在侧旁听，私下才向他提议参谋。

回国整整一个月，几乎都是在忙碌中度过，公子宸和沐烟等人都留在宫里养伤，闲来无事便接手了帮她和萧昱准备大婚之礼的差事，不过这也让要忙于朝政的她和凤景轻松了不少。

一早，她刚用过早膳准备前去勤政殿，凤景便满面喜色地匆匆来了飞凤阁，隔着老远便叫道："皇姐，北汉有人送聘礼过来了。"

沁芳看着一脸喜色走近的凤景，不由得笑道："瞧小主子那高兴劲儿，不知道的还以为是你要娶亲呢。"

凤景挠了挠头，道："我这不是替皇姐高兴嘛，走，快去看看，送了好多宝贝过来呢。"

说着，拉着凤婧衣便往勤政殿那边走。

一进了大殿，她也不由得被一屋子琳琅满目的东西看花了眼。

"末将况青见过唐皇陛下，见过长公主。"况青扶剑跪下，行礼道，"太子殿下朝事繁忙，末将奉命代太子殿下送聘礼前来金陵。"

"况将军免礼。"凤婧衣淡笑道。

"谢长公主。"况青起身，将礼单呈上道，"这是聘礼的礼单，还有太子殿下托末将交给长公主的亲笔书信。"

凤景笑了笑，将礼单拿了过去，将书信给了她道："这个我看，这信我就不看了。"

凤婧衣瞪了他一眼，将书信收了起来，道："北宁城一别，看来况将军高升了。"

"承蒙太子殿下不弃，如今已调任在丰都任职了。"况青道。

"况将军一路辛苦了，本宫已经让人备了早膳，况将军带大伙先去用膳吧。"凤婧衣道。

况青拱手谢恩道："多谢长公主。"

凤婧衣带着一行人前往后宫，一边走一边询问了几句萧昱在丰都的情况，凤景走在边上饶有兴致看着长长的礼单，甚是满意的样子。

"聘礼原本应该早些日子送到的，只是礼单上好些东西是太子殿下费了些功夫才搜罗来的，故而日子晚了些，还请唐皇陛下和长公主见谅。"况青道。

凤景听了，合上礼单道："原来是这样，回金陵一个月了还不见人送聘礼来，我还以为你们太子殿下反悔，不想娶我皇姐了呢！"

"凤景！"凤婧衣又气又好笑地呵斥道。

况青看了看姐弟两人不由得笑了笑，如实说道："原本太子殿下是想亲自来的，只是如今朝中有事还走不开，便先让末将将东西送来，他过些日子就会亲自来金陵了。"

"况将军，回去之后要告诉你们太子殿下，要是他再来晚了，朕的皇姐可是不等人的，金陵城里仰慕她的青年才俊多了去了，朕还不想把她嫁到那么远的北汉呢。"凤景拿出一副一国之君的派头说道。

"他说着玩的，你不用放在心上。"凤婧衣笑语道。

况青笑了笑，没有说话，带着随行的士兵跟着他们去了后宫用了早膳。

早膳一毕，他便起身道："唐皇陛下，长公主，太子殿下交代末将办的事情，末将已经办好了，也该尽快启程回去了。"

"你们这一路赶来，休息一两日再走也不迟。"凤景起身道。

"多谢唐皇陛下好意，末将也有公务在身，我等还是尽快赶回去好。"况青道。

凤婧衣闻言起身道："既是如此，本宫也不多留你们了，一路保重。"

她与凤景亲自将一行人送到了宫门处，方才折回勤政殿去，看着堆了一屋子的聘礼不由得眼花得头疼。

"朕不过是说说嘛，他还当真了，竟然送了这么多的东西过来，就算他什么也不送，我也不可能不让你们成亲的嘛。"凤景笑嘻嘻地说道。

凤婧衣瞪了他一眼，道："先让人把这里收拾了吧，一会儿朝议连让人站的地方都没有了。"

凤景连忙笑着叫宫人将东西全部送去飞凤阁交给沁芳收拾，这才安安心心坐在了书桌看近日上奏的折子。

凤婧衣坐在一旁，将他批过的折子一一检查了一遍，有意见的拿出来与他商议了一番，让他再加批。

"皇姐，你不用在这里守着我，再不久就到大婚之日了，你最大的事情就是好好在飞凤阁休养好身体，等着做新娘子才是。"凤景一边低头看着折子，一边道。

"怎么，嫌我烦了？"凤婧衣拿起折子敲了敲他的头，沉着脸道。

凤景摸了摸头，道："我怎么会嫌你烦，我是怕你太累了，回头新郎官说我没把你给他照顾好了。"

"知道了，我现在好好的，沁芳都说我回来长胖了，还要休养什么？"凤婧衣笑语道。

凤景一想着再过不久，她就要嫁去北汉，不由得叹了叹气道："皇姐你跟着萧大哥去了北汉，就得把我一个人丢在金陵了。"

第三十七章 他的骨肉

凤婧衣闻言抿了抿唇，试探着说道："你年纪也不小了，也快到娶亲的年纪了，不会是一个人。"

凤景落笔的动作顿了顿，随即侧头望了望她，笑着道："皇姐，我现在还小，玄唐还有很多事需要我做，你不必急着给我张罗。"

凤婧衣怔了怔，也猜测到了他的心思，便道："好了，知道了。"

终究，他还是放不下对上官素的那份心意。

大婚的日子一天一天逼近，公子宸等人也已经将婚礼的事准备妥当，萧昱来了信说已经自丰都启程，不几日便要到金陵了。

凤景也严禁她再去勤政殿，要她安心在飞凤阁休养，她拗不过他只得顺了他的意思。

午后，她正与公子宸几人商议着大婚的细节，沐烟从宫外风风火火地回来了，抱着一大包吃的摆了一桌子，道："姑奶奶今天赢了不少银子，从百味居刚买回来的烤鸭，刚出炉的。"

近日，沐烟混迹于金陵的几个赌坊里，昨天还输得冲她们借钱，今天就扬眉吐气地赢回来了。

公子宸几人全都不客气纷纷下手拿了，凤婧衣接过青湮递过来的，可刚一闻到味儿，胃里便一阵酸意翻腾，连忙搁下了手中的东西捂着嘴走开了。

沁芳连忙跟了出来，看着她连午膳都给吐出来了，不由得担心道："主子，你没事吧，奴婢让人去请御医来。"

青湮一人扶着她回了飞凤阁寝殿，摸了她的脉搏，犹豫了几番才开口道："你这是……有孕了。"

凤婧衣脸色不由得一阵煞白，若真如她所说，那这个孩子岂不是……

老天爷是在替那个人惩罚她吗？

在她终于离开了他回到玄唐，在她即将嫁给萧昱之时，却又让她怀了上他的骨肉。

第三十八章
旧情难放

  这不是一个好消息，对这里的每个人来说都是。
  青湮拦下了沁芳带来的御医，心想此事非同小可，在还没有商议好决策之前，不适宜泄露让外人知晓。
  可是，她又唯恐自己那点皮毛医术诊错了，特地拉上淳于越进去再次确诊了一遍。
  淳于越诊了脉，抬眼望了望她，坦言道："喜脉。"
  不过，这喜脉，此刻只怕没有人能喜得起来。
  凤景在勤政殿，听到宫人说看到沁芳传了御医过去，心想是不是飞凤阁这边出事了，急急丢下政事便赶了过来，一到屏风外便正巧听到了淳于越的话。
  "什么喜脉？"
  凤婧衣在他惊骇的目光中收回了手，声音有些颤抖地哽咽："你们……先出去一下，让我静一静。"
  青湮和公子宸两人相互望了望，率先出去了。
  "皇姐……"凤景一肚子的话要问，却被沁芳拉了出去。
  寝阁的门被掩上，凤婧衣疲惫地闭上眼睛。
  当她好不容易下定决心斩断与大夏、与那个人有关的一切，上天却偏偏让她在这个时候怀上了他的孩子，让她不得不再一次想起那个她决定永远不再想起的人。
  她若要留下这个孩子，要怎么面对萧昱，怎么面对凤景，怎么面对那些死在大夏的亡灵。
  可是，她又实在没有那个勇气舍弃他。

第三十八章 旧情难放

寝殿外的正厅，几个人默然不语地坐着，谁都没有说话。

凤景沉默了许久，望向青湮道："你们是说，皇姐她……有孕了吗？"

青湮望了望他，默然地点了点头。

"多久了？"

"快两个月了。"

凤景恨恨地一拳捶在桌上，咬牙切齿地道："是夏侯彻的孽种。"

她回来也将近两个月，而在彭城和玉霞关之时，萧昱和皇姐都是分室而居，断不可能是他的骨肉，唯一的可能便是那个人。

"小主子！"沁芳闻言失声叫道，压低了声音说道，"说这样的话，你存心要伤主子的心吗？"

"这个孩子不能留，绝对不能留！"凤景紧握的拳头，咯咯作响。

他们好不容易摆脱了那个魔鬼，绝不能再让皇姐生下他的孩子，绝不能再跟那个人有牵扯。

"这件事，不是你能决定的。"公子宸沉声说道。

她当然知道这个孩子不该在这时候生下来，可凤景这话实在听着刺耳。

就算那是夏侯彻的骨肉，可现在也是长在他亲姐姐的肚子里。

"萧大哥后天就到金陵了，还有不到十天就是大婚之礼了，难道要她带着夏侯彻的孩子成婚吗？"凤景说着，不住地摇头。

青湮几人都沉默地坐着，没有插嘴他的话，也没有发表任何意见。

凤景咬了咬唇，走近到淳于越面前，道："你是大夫，一定有办法打掉这个孩子。"

"能啊。"淳于越抬眼望了望他，说道。

"开方子，现在开，在萧大哥来之前要打掉这个孩子。"凤景急切地催促道。

这天下，哪个男人会容忍自己的妻子，怀着别人的孩子与自己成婚？

"淳于越！"青湮沉着脸道。

这个孩子留不留，也得看里面那个人的决定，不是看凤景。

淳于越不紧不慢地抿了口茶，望向凤景漫不经心地说道："这个孩子能打掉，现在就能，不过她以后，这一辈子也不可能再有生育孩子的能力了。"

"什么意思？"凤景怔怔地望着他追问道。

青湮面色大骇，再也无法孕育孩子，这对于一个女人来说，实在太过残忍。

淳于越搁下茶盏，瞥了瞥青湮和沁芳几人，道："这事你们比我清楚，不用我来跟他解释吧。"

沁芳望了望紧闭的寝殿，眼眶蕴起了泪，开口道："主子刚到大夏宫里那一年就有过一个孩子，不过掉在湖里小产了，这些年身体也一直不好，去年小主子刚刚起兵夺下金陵和彭城，大夏皇帝便是要御驾亲征的，主子那时候有了身孕才将他绊在盛京，拖延时间到了大夏粮草殆尽的时候，可能是那个孩子……"

说到此处，她一把捂住了嘴，眼底的泪瞬间涌了出来。

"说，到底怎么了？"凤景望向她，追问道。

青湮叹了叹气，如实说道："她不是真的有孕，是自己服了一种慢性毒药改变自己的脉象，让宫里的太医诊脉为喜脉，但是这药服用太久，对身体伤害极大，解毒之时尤为痛苦，那时候……她昏迷了数十天，险些死在了宫里。"

"那个时候，主子本就还有伤在身，服用那样的药本就是很危险的事，可是我们谁也没有劝住她。"沁芳哭着说道。

淳于越不耐烦地望了望说了一堆废话的两人，搁下手中茶盏道："那种毒虽不是让人真的有孕，但看起来是与有孕之人无异的，只不过有孕之人腹中长的是胎儿，中毒之人腹中长的是毒瘤，服用了解药虽然会将毒瘤化去，但对身体损耗极大，这是过年的时候发生的事，到现在也不过短短几个月，她的身体还没有完全调养回来，如果再一次让她小产，将来她不可能再有孩子，即便有了，也不会在她肚子里活过六个月。"

所有的人都沉默了下去，凤景含泪望向紧闭的殿门，默然无语。

"好了，这毒药当初也是她自己要的，怨不得我，现在这个孩子要不要留你让她自己看着办，反正又不是我的。"淳于越耸耸肩，懒得再掺和，起身回自己的房间睡大觉去也。

一时间，房间内安静得可怕。

一个时辰过去了……

两个时辰过去了……

直到天都黑了，里面的人却始终没有出来。

沁芳不由得有些担心，敲了敲门道："主子？"

半响，寝殿的门打开，凤婧衣面色平静地从里面走了出来："不早了，你们都回去休息吧，我也想休息了。"

"皇姐，你……"凤景话到了嘴边，却又不忍再问下去。

"那主子晚膳要吃什么，奴婢让人给你备着。"沁芳连忙问道。

凤婧衣摇了摇头，勉强扯出一丝笑意，道："不必准备了，我有些累了，想早点休息。"

"你……"青湮本想问她打算怎么办，但见她确实疲惫不堪的样子，又不好追问什么，"那你好好休息。"

说罢，叫上公子宸和沐烟先离开了。

凤景站了好一会儿，几番开口想问她，话到了嘴边却怎么也说不出口了。

如果不是他一时冲动之下起兵，兴许她也不必当时冒那么大的险拖住夏侯彻，也许现在也就不会到这样艰难的地步。

沁芳望了望她，朝凤景道："小主子，你也在这里等了许久了，勤政殿那边肯定还有事呢，你先回去吧，主子这里我照看着就行了。"

凤景叹了叹气，一边往外走，一边回头看了看她，最后还是离开了。

沁芳默然下去，沏了杯参茶送进来，道："主子，奴婢就在外面，有事叫奴婢一声就是。"

凤婧衣默然点了点头，没有说话。

沁芳退出去，掩上门便守在外面，竖起耳朵听着里面的动静。

她看得出，这个孩子她是舍不得的，如今依淳于越所说，这个孩子也是不得不生下来的。

孩子生下来不成问题，可是她马上就要与鸿宣太子成婚了，却怀上了大夏皇帝的孩子，这才是难题。

若是将来再走漏风声了，大夏皇帝知道了孩子的事，以他那个脾气又怎会容得自己的骨肉流落在外，定又会不择手段将主子和孩子给带回盛京去了。

到头来那么费尽心思地逃出来，也是白费了功夫。

凤婧衣站了许久，又转身回了寝殿去，关上门靠着门框缓缓蹲了下去坐在地上，眼底的泪瞬间无声涌了出来。

三年前，夏侯彻将玄唐和她原本平静的生活搅得天翻地覆，如今她好不容易争回了这一切，回到了平静的生活，从此与他天各一方。

这个突如其来的小生命，又一次将她平静的生活打破，将她与他的命运又一次纠缠在了一起。

不知过了多久，沁芳进来敲了敲门，问道："主子，奴婢准备了晚膳，你要用吗？"

凤婧衣回过神来，擦了擦脸上的泪痕，出声道："你送过来就早些休息吧。"

沁芳听到声音不由得松了口气，原本还怕她说不想吃呢，没想到她倒是答应了。

现在毕竟是有身子的人了，不顾着自己，也得要顾着肚子里的孩子。

"好，我这就去。"

凤婧衣扶着门框起身，听到沁芳带着人将膳食送到了外面，理了理仪容开门出去在桌边坐了下来。

一个人用完了晚膳，直到沁芳和宫人都退下去了，她悄然换下了身上的宫装，换了一身轻便的衣服，简单收拾了些细软，坐到桌边想要写些什么，却坐了整整一个时辰，也没能提笔写下一个字。

她终究没有那个勇气面对即将前来金陵的萧昱，她只能选择逃离这个地方。

一清早，金陵皇宫里因为凤婧衣的突然失踪忙得不可开交，上上下下都出宫寻人去了。

然而，正满腔喜悦马不停蹄地赶到齐州城的萧昱并不知这一切，因为赶了一夜的路，进了城便先带着随行护卫到客栈用午膳了。

齐州已经靠近金陵了，快马不到一天时间就能到了。

"都快点，吃完早些上路，今晚就能赶到金陵城了。"

侍卫长无奈地叹了叹气，只得赶紧催促大伙加快用膳速度好继续赶路。

太子殿下安顿好丰都的事，就带着他们没日没夜地赶路，这一连好几个晚上都没合眼了，他们都快扛不住了，可那个人却精神得不像话。

萧昱放下碗筷，一侧头瞧见凤景一身便服和沐烟进了客栈，一脸焦急地冲着店家正打听着什么，连忙起身上前道："你们怎么在这里？"

"萧大哥？"凤景望着他不由得愣了愣。

"我也刚到这里，正准备用了膳往金陵去，你们怎么来这里了？"萧昱望了望两人问道。

凤景抿了抿唇，话到了嘴边又咽了下去，怎么都难以向他开口。

沐烟伸手将银票拍在掌柜面前，一副财大气粗的样儿道："二楼雅间有空地儿吗，来一间。"

这里人来人往，实在不是说事儿的地方，一早起来连早饭都没来得及吃就找人，现在也正好能喘口气。

掌柜一收银票，连忙领路带着三人上了二楼僻静的雅室。

萧昱看着凤景一脸沉重之色，直觉告诉他应该是与她有关的事。

"阿婧怎么了？"

"没什么，就是昨晚上从宫里失踪了。"沐烟见凤景说不出口，索性便替他说了。

"失踪？"萧昱面色一沉，追问道，"到底怎么回事？"

凤景望着他，咬了咬唇，低声道："皇姐她……有孕了。"

说出这句话，他相信他自然会明白，这个孩子是谁的骨肉。

萧昱愣了许久，面色还是平静如常，伸手端茶杯想要喝口茶让自己清醒几分，可是手却不自觉地颤抖，茶水溅了一手。

"萧大哥，这不是皇姐的错，要怪只能怪夏侯彻那个魔鬼。"凤景紧张地道。

"什么时候的事儿？"萧昱声音颤抖地问道。

他们到底做错了什么，老天爷要这样折磨他们。

好不容易等到她回来了，好不容易他们要成婚了，却让她在这个时候怀上了夏侯彻的孩子。

"昨天才诊出来的，可皇姐昨天什么也没说，只说是累了想早点休息，今天一早我去找她的时候，人就已经不在宫里了。"凤景如实说道。

萧昱沉默了许久，似是在平复暗涌的心潮，可神色却又冷静得可怕。

沐烟只顾着吃饭，自然没这工夫插嘴其中。

第三十八章 旧情难放

凤景看着他的面色，不由得心里阵阵紧张起来，小心翼翼地说道，"淳于越说，以皇姐现在的身体状况，这个孩子必须得生下来，否则以后只怕一辈子都难再有孕，即便有了，孩子也不可能活着出生。"

萧昱扶着桌子起身到了窗边，似是不想让他们看到此刻的神色。

他的未婚妻，他深爱了数十年的女人，如今却不得不生下另一个男人的孩子，这让他如何能平静以对。

凤景咬牙切齿，一拳砸在桌上："都是夏侯彻害的，都是他。"

如果没有他，玄唐三年前不会亡国，皇姐不会去大夏，她与萧大哥早就已经成婚，这个时候已然是儿女成双。

可是，他们所有人的幸福和平静，都被那个人给毁了。

当他们好不容易又回到玄唐，以为一切可以重新开始，可是这一切又因为他而天翻地覆了。

那个孩子不得不生下来，可是生下来了，皇姐和萧大哥这一生要怎么去面对那个孩子，这个不属于他们的孩子。

良久，萧昱转过身来，面色平静如昔，只是眼神却早已经没有方才初见之时的明亮和喜悦，只有沉黯的痛恨和无奈。

"回金陵，先找到人再说。"

一直以来，他都不敢去想象她与夏侯彻的肌肤之亲，他也一直努力不让自己去想。

可是现在，他不得不去面对这个事实，他心爱的女人曾经被那个人一次又一次地占有，如今她的肚子里还怀着那个人的骨肉。

他可以让她放弃这个孩子，可是也等于放弃了他们将来的孩子。

"萧大哥……"凤景看着他的平静，心中忍不住难过。

多年相处，他很了解这个人的脾气禀性，他和皇姐是一样的，一向报喜不报忧。

"走吧。"萧昱说着，举步便朝楼下走去。

凤景连忙跟了上去，沐烟胡乱往嘴里塞满了东西，一边嚼一边跟了下去，好不容易才把满嘴的食物给咽了下去。

"我们一早都快把金陵城给翻个底朝天了，也没找到她的人，现在只能往金陵城周围找，可是她自己要走，躲着大伙儿，想找到人哪那么容易。"

萧昱先行上了马，略一思量道："她应该是去了东边，往那边找应该是没错的。"

"你怎么知道？"沐烟看他一脸笃定的样子，不由得问道。

"她要避开我，自然不会来北边，往西边走是大漠，她不会去那样的地方，只会是往东边去了。"萧昱道。

"往东边可就是大夏了，她不会是……"她说到一半，不敢再说下去了。

她该不是知道自己有孕了，带着孩子找孩子他爹去了吧。

"不会！"萧昱沉声道，望了望两人道，"肯定在彭城附近，不会在城中让咱们找着，应该会去些偏僻的村庄小镇什么的。"

沐烟愣愣地瞧着他，不过想想他的话又确实挺有道理的，这简直比凤婧衣肚子里的蛔虫还了如指掌嘛。

萧昱回头望了望都已经上马的侍卫，一行人打马先行往金陵城去了。

彭城，桃源村。

五天前，凤婧衣在彭城的官道休息，遇到从城中回村的李婶母子两人，交谈之中得知其丈夫在军中战死了，想不到该往哪里去，便跟着母子二人到了桃源村。

村中多是些果农，这时候正是樱桃成熟的季节。

李家母子二人热心邀请她到家中住下，凤婧衣给了银钱却被一再拒绝了，于是便说了帮他们收樱桃，母子二人倒也欣然答应了。

一早到了果园，凤婧衣搭好了梯子准备上树，却被李婶一把拉住了："让水生去，你现在哪能这么爬上爬下的。"

凤婧衣怔了怔，没有说话，只是默然地笑了笑。

李婶扶着梯子，瞅了她一眼，笑着道，"我也是当娘的人，你还能瞒过我眼睛去，现在该有两三个月了吧？"

"嗯，刚两个月。"凤婧衣淡笑道。

"这时候，最是要小心的时候，你还瞒着我们不说，这若不是我眼尖瞧出来了，这要累出个好歹来可怎么办？"李婶语气不由得有些责备之意。

凤婧衣默然笑了笑，没有言语。

如今，萧昱应该早已经到了金陵，想必这个孩子的事他也早已经知道了，可是他知道这一切会是什么样的心情，她始终不敢去想象。

她告诉过他，她已经失去清白，她还对那个人动过心，已经伤了这个一直等待她多年的男子。

如今，却又要告诉他，她怀上了夏侯彻的孩子。

这样的事，太过残忍了，可是他们谁也无法阻止。

"你看起来气色不太好，等今天卖完了东西回来，我给你请个大夫回来看看，这时候可马虎不得。"李婶说着，不由得叹了叹气。

"多谢了。"凤婧衣含笑道。

李婶笑了笑，催促着树上摘樱桃的水生快点，便没有再说话。

三个人忙活了半天终于摘好了一筐樱桃，回到家里简单吃了些东西，李婶母子二人便出门上集市去了。

凤婧衣一个人把里里外外简单收拾了一下，将屋里换下的衣服被褥一一给洗干净了晾在了院子里，可是刚晾好了，弯腰准备拿东西却看到有人进了院子，看不到来人的面目，可是来人走路脚步的姿态却是她无比熟悉的。

来人站在晾的被单后，许久之后出了声。

"阿婧。"

从金陵城外到彭城附近，一座村庄一座村庄地找，若非刚好遇到了到城里的李家母子，他也没有这么快能找到这里来。

凤婧衣站在里面没有出声，她知道他们早晚会找到这里来，本打算明日向李家母子辞行前往别处的，不想还没来得及走，便让他们先一步找到了。

"大家很担心你。"萧昱道，声音透着难言的疲惫。

原本就是连夜赶到金陵，可是因着她离宫之事，跟着凤景他们又是几天几夜没合眼地找人。

凤婧衣咬着唇，眼眶瞬间蕴了泪，却始终没有出声。

"我也很担心你。"萧昱哽咽地说道。

凤婧衣痛苦地闭上眼睛，泪水无声地夺眶而出，却强自平静地出声道："我在这里很好，你们不必担心。"

萧昱抬手，想要撩开隔在中间的被单。

凤婧衣看到地上影子的动作，急忙出声道："你回去吧。"

萧昱一动不动地站在那里，没说话，也没有转身离开。

半晌，他出声道："阿婧，我们成亲吧。"

"你知不知道，我怀了夏侯彻的孩子，我还要将这个孩子生下来，你要我怎么嫁给你？"凤婧衣激动之下，声音有些颤抖哽咽。

"我知道，我都知道，只要我们不说出去，他就是我们的孩子，我会视他如亲生，会跟你一起抚养他长大。"萧昱道。

他不可否认，在得知这个消息之时，他非常痛苦，非常愤怒，甚至恨不得冲去盛京杀了夏侯彻。

可是，这一切比起失去她的痛苦，太微不足道了。

这三年来，日日夜夜的相思煎熬，他不想再继续承受了。

她独自将这个孩子生下来，又怎么可能瞒得过夏侯彻那里，他若得知这个孩子的存在，又岂会再让她留在玄唐。

到了那个时候，他便是再痛悔莫及，也会永远失去她。

"萧昱，这世上有很多值得你娶的女子，她们更适合做你的太子妃，至于我……"她痛苦地别开头，不忍再去看他的影子。

"世上女子是有千千万万，可是，阿婧你知道的，我的心里一直以来，除了你没有别人，也装不下别人。"萧昱道。

凤婧衣泪流满面，却无言以对。

这个人心里只有她，她知道，她一直都知道。

可是，她的过去，这个孩子的出生，将来一旦东窗事发，会带给他什么样的耻辱，她比谁都清楚，也比谁都更害怕。

"阿婧，我知道你不想伤我。"萧昱声音低沉，透着深深的疲惫，"可是，只有你的离开，才是给我最深最痛的伤。"

说完这句话，他疲惫不堪地倒了下去。

"萧昱！"凤婧衣一把撩开中间的被单，冲过来跪在他身边，"你怎么了？"

萧昱无力地倒在地上，迷迷糊糊看到一脸焦急的她，最后做的一件事就是紧紧地抓住了她的手，不让她有任何逃离的机会。

凤婧衣想要出去叫人帮忙，却被他紧紧地抓着手抽不出来只得冲着外面道："有人吗？来人啊……"

凤景原本等在外面，听到声音连忙冲了进去，一看到一动不动躺着的人连忙叫侍卫去找大夫过来。

沐烟蹲在边上瞧了瞧，道："让他睡一觉就好了，好多天没合眼，他以为他是铁打的。"

"先把人抬进屋里去吧。"凤婧衣望了望两人，说道。

沐烟一边过来帮忙抬人，一边冲着她抱怨道："你说你没事玩什么失踪，把一大帮子人都给累得几天几夜没合眼。"

两人帮着把人抬进了屋里，直接就在李家找了地方倒头就睡下了。

反正现在她还被人抓着手，就不信她能狠心把手剁了再跑。

金陵家家户户都张灯结彩为庆贺太平长公主这场迟到三年的大婚。

飞凤阁，今夜却是格外的安静。

沁芳熄了殿内灯火只留了一盏照物灯，留了两人在寝殿外守夜，便带着其他人退了下去。

凤婧衣听到殿门阖上的声音，缓缓睁开了眼睛坐起身，披了衣服下床望着挂在一旁架子上的华美精致的嫁衣和凤冠怔愣了许久。

离宫数日，她还是回来了，回来完成这场原本想要逃离的婚礼。

不久之前，她也是这样嫁给了一个人，最终将他的心伤得千疮百孔，决然弃他而去。

如今，她又要穿上嫁衣嫁给另一个人，她想，她大约也无法带给这个人幸福，她腹中的这个孩子会一天天长大，会出生在这个世上，会无时无刻不在他的眼前，成为扎在他心上的一把刀。

即便再怎么粉饰太平，可她自己知道，她和萧昱之间再也不是三年之前的他们了。

夏侯彻永远是扎在他们心上的一根刺，扎在她心上的是痛，扎在他心上的是恨。

想着想着，突地觉得屋里的空气都有些沉闷，她举步到窗边，推开窗想要透透气，看着星月漫天的夜空，心情却愈发沉重。

窗户向东而开，从这里看到的夜空，和以前在夏宫里看到的夜空似乎没什么区别。

夏侯彻一直想要她生下一个孩子，可是三年也未能如愿，她终于离开了他，却如他所愿地有了他的孩子。

只是，她这一生都不能让他知道这个孩子的存在，同样即便这个孩子出生了长大了，她也不能让他知道亲生父亲是谁。

大婚的前一夜，原本该是满腔的期待与幸福，她却是一夜忧思难眠。

次日，晨光破晓，沁芳带着宫人进来伺候，凤婧衣已经起来了。

"主子什么时候起的，奴婢还怕来早了扰了你呢？"沁芳笑语道。

"刚起。"凤婧衣起身，让宫人伺候洗漱。

沁芳到了床边整理被褥，才发现被子里冰凉一片，哪里是有人刚刚起来的样子，她默然叹了叹气，却没有再出声追问什么。

不一会儿工夫，青湮、沐烟、公子宸等人也先后过来了。

青湮帮着沁芳在给她梳妆，沐烟、公子宸和星辰三人坐在一旁桌上用早膳。

"哎，凤婧衣真是好命，全天下最有本事的俩男人，都让她占了。"沐烟撑着下巴哀叹道。

夏侯彻虽然人品不太好，但确实是有些真本事的，萧昱这一个就更不用说了，好得没话说。

公子宸端着茶侧头瞥了眼说话的人，哼道："瞧你那没出息的样儿。"

"你知道我现在最想干什么吗？"沐烟神秘兮兮地笑了笑，问道。

公子宸瞥了一眼，懒得问她。

"什么？"星辰有些好奇地问道。

"我现在最想干的事儿，就是跑到盛京去告诉某人，他的前皇后带着他的孩子要嫁人了，那时候他的脸色一定很精彩。"沐烟笑着低声说道。

"你不怕你的脑袋搬家，你去。"公子宸哼道。

"我就是想想而已嘛。"沐烟道。

她只是臆想一下，可没那个胆子去闯这个祸。

"算你有自知之明。"公子宸瞥了她一眼道。

沐烟想了想，伸着脖子凑近低声道："你说，这金陵闹这么大动静，会不会消息已经传到盛京去了，夏侯彻要是今天来抢亲了怎么办？"

"大喜的日子，你能想点吉利的东西吗？"公子宸没好气地瞪了她一眼哼道。

她脑子是怎么构造的，明明喜气洋洋的时候，她尽盼着闹出些乱子来。

星辰瞅了她一眼，平静地说道："楼中已经安排了人在金陵周围和玉霞关，就是为了防止大夏的探子混进来，婚礼是从最近几天才开始着手准备，就算大夏的人知道了，消息要传到盛京去也得好些天，等大夏皇帝知道婚礼早过了半个月了。"

况且，墨嫣一直担心大夏不会善罢甘休，连婚礼都没赶回来参加，亲自带人在玉霞关一带守着呢。

"那我们想点吉利的东西，今晚怎么闹洞房啊？"沐烟笑嘻嘻地瞅着两人问道。

公子宸甚是无语地望向她："成亲的又不是你，你兴奋个什么劲。"

现在新郎新娘子这状况，还闹什么洞房，只会给两人添乱而已。

沐烟泄气地往桌子上一趴，抱怨道："洞房都不让人闹，这大婚还有什么意思。"

最近有伤在身，不能动武，金陵的赌坊也玩得没什么劲了，好不容易今天有热闹凑了，还不能玩……

公子宸和星辰起身去看准备换衣的凤婧衣，懒得再与她为伍。

隐月楼大多是些能沉得住气的人，唯有这一个一天不上蹿下跳折腾一番，就会浑身上下不舒服。

穿好了吉服内衫，沁芳便差人送了几样清粥小菜过来，道："主子，婚礼得好几个时辰，你这会儿吃点东西。"

她现在是有身孕的人，哪能饿几个时辰。

"好。"凤婧衣点头应了下来。

待她用完了早膳，公子宸将一只锦盒放到桌上，道："给你们的新婚贺礼，三年前就给你们备下了，今天总算送到你们手里了。"

一会儿婚礼开始了，大约也没有机会送到他们手里，索性就这会儿交给她。

凤婧衣打开瞧了瞧，是一对雕工精细的玉佩，玉质触手温热，是罕有的暖玉。除了一对玉佩，还放了一块未经雕琢的玉石。

"等你们大婚之后，我大约也要启程去调查冥王教的事，说不定孩子出生满月也不一定能回来，所以提前送了。"公子宸道。

即使这个孩子有多不该来，但总归也是她的骨肉。

"多谢了。"凤婧衣含笑谢道。

青湮也跟着拿了东西过来，交到她手里道："这是安神的香包，你睡觉放到枕边。"

自从诊出有孕，她似乎就没有一夜好好睡过，但愿这东西能对她有用。

凤婧衣瞧了瞧，笑语道："见惯了你动刀剑，难得还能动针线给我做这样的东西。"

"那边桌上的一些药材，是淳于越让我带过来的，可以让沁芳做成药膳，怎么做里面他写好了。"青湮说着，指了指不远处桌上堆着的几个盒子。

"好，回头宴上我再谢他。"凤婧衣道。

"还有我，送礼的事怎么能少了我呢。"沐烟跟着赶了过来，从袖中掏出一只精致银盒子，道，"这是我好不容易才买到了一盒，南海珍珠粉，全天下也不过十盒，费了好大的功夫才弄到的。"

公子宸无语地望了望她："你喜欢胭脂水粉，不代表所有人都喜欢。"

"你已经长成半个男人了，当然不用这些东西，可不代表别人都不用。"说罢，望向凤婧衣笑眯眯地说道，"这试过了的，每天用一回，皮肤又白又光，绝对的上等货。"

凤婧衣失笑，道："好了，我收下，多谢你了。"

星辰没怎么说话，只是将东西交给了边上的沁芳，让宫人一并收起来。

"不管以前怎么样，从今天以后，你嫁了人就安安心心做你的北汉太子妃，至于玄唐和凤景就不要再操心了，他现在已经大了，再不济也还有我们呢。"公子宸含笑说道。

言下之意，让她放下过去，不要再想玄唐与大夏的恩怨，也不要再去顾及夏侯彻了。

凤婧衣没有说话，只是默然点了点头。

几人正说着话，宫人匆匆赶来道："皇上让奴才过来问，公主这边准备好了没有，吉时快到了，太子殿下一会儿就要过来迎亲了。"

"好了好了，人家新郎官都不急，凤景他急个什么劲儿。"沐烟道。

沁芳扶着凤婧衣起身，给她整理着一身繁重的吉服，叫人给补着脸上的妆容，最后将床上的凤纹外衫给她穿上，长长的拖尾迤逦身后，更显庄重华美。

这边刚刚准备妥当，外面便传来钟鸣鼓乐，不一会儿飞凤阁外便响起了礼炮鸣响的声音。

青湮亲手替她放下了凤冠上的流苏遮住精致的妆容，和沁芳一左一右扶着她出了飞凤阁，鸿宣太子萧昱已经一身龙纹喜服等在了殿外，看到她们扶出来的人，俊美的面庞缓缓扬起了温柔的笑意，在这春日的阳光显得格外光华夺目。

凤婧衣莫名有些紧张，手心都不由得沁出了汗，沁芳和青湮却在这时候松开了手，随即一只温热宽厚的手握住了她的手。

"小心台阶。"萧昱提醒，扶着她沿着红毯下了飞凤阁的玉阶，前方锦绣广场开始祭祀和庆典。

前方的宫人洒着花瓣，连迎面的微风都染着花香，迟来了三年，她终于还是嫁给了他。

只是，几番周折，她再没有了三年前那份热切和期待，有的只是对未来的满腔忧思。

一番繁复的礼仪，折腾了数个时辰才行了大婚之礼。

新朝的臣子一片的恭贺之声，对于这桩婚事没有人再比他们更满意，玄唐虽然复国，但如今仍还国力薄弱，可长公主与北汉太子联姻，将来北汉便是玄唐坚实的后盾，玄唐再不用惧怕大夏的铁骑。

如此，他们也能安心在朝为官，前程有望。

凤婧衣在宴上让萧昱掀了凤冠流苏，与他一同向宴上的群臣敬了酒，敬酒词也是要他们以后与凤景君臣同心，尽力辅佐于他之意。

玄唐官员多是新选拔入朝的，以往也多有听闻过这位曾经代君执政的长公主，也是今日才真正一见真容，又在婚宴上得鸿宣太子和她两人这般器重托付，自是个个感恩不已。

敬完了酒，萧昱便先扶着她到了就近的长乐宫休息，一进门便道："你还好吧！"

"无碍，沁芳把我的酒都换成水了。"她淡然一笑道。

进了屋，还不待沁芳等人过来伺候，他就先替她把头上的凤冠卸了，"这么重的东西，难为你还顶着戴了这么半天。"

说着，伸手替她按了按酸疼的脖子。

凤婧衣伸手拉住他的手，侧身道："外面客人还在呢，你去吧，我自己在这里休息一会儿就成了。"

萧昱点了点头，道，"好，让沁芳给你送些吃的东西，若是累了就在这先睡一会儿。"

说罢，举步便准备出去继续招待。

"你少饮些酒。"凤婧衣冲着他背影道。

萧昱闻言回头，笑着道："知道了，太子妃娘娘。"

沁芳掩唇笑了笑，进来替她除去了碍事的吉服，给她换了一身水红的轻便裙衫，让人传了晚膳过来。

她用了晚膳，小睡了一个时辰，外面的宫宴方才散场，听到外面有宫人请安的声音，心想大约是萧昱从宫宴上回来了。

果真，起身刚出了殿门，便瞧见凤景身边的宫人扶着他回来了。

"说了让你少饮些酒，还喝成这样。"凤婧衣上前帮着将人扶进殿。

几名宫人将人扶到榻上，便道："长公主，皇上和宸姑娘他们都喝醉了，奴才还得过去伺候着，没什么事就先走了。"

"去吧，让御膳房备下醒酒汤送过去。"凤婧衣叮嘱道。

"是。"几名宫人跪了安便跑下去了。

沁芳端着已经备好的醒酒汤送了过来，凤婧衣端着让他喝下了，道："我扶你进去躺着，会好受点。"

沁芳连忙放下手中的东西，上前帮忙将人扶进了内殿床上，低声道："主子，要不你去偏殿休息吧，奴婢带人在这里伺候着。"

她昨晚不知道才睡多久，今天大婚又累了一天，也该休息了。

"不用了，你们早些下去休息吧，今天也跟着忙了一天了。"凤婧衣道。

沁芳抿了抿唇，道："那奴婢留下人在外面守着，有事你叫她们一声。"

说罢，出去交代好了，才安心回去休息。

殿内红烛高照，一室静谧无声。

凤婧衣坐在床边，看着倒在床上的人，一颗心百味杂陈。

过了许久，萧昱酒醒了几分，睁开眼瞧见还坐在床边的人，坐起身道："你怎么还没休息？"

凤婧衣侧头望向他，起身倒了杯水端到床前："现在好受些了吗？"

她知道他甚少饮酒，今天喝成这样，哪里会舒服。

"好多了。"萧昱接过水一饮而尽，起身下了床将杯子放下，看到桌上放着的酒杯回头望了望她道："我们好像还忘了件事。"

"啊？"凤婧衣愣了愣。

萧昱斟了一杯酒，一杯水端到床边，将那杯水递给她，笑着道："合卺酒。"

凤婧衣笑了笑，接过杯子与他交杯而饮。

萧昱放下了杯子，又端着桌上的锦囊和金剪刀过来，道："还有，结发。"

凤婧衣无奈一笑，接过剪刀从他头上剪下了一缕头发，萧昱接过剪刀也剪下了她头上的一缕头发，而后要成结拿红绳系好放入了锦囊。

"我们终于成亲了。"他将锦囊收好，握住她的手由衷叹道。

凤婧衣莞然一笑，没有说话。

"你先睡吧，我去沐浴，省得一身酒气熏着你难受。"说罢，萧昱起身拿着东西离开了。

凤婧衣坐了一会儿，先行到了床上躺下，过了半晌听到有脚步声靠近，萧昱换了一身睡袍在她外侧躺下。

"阿婧，你睡了吗？"

凤婧衣沉默了一会儿，应了声："没有。"

萧昱将她搂进怀中，低头吻了吻她的额，低声呢喃道："阿婧，嫁给我你会后悔吗？"

"不会。"她道。

这是她自己选择的路，她有什么资格后悔。

萧昱笑了笑，说道："我这一生最大的幸运，不是出身在皇家，也不是被立为太子，是我十多年前来了玄唐，遇到了你。"

凤婧衣抬眼望了望他，道："遇到你，才是我的幸运。"

否则，她和凤景也不会活到现在。

他相视而笑，闭上了眼睛道："睡吧，太子妃娘娘。"

大夏，盛京。

大夏皇帝重伤回京，便面临国内各处接连出现的冥王教分堂，楚王奉旨追查冥王教之事，也一去无踪，生死不明。

于是，南方和北方的战事只能暂时停止，以便集中力量整肃国内。

夜里的皇极殿格外寂静，孙平望着龙案后埋头理政的年轻帝王，暗自叹了叹气。

从玉霞关回来，重伤昏迷了数十日，醒来之后人似乎又变回了从前那个睿智而深沉的大夏皇帝，只下了一道旨意上官氏暴病而亡，便再没有提过这个人。

后宫再无一妃一嫔，他也全身心在政事之上，有臣子提过要皇帝大选秀女，次日便被贬出京去，之后便再无人敢提此事。

一名宫人进殿到孙平跟前低语了几句，孙平上前禀报道："皇上，南方方将军有奏报入宫。"

夏侯彻头也未抬，声音冷淡："传。"

孙平出去宣了送信的斥候进来，接过了军报呈到了龙案边。

"念。"夏侯彻道。

孙平拆开军报扫了一眼，犹豫了片刻却没有出声。

夏侯彻皱起眉扫了他一眼，冷声道："不识字了？"

孙平低眉看着军报，念道："军报上说，北汉鸿宣太子与玄唐长公主已于半月之前在金陵大婚联姻。"

夏侯彻落笔的动作顿住，薄唇勾起一丝冷笑，她还真是迫不及待地要跟那个人双宿双飞啊。

他永远也忘不了，她在玉霞关上，宁愿死也要离开他的决绝……

孙平见他面色沉郁，心中不由得一阵紧张，上官氏就是玄唐长公主他是知道的，那是皇上曾经最宠爱的女人，如今却嫁给了他的死敌，这让他情何以堪。

半晌，夏侯彻面无表情地望向送信的人道："回去告诉方湛，以后除了战事，其他事不必再向朕奏报。"

他承认，他还忘不了她。

可总有一天，他会忘了她。

第三十九章
祭天遇刺

　　一连几天不曾睡好，加之大婚一天的劳累，她不知不觉便睡得沉了。

　　天亮之时，沁芳只是带着宫人在外面候着等两人起来，却并没有敲门叫醒里面的人。

　　萧昱睁开眼醒来，侧头望向身旁仍旧熟睡的女子，伸手抚了抚她微蹙的眉心，梦中是何人让她如此忧心，是他，还是大夏那个人？

　　他知道的，她不仅是曾经对夏侯彻动过心而已，他永远都记得在玉霞关之时，她看着夏侯彻救她之后落在铁钎阵时眼中的惊痛。

　　那一刻，他真的宁愿在那里救下她的是他自己，而不是那个人。

　　虽然回到玄唐之后，她再没有提起过那个人，可是正是因为她不提，才在她心里藏得越深，她知道玄唐、北汉与大夏之间现在是什么局面，所以她不能提。

　　她答应嫁给他，是完成多年以来的承诺，是想所有的一切都回归到正轨，是为了斩断大夏的过去，是为了稳固玄唐朝廷，所以她的目光再没有了往昔的喜悦，只有深深的忧郁。

　　对不起，阿婧。

　　我明明知道你心里的苦，却还要将你绑在身边。

　　我太害怕了，害怕你们的孩子出生，害怕那个人又来夺走你。

　　不过，未来的路还很长，总有一天你我终会殊途同归。

　　暖暖的阳光透过雕花窗照进长乐宫的寝殿，一切都显得静谧而温暖。

　　萧昱低头，轻若鸿羽的吻落在她的额头，而后给她披了披被子起身下床，回头看了看床上的人还沉沉睡着，不由得无奈笑了笑。

　　她一向睡觉浅，边上一点动静都醒了，今天竟睡得这么沉，看来这些天确实太累了。

他自己轻手轻脚穿戴好了，看到桌上昨夜放着的锦囊，悄然收起揣进了怀中，方才出去开了殿门，沁芳带着一众宫人进来，正要行礼恭贺新婚之喜，却被他抬手制止了。

　　"里面还没醒呢。"

　　沁芳笑了笑，低声吩咐了人手脚轻点。

　　萧昱自己洗漱完了，径自出了长乐宫，道，"早膳先备着吧，等你家主子醒了再用，我去趟勤政殿，她醒了派人过来通知我。"

　　凤景刚刚接手朝政，很多事都还拿捏不到分寸，趁着他现在还能在金陵，能指点的便指点，让他早些自己有能力坐稳皇位，将来也省得她再来操心。

　　"是，太子殿下。"沁芳带着宫人回道。

　　一行人见着萧昱走远，便有人道："太子殿下待公主真是体贴。"

　　沁芳早就见怪不怪了，宫中的宫人都是最近新选进宫的，自是觉得稀奇。

　　"好了，都先下去吧，别在这里扰了主子休息。"

　　宫人应声退了下去，沁芳一人留在了殿外守着，等着里面的人醒来。

　　凤婧衣睡得比较沉，起来的时候萧昱已经从勤政殿看完凤景早朝回来了，进来看到她换好了衣裙出来，不由得笑道："睡醒了？"

　　"你起来怎么没叫我？"凤婧衣有些尴尬地道。

　　"看你睡得正香，没舍得叫。"萧昱说着，吩咐了宫人传膳。

　　凤婧衣笑了笑，跟着入座接过他盛好的粥："沁芳说你方才去勤政殿了？"

　　"嗯，凤景越来越有皇帝样了。"萧昱笑语道。

　　凤婧衣淡笑："确实是。"

　　这三年发生了这么多事，凤景确实改变了不少。

　　"最近天气正好，咱们搬出宫住一段时间，顺便踏青游玩可好？"萧昱望了望她，询问道。

　　"去哪儿？"凤婧衣淡笑问道。

　　萧昱想了想，说道："去别苑住着吧，以前那里修葺好就是准备成婚以后住的，我一早让人去收拾了，那里离落霞峰也近，你不是最喜欢那里的风景？"

　　凤婧衣垂下眼帘，道："换个地方吧。"

　　三年前，在他们原定的大婚之日，她就在那里献身于夏侯彻，如今再住进那里……

　　明明都回到了自己的地方，却偏偏处处都有那人的影子。

　　萧昱奇怪地望了望她，没有再追问什么，想了想说道："那去兰汀别庄，那里湖光山色正好，就是离金陵远一些。"

　　"嗯。"凤婧衣点了点头，只要不是落霞峰，不是那个别苑，哪里都好。

　　萧昱望向沁芳，道："你安排几个人先去收拾一下，我们用完膳再上路，夜里应该能到了。"

凤婧衣看着沁芳带着人下去，方才问道："你留在金陵，北汉那边怎么办？"

"放心吧，父皇最近身子好些了，有他管着呢。"萧昱笑了笑，给她夹了菜道，"你现在这样，也不能长途跋涉，所以我想你暂且先住在金陵，等孩子出生了，身子养好了再带你回去。"

凤婧衣含笑点了点头："也好。"

"你刚回来，我就把你带去丰都了，凤景还不得怨我，金陵气候温暖适宜，也便于你休养身体。"萧昱道。

她去了北汉，孩子出生的时候，正赶上冬季大雪，对她对孩子都不是什么好事。

"可是你丢下朝政不管，待在玄唐这边，只怕朝中会有非议。"凤婧衣道。

"我待一个月也是要回去的，等回头空闲了再过来看你，等到孩子出世了，明年春天暖和了，我再接你们过去。"萧昱道。

"只是又要辛苦你这样来回跑了。"凤婧衣歉声道。

萧昱笑了笑，催促道："用膳吧，一会儿凉了。"

两人用完早膳，沁芳已经让人备好了马车，带了四名伶俐的宫人一道跟着出了宫门，看着萧昱将凤婧衣扶上了马车，道："主子，马车我让人多垫了两层软垫，你坐着舒服些，马车会走得慢些，您别急。"

"知道了。"凤婧衣笑语道。

沁芳这才放下车帘，带着人上了后面的马车。

出了金陵城，萧昱将车窗的帘子挂起来，让外面的阳光照进马车内，马车走得慢，车窗外的风景缓缓而过，瞧着格外惬意。

他握住她的手，笑看着窗外的风景，喃喃道："以前你我虽然常常相聚，可是我们想去的地方，却总是没有时间去看，索性现在都还不晚。"

凤婧衣笑了笑，叹道："是啊。"

一开始是为了生计奔波，没有那个闲情逸致。再后来执掌玄唐，朝廷诟病无数，她要压住朝中那些蠢蠢欲动的臣子，他要在边关抵抗外敌，根本没有这样游山玩水的机会。

"以后有的是时间，咱们可以想去哪里就去哪里。"萧昱说着，伸手扶着她的头靠在自己肩上。

凤婧衣沉默着，没有再说话。

"听沁芳说，你有打算选女官入宫？"萧昱笑着问道。

"听沁芳说有几个臣子家的女儿还不错，等后面得了空我再见见，若有不错的便召进宫，凤景年纪不小了，虽然他也说了暂时不想成婚，但总得有个人在他身边照应着。"凤婧衣道。

也许，若遇到品性好的，他们相处一段时间，凤景会有所改观也不一定。

"你啊，把这顾别人的心思，多放在自己身上，我也就省心不少了。"萧昱无奈叹道。

"凤景不是别人。"她道。

"我知道，我知道。"萧昱笑着道。

长姐如母，凤景是跟着她长大的，姐弟俩感情自是不同一般，他这些年又何尝不是将其视为亲兄弟一般照顾。

一行人在半路的镇上找地方用了午膳，就又赶着上路了，马车摇摇晃晃一路，凤婧衣渐渐便有了困意。

萧昱扶着她靠在自己身上，拿了边上沁芳早备下的毯子盖上，说道："还有好几个时辰才到呢，你先睡会儿，到了我再叫你。"

凤婧衣抬眼望了望他，应了一声："嗯。"

而后，闭上了眼睛渐渐进入了梦乡。

以往就是几天几夜不合眼都撑得过去，自从有了肚子里这个，人一天比一天乏力得紧，淳于越诊过之后，只是说她身体比一般人虚，还没补养回来，自然也比别人负担重些。

于是，沁芳顿顿都是药膳，就差没把她放进药罐子里养着了。

原本半天就能到的别庄，因着顾忌她有孕在身，马车一路走得慢，到的时候都已经深夜了。

马车一停下，沁芳便赶了过来，撩开帘子见她还靠在萧昱身上睡着，一时也不知该不该叫醒她。

萧昱拉了拉盖在她身上的毯子，小心将人抱着慢慢下了马车，跟着伺候的人也都轻手轻脚不敢出太大动静。

凤婧衣觉得脸上有些凉，迷迷糊糊睁开眼睛才发现自己下了马车，自己还被他抱在怀里，一下清醒了不少，低声道："你先放我下来。"

萧昱低眼看了看她，笑道："醒了，还有几步路就到了。"

说罢，也不管她的抗议，直接将人抱进了屋里软榻上放下，拢了拢她身上的毯子裹住。

"夜里凉，你刚睡醒，小心别着了风寒。"

沁芳带着人搁下自宫里带来的一些用品说道："太子殿下，主子，你们也饿了，奴婢这就去准备吃的。"

"去吧。"凤婧衣道。

萧昱到桌边倒了杯茶，递给了她，起身去打开了房间的窗户。

凤婧衣喝完水，闻到空气中弥漫的花香，侧头问道："是玉兰花香？"

萧昱站在窗边，笑着回头道："窗外边有两株，花开得正好。"

凤婧衣起身跟着到了窗边，只是夜色太暗，有些看不清树上的花，不过确实是玉兰树无疑。

"记得以前，母亲最喜欢玉兰花了。"

她之所以喜欢这花，是因为在童年的时光里，那破败的别苑里只有那一树玉兰花开的时候，才有了最美的风景。

"要不要出去走走？"萧昱侧头问她道。

"好。"凤婧衣点了点头。

萧昱给她拿了披风过来系上，这才拉着她出了门，一手提着灯笼，一手牵着她。

"这别庄是在半山腰上，明儿个天亮了肯定很漂亮，下面是仙鹤湖，听说时常有白鹤在湖上，回头咱们可以坐船在附近看看。"

"好。"

这些别苑别庄，都是她那个喜好风雅玩乐的父皇建的，有的只是住过一次，好些地方更是连住都没有住过。

她和凤景执政之后，好些园子已经卖给一些大富之家以充实国库，如今留下的也就那么几处了。

两人在庄内逛了一圈回来，沁芳已经准备好了膳食。

"主子的都是药膳，太子殿下的只简单做了几样，若是不够的话，奴婢再去做。"

"不必了，这样就好，大半夜的不必再麻烦了。"萧昱笑意随和。

因着有淳于越开了药调理，她孕吐的反应倒没有那么严重了，食欲不振的状况也改善不少，晚膳着实吃下了不少东西。

用了晚膳，她去沐浴出来，萧昱已经换了一身睡袍，坐在床上翻着她带来的书，瞧见她出来便将书合上了，腾了地方让她上床躺着。

"这才走一天的路都这么累，幸亏没让你去丰都。"

"好多了。"凤婧衣钻进被子里躺下，道，"不早了，睡吧。"

可是，自己这一路睡过来，这会儿哪里还有睡意。

萧昱将书放到了一旁，躺下望了望了无睡意的眼睛，道："睡不着了？"

"没事，你先睡吧。"

萧昱扶着她的头枕在自己手臂上，道："我也没有那么困，陪你说说话。"

"说什么？"凤婧衣失笑道。

"嗯……说说你还有什么心愿，我看我能不能办到。"萧昱道。

凤婧衣想了想，望着帐顶的花纹道："我的愿望大多已经达到了，若说再有就是希望玄唐不要再有战事，希望凤景能早日成了家，如此便也无憾了。"

如今，也只有这两件事，是她还放心不下的。

萧昱闻言低眉望了望她，笑问："那你自己呢？"

这个人，想到的总是别人，总是忘了自己。

"我？"她抿了抿唇，轻轻摇了摇头，"没什么。"

第三十九章 祭天遇刺

她只愿，这个孩子能平安健康地出生，一世安好无忧。

可是，这样的话却是不能向他说的。

"这些年，你为玄唐操心已经够多了，以后的事就交给凤景吧，以后你只要操心我们的孩子就够了。"萧昱说着，吻了吻她微湿的发。

凤婧衣笑着抬眼望向他："你呢？"

"我？"萧昱笑着望她，伸手与她十指相扣，道，"我只有一个心愿，就是你我能白头到老，儿孙满堂。"

其他的，他想要的都有自信能拥有，可是唯有这个心愿，他却没有那个自信了。

他只怕，自己用尽一生的时间，也挽留不住她已经遗落在大夏的心，这样将她留在自己身边，却怎么也给不了她真正想要的幸福。

凤婧衣笑了笑，垂下眼帘没有再言语。

这样的一个人，这样的一份情，她怎可辜负。

现在的她还放不下心头那份不该有的悸动，不过只要不再相见，不再交集，总有一天会彻底放下的。

她相信，那个人也一定会放下，这份天下万民所不容的孽缘。

只是，可怜了这个将要出世的孩子……

春日里的仙鹤湖别庄景色宜人，附近的山上山花烂漫，满目姹紫嫣红的，甚是赏心悦目。

萧昱谢绝了沁芳等人的跟随伺候，独自带着她出了别庄，幸好是在皇家别院，路都较为平坦，走起来也没有那么累人。

凤婧衣望向下方的湖，眸光一亮，道："还真的有白鹤。"

萧昱瞧她喜悦的样子，道："下去看看？"

凤婧衣点了点头，两人沿着青石板路朝山下的湖泊走去，为了赏景方便，山脚下建了座望鹤亭，正好可以看到湖岸边上的白鹤。

两人到了亭中，她环顾了一眼周围的湖光山色，不得不感叹她那早逝的父皇是个极懂得享受的人。

她倚着栏杆瞧着不远处河滩上闲逸自在的白鹤，心情也不由得跟着沉静下来了。

萧昱瞧了瞧亭子边上的野花野草，伸手折了一点一点编织成花环，而后笑着悄然放到了她的头上戴着。

凤婧衣感觉到头上放了东西，侧头望了望刚刚收回手的人，自己伸手将头上的东西拿了下来，看着编织精致的花环，不由得失笑："还拿我当十几岁的小姑娘？"

以往春天里，他总爱编这样的东西给她，要不就是拿树叶子编些蚱蜢、蜻蜓什么的。

萧昱笑着说道："在我眼里，阿婧永远都是那个小姑娘，我该捧在手里的小姑娘。"

第三十九章 祭天遇刺

凤婧衣浅笑，低眉把玩着手中的花环，修长眼睫掩去了眼底的复杂。

她不知道自己到底是怎么了，在大夏的时候要守着很多的秘密不能说，可现在回了玄唐，她发现她还是有好多的秘密不能说。

她不敢告诉任何人，从玉霞关回到彭城的半个月里，她每天夜里都做着噩梦，梦到夏侯彻死在了那里……

她不敢告诉任何人，自己并不恨那个人了，也不想再跟大夏斗下去了。

……

萧昱伸手握住她的手，望着对面的湖光山色，说道："丰都地处北方，你去了冬天怕是住不惯，我让人在城外的温泉山上建了处别宫，明年大约也能竣工了，以后冬天了你可以住那里。"

凤婧衣闻声抬起眼帘："建别宫？"

"我知道，你总有一天会回来的，去年就已经在建了，你明年过去了，冬天正好就能入住了。"萧昱道。

"这样大费周章，又劳民伤财的事，你是要北汉满朝文武都来指责我这个罪魁祸首吗？"凤婧衣无奈笑道。

萧昱看她一脸紧张的样子，不由得失笑道："放心吧，父皇也是同意了的，朝中没人敢非议，我在玄唐多年回到丰都都不适应，更何况是你自小生在这里，又天生畏寒，去了哪里待得住。"

"我是怕过北方的冬天，可也用不着这么大费周章地建什么温泉别宫，真的不必如此。"凤婧衣劝道。

北汉朝中现在无人说，想必也都以为建的是太子行宫，可等到她去了住进那里，流言蜚语的程度可想而知。

"阿婧，你我既然成了亲，作为你的丈夫应该给你最好的照顾，这么多年风风雨雨也都过去了，我不想你嫁我了，还要处处受委屈。"萧昱道。

这些年，在玄唐他们过得怎么样，他比任何人都清楚。

所以，他应该给她最舒适的生活，最好的一切。

"我不委屈。"凤婧衣淡笑道。

萧昱默然而笑，没有说话。

凤婧衣望了望他，道："那别宫……"

"这事你就别费心了，相信等你看到一定会喜欢的。"萧昱笑着说道。

凤婧衣正想开口再劝，却又被他打断了话。

"那边花开得不错，我们过去看看。"萧昱指了指不远处，牵着她起身道。

仙鹤湖别庄的日子总是这么悠闲，踏青、游湖、垂钓，偶尔到附近的小镇上去看看，或者去就近的寺庙听僧人讲经，一转眼一个多月便过去了。

北汉有信使寻到了别庄，传来了北汉皇帝催他回国的旨意，萧昱将她送回了金陵，待了两日便起程回丰都了。

天还没亮，他先行起来更衣准备起程，凤婧衣也跟着醒了。

"我昨夜吩咐沁芳准备了早膳，你吃了再上路。"

萧昱看着披衣下床的人，不由得叹了叹气："好吧。"

凤婧衣先出去吩咐了沁芳准备，自己简单梳洗过后陪他一道用了早膳，问了几句是何事要他赶回去，他没怎么细说，她也不好多加追问。

毕竟，那是北汉朝中的事，他们虽已成亲，但于北汉而言，也还未正式举行册封礼，严格说来也算不得什么北汉太子妃。

两人刚用过早膳，凤景便也赶过来了，前两日知道她暂时不会去北汉，也欣然应允了。

凤婧衣趁着两人说话的工夫，起身让沁芳把昨天都准备好的干粮收拾好了，回到前殿萧昱两人已经出来了。

"凤景，我得空会尽快过来，我不在的时候，你皇姐就要劳你照顾了。"萧昱一边走，一边朝凤景叮嘱道。

"放心吧，等你回来了，我一定把皇姐一根头发都不少地还给你。"凤景笑语道。

凤婧衣将人送至宫门处，叮咛道："你路上小心。"

萧昱点了点头，道："我知道，倒是你，凤景你就别为他操心了，他这么大了做事知道分寸的，你只要照顾好自己和孩子就行了。"

"嗯。"凤婧衣浅笑应道。

萧昱倾身抱了抱她，在她耳边低语道："记得给我写信。"

"好。"

"我走了。"说罢，松开她接过侍卫手中的缰绳上了马，一掉马头带着人驶入皇城御道。

凤婧衣看到一行人消失在御道尽头，侧头望向凤景道："快到早朝的时辰了，你快回去吧。"

凤景点了点头，不经意目光落在她已经圆润起来的腰身，眼中隐有寒意。

凤婧衣察觉到了，没有说什么，只是叫上了沁芳默然离开了。

她知道，于凤景，于玄唐而言，这是个不该出生的孩子，可这是她的骨肉，就算所有人都憎恨他的出生，可是她这个母亲不能不要他，更不能不爱他。

"主子，你刚才也没吃多少东西，要再给你备点吗？"沁芳扶着她进了飞凤阁问道。

凤婧衣一想到方才凤景的眼神，心头一阵烦闷，不由得摇了摇头，道："不用了。"

最近公子宸带着人去追查冥王教的事情去了，同样也因为冥王教的事，白笑离将青湮和沐烟，还有星辰都召回了青城山去，淳于越也自然跟着走人了，墨嫣留在玉霞关防范大夏那边的动静，如今这金陵便也只剩沁芳还在她身边了。

沁芳沏了参茶送进内殿，看着又坐在榻上绣着婴儿肚兜的人不由得笑了："这时间还早了，主子你也不用这么急着做。"

凤婧衣低头穿针走线，道："反正也没什么事，给他做着总没坏处，只是我这手艺，到底比不得你那般精细。"

这两日，趁着萧昱不在跟前的时候，打发时间试手做的，才刚刚做一点点，自己又许久不动针线，手艺生疏也做得慢。

沁芳将茶给她搁到边上的案几上，笑道："奴婢做得再好，哪里比得上你这个亲娘做的。"

最近一直在用淳于越开的方子和药膳调理，她气色倒是好了不少，肚子也渐渐有些显了。

凤婧衣瞧着颜色，又不由得有些犯愁："这颜色给男孩穿还好，若是女儿好像有点不合适。"

沁芳失笑，搬了凳子在边上坐下，伸着头瞧了瞧道："还好，女儿穿也可以的。"

"是吗？"凤婧衣笑了笑，低头继续忙活着。

"奴婢听说城外的观音庙特别灵验，主子最近刚回宫，等再休息几日，奴婢安排车马，咱们去庙里拜一拜，也好保佑这个孩子平安出生。"沁芳笑着说道。

"也好。"凤婧衣点了点头，又望了望她道，"让可信的人跟着，不用让凤景知道。"

"奴婢知道，到时候就说是到城里转转，然后奴婢一个人陪你过去就是了。"沁芳说着，起身到了衣柜，挑了几匹绸缎出来，问道，"主子，你看什么颜色合适，奴婢拿来给孩子做棉衣，他出生就快到冬天了，这些东西总要准备着。"

凤婧衣放下手中的东西，仔细瞧了瞧，道："就那个青色的和紫色的吧。"

"好。"沁芳将两种颜色都留下，将其他的收进柜子里到一旁桌上就开始裁剪，一边忙活着，一边问道，"主子，你说会是儿子还是女儿？"

"我不知道。"凤婧衣笑着摇了摇头。

"我听人说，只要怀着孩子的时候母亲想着是儿子，就有可能是儿子，如果想着是女儿，生出来也极有可能是女儿。"沁芳说道。

"只要平安健康，儿子女儿都好。"凤婧衣说着，低眉抚了抚微微有些硬实的小腹。

她先前小产，又用过那样的药，她只怕这个孩子在娘胎里会不好，生下来会落下什么先天不足的毛病，所以淳于越开的药再苦再难喝，她都忍着喝下去了。

萧昱回了丰都，每十天都会有信过来，随之送来的还有各种珍贵的补身药材，不过每次也都是问她的身体状况，啰里啰唆叮嘱一大堆话，她也都会一一回了，或是和沁芳一起做了点心让人给他捎回去。

不过，一天一天过去，她跟着沁芳针线倒是愈发精进了，孩子的衣服鞋子帽子都做了一箱子了。

转眼到了仲夏,南方炎热,加之孩子也有五个月了,整个人便有些笨重了。

入夜,沁芳让人抬了冰块放到她寝殿,她睡起来也就清凉些了,只是刚睡下不多久,肚子里的小家伙便开始闹腾,她不得不从床上起来,摸着肚子感觉到里面的小家伙在踢,不由得好气又好笑。

最近慢慢有了胎动,可这小东西白天倒是安分,一到了夜里就闹腾,很是让人头疼。

一个人坐着坐着又开始觉得饿了,她扶着腰起身出去却没找上什么吃的,原是想去叫沁芳,在门口瞧了一眼,见她睡得正好又不忍叫,毕竟这一连几天半夜孩子闹腾睡不了,都是她在伺候。

凤婧衣一个人站在空荡寂静的宫殿,左思右想还是决定自己去厨房看看有什么吃的,于是自己点了灯笼提着到了厨房去,翻来翻去也只找到晚膳还留下的一笼凉透了的包子。

不好去叫人过来,只得自己动手生火了,可这好不容易蹲下身准备生火,肚子里这家伙又开始闹腾,真气得她恨不得把他揪出来打一顿解气。

生火,烧水,好不容易把包子给热好了,她也累得满头大汗了,懒得再端回寝殿那边,直接就在厨房的桌边坐了下来,拍了拍肚子里还闹腾的家伙,道:"好了,别闹了,我们吃饭。"

她刚把包子送进嘴里,外面便传来了脚步声,萧昱风尘仆仆地推开门:"你怎么在这儿?"

凤婧衣愣了愣,尴尬不已地咽下满嘴的食物,道:"有些饿了。"

"你这……"萧昱瞧着她,一手拿个包子的样子,好气又好笑。

凤婧衣悻悻地放下手里的东西,擦了擦嘴,道:"你不是明天才到吗?"

前几日收到信,他说要启程来金陵了,没想到今天夜里就到了,还撞上她在厨房里找吃的。

"路上赶一赶就提前到了,房里没见人,寻了一圈看到这里灯亮着就过来了,饿了不叫沁芳她们准备,你这样……"

"沁芳这两天也挺累的,我看她睡了就没叫她,这包子我就热了一下,不是我自己做的。"凤婧衣连忙解释。

萧昱无奈地瞅了瞅她,道:"好了,你饿了就赶紧吃吧。"

凤婧衣自己拿了一个,又拿了一个递给他:"你要不要吃?"

萧昱伸手接了过去,一路赶过来连午膳都没赶上吃,还真的是饿了。

夜深人静,两人在小厨房里将一笼剩包子给吃了干净,萧昱倒了水递给她,问道:"吃饱没有?"

"还差一点儿。"要是他没吃的话,她估计就够了。

可是这会儿要不说实话,一会儿指不定又饿了要出来找吃的。

"等着。"萧昱有些哭笑不得,起身在厨房里找了找,扭头问道,"吃面行不行?"

凤婧衣点了点头，补充道："要加鸡蛋。"

"大半夜的都爬起来找吃的，也没见你自己长出多少肉来。"萧昱一边挽起袖子，一边说道。

凤婧衣起身，走近道："要我帮忙吗？"

萧昱侧头望着她，暖暖的烛火下，这一刻显得格外熟悉而温馨。

如果，她腹中的孩子，是他的该有多好？

夜深人静的小厨房，热气弥漫。

萧昱满头大汗地站在灶台边，回头望了望还坐在桌边的人，道："里面太热了，你出去站一会儿凉快些。"

"哦。"凤婧衣起身，搬了张椅子到厨房外边坐着。

萧昱跟着出来，将里面的小桌子也搬了出来，然后回去盛了面端出来，两个人借着厨房照出来的灯光，坐在厨房外面吃面。

凤婧衣尝了一口，赞赏地笑道："过了这么些年，厨艺还好没退步。"

"你小心点儿，别烫着。"萧昱说着，拿起扇子帮她扇着。

"你吃饭吧，不用给我扇了。"凤婧衣抬眼望了望他，说道。

萧昱搁下手中的扇子，这才拿起了筷子，一边吃一边道："这大半夜的你竟然一个人跑过来，万一没看清路摔着怎么办，不叫沁芳叫别的人伺候也好，你这样能自己来做这些事吗？"

"知道了，知道了。"凤婧衣应道。

这回回写信还没唠叨够，一回来又来说教了，她又不是三岁孩子。

两人一顿饭吃得大汗淋漓，也没顾上收拾东西，萧昱便扶着她先回寝殿了。

凤婧衣坐在凉榻上，瞅着他满头大汗的样子，道："看你那一头汗，先去沐浴吧。"

"你别乱跑了。"萧昱叮嘱了，这才自己去寻了衣物，去后面的浴房里。

"知道了。"

凤婧衣揉了揉有些酸疼的后腰，肚子里那家伙又开始一阵拳打脚踢，她不由得皱着眉头直叹气，这家伙到底什么德行，该消停的时候不消停，害得她都快成了夜猫子了。

等到稍微好受一点了，她才起身去屏风后重新换了身干净的睡袍，把屋里给孩子做的东西都收进了箱子，以免一会儿被萧昱看到。

萧昱出来看她坐在榻上没有就寝，不由得皱起了眉头："你这现在都什么习惯了，天都快亮了，还不睡？"

"不怎么困，你先睡吧，一连赶了几天的路，估计也没怎么休息。"凤婧衣莞然笑道。

萧昱走近将她扶起来，道："不睡，也躺着，躺一会儿就睡着了，哪有人大半夜的不睡觉的。"

她推辞不下，只好跟着他上床躺着。

萧昱瞧见她手搭在肚子上，问道："五个月该有胎动了，是孩子踢着你了？"

"嗯。"凤婧衣无奈笑了笑应道。

萧昱沉吟了片刻，询问道："我……我能摸摸吗？"

凤婧衣愣了愣，轻轻点了点头，拿开了自己的手。

萧昱小心地将手放到她肚子上，等了不一会儿感觉到手上传来一震，顿时惊奇不已地笑道，"还真是，小家伙还挺有劲，这才五个月就这么闹腾，看来十有八九会是个儿子。"

凤婧衣笑了笑，道："或许吧。"

虽然总是扰得她夜不安眠，不过这么好动，兴许也是好事，说明这小家伙长得健康结实。

萧昱感觉到她腹中的小生命在动，缓缓低下了眼帘掩去了眼底的苦涩，如果这是他的孩子，该有多好？

将来他真的能做到将这个孩子视如亲生吗？

他想，他是做不到的，他只是爱屋及乌，永远也不可能真的将他当作亲生骨肉一样疼爱。

如果不是她的身体状况必须要生下这个孩子，他真的没有那个度量让这个孩子出生。

可是，他一出生了，她和夏侯彻之间就永远有这么一层斩不断的关系，那个人舍不得杀她，甚至连性命都不顾要救她，若是知道了这个孩子，又岂会不管不顾。

有时候，他都不禁在想，是不是连老天爷都在帮着夏侯彻，要她在离开了他时，却有了他的孩子，还必须要将孩子生下来。

"你要是累了，就先睡吧。"凤婧衣见他半晌不说话，便出声劝道。

萧昱回过神来，笑了笑在她身侧躺下悄然牵住了她的手，静静合上眼帘入睡。

阿婧，我们说好的，你长大了会嫁给我的，会和我一辈子在一起的，说出这样的话就是一生的承诺，你不能再反悔的。

凤婧衣拿起床上的薄被给他盖上，自己继续望着帐顶的花纹，直到天亮了才睡着，一觉便睡到了午后。

沁芳知道最近她夜里睡得不好，早上便也没有去叫她，几乎每每都是到了午后，她自己给饿醒了才起来。

萧昱正在榻上看着书，一抬眼瞧着她起来，搁下手中的书扶着她下了床："最近都天亮才睡？"

"偶尔。"凤婧衣道。

沁芳估摸着时辰差不多了，进来看到她已经醒来了，过来道："太子殿下，午膳已经备好了，你先用膳吧，奴婢给主子梳洗了就出来。"

"小心点。"萧昱松了手，自己先去了外殿用膳。

"主子昨儿个夜里又没睡好？"沁芳一边替她换衣，一边问道。

"还好。"

她很快换了衣服，简单梳起了头发便出来了，萧昱已经给她盛好了饭和汤，看着她坐下之后问道:"沁芳说你下午要去庙里上香,一起去吧。"

"我们自己去就是了,你刚回来,还是留宫里休息吧。"凤婧衣道。

萧昱笑意温雅,给她夹了菜道:"正好,我也想去看看你母亲,咱们成亲之后也没顾上去给她上香。"

凤婧衣抿唇想了想,点了点头道:"好吧。"

"那奴婢让人准备马车去。"沁芳欣喜地道。

两人用了午膳,沁芳已经让人准备好了马车,只是这大热天的到了庙里就已经热得满头大汗了。

萧昱一手扶着她,一手给她打着伞遮阳:"要是累了,到前面树下歇一会儿再走。"

"没事,再几步路就到了。"凤婧衣拭了拭额头的汗,笑着道。

萧昱见她坚持便也没再相劝,到了寺里先寻了阴凉地让她歇了一会儿,才送她到正殿上香。

"后面山上路不好走,你现在也身子不便,我一个人过去看看就是了,你上完香就在寺里歇着等我。"

凤婧衣想了想,点头道:"好。"

沁芳在一旁给她打着扇子,看着萧昱一人往后山的方向去了,开口道:"主子要这会儿过去吗?"

"走吧。"凤婧衣道。

两人到了正殿,她在沁芳的搀扶下才跪上蒲团,上了香双手合十默念了一段经文,喃喃道:"还望菩萨慈悲,保佑我腹中孩儿平安健康。"

她不能让他在亲生父亲身边出生长大,唯一所愿就是他能平平安安,无灾无难地长大,如此便是要她折寿以偿,也是值得的。

沁芳站在一旁,瞧着祈愿的背影暗自叹息,每个月过来她祈求菩萨从来都是这样的话。

她不负玄唐,不负凤景,不负身边的每一个人,唯一有负的只有大夏那个人和她腹中的孩子,她不能让那个人的孩子在他身边长大,不能让这个孩子有一个完整的家。

"主子一片诚心,相信菩萨也是知道的。"沁芳说着,将她扶了起来。

她刚上完香从正殿出来,萧昱也从后山下来了。

"时辰还早,先在寺里休息一阵,去找方丈讨杯茶喝,等太阳落了咱们再回去。"

"好。"她淡笑应道。

从山下走那么一段路上来,她也确实累得够呛。

"你这次回来,要待多久?"

萧昱侧头望了望她,歉意地笑了笑:"估计也就几天,是到榕城附近巡视军务,顺便过来看看你。"

"正事要紧。"她淡笑道。

萧昱扶着她漫步在寺里走着，叹了叹气道："这个时候，我原本该陪在你身边的，只是父皇身体状况反反复复的，我也实在脱不开身，让你去北汉又路途遥远，你和孩子肯定也受不住。"

"我没事，只是要你总这么来来回回地跑，太过辛苦了。"凤婧衣歉意地笑了笑，说道。

"只要你能安安心心地休养身体，孩子平平安安出生，我也就放心了。"萧昱抬手理了理她颊边汗湿的发，笑意柔软。

大夏虽然停止了进攻玄唐，可是即便国内还闹着冥王教的乱事，对北汉的战事也没有丝毫松懈，凤景担心大夏休养生息之后，等到了秋季有了粮草补充，又会卷土重来，一直以来也在招兵买马，积极备战。

若大夏真对玄唐再出兵，那他倒也能放心了，起码说明夏侯彻心里到底做了什么决断，也能断了她心中最后一点念想。

两人在寺里走了走，在禅院休息到了太阳落山才回宫去。

萧昱见完凤景回来，见她坐在榻上按着后腰，几步走近道："要不要叫太医过来？"

"没事，只是走着有些累了，腰有些酸疼，一会儿就好了。"凤婧衣笑了笑说道。

她这平日里就是在宫里，偶尔这样活动多了，身体自然有些吃不消。

萧昱在她边上坐下，拿开她的手，自己伸手按在她腰际揉了揉："这里？"

她望了望他，点了点头："嗯。"

"听沁芳说，你每个月都去庙里了？"

"嗯，在宫里也没什么事，就当出宫走走罢了。"

萧昱叹了叹气，道："你这身子越来越不便了，以后就别去了，回头再磕着绊着有个好歹怎么办？"

"没关系，寺里方丈每次也有派人到山下接我们，能出多大的事儿。"凤婧衣笑语道。

"话是这么说，可这万一有个什么事，我又不能及时赶回来。"萧昱想了想，说道，"宫里原先不是有座佛堂，我让人简单修葺一下，从寺里请两个师父在那里也是一样的。"

凤婧衣哭笑不得，知道争不过他，便道："好吧，听你的，佛堂不用修了，我不去了就是了。"

"答应了就要说到做到，回头我会给凤景打招呼的，你别等我一走，自个儿又悄悄溜着去了。"萧昱瞪了她一眼，郑重警告道。

"行了，就你有理，不去行了吧。"凤婧衣道。

萧昱失笑，问道："现在好些了吗？"

"嗯，好了。"

萧昱在金陵待了十天，又赶着起程去榕城办事，一早走的时候她刚睡着，便没有叫醒她，只是叮嘱了沁芳记得夜里给她备些吃的留着，晚上留个人在寝殿守着，省得她再自己半夜去厨房找吃的，找不着了还得自己悄悄动手。

他走了不几日便是玄唐祭天大典，原是玄唐王迁都到金陵的日子，渐渐也就成了每年皇帝带着文武百官与百姓一起祭天祈求风调雨顺、国泰民安的日子。

其实并不是什么光彩的日子，玄唐被迫退到了南方金陵，却被史官笔墨润色成了迁都而来。

大典设在皇城外的广场，凤景率文武百官与金陵的百姓在广场，她有孕在身不便参加，便带着沁芳几人在皇城楼上远远瞧着热闹。

可是，祭典正热闹的时候却突地发生了变故，凤婧衣看着下面混乱的人群不由得震了震："这是怎么了？"

沁芳仔细瞧了瞧，还没瞧出什么来，便听到外面有声音在叫："有刺客，快护驾！"

凤婧衣望了望一片混乱的皇城广场，既是刺客自是冲着凤景来的，连忙道："走，快下去看看！"

"主子，你慢点儿。"沁芳连忙扶着她往楼下走，只是她心急之下走得急，几番险些摔了下去，好在她和宫人都给扶住了。

"主子，外面这么乱，你有孕在身去了也帮不上什么，再让人碰了撞了可怎么好，还是先回宫里面吧，奴婢带人去打听消息再来禀报你。"

"这时候，哪还顾得上这些，走。"凤婧衣扶着肚子，疾步朝着宫门外走去。

可是，一行人刚至宫门处，人群之中便放出冷箭，好在她机警一把接住了箭矢，喝道："快让开。"

她拉着沁芳躲开了，跟在身边的一名宫人躲闪不及，被当场射杀了。

"快，快护驾！"沁芳惊得面色煞白，紧紧挡在她身前道，"主子，只怕对方是冲着你和皇上来的，你别出去了。"

"可是凤景……"外面这么乱，对方是什么来人，派了多少人她都不知道，隐月楼的人现在也都不在金陵……

"皇上现在不同以往，他会保护自己的，你这样子出去只怕也帮不上什么的。"沁芳望了望混乱的宫门外，不由分说拉着她往宫里面走。

凤婧衣拧眉扶着肚子，方才躲得急一下撞到了宫墙，可别是伤着了孩子。

"我自己回去，你叫上宫里侍卫都到宫门外，一定要保护凤景安全。"

沁芳望了望她，知她放心不下外面，便叫了身后的宫人道："你们先送公主回飞凤阁，记得传太医过去。"

说罢，快步去了钟楼让人敲响示警。

凤婧衣由宫人扶着回飞凤阁，这个时候会来玄唐刺杀她和凤景的人，若不是傅锦凰的人，便会是大夏的人。

自己最近只顾着这孩子，倒是放松了警惕，让这些人有了可乘之机。

若是对方来的都是难对付的高手，凭凤景和宫内这些侍卫只怕是挡不住的……

第四十章
金陵待产

　　飞凤阁，凤婧衣冷汗涔涔地扶着肚子，紧张着孩子却也放心不下宫外的状况。
　　"公主，太医来了。"一名宫人带着太医快步进了殿中，看着她面色煞白，赶紧催促道，"快，快给公主诊脉。"
　　沁芳姑姑一再交代了，公主和孩子不能有闪失，若有个好歹她们怎么向皇上和鸿宣太子交代。
　　"来人，去宫门处守着，打听到消息立刻回来禀报。"凤婧衣一面让太医诊脉，一面下令道。
　　"是。"两名宫人应了声，连忙出了飞凤阁去打听消息。
　　太医诊了脉，瞧着她冷汗涔涔的额头，道："公主，你是动了胎气了，好在没有伤到，不过得静养一段时间才行。"
　　凤婧衣心头一紧，连忙问道："孩子真的无碍吗？"
　　"只要公主卧床静养一段时间，应该没什么大问题。"太医躬身回道。
　　凤婧衣望了望殿门处，久久不再有人过来回报宫外的消息，扶着肚子道："扶本宫进去躺着吧。"
　　如沁芳所说，自己这个时候出去真的帮不上什么，只是现在外面到底是何情形也没有一点消息回来，实在让人担心。
　　若是对方真伤了凤景性命，玄唐从此无主，任凭她有再大的本事也是枉然了。
　　宫人扶着她进了寝殿躺下，拿上太医开的方子连忙去煎药，又得派着人在飞凤阁附近守着，唯恐宫外的贼人冲进宫来。

第四十章 金陵待产

太医守在床边，瞧着她一副忧心忡忡地样子道："公主，为了胎儿安全，你得平心静气下来才行。"

这若不是好在之前一直有灵药养着，这一撞这个孩子只怕会有个好歹了。

凤婧衣叹了叹气，这会儿凤景在宫外生死未卜，她怎么平心静气得下来。

"皇上吉人自有天相，定能逢凶化吉，公主安心静养才是。"太医道。

凤婧衣靠着软垫，轻抚着有些难受的肚子，努力让自己平静下来，等待凤景的消息。

过了好一会儿工夫，沁芳满头大汗地跑回来，看到太医在床前伺候着连忙问道："公主和孩子怎么样了？"

方才那会人群里放冷箭，她躲得太急，脸色一下变了，她就担心会不会是孩子伤着了。

"只是动了胎气，休养一段时间就好了，外面怎么样了？"凤婧衣连忙追问道。

"皇上受了伤……"

"凤景受伤了？"凤婧衣一下坐起身，腹部一阵抽疼，不由得倒抽了一口气。

沁芳连忙扶住她，说道："还好墨姑娘及时带人赶回来了，皇上伤势不重，已经派了太医过去了，让奴婢过来给主子回话，叫你别担心。"

凤婧衣敛目长长舒了口气，道："那就好，那就好。"

"那些刺客都混在人群里，要抓人实在有些棘手，皇上已经下令关闭了金陵城门，墨姑娘带着人正全城搜查呢。"沁芳将她扶着躺下，说道。

"好，你让人去凤景那里看看，等太医诊断完了叫过来。"凤婧衣道。

"奴婢已经让人过去了，一会儿会带太医过来的，主子你安心静养。"沁芳道。

凤婧衣知道凤景并无性命之忧，便也安心了几分，躺在榻上用了药静养保胎。

天黑的时候，凤景赶了过来，看她躺在床上疾步走近道："皇姐，你怎么样了？"

"没什么，休养一段时间就好了，你伤势如何？"凤婧衣看他面色有些苍白，不由得紧张问道。

沁芳搬了凳子过来，凤景在床边坐下，道："还好，只是些皮外伤。"

凤婧衣抿了抿唇，太医过来回话说是中了箭，还受了两处刀伤，好在他年轻身强体健，还没到性命之忧的地步。

"我们抓的两个当场就自尽了，什么也没问出来。"凤景说着，不由得恨恨地咬了咬牙，道，"不用想也知道，一定是大夏的人干的。"

凤婧衣垂眸，沉吟不语。

"一定是夏侯彻眼看着战场上失利，大夏粮草不济难以和玄唐打下去，便暗中派人来刺杀你我，只要我们两个死了，玄唐无主自然又是一盘散沙，到时候他挥军而来就是轻而易举的事。"凤景愤恨不已，眼中杀意沉沉。

若非玄唐也需要休养生息，扩充兵力，他不会在玉霞关就那样善罢甘休。

"不是他。"凤婧衣平静说道。

如果是只冲着凤景一人而来，她也许还拿不定主意，可出手的人连她也算在其中。

她想，应该不是夏侯彻派的人，他若要杀她，在玉霞关就不会那样出手救她性命。

如果是他派人来的，他身边有的是比这身手更好的人，会有更周密的计划，会让他们根本没有还手之力，而这些人虽然伤了她和凤景，可并没有成功取下他们性命。

不过，不是他派来的人，也会是大夏朝中的人派来的。

最有可能对他们下手的，莫过于如今的大将军，方湛。

凤景不可置信地看着她，许久都没有说话，目光渐渐锋利逼人。

"皇姐，如果不是他，还能有谁？"

凤婧衣沉默地望着他，有些无言以对。

"皇姐，就因为他在玉霞关救你一次，你忘了当年他是怎么要置我们于死地，是怎么带兵攻进金陵城的吗？"凤景站起身，不知是激动还是愤怒，整个人都有些颤抖。

凤婧衣抿了抿唇，知道自己再说下去，只会让凤景更加生气，索性便不再言语。

这些恩怨，不是她说可以了断就能了断的，就算她能放得下，凤景和在两国交战时死伤的将士也不会答应，大夏朝中的臣子也不会答应。

冰冻三尺非一日之寒，已然不是她与他的一己私情可以化解的，她只是可怜腹中这个将要出生的小生命。

沁芳看着沉默下来的姐弟两人暗自叹了叹气，皇上几次险些死在大夏人的手里，她喜欢的上官姑娘，也是因大夏攻占金陵而死，他恨大夏是应该的。

可是主子，她在大夏三年，在恨与爱中挣扎，又何尝过得轻松。

她本就是心善之人，夏侯彻过去对玄唐是太过狠厉，可是那三年对她却也是真心真意的，主子心软也是情有可原。

可即便是那样，她也咬牙做了所有她能为玄唐所做的一切。

他们两个都不说话，整个飞凤阁便安静得有些压抑，直到墨嫣带着两人匆匆从宫外回来，进殿看到躺在床上的人便问道："公主伤势如何？"

"无碍，查出刺客的底细了吗？"凤婧衣直言问道。

墨嫣接过沁芳递来的茶，抿了一口方才回道："是方湛派来的人，他的兵马驻扎在玉霞关对面的凤阳，最近调动频繁可疑，我以为他是要再出兵，便重点放在了刺探军情，他却暗中派人摸进了玉霞关，想要对你和皇上下手，我发现不对劲猜到他可能会趁着祭天大典动手，就赶紧从玉霞关赶回来了。"

凤婧衣点了点头，道："我想，也可能是他。"

一来，方湛的人还驻扎在玄唐边境，对玄唐这边比较熟悉。二来，他一心想为大哥方潜报仇，而现在夏侯彻又下令撤兵了，大夏加之粮草不济，起码短期之内不会再发兵玄唐。

于是，最简便有效的办法，就是擒贼先擒王，除掉她和凤景两人，玄唐便会成为一盘散沙，再想平定就是易如反掌的事了。

第四十章 金陵待产

凤景当初下手杀方潜，也是因为她而起，此事她也脱不了干系。

"人都抓住了吗？"凤婧衣问道。

墨嫣没有说话，只是望了望一直沉默不语的凤景，有些难以开口的样子。

凤景面目冷然，道："抓到的都杀了，已经让人送往凤阳，朕会让他们看清楚，玄唐不是那么好欺负的。"

凤婧衣拧了拧眉，撑着坐起身："凤景？你现在怎么……怎么变得杀人不眨眼了？"

她知道凤景长大了，变了。

从她得到他杀方潜的消息之时，她就知道。

可是，他没想到他变得这么嗜杀狠辣。

"是那些人先要杀我们，若不是墨姐姐及时赶回来了，你现在看到的我就是一具冰冷的死尸，说不定连你也在其中，我不杀他们，难道还要放他们回去，将来再来杀我们吗？"凤景咬牙切齿，出口的话冰冷无情。

凤婧衣敛目，叹息地别开头。

"主子，你先躺下，现在休养身体要紧。"沁芳扶住她劝道。

"我还要去今日祭典上死的臣子家中安抚，皇姐你好好休息吧。"凤景说罢，面目清冷地带着宫人离开了飞凤阁。

"凤景……"凤婧衣叫他，却只看到他快步离去的背影。

出了飞凤阁的人恨恨咬牙，一拳捶在石柱之上："什么时候变成这样了？阿姐，你为什么要变成这样？"

他不懂，他的阿姐为什么变得那么偏袒大夏了。

难道，三年在大夏皇宫的屈辱生活，她竟爱上了自己的仇敌吗？

不可以，这样的事，绝对不可以发生。

寝殿内一阵沉重的静寂，谁也没有再说话，凤婧衣敛目，沉默地靠着软垫叹息。

"即便凤景不杀他们，这些人被擒也会选择自尽，他的做法……也不无道理。"墨嫣出声道。

只是，大夏与玄唐之间的积怨，会在这样的杀戮中越来越深，直到拼个你死我活才肯罢休。

而这个人，大夏皇帝曾不顾性命相救，她的腹中还怀着那个人的骨肉。

一边是她孩子的亲生父亲，一边是她的亲弟弟，最为难莫过于夹在其中的她。

凤婧衣抬手抹了下眼角，叹了叹气道："因为方潜的死，方湛肯定还会针对凤景，现在公子宸她们追查冥王教的事，你那里有身手好的放在凤景身边保护他安全吧。"

墨嫣望了望她，问道："那你呢？从这一次来看，你也是他的目标之一。"

"这一次失手，近期内应该不会有什么动作，孩子生产之后，我估计就要去北汉了，方湛有再大的本事，还不至于把手伸到丰都去。"凤婧衣道。

方湛是誓要报这弑兄之仇的,那么凤景以后就一直会有生命危险了。

"我已经传消息给公子宸那里,把她带去的人调几个回来,虽是这么想,可难免对方不会再有其他动作,你现在这个状况不能有一点闪失的。"墨嫣面色凝重地说道。

三年来,这么多风风雨雨都闯过来了,总不能回了自己的地方却丢了性命。

"好。"凤婧衣点了点头。

"还有部分藏在城里的刺客还未抓获,我得出宫去了,再有进一步的消息再来找你。"墨嫣说着,起身准备告辞。

"小心些。"凤婧衣嘱咐道。

墨嫣微一颔首,带着两个身着常服的随从离开了。

宫人煎好了药端进来,沁芳接了过去试了试温热,道:"主子,该用药了。"

凤婧衣接过药碗一饮而尽,疲惫地靠在软垫上,一颗心沉重难言。

沁芳吩咐了宫人去准备晚膳,一个人坐在床边守着,说道,"主子,你放宽心,小主子也是为你们的安全着想,没有别的意思的。"

"我知道他没错,可是他变得让我都有些怕了。"凤婧衣叹道。

原来的凤景,虽然胆小,却是仁慈宽厚的人,现在的他越来越像一个皇帝,却越来越不像她那个弟弟了。

凤景恨夏侯彻,恨不得他死,可是要她怎么办,跟他图谋杀了她腹中孩子的父亲,还是跟着夏侯彻逼死自己的亲弟弟?

这一切她都不想发生,可是所有的一切已经不是她能一力改变的,今日的一切,纵然非她所愿,也是她所造成。

"主子,你现在当务之急是要养好身子,照顾好肚子里的孩子,其他的事就不要想了。"沁芳劝道。

凤婧衣没有说话,只是沉默地听着。

"主子你休息吧,奴婢去厨房准备晚膳,她们做的,你怕是也吃不习惯的。"沁芳说着,拿薄毯给她盖上,起身出了寝殿,掩上了房门。

她想,她现在应该想要安静一会儿吧。

凤婧衣望着空荡荡的寝殿,肚中的孩子微微动了动,她低眉笑了笑,道:"对不起,娘亲让你跟着受苦了。"

不管是曾经的她,还是这一世生在玄唐的她,都是在没有父亲的家里长大。

那些冷眼、鄙视、冷落她都经历过,她曾经发誓,绝对不会让自己的孩子也受那样的苦。

可是,最终她的孩子也逃脱不了和她一样的命运,不能有父亲,不能在一个完整温暖的家庭长大……

第四十章 金陵待产

此后，一连四天，凤景再没有来飞凤阁看过她。

不过正回往丰都的萧昱接到消息，又带着人半路折了回来，连夜赶回了金陵。

夜里，她还没睡着，萧昱便匆匆进了寝殿，看着她还在床上坐着看书，便长长松了一口气。

凤婧衣愣愣地瞧着去而复返的人："你怎么又回来了？"

"凤景让人送信给我，说有刺客潜入了金陵要对你们下手，不回来看一眼，我回去也难以安心。"萧昱呼吸不稳地在床边坐下，询问道，"太医看过了吗？"

"没事，只是动了胎气，静养些日子就好了。"凤婧衣看着她满头大汗的样子，拿起了搁在边上的扇子给他扇着风。

萧昱按住她的手，瞧了瞧她的面色，又问道："凤景怎么样，伤得重吗？"

"只是些皮肉伤，没有性命之忧。"凤婧衣道。

她不知道凤景已经告诉他了，让他还没来得及回丰都，又连夜赶回来了。

"那就好。"萧昱长长松了一口气，自责道，"是我太大意了，早该派人过来保护你们安全，幸好这一次逃过一劫，若真是有个万一，我……"

"不是你的错，我和凤景也都没什么大碍，你不用担心。"凤婧衣连忙道。

萧昱伸手拉住她的手，叹了叹气道："我已经让人通知况青了，他过两日就会带着我的亲卫过来，在你回丰都之前保护你的安全，等他带人到了，我再启程回去。"

"可是，若是朝中有事……"凤婧衣忧心道。

"于我而言，能有什么比你性命更重要的。"萧昱打断她的话，说道。

他接到消息说是刺客刺杀，她现在这个状况，有个闪失就是一尸两命，他哪里还顾得上回去理政，索性就直接掉头回来了。

凤婧衣知道他的执拗，想来耽误两天应该没什么大碍，便也不再相劝了。

不一会儿，沁芳进来道："太子殿下，你一路赶回来估计也没顾上用膳，奴婢准备了些，你去用吧。"

"去吧。"凤婧衣浅然笑道，看他这疲惫不堪的样子，不知是跑死了几匹马赶回来的。

萧昱点了点头，起身道："行，我先去了。"

说罢，去了外殿用膳。

沁芳倒了茶送到床边，笑着道："主子你看，太子殿下这担心样儿。"

若是没有这个孩子，她更愿意看到主子和鸿宣太子，毕竟这么多年的情分，他待主子一直甚好，也没有与大夏那个人那般诸多纠缠。

可是，事实总是没有那么简单，顺风顺水。

凤婧衣将床里侧放的未做好的婴儿小衣递给沁芳，道："收起来吧。"

沁芳将东西收走，坐到床边问道："孩子还是踢你，睡不下？"

凤婧衣抚着肚子，无奈地笑了笑。

那日说动了胎气，自己还怕会伤着他了，结果小家伙夜里还跟以前一样闹腾，这也让她放下心来。

"这也好，说明还壮实着呢。"沁芳笑语道。

"你帮我给他把换的衣服找出来吧，一会儿用完膳，沐浴肯定要穿的。"凤婧衣道。

"好。"沁芳起身，把萧昱的衣物找了出来放到榻上，方才退了出去。

过了好一会儿，萧昱用完晚膳回来，看到已经放好的睡袍，道："我先去沐浴了。"

大热天的，自己昼夜不息地骑马回来，一身的气味可想而知。

"嗯。"凤婧衣淡笑应声道。

萧昱沐浴完出来，看到床上的人还没有入睡，散着微湿的头发坐到了床边问道："刺客的事，追查出来了吗？"

"嗯，大夏的平南大将军，方湛派来的人。"凤婧衣道。

萧昱想了想，道："是为了给他大哥方潜报仇来的？"

"应该是的。"只怕此事，还是瞒着夏侯彻私自作主的。

"凤景杀了方潜，此事方湛只怕不会轻易罢休，这一次没有得手，肯定还会寻机会下手。"萧昱道。

凤婧衣搁下手中的书卷，叹道："我也正担心这个问题，已经让墨嫣派了人在凤景周围保护。"

"这样保护，总会有松懈的时候。"萧昱望了望她，说道，"除非永绝后患，否则迟早会再出这样的事。"

凤婧衣沉默地抿了抿唇，大夏和玄唐之间你死我活的争斗，不是从她开始，也不会在她这里结束。

她这三年已经让他身边的人死的死，走的走，如今还要再下手吗？

即便她要下手，夏侯彻若有所察觉，只怕也不会轻易让她得手，这样的较量争斗她真的已经没有那个心力了。

萧昱看她沉默了，笑了笑道："不早了，先睡吧，这件事我回去之后会处理的。"

凤婧衣没有说话，任由他帮着撤了软枕躺了下来，却还是神思清明地难以入睡。

萧昱躺了下来，侧头望着她，伸手拉住了她的手问道："孩子还好吗？"

"还好。"凤婧衣回道。

"再遇到这样的事，你别再想着往上冲了，不顾着自己，也得顾着孩子，你若有个三长两短，你是要我抱憾终生吗？"萧昱眉目微沉道。

"好，我知道了。"凤婧衣无奈地笑了笑，答应道。

萧昱笑了笑，抬手抚了抚她的发，静静地瞧着她不再说话。

她被看得有些不自在，道："你一路赶回来也累了，早些睡吧。"

"你也睡不着，我陪你一会儿。"萧昱道。

话是这么说，可过了不久，还是抵不住一身的疲倦合上了眼帘睡着了。

凤婧衣望着沉沉睡去的人，以前一直梦想着这样和这个人相依相守，为什么真的到了这一天，他的温柔和爱带给她的却是难言的沉重。

萧昱在金陵停留了三天，直到况青带着数十个亲卫赶到了玄唐宫里，他这才与她和凤景道别，踏上回国的路。

与此同时，大夏镇守凤阳的平南大将军方湛被盛京一道圣旨密召回了盛京。

方湛快马连夜赶回了宫里，正值皇极殿下早朝的时候，进了承天门看着巍然磅礴的皇极大殿，他知道自己派人刺杀玄唐皇帝和玄唐长公主的事情已经传到了他的耳中。

至于密召他回京，一来是他擅自作主，违背旨意；二来，想必是因为他动了那个人，他才会如此吧。

孙平从正殿出来，远远看到承天广场走来的人，连忙下了白玉阶道："方将军来了，皇上这会儿在见几位大人，您在殿外稍候吧。"

"好。"方湛应声，跟着他到了皇极殿的书房外等着。

孙平望了望他，叹了叹气道："一会儿皇上说什么，你听着就是了，别再出言顶撞。"

方湛虽也是方家的人，有时候却不如方潜那般成熟稳重。

"多谢孙公公提点。"方湛道。

孙平点了点头，带着人进了书房伺候圣驾，等到几位大臣都告退了才禀报道："皇上，方将军回京了，在外面候着呢。"

夏侯彻头也未抬地批着折子，恍若没有听到他的话。

孙平抿了抿唇，知道他不是没听见，是故意如此先把方将军晾在外面挫挫他的锐气。

皇帝没说要宣人进来，他自然也不敢自做主张，尤其现在他这脾气越来越让人难以捉摸，真动了怒了谁说什么也没用。

方湛在外面看到大臣从里面出来了，等了半晌也不见有人宣自己晋见，可是毕竟是天子之地，自己不好冲进去要求晋见，只得在外面等着。

于是，这一等便是从一早等到了天黑。

暮色降临，孙平带着宫人给书房里掌了灯，给夏侯彻手边的茶换了一盏。

"叫他进来。"夏侯彻冷冷道。

"是。"孙平应了声，这才出了书房去宣了人进去。

方湛进殿，跪拜行礼道："末将方湛，奉旨回京。"

夏侯彻眼也未抬地忙着自己的事，半晌才出声道："金陵的刺客，是你派去的？"

方湛沉默了一会儿，如实回道："是。"

"得手了？"夏侯彻声音寒意慑人。

方湛垂首，回道："失手了。"

夏侯彻低眉看着折子，一边提笔批阅，一边道："朕没有下这样的旨意，谁让你派人去的？"

方湛咬了咬牙，如实回道："是臣自己，大夏停止了对玄唐的进攻，可臣要报兄长被杀之仇，所以派了人去金陵，想在祭天大典上刺杀玄唐皇帝和太平长公主。"

夏侯彻没有说话，只是听到最后那个名字之时眉目微微一沉："前锋营三十八个人，没有得手，却一个个都死着回来了，这就是你做的好事？"

"臣知罪，臣愿带兵直捣金陵，为他们报仇。"方湛沉声道。

大夏和玄唐停战，他要何时才能为大哥报仇。

夏侯彻沉吟了半响，下旨道："凤阳的事会有容大人去接手，你明日起程前往南宁城。"

方湛闻言刷地抬头望向龙案之后面目冷峻的年轻帝王，直言问道："为什么？"

"你在质疑朕的旨意？"夏侯彻抬头，目光冷锐逼人。

"臣只想知道，皇上将臣调离凤阳的原因是什么？"方湛一动不动地直视着他的眼睛，道，"是为了不让臣再对付玄唐，伤了你的那位废皇后吗？"

如果他调到南宁城，就再也无法了解玄唐那边的动静，更不可能再有机会对付玄唐皇帝和玄唐长公主为大哥报仇。

夏侯彻眸光倏地森寒："你的话太多了！"

"难道臣说错了吗？"方湛一想到死去的兄长，一腔恨火堵在心头，"皇上下旨撤兵，将玉霞关拱手相让，不也是为了玄唐长公主吗？可是现在她已经嫁了北汉鸿宣太子，对这样一个无情无义的女人，皇上还这么放不下，自己都不觉得可笑吗？"

"方将军……"孙平一见情形不对，上前便要相劝，以免再酿出大祸来。

"皇上要降罪也好，这番话臣今日不吐不快。"方湛跪在殿中，高声道。

夏侯彻没有说话，只是冷冷地望着他，似是在等着他把话说完。

"皇上，臣和兄长在您还没有登基就跟着您在战场上出生入死，因为我们认定了您会是圣明天子，所以我们愿意誓死追随，可是我的兄长、大夏那么多的将士死在玄唐，皇上却要因为一个女人而休战，臣不服！"方湛直视着他的眼睛，铮然言道。

"说完了吗？"夏侯彻语声冷冽，让人不寒而栗。

"大哥是因为奉了你的旨意前去金陵送什么玄唐降臣的骨灰被害，皇上要他就这样枉死吗？"方湛目光含恨，一字一顿地道，"若是皇上念及旧情下不去手，便当作没看见由臣替你下手。"

在玉霞关之时，他就该把那妖后杀了的，也算是替大哥报了仇，如今却放虎归山，让他们姐弟继续与大夏作对。

"朕还不需要你来教朕如何做事，明日一早不遵旨前往南宁，以抗旨之罪论处。"夏侯彻冷冷说罢，垂首继续批阅着折子。

"皇上！"方湛不可置信地望着不为所动的人。

"方将军，别说了，先退下吧。"孙平上前想要扶他起来，却被他冷冷甩开了手。

"好，我今日不能杀他们姐弟报仇，但这辈子只要我还有一口气，也定要为兄长报此血仇。"方湛说着，从地上站起了身。

夏侯彻没有说话，连看也没有看他一眼，面目冷沉如冰。

方湛转身离开，走了几步停了下来，冷冷笑了笑，道："有件事，皇上大概还不知道吧？"

夏侯彻不耐烦地皱了皱眉。

"玄唐长公主不仅与北汉太子成了亲，如今已经身怀六甲，再过不了几个月，只怕他们的孩子都要出生了，那就是你心心念念的女人！"方湛气愤地说完，头也不回地离开了皇极殿书房。

夏侯彻手一颤，朱笔掉在了奏折上，滚出一道刺目的鲜红。

孙平一听，面色大骇地望向龙案之后的人，方将军也太过鲁莽了，皇上三年来一直想要个孩子而不得，如今那个人回去了却嫁给了北汉太子，还有了孩子。

这不是……往他的心上扎刀子吗？

可是龙案之后的人却平静得可怕，只是一动不动地坐在那里……

夏侯彻咬了咬牙，胸口阵阵血气翻涌，随即便觉得满口的腥甜。

凤婧衣，三年你都不肯生下朕的孩子，如今竟然……竟然有了他的孩子。

数月以来，他对玄唐的一切消息都不闻不问，宫中再也没有她的痕迹，干净得就像她从来没有出现过。

他想，他是真的可以忘记她了。

可是，此刻听到这样的消息，却还是万箭穿心一样的痛。

一场有惊无险的刺杀，虽未伤及性命，却让她足足卧床静养了近一个月才恢复过来。

凤景偶尔会过来看她，陪她用顿膳，但与她说话却是极少了，多数时候是来了坐下不一会儿便借口政务繁忙走了，她知他是不愿看到如今怀着夏侯彻孩子的她，便也不再强求。

昨夜到早上一场大雨，让炎热的金陵清凉了几分，雨后的空气也清新了几分。

虽然太医说她已经可以下床走动了，沁芳却还是放心不下，不许她出飞凤阁的大门，生生又将她关在寝殿好些日子。

凤婧衣在窗边站了一会儿，看到沁芳进来，便道："这会儿外面不太热，我想去园子里走走。"

"主子，你才刚刚恢复，外面又刚下过雨，还是别出去了。"沁芳不由分说地反对道。

这好不容易才休养好了，再有个闪失，她的罪过可就大了。

凤婧衣无奈叹了叹气，道："太医说，孕妇不活动，将来生产时会难产的。"

"这样晦气的话怎么能说。"沁芳放下手里的事，想了想似乎太医确实有说过这样的话，于是道，"那奴婢扶你出去走走，有不舒服了，咱们再回来。"

"好。"凤婧衣笑语道。

在床上躺了快一个月，全身都不舒坦，趁着这会儿外面雨后空气清新，正好可以出去走走。

虽然下了一夜的雨，但经过中午的阳光一照，这会儿园子路上已经干了，沁芳原还担心路滑不便，如此也安心了不少。

"主子躺床上养了一个月，倒还真养胖了些。"

凤婧衣失笑，侧头瞅了她一眼道："那样天天吃了睡，睡了吃，是个人都能胖起来。"

"青湮姑娘她们这都走了好几个月了也不见再过来，要是有她们在，主子身边也有个说话的人。"沁芳一边走，一边喃喃道。

"皇上来了也都是匆匆走了，主子身边连个说话的人都没有，实在冷清。"

"你不是人吗？"凤婧衣笑语道。

白笑离是不想让青湮和沐烟她们牵连到冥王教的事情当中，所以才将她们叫了回去。

虽然她不知道这背后到底是什么原因，但也可以想象白笑离与冥王教之间有着非同寻常的关系，起码曾经有过。

公子宸几次传回的消息说，冥王教当年的四大护法长老和圣女都已经接连出现了，只是现在她还不曾查出他们的真面目。

冥王教重现世间，到底有着什么样的目的，她现在尚还猜测不到，不过傅锦凰在其中，对她和玄唐而言，就必然不是什么好事，所以必须知己知彼，才能有所防范。

"要是淳于公子在这里就好了，现在说不定都能诊出，这孩子是儿子还是女儿了。"沁芳笑语道。

"看看，你比我还心急。"凤婧衣失笑道。

"到前面亭子里歇一会儿吧，湖里的荷花开得正好。"沁芳道。

"好。"凤婧衣点了点头道。

沁芳扶着她到了湖边的亭子里坐下，道："这儿正好，主子你在这儿喂个鱼儿，奴婢让人送茶过来。"

"好。"凤婧衣道。

沁芳离开了亭子，叫上人去准备茶点，好让她在园子里赏景。

凤婧衣望了望放在桌上的鱼食，拿起盒子到了亭子边上撒了一把，锦鲤转眼便涌了过来抢食，平静的平面一下翻腾了起来。

亭子坐落在湖心，周围是满湖碧荷，与大夏宫里的碧花有几分相似。

想必，如今那里的荷花也开得正好，只是已无人愿意去赏了。

她微微仰了仰头，抑制住眼眶的酸涩，回身搁下了手中的鱼食在亭中坐下，怔怔地坐在那里瞧着亭子里周围的满湖碧荷。

肚子里的小家伙突然动了动，她回神来低眉抚了抚肚子，小家伙似乎是在肚子里翻身

第四十章 金陵待产

了，她不由得低眉笑了。

"怎么，出门了你也高兴了？"

小家伙在翻身换了舒服的位置，又没什么动静了。

沁芳端着茶点过来，看着她微低着头，笑着问道："孩子又闹腾了？"

"他刚刚好像在翻身。"凤婧衣笑着说道。

沁芳给她沏了茶，笑了笑："这小家伙，出生了肯定活泼好动得紧。"

"我想也是。"凤婧衣失笑道。

她从来也不是好动之人，夏侯彻就更不是了，怎么这小家伙谁的性子也不像。

"主子想好给孩子取什么名字没有？"沁芳问道。

原本，这取名字的事该是由父亲来做的，可是大夏皇帝恐怕都还不知道他的存在，鸿宣太子又不是他的生父，自然这样的事就该由她这个做母亲的来了。

凤婧衣摇了摇头，道："等他出生了再取吧。"

两人正说着，一名宫人到了亭外禀报道："长公主殿下，墨姑娘来了。"

"请她过来吧。"凤婧衣道。

凤阳守将方湛被调离，换成了军师容弈，暂时并未有出兵的势头，墨嫣也就只派了人在玉霞关一带观察动向，自己便留在了金陵。

不一会儿，墨嫣一身轻便的常服进了亭中，因着早就说好相见不必行礼，见凤婧衣给她沏了茶递过来，就接过在对面坐了下来。

"有什么消息？"凤婧衣问道。

"方湛调到南宁城之后，在与北汉交战中几番连胜，鸿宣太子亲到北宁城指挥战事了，方湛被重伤了，不过具体情况还未打听到，不过照鸿宣太子的意思，怕是想彻底除掉他。"墨嫣坦言说道。

若非是先前刺杀之事，萧昱犯不上亲自到北宁城对付区区一个大夏武将，肯定是想借机除掉他，永绝后患。

凤婧衣沉默了良久，低眉望着杯中沉浮的茶叶，随口问道："盛京那边有什么动静？"

"夏侯彻应该料定玄唐目前也不会出兵起战，将玄唐战线的兵力都调往南宁城和白璧关那边，想必是想从北汉手中夺回白璧关。"墨嫣道。

"意料之中的事。"凤婧衣低语道。

白璧关失守，是大夏的耻辱，他无论如何也是要夺回去的。

"你有何打算？"墨嫣直视着她，问道。

凤婧衣毫不避讳地苦涩一笑，道："我现在这个样子，还能做什么？"

不管是帮着北汉对付大夏，还是帮着大夏，她都没有立场。

一个是她现在的丈夫，一个是她腹中孩子的亲生父亲，她在中间，怎么做都是错的。

墨嫣叹了叹气，知道她的难处，便也不再问了。

"还是没有打听到傅锦凰父女的消息吗？"凤婧衣扯开话题问道。

傅锦凰只要还活着一天，就一天还在图谋着要她的命，她自然不能掉以轻心。

墨嫣摇了摇头，自之前在大夏被冥王教的人将他们父女分别劫走，虽然一直在追查，却一直没有找到他们的消息。

隐月楼在江湖上打探消息算是灵通的了，竟然这大半年了都没有一丝线索，可见这股冥王教的势力何其强大和可怕。

这也喻示着，这个将来的敌人，有多难以对付。

凤婧衣拧眉叹了叹气，公子宸回报的消息也没有任何进展，这个冥王教还真不是一般棘手。

"先前不是说楚王夏侯渊失踪了，可有查探到消息？"

虽然先前与夏侯渊也有合作，但总是看不透这个人，说他野心在大夏皇位吧，似乎又不仅仅如此，更让她奇怪的是那个时候夏侯彻重伤，如果他真的起事，胜算是最大的时候。可他却放弃了这样的大好机会，失去了踪迹，实在让她有些想不透他到底在谋算什么。

"没有，就像凭空消失了一样。"墨嫣叹息，回道。

凤婧衣转了转手中的茶杯，郑重叮嘱道："这两个人不能掉以轻心，查到任何有关线索，尽快告诉我。"

"好。"墨嫣点了点头。

"冥王教不可小觑，你让公子宸她们务必小心行事。"凤婧衣道。

只是，一直这样一无所获的话，傅锦凰在冥王教要对付她的时候出手，她就会处于被动，定然会受制于人。

等这个孩子再出生，就又多了一个让她下手的目标，这才是她最担心的。

"这一次的对手，只怕比夏侯彻更难对付。"墨嫣望了望她，叹息道。

她们在大夏之时，起码夏侯彻没有对她下狠手，她们也对他有些了解，尚还有周旋的余地，可是对于冥王教和傅锦凰，他们可不会这样手软，更何况到现在他们都对这股势力一无所知，如今只期望冥王教暂时还不会找上她们，否则凭凤婧衣现在这个样子，很难跟他们斗。

凤婧衣听到那个名字，沉默着没有说话，静静垂下了眼帘，看不清她眼底到底是何情绪。

"此事，你应该还没向鸿宣太子提过，要不请他一起帮忙追查，想必会事半功倍。"墨嫣提议道。

隐月楼以前大部分势力是放在大夏境内，随着她离开大夏，也都渐渐撤了回来，现在重新追查冥王教的事也没有那么容易，北汉皇室有专门的密探，对追查这些事更为在行，更重要的是，北汉皇室以前就有追查过冥王教的事，所以了解的一定比她们更为详细。

凤婧衣抿唇点了点头，略一思量道："此事，我会向他打听一下。"

冥王教还在之时，大夏、玄唐、北汉皇室唯恐其威胁到自身利益，各国都有暗中追查，但估计随着大夏先帝的暴毙，留下的线索也很难再找出来，而玄唐也随着她那父皇的逝世，和近年的玄唐战乱，当年负责追查的人不是失踪也是不在世了，如今关于冥王教的事知晓最多的，莫过于北汉皇室了。

如果她能从萧昱那里问出些什么，那么公子宸她们再追查起来，也能有个具体的方向，不必再这样大海捞针一样地寻找了。

"派一些生面孔到大夏境内，他们也在追查冥王教的事，看能不能打探到什么有用的消息，三管齐下总能揪出他们来。"凤婧衣秀眉微沉，眼底慧光流转。

墨嫣会心一笑，说道，"我也正有此意，所以才进宫来找你商量。"

"嗯。"凤婧衣点了点头，沉吟了片刻道，"一会儿修书一封给青湮，你让人到青城山亲自交给她，让她和星辰试试看能不能从白笑离口中打听出什么来。"

"你也怀疑，她跟冥王教关联匪浅？"墨嫣道。

"就算现在没关联，过去一定脱不了干系，算算时间白笑离出现在青城山的时间，正是冥王教从江湖上销声匿迹没多久之后，不过我在青湮回去之前向她问过，她却并没有听白笑离提起过有关冥王教的事，只是不准她们跟它扯上关系，但越是这样，才越让我肯定她一定知道什么。"凤婧衣道。

墨嫣抿唇，赞同地点了点头："事不宜迟，我明日带上信亲自去一趟青城山。"

凤婧衣望了望天色，道："不早了，我这会儿去写信给你。"

沁芳连忙上前扶起她，一边走一边道："墨姑娘今日留在宫里用晚膳吧，每次进宫都来匆匆去匆匆的。"

"好。"墨嫣含笑应道。

虽然都一起回玄唐半年了，却都只是公事上的见面而已。

"沁芳一会儿记得烧几个好菜。"凤婧衣笑语道。

"一定的，要是沐烟姑娘和宸姑娘她们都在，那就更热闹了。"沁芳笑着道。

这飞凤阁，最近实在太过冷清了。

回了寝殿，她去给青湮写信了，沁芳便带着宫人去准备晚膳了。

然而，几人正用着晚膳，一只信鸽落在了飞凤阁外，墨嫣听到了响动快步赶了出去，拿到了绑在鸽子上的信件。

"说什么了？"凤婧衣问道。

墨嫣抿唇沉默了良久，抬眼望向她道："公子宸和冥王教的人交上手，和其他人失去了联系，现在失踪了。"

凤婧衣颤抖地搁下筷子，追问道："几天了？"

"三天。"墨嫣道。

凤婧衣片刻的慌乱之后，很快让自己镇定下来："给青湮的信，你交给别人去，现在就启程去一趟出事的地方，越快越好。"

"她一向聪明过人，应该是为了安全起见暂时没有与其他人联系，不会有性命之忧的，你别太过担心，我现在就赶过去。"墨嫣道。

凤婧衣没有再说话，起身将她送出了寝殿。

"沁芳，照顾好你家主子。"墨嫣说罢，望向一脸担心的人，道，"一有消息，我会尽快通知你。"

金陵那边得到消息的时候，公子宸也刚刚从漫长的昏迷中醒来，撑着坐起身打量了一眼屋内，这房间主人的审美观简直和沐烟一般，空气都充斥着浓重的香粉味儿。

她扫量了一圈屋子，一低头看着自己身上的穿着，顿时瞪大了眼睛倒抽了一口气，自己竟然莫名其妙穿着一身女装，还是那种她最讨厌的粉红色，粉红色也就罢了，还让她露那么多是怎么回事？

还有，她这一身衣服，是谁换的？

她就记得跟一帮冥王教的高手交上手了，分散撤退的时候遇到了高手，受了重伤晕了过去，然后再睁开眼睛醒来就是这副模样了。

"见鬼！"她忍着痛一边下床，一边骂道，再一眼看到放在床下的绣花鞋，更气得险些背过气去。

她正盯着那一双难以下脚的绣花鞋发愁，外面传来一阵脚步声，一人挑开珠帘走了进来，到了床对面的桌边坐下，瞅了她一眼抬手撕下了脸上薄如蝉翼的面具，露出了本来面目。

公子宸不由得愣了："是你？"

来的不是别人，正是她带着隐月楼最近一直追查的目标之一，楚王夏侯渊。

可是，他这一副衣衫不整的样子，到底是几个意思？

夏侯渊在对面的椅子上坐了下来，散开的衣衫露着胸膛，丝毫没有先前所见那份文雅之气。

"是你救了我？"公子宸坐在床边，习惯性地一脚踩在床沿上，一手撑在膝盖上，没了一直拿在手里的扇子，颇有些不习惯。

"算是吧。"夏侯渊说着，自己沏了杯茶抿了一口，瞅着她那副模样不由得皱了皱眉，"你坐好行不行？"

"我一向都这么坐的。"公子宸道，主要是这么坐现在比较有气势。

夏侯渊倒了杯茶，起身到了床边递给她："看你这么精神，想必是不会死了。"

"你死我都没死。"公子宸没好气地道，然后抖了抖自己一身粉衣裙，"这个……谁整的？"

"我。"夏侯渊说罢，转身回了床边坐下，不紧不慢地拨着手中的佛珠。

"你……"公子宸瞬间有种被雷劈了的感觉，虽然扮男人扮习惯了，可是现在自己被一个男人扒了衣服又穿了衣服，这感觉着实不爽。

要不是现在这会儿重伤未愈，她早上去戳瞎他的眼，拧断他的脖子了。

不过，君子报仇十年不晚，她一向能屈能伸，这笔账等她恢复过来一定会找他算回来的。

"我让人换的。"夏侯渊补充道。

公子宸捂着心口舒了口气，还好不是他，不然她还有什么脸在江湖上混。

"在这里，不要以为你还是什么隐月楼主，把你以前的那些习惯都收起来。"夏侯渊拧眉打量着她的样子，虽然穿上了一身女装，也改不掉那一副装男人装习惯了的德行。

"我怎么样，跟你没有半文钱关系，把我的衣服和东西还给我，我该走了。"公子宸冷冷望着他，要求道。

自己没跟其他人联系上，指不定消息已经传回玄唐去了。

"好歹，我也是你的救命恩人，你就这么拍拍屁股走人，是不是太不仗义了。"夏侯渊道。

公子宸白了他一眼，了然道："说吧，要我怎么报答你，救命恩人？"

她就知道，这个人救人不会白救的，要没什么目的，就是她死在他眼前，他也懒得看一眼。

夏侯渊沉默着不说话，上上下下地打量着她，那目光看得公子宸有些汗毛直竖。

"你不是要我以身相许吧，除了这个，都有得商量。"公子宸挑眉率先开口道。

他虽然现在一本正经的表情，可是那眼神总让人觉得有些色眯眯的，这真的是那个吃斋念佛的夏侯渊，不是别人吗？

夏侯渊将她从头到脚细细打量了一番，似乎有些满意，平静说道："现在开始，你是我从眠花楼新买的第十三房小妾。"

公子宸手中的茶杯一下被捏成了渣，咬牙切齿地道："小妾？还第十三房？"

"对。"夏侯渊波澜不惊地点了点头道。

"你有病吧！"公子宸道。

她开过那么多青楼，到头来自己成了人家青楼里的花娘，还被人买去了做小妾，还是第十三房，开什么玩笑。

"放心，我对你没兴趣，只是你想查冥王教，我也正好找他们有事，咱们暂时在一条道上。"夏侯渊道。

公子宸闻了，沉吟了片刻："好，成交。"

"那就穿好了，跟我走吧。"夏侯渊催促道。

公子宸瞅了一眼脚边的绣花鞋，英勇就义地把脚塞了进去，走近到桌边双手撑着桌面，目光凌凌地问道："这里是眠花楼？"

"嗯。"夏侯渊点头。

"谁把我弄进来的？"公子宸咬牙切齿地问道。

"我让人把你卖进来的。"夏侯渊坦然说道。

"卖进来的？"公子宸咬牙，忍住要杀人的冲动。

一直都不认为他是个好东西，现在才发现，他真不是个东西。

夏侯渊低头整理着衣衫，继续说道："把你卖进来是一百两，把你买出去足足花了我一千两，九百两银子，记得还。"

公子宸看着一本正经的人，虽然一向自恃冷静，这会儿是真的愤怒得想杀人了。

她被他卖进了青楼里，又做了他第十三房小妾，回头还要给他九百两银子，是可忍，孰不可忍。

"把你自己收拾下。"夏侯渊整理好衣服，重新将面具戴了回去，道，"我现在是车迟国国主，受邀前往冥王教分坛晋见圣女，后天就会有人来接应我们。"

公子宸看着镜子里满头钗环，妆容艳丽的自个儿，不由得眉目纠结。

"我要通知一下玄唐，以免她们担心。"

夏侯渊怔了怔，问道："凤婧衣还好？"

公子宸闻声回头瞅了他一眼，眉梢一挑："怎么，你也在想她？"

夏侯渊懒得理会她，举步到窗边瞧了瞧外面，没有说话。

"她都快当娘了，你就算想赶着去当后爹，也排不上号啊。"公子宸笑着道。

一个大夏皇帝，一个鸿宣太子就已经够热闹了，再加上这么一个去闹腾，这天下就真没有一天太平了。

夏侯渊从窗边看了外面回来，打量了她一眼，道："过来点儿！"

公子宸白了一眼，大步走近道："别得寸近尺。"

夏侯渊微皱着眉，盯着她脖子处瞧着，似是在思量着什么艰难决定。

"你到底走不走？"公子宸没好气地催促道。

话音刚落，却被对面的人一把搂住了腰际，随即湿热的唇吻在了她的脖颈处，重重吮出一道吻痕。

"你……"公子宸扬手便准备拼命，却被对方一把制住了手。

夏侯渊目光清冷地望着她，道："记住了，出了这道门像个女人一点，你现在可是眠花楼最风情万种的花娘。"

"你风情万种一个给我看看？"公子宸火大地道。

夏侯渊松开手，掏出手帕子拭了拭唇。

公子宸羞愤不已地擦着脖子上被他吻过的痕迹，暗自把夏侯家的祖宗问候了无数遍。

夏侯渊强硬地拉住她的手挽住自己的手臂，然后拉开了门，警告道："笑得娇媚点。"

"你……"公子宸眼睛快喷出火来。

"这里有冥王教的人，被人看出破绽来，我可不会再救你第二次。"夏侯渊说着，举步出了房门。

公子宸咬了咬牙，愤恨不已地让自己堆起一脸"娇媚的笑"，跟着他一起出门，看着楼下卖笑的青楼女子，真是暗自恨得牙痒。

两人刚从花楼上下来，眠花楼的老鸨便笑眯眯地赶了过来："车公子，我们媚娘伺候得可还满意？"

媚娘？

公子宸险些气得呕血，回头不让这见鬼的眠花楼关门大吉，她就不叫公子宸。

"满意，非常满意。"夏侯渊说着，笑着捏了捏公子宸的下巴，以示宠爱之意。

老鸨堆着一脸笑，望向她："媚娘，你可真是好命，刚进我眠花楼才几天，原还想把你捧成花魁，既然车公子看上你了，替你赎了身也是你的福气。"

公子宸笑意"娇媚"地瞅了身边的男人，娇滴滴地道："是。"

"车公子，咱们楼里还有些姑娘也是仰慕公子得紧，公子若是得空再来看看她们。"

"一定，一定。"夏侯渊一边笑着，一边带着她往外走，搂在她腰际的手还特意地摸着。

眠花楼老鸨在后面看着，不由得一阵笑。

一出眠花楼大门，公子宸咬牙切齿地挤出声音："不想你的爪子被我剁了，给我拿远点。"

这一天，绝对是她这辈子最大的耻辱。

说罢，举步准备离他远一点，可是穿惯了男衫的她，一不小心一脚踩到了裙子，整个人就往前扑去。

夏侯渊一把扶住了她，面上虽然笑意温柔，出口的话却着实不留情："你还真是压根儿就把自己当男人了。"

一个女人能活成她这个境界了，还真是当世少有。

公子宸站稳了，火大地提了提裙子，继续挽着他的手走着，面上笑意嫣然，低语道："谁说女人就非要穿裙子了。"

"起码，你就算穿裙子，也不像个女人。"夏侯渊道。

两人一路走着回了客栈，一进了门公子宸便甩开他的手，快步走到榻边立即甩掉了别扭的绣花鞋，道，"我需要通知玄唐。"

"我会让人去。"夏侯渊平静道。

"好。"公子宸豪气干云地坐在榻上，道，"既然是一条路上的，就露个底吧，你到底查到了什么，扮成这样去冥王教分坛又想干什么，你失踪这么久又在干什么？"

"我查到冥王教内，新教王、圣女，还有几个护法长老尚还不和，圣女想要联合外面的势力除掉教王和护法长老，不过像大夏、北汉这样的大国一直视冥王教为敌，如果与他们合作只会引狼入室，所以他们选择了像车迟、戎北这些有兵力，却又是小国的人，这些小国也想扩张势力，所以大多也答应了和他们合作。"夏侯渊说完，瞥了她一眼，道，"至于后面两个问题，我没必要回答你。"

公子宸知道再问不出什么，便也不再费口舌了。

第四十章　金陵待产

"在到分坛之前，城中已经派了人在监视我们以及各方赴约前来的人，你给我小心点。"夏侯渊说罢，自己上床躺下，准备养神睡觉。

公子宸坐在榻上，摸着自己脖子上的吻痕搓了又搓，瞪着床上的罪魁祸首恨得牙痒，想她以往调戏隐月楼里的姑娘，现在自己却被人给调戏了，还占去了这么大的便宜。一想到这样的日子还有不知道多少天，不由一头栽倒在榻上。

"到床上睡。"夏侯渊闭着眼睛提醒道。

"不要太过分啊。"公子宸咬牙切齿地道。

现在已经挑战她的极限了，还要她跟他同床共枕，有没有搞错。

"这座客栈，是人家安排好的，你说呢。"夏侯渊道。

公子宸咬了咬牙，起身一脸悲壮地往床上走去，上了床在离他最远的床里侧贴着墙躺着。

夏侯渊一扬手放下了帐子，道："把衣服脱了扔出去。"

"我说，人的忍耐是有限度的。"公子宸双眼冒火地低声道。

夏侯渊睁开眼睛，平静地望着她道："你自己脱，还是我给你脱，一会儿客栈就会有人过来看。"

公子宸裹上被子，半晌脱了衣裙扔出帐去，但还是将贴身的衣服留着了。

"还有。"夏侯渊道。

"爷我脱光了，你趁火打劫怎么办？"公子宸恨恨地道。

"你有值得我打劫的价值吗？"夏侯渊道，似是嘲弄。

公子宸咬了咬牙，想着一切都是为了查到冥王教，于是再三心理斗争之下，还是将上身的裹胸脱了下来扔出去，然后把被子裹得紧紧的。

"我脱了这么多，你一件不脱，是个人也看得出有鬼吧。"公子宸挑衅道。

夏侯渊想了想，起身刚脱了两件衣裳扔出去，房门便被人推开了。

"车公子，听说你回来了……"

夏侯渊饶有兴致地挑了挑眉，压低声音道："衣服都脱了，来点声音给他。"

声音？

公子宸愣了愣，随即反应过来他是要她干什么，若不是现在自己不方便出手，真恨不得掐死他才解恨。

夏侯渊拧了拧眉，示意她快点。

公子宸裹着被子，一边摇着床一边装模作样地哼了几声，可是外面进来的人不仅没有走，还往内室来了。

夏侯渊趁她不备，一把抓住她的脚，捏住她脚板心的穴位，公子宸惊得想要缩回脚却又不行，只能咬着唇抑制不住出声……

客栈的掌柜进来，看到一地狼藉的衣衫，再一看晃动的床，以及阵阵传出的女子呻吟声，不由了然地笑了笑，听闻车迟国主风流成性，姬妾无数，果然是不假啊。

昨天接到消息，说他在眠花楼买下了一个花娘一夜风流未归，这刚带回来又这么迫不及待了。

他悄然又退了出去，掩好了房门离开。

夏侯渊听到房门关上，立即便松了手起身下床，将地上的衣服捡起扔给床上的人，而后起身去外室拿水。

"你干什么去？"公子宸气愤道。

"你没洗脚，我去洗手。"夏侯渊说着，已经出门了。

公子宸愤怒地捶床，咬牙道："此仇不报，我誓不为人！"

可是她不曾发现，一向以男儿身份自居的自己，此刻却像个受了欺负的姑娘家。

数日之后，身在金陵的凤婧衣接到了公子宸的消息，信上没有说明在什么地方做什么事，只是报了平安，说办完事会回来。

之后，每隔一段时间会接到些消息，但她从来没有透露她自己在什么地方，和什么人在一起。

墨嫣随着送信的人几番追查，也是毫无线索。

夏去秋来，凤婧衣怀胎近八个月的时候，萧昱又一次从丰都回到了金陵，她已然是大腹便便的样子，整个人行动都显得笨拙无比。

好在最近孩子夜里不怎么闹腾了，她也能安安心心地休息了，一大早刚起来，沁芳便进来道："太子殿下回来了。"

凤婧衣原本在用早膳，扶着肚子起来了，刚出了殿门便看到一身风尘仆仆的人过来了，眉眼间的笑意在晨光中显得温润动人。

"怎么没说一声就回来了？"

萧昱含笑快步走近，扶住她道："临时想到就动身回来了。"

一边说着，一边扶着她进了门。

"前些天写信不是还说很忙，这会儿倒跑回来了，你这太子当得也太不称职了。"凤婧衣笑语道。

"你身怀有孕，我本该是陪在你身边的，只是朝中事太多，只能这样偶尔来了，好在这家伙快出来了，等过了年咱们就能回丰都了。"萧昱说着，轻轻抚了抚她高高隆起的腹部。

凤婧衣笑了笑，没有言语。

"我给你和孩子带了些东西回来，你看看有没有能用得上的。"萧昱说着，转身让身后的侍卫将箱子抬了进来。

凤婧衣有些诧异地望着他的侧脸，久久地沉默着。

萧昱从箱子里拿了件银色斗篷，道："这是先前围猎之时，追了好远打到的银狐，我让宫人赶制成斗篷了，冬日里你正好能穿。"

"很漂亮。"凤婧衣笑了笑，接过递给了沁芳让她收起来。

"这是给孩子的帽子、襁褓，不知道生出来会是男孩女孩就让人都做了。"萧昱拿出一件，给她瞧了瞧，笑语道，"竟然只有这么小。"

凤婧衣将东西拿在手里怔怔地瞧着他的侧脸，他们都知道这个孩子的身世，所以很多时候他回来，她也从来不会说起这个孩子的事，不曾想到他还悉心为孩子准备这些东西。

"因着要回去的，所以就没全带过来，大多留在了丰都，等回去了也就能用得着了。"萧昱道。

"好。"凤婧衣点了点头。

萧昱扶着她坐下，自己方才跟着坐下，道："沁芳你带人把东西放进去收好吧。"

凤婧衣让宫人再备了一副碗筷，道："先用早膳吧。"

萧昱望了望门外，道："进来。"

说罢，外面身着常服的一男一女两进来了。

"林大夫是北汉宫里的老太医了，方嬷嬷也是给人接生过很多回的，虽然你这宫里也有，但我总还是有些放心不下，让他们在这里伺候着总不是什么坏事。"萧昱道。

他每每想起之前淳于越他们说的一番话都惊出一身冷汗，她之前身体没有调养好便有了这个孩子，先前又动了胎气，只怕生产的时候少不得会吃些苦头。

凤婧衣沉吟了片刻，点了点头："也好。"

虽然对于他的安排心中有些不是滋味，但他千里迢迢把人带来了，她怎么好拒绝再让人给带回去，他找来自然也是医术过人的，应当比起玄唐这些新招入宫的太医要好些，留下总没有什么坏处。

"这一次准备待多久？"

萧昱听了失笑，佯装不高兴的样子道："我每回一到了，你就问这话，这么巴不得我回去？"

"我是怕你在这里耽误太久了，北汉朝中会有事。"凤婧衣道。

"放心吧，我有分寸。"萧昱认真道。

虽然他更想多些日子和她长相厮守，但朝中政事也是不能荒废的，如果他保不住北汉，又有何能力保护她和玄唐，又有何能力让她不再被夏侯彻所夺走。

两人一道用了早膳，萧昱连日赶路便去沐浴换衣了，凤婧衣一个人坐在榻上，看着右边肚子鼓起来一块，知道肚子里那家伙吃饱喝足了也开始活动起来了。

最近胎动次数比以往多了些，太医说是因为孩子长大了，觉得在里面拥挤了所以会动得多些，只是月份大了，有时候动的力气也大了，偶尔一脚踢到她还真是疼得不行。

虽然有时候被他折腾很累，甚至有些气，不过多数时候还是让她惊喜和幸福。

萧昱从浴房出来，看她一个人低眉坐在榻上温柔含笑地抚着肚子，低声说着话："小家伙，再忍忍，过两个月出来了就不挤了。"

他怔然地站在帷帐边上，这一幕让他向往，他向往那个孩子能是他的孩子。

可是，他更心痛，因为那不是他的孩子，虽然他一再说着可以视为亲生，可是他怎么可能将夏侯彻的孩子当作是自己的孩子。

这大半年以来，她是回来了，也嫁了他，可是明明她就在自己身边，他却总觉得她远，远得让他抓不住。

她的人回来了，她的心又遗落在了何处？

半晌，他深深呼吸，平静地走了过去："孩子又淘气了？"

凤婧衣抬头望了望他，眼中还有来不及收敛的喜悦之情，只是应了一声："嗯。"

萧昱坐到边上，看着她手摸着的地方，道："这是？"

"这是他的脚丫子，刚刚踢到了这里。"凤婧衣道。

萧昱望了望她，伸手摸了摸，看着那鼓起的一块儿缓缓消了下去，不由得失笑："你说他在里面干什么，又是挥拳又是踢腿的。"

凤婧衣低眉浅笑，道："最近都这样，一吃过饭就闹腾起来了，太医说下个月开始就会好些了。"

第一个孩子，在她还不曾发觉之时便已经离开了她，她也根本不曾真切体会身为人母是何感觉。

这第二个孩子，在她肚子里一点点长大，慢慢开始有了胎动，越来越多地让她感觉到他的生命与活力。

曾经她很不能理解，母亲为什么要执意生下没有父亲关爱的她，现在她自己真正做了母亲，才真正体会到那种心境。

"辛苦你了。"萧昱伸手拉住她的手心疼地说道。

也许，这句话应该由夏侯彻来说，不过想来他这辈子也不会有这样的机会。

凤婧衣默然笑了笑，之后便是无声的沉默。

萧昱到金陵一连数日，凤景都没到飞凤阁来过，他觉着有些奇怪，便向沁芳打听了一番，才知晓还是因为先前那事闹着别扭。

暮色降临，他陪着凤婧衣游完花园回到飞凤阁，将她送回了寝殿，看着沁芳开始准备晚膳了，便道："这几日也没见到凤景，我去看看他。"

凤婧衣点了点头："好。"

萧昱嘱咐了宫人照看着，便自己一人去了勤政殿，凤景身边的宫人都是见过他的，便也没怎么拦着他便让他进去了。

凤景看完折子揉了揉微疼的眉心，抬头正准备叫宫人却看到一身素衫的萧昱不知何时站在了那里："萧大哥？"

萧昱走近，扫了一眼桌上已经批完的折子，道："都忙完了？"

"嗯。"凤景道。

"没什么事了，就去飞凤阁那边一起用晚膳吧。"萧昱道。

凤景抿了抿唇，道："我还有其他的事，就不过去了，你陪皇姐用吧。"

"你以前可是最黏着你姐的，现在长大了，就不待见了？"萧昱挑眉道。

"不是！"凤景急忙说道。

他只是一看到现在的皇姐，就想到她肚子里那个不该存在的孩子。

萧昱一把拉着他，道："既然不是，那就过去。"

"萧大哥，我……"

"现在她在玄唐宫里你还不见她，再过上几个月，我把她带回北汉了，你想见还见不着了呢。"萧昱道。

凤景拗不过他，只得答应了下来："好吧，我去。"

"这才听话。"萧昱朗然一笑，伸手揉了揉他的头。

两人出了勤政殿，天色已经黑了。

凤景一路沉默了好久，突地出声问道："萧大哥，皇姐的孩子……你准备怎么办？"

"什么意思？"萧昱侧头望了望他，似是想到了什么却没有追问。

"那孩子，到底身上流的是夏侯彻的血，你若是带回去了，一旦被人知晓揭露出来了，你在朝中也会处境艰难。"凤景认真地说道。

如果没有那个孩子，现在的一切都会很好。

"可他也是你皇姐的骨肉，没有哪个母亲会不爱自己的孩子。"萧昱道。

凤景咬了咬牙，道："可是这个孩子在一天，皇姐就一天跟大夏皇帝还有斩不断的孽缘，难道你真要把那个孩子养在身边？"

"凤景？"萧昱停下脚步，拧眉望向灯影眉眼间隐现厉色的少年。

"萧大哥，你和皇姐将来也会有你们的孩子，这个孩子……"

"凤景！"萧昱沉声打断他的话，郑重说道，"小景，别做让你姐伤心的事。"

"我……"

萧昱叹了叹气，伸手拍了拍他的肩膀，出口的话郑重而认真："凤景，这世上谁都可以伤她害她，只有你和我不可以，知道吗？"

她拼尽一切回到玄唐，回到他们身边，他们却要背弃她，伤害她，那对她而言太过残忍了。

凤景咬了咬唇，回道："我知道了。"

"好了，走吧，你皇姐还等着我们过去用晚膳呢。"萧昱脸上扬起笑意，催促道。

"嗯。"

"我让你皇姐现在还留在玄唐，是想你们姐弟多点相聚的时间，你再这么不识好歹，我可就真的早早把她带走了。"萧昱一边走一边道。

"我知道了。"凤景低声嗫嚅道。

飞凤阁，凤婧衣听到外面的请安声，想来是萧昱从勤政殿回来了，一抬眼看着跟在他身后进来的人不由得愣了愣。

算起来，凤景已有整整两个月没有来看过她了。

"皇姐。"凤景唤了她道。

凤婧衣半晌回过神来，应了声："嗯。"

萧昱将他按着坐下，倒了杯茶递给他，道："当了皇帝了，大忙人，还得我亲自去给你接驾才肯过来。"

"没有，我是真的很忙。"凤景瞄了眼凤婧衣的神色，捧着茶杯低声道。

凤婧衣朝一旁的宫人道："看看沁芳晚膳好了没有，就说皇上过来了，让她加几个菜。"

"萧大哥这次准备在金陵待多久？"凤景问道。

萧昱听了皱了皱眉，道："现在还叫我萧大哥？你要什么时候才能改了口。"

凤景愣了愣，望了望凤婧衣，这才笑着改口道："姐夫。"

萧昱满意地笑了笑，方才回道："再待十来天就回去了，尽快处理完国内的事情赶在孩子出生前回来，等你姐坐完月子再一起回去。"

这样两地奔波，在北汉的每一天都是提心吊胆，生怕自己不在的时候会发生什么事，可是来了这里却又有些放不下朝中政事，等孩子出生了回去了，他便也能安心了。

"不是说明年春天再回去吗？"凤婧衣道。

虽然是避免不了的，可是自己带着这个孩子跟他回去，他虽然不说什么，她却心里怎么也放松不下来。

"北宁城和白璧关的战事越来越紧张，国内也有冥王教的分坛出现，等你和孩子回去了，我也能安心处理这些事情，以免顾此失彼。"萧昱坦言道。

凤婧衣望了他一眼，前几日她也向他问过冥王教的事，只是他说此事是他父皇派人在追查，他知道的并没有多少。

如此看来，也只有到了北汉，才能追查到更多的事来，早日发现他们到底是何目的。

"要是有我能帮上忙的，尽管说。"凤景道。

萧昱笑了笑，道："你顾好玄唐，我们就放心了。"

"嗯。"凤景重重地点了点头，只是看着坐在对面的皇姐，心中不由得一阵沉郁。

虽然皇姐表面上还是和以前一样，可是他几乎再也不曾从她的眼中看到对于萧大哥的情意，而这样的改变都来自她腹中的这个孩子，以及孩子的亲生父亲。

一顿晚膳倒也吃得热闹，直到夜深了他才从飞凤阁告辞离开。

之后，每天夜里他都会赶到飞凤阁同他们一起用晚膳，直到十天之后萧昱离开玄唐，他带人亲自将他送出了宫。

"好好照顾你皇姐，我会尽快赶在临盆之前回来。"萧昱上了马，叮嘱道。

"我知道，日子到了我会提前通知你的。"凤景道。

萧昱点了点头，带着人策马而去。

可是，他不曾料到，当他再回来之时，随着那个孩子的出生，他们之间一直粉饰的太平也终于开始崩裂，渐渐走向无可挽回的地步……

自萧昱离开金陵回到北汉，凤景倒也真的频繁前来飞凤阁探望，姐弟俩关系似乎又回到了从前，只是随着临盆的日子越来越近，她的行动也越来越不便。

每天只能待在飞凤阁待产，或者偶尔到后面的园子里走走锻炼身体，虽然看起来是挺枯燥无聊的，不过一想到肚子里这个快要出世的小家伙，心中却是满心的欢喜和期待。

会是儿子还是女儿？

会不会喜欢她给他准备的东西？

会不会听话乖巧？

一个人待着的时候总是情不自禁地想着自己该怎么面对这个小家伙的来临，怎么做一个合适的好母亲，怎么能够给他更好的照顾。

秋日里，天没有那么热了，沁芳也怕她总待在屋子里闷得慌，午后便备了茶点在花园的亭子里，让她可以赏景休息。

"主子，那湖里的荷花都败了，要不去海棠林那边，那边秋海棠这几天开得正好。"沁芳一边扶着她，一边说道。

"不了，这边的鱼儿有意思些。"凤婧衣淡声道。

沁芳扶着她到了亭子里，怕石凳凉特意拿了垫子铺着，扶着她坐下："奴婢让宫人在亭子外守着，有什么事让她们叫我，奴婢还得回去煎药，太医嘱咐了药的火候要把握好，交给别人我也不放心。"

"好。"凤婧衣点了点头。

沁芳交代了伺候的宫人，方才回去煎药，因着临盆之期将近，太医建议让主子服些补身的药汤，以便生产的时候能顺利些。

一池枯败的残荷显得有些萧条，最近不知是怎么了，总习惯性会来这莲湖边上，一天一天看着这一湖的荷花从初绽到盛放，再到枯萎。

不一会儿，坐得久了腰便有些酸疼，她扶着桌子起身走了两步到栏杆处站着，平静如波的湖面隐约现出些模糊的影像，可是那隐约的人影却又熟悉得让她揪心。

大夏的三年时光，总感觉是一场漫长的梦，只是梦境里的那个人总是挥之不去。

夏侯彻爱她，她知道。

可是她爱他吗？

她不知道，她只知道她不该爱他，也不能爱他，可是每次听到或者想起这个名字，她的心却会痛得滴血。

不管是爱还是恨，都已经不再重要了，她已经做出了选择，不能回头，也回不了头。

"皇姐？"

凤婧衣回过神来，一转头发现凤景不知何时已经进了亭子里。

"你这个时候怎么过来了？"

"勤政殿的事不怎么忙，就过来看看你，沁芳说你在这里。"凤景说着，上前扶着她坐下。

凤婧衣轻然一笑，问道："午膳用过了吗？"

"已经用过了。"凤景含笑点头，坐下之后道，"这都已经足月了，太医怎么说？"

"应该还有几日吧。"凤婧衣道。

"萧大哥这几天也该启程过来了，应该赶得及吧。"凤景道。

"大约能赶上吧。"凤婧衣道。

"沁芳说药快好了，我送你回去吧。"凤景道。

凤婧衣欣慰地笑了笑，道："好。"

凤景起身过来扶着她站起身，知道她身子笨重行动慢，所以也都是一小步一小步地走着，丝毫没有不耐烦的样子。

"听宫人说，之前我召进宫里的周小姐和方小姐都让你打发出宫去了？"凤婧衣侧头望着他，问道。

从朝中官员的女儿中，她挑了兵部尚书的女儿和丞相之女入宫为女官，只是她有孕在身，召进宫了隔两日会叫过来说说话，多数时候会让她们到勤政殿侍殿，看看相处一段时间凤景会喜欢哪一个。

可这召进宫里才两个月，他起先不让人进勤政殿，现在干脆把人打发送回府去了。

"皇姐你现在好好照顾自己，安心生下孩子最重要，不要操心我的事儿，现在玄唐百废待兴，我真的没有那个心思。"凤景道。

凤婧衣无奈一笑，说道："你勤于政事是好事，但我若不在玄唐了，总得有人在你身边照应着，她们到底哪里不合适了，或者你自己告诉我喜欢什么样的，咱们再找也行。"

凤景的皇后必然要出自朝中大臣之家，这才能让他将来的政权更加稳固，让他在玄唐再有危隐之时，朝中还有人是站在他身边的。

"现在真的不用，你说那什么周小姐方小姐，一个还没怎么样就把自己当宫里的主子，把宫里的人呼来喝去的，一个上次看到了萧大哥，还不时地向朕和朕身边的人打听萧大哥，你说这样的人能留在宫里吗？"凤景道。

凤婧衣闻言愣了愣，那个周小姐倒真的向她问及过萧昱，她以为只是礼貌性的关心，原来……

也是，比起凤景现在这样的一国之君，北汉太子身边的妃嫔更具吸引力。

"这是萧大哥在金陵的时间不多，若是天天在这里，那周小姐指不定还干出什么事儿来。"凤景瞥了她一眼，沉着脸说道。

凤婧衣无奈叹了叹气："好了，现在先由了你了。"

如今，她也没有那个心力再去操心他的终身大事。

两人有说有笑地走着回了飞凤阁，沁芳送了药过来道："主子，该用药了。"

"沁芳，你去准备晚膳吧，药我会看着皇姐喝完的。"凤景接过碗，笑着道。

"是。"沁芳笑着退了下去，留着姐弟两人。

凤景端着药碗小心地吹着，凤婧衣看在眼里不由得笑了，以往是那小屁孩子生病了她这样照顾，一转眼工夫，竟然这么多年都过去了。

"皇上，周大人和方大人在勤政殿求见。"勤政殿的总管过来禀报道。

凤婧衣闻言皱了皱眉，想来是因为他们女儿被送出宫的事，想了想说道："要不我陪你过去看看。"

凤景吹凉了药，递给她道："不用了，让他们先等着，大臣始终是大臣，为这么点儿小事就来跟朕较劲，朕还怕了他们，这皇位让他们坐了算了。"

凤婧衣想想也是这个道理，虽然朝中要倚仗这些臣子，可是臣子为了这样的事就忘记自己的职责也不甚重要，只是他们的女儿也是由她给召进宫的。

"那你先过去吧，过两日若是他们还不消停，我再见见他们。"

"先晾着，等用过晚膳再去。"凤景狡黠地笑了笑，说道。

凤婧衣倒也没有反对，接过药碗一勺一勺地盛着喝，用完药两人下了盘棋，沁芳也准备好了晚膳。

凤景扶着她从榻上起来准备用膳，可是刚一起来她就不由得皱起了眉头。

"主子，怎么了？"沁芳进来一见，快步赶了过来。

凤婧衣扶着肚子，脸色一阵煞白："肚子……"

"太医，快叫太医来。"沁芳扭头朝着外面的宫人叫道。

凤景紧张地同沁芳扶着她，道："先扶进去，让她躺着。"

"太医不是说还有几天的吗，怎么这会儿就难受了？"沁芳一边扶着她朝寝殿走，一边念叨道。

她只担心孩子比太医说的时间早出世，会不会生产的时候出问题。

凤景帮着将人扶上了床，坐在床边担忧地道："皇姐，你好些了没有？"

凤婧衣微拧着眉，勉强扯出一丝笑意，轻轻摇了摇头："没事，只是有些难受。"

不一会儿工夫，接到传召的太医忙不迭地赶了过来，几人在床前诊了才大松一口气，道："羊水还没有破，只是这几日要生产了，会出现这样的状况。"

"不是要生了吗？"沁芳着急地问道。

凤婧衣喘了喘气，问道："孩子……孩子没事吧？"

"没什么大问题，只是现在还没到生产的时候，长公主头一胎生产必然是困难些。"太医回话道。

第四十章 金陵待产

凤景闻言，起身道："这几日你们都守在飞凤阁，接生的嬷嬷和稳婆也都安顿在飞凤阁，直到长公主生产完为止。"

"是。"宫人领命，纷纷下去安排准备。

凤婧衣躺在床上咬牙忍耐着，疼痛持续了近一个时辰才好起来。

沁芳一边拭着她额头的汗，一边问道："主子现在好些了吗？"

凤婧衣疲惫地点了点头，侧头望向凤景道："时辰也不早了，你去用了晚膳回勤政殿吧，我再休息一会儿就没事了。"

凤景却站在床边久久不肯离去，张了张嘴想要说什么又咽了下去，而后朝沁芳道："你们好好照顾皇姐，有什么事派人去通知我。"

"是。"沁芳应了声，继续低下头照顾躺在床上的人。

凤景出去，朝候在外面的几名太医嘱咐了一番，方才离开。

之后一连几天，凤景不放心，白天处理完勤政殿的政务，天没黑就会赶到飞凤阁亲自守着。

一开始只是疼一个时辰就好些了，第二天直接一晚上都难受得难以入睡，可是太医一再诊断仍旧说，还没到生产的时候，这可把飞凤阁上下都给急坏了。

凤景放不下，在飞凤阁守了整整一夜，直到勤政殿那边一再催促早朝了方才离去。

凤婧衣一夜难眠，整个人都没了精神，等到凤景离开了道："沁芳，你扶我起来吧。"

"主子……"

"我躺着不舒服，你扶我起来坐一会儿。"凤婧衣疲惫地道。

沁芳扶着她下了床，询问道："昨儿个晚膳都没吃，要不要给你准备些吃的。"

照这个样子，这两天怕是要临盆了，可是这么折腾了两天，人都给折腾成了这样，到时候生产的时候哪还有什么力气了。

"好。"凤婧衣坐在榻上，点了点头。

沁芳给她拿了软枕，让她靠着能舒服点，这才去了厨房亲自给她准备早膳。

凤婧衣靠在榻上捂着肚子，真有些哭笑不得："你这小家伙，当真是为他讨债来的吗？"

这都临出世了，还来折腾她一番才肯罢休。

虽然这两天疼得她实在难受，可更多地还是期待着他的出世。

沁芳沏好了参茶让人先送了过来，她本不喜欢这些东西的，可是自从有了肚子里这个，再不好不喜欢的，太医说需要吃，她都忍着吃下去了。

只期望，他能健健康康地成长，平平安安地出生。

沁芳很快做好了早膳，又是按着先前淳于越留下的药膳做法做的，凤婧衣虽然没有什么胃口，却还是尽力吃了些。

凤景下午早早处理了政事就赶到了飞凤阁，殿内正一片安静，看到沁芳出来便问道：

"皇姐怎么样了？"

"昨晚上一夜没睡好，这会儿刚睡下。"沁芳说着，不由担忧地叹了叹气。

"我进去看看。"凤景道。

可是，到了帷帐外却又停下了脚步，看着床上疲惫入睡的人，有些愧疚，又有些心疼。

半晌，方才举步到了床边，悄然在椅子上坐下。

许是这两日折腾得太累了，一觉便睡到了天黑，直到外面一声惊雷将她从梦中惊醒过来。

"皇姐！"凤景看她一下睁开了眼，紧张地唤道。

凤婧衣侧头望了望坐在床边的人："小景，你怎么在这里？"

"早过来了，你睡着了，就没叫你。"凤景道。

凤婧衣笑了笑，道："扶我起来吧。"

凤景叫了沁芳，一起将她从床上扶了起来，看了看窗外电闪雷鸣的夜色不由得道："看来是要下雨了。"

"秋日南方就是这样。"沁芳说着，扶着她到了外室用晚膳。

宫人将煎好的药端来，凤景亲自端了过去，吹凉了些才递给她。

晚膳过后，她刚觉得能松口气，肚子又开始不对劲，疼痛比之前两日更加难忍。

沁芳看着靠在榻上疼得直冒汗的人不由得揪心不已，望向守在一旁的太医道："你们倒是想想办法，这样一直下去怎么是好？"

这孩子还没出事，大人就先疼得死去活来了。

太医们沉默地垂下头去，凤婧衣出声道："没事，一会儿疼过了就好了。"

"皇姐，还是进里面躺着吧。"凤景担忧地说道。

凤婧衣叹了叹气，点了点头，这小家伙非得天天夜里来折腾她一回才心甘啊。

沁芳两人刚刚将她扶进内殿，还未来得及躺到床上，便被她紧紧一把抓住了手。

凤婧衣呼吸颤抖地望向沁芳，微微苍白的唇颤抖地出声："我想……是要生了。"

沁芳愣了愣，一低头这才看到她脚下一摊水迹，扭头朝着外面叫道："太医，稳婆快进来，公主羊水破了……"

一时间，整个飞凤阁都忙乱起来。

凤景两人将她扶上了床，沁芳给她盖上了被子，侧头道："皇上，你待在这里不合适，先出去等着吧。"

"你照顾好她。"凤景郑重叮嘱完，方才离开了寝殿。

一回头看到帷帐放下，他站在外面，整个人也不由得随着来来往往忙碌的宫人紧张起来，刚走出了飞凤阁听到里面传出来痛苦的惨叫，吓得他脚都软了。

他扶着柱子稳住身形，望着漆黑的夜空，虔诚地双手合十道："诸天神明，请你一定佑我皇姐平安。"

第四十一章
双生之子

秋夜暴雨，雷声隆隆，闪电撕裂夜空。

凤婧衣被雷声惊得一个颤抖，侧头望了望窗口的一瞬而逝的闪电，想到孩子在这样的雷雨夜出生，总觉得有些莫名的不安。

"来人，把所有的窗户都关起来。"沁芳扭头道。

这电闪雷鸣的，一阵一阵劈得人心里直打颤。

凤婧衣整个人浑身都被汗湿了，整个人像是刚从水里捞起来一样，一阵一阵的剧痛快要把她整个人都撕裂一般……

沁芳看到她嘴唇都咬破见了血，连忙让人拿了毛巾折好了递过来，道："主子，别咬伤自个儿了，你咬着这个。"

凤婧衣顾不上说话，咬住了她递过来的巾帕，可是任她恨不得把巾帕都咬碎了，疼痛却丝毫没有减轻，一阵一阵的痛像刀绞一般剧烈难忍……

窗外一阵惊雷轰隆，震得她的耳朵都嗡嗡直响，围在床周围的人都催促着她："用力！用力！"

床上血腥狼藉，沁芳着急地朝着接生的稳婆问道："到底怎么样了，孩子出来没有？"

"还没有。"

凤婧衣咬牙挣扎，用力，可是肚子里那小家伙怎么也不肯出来。

渐渐地，意识越来越模糊，周围的声音也越来越远，剧烈的疼痛也开始渐渐麻木……

"主子！主子！"沁芳哭着叫她，可是那声音却感觉隔着她好远好远。

昏昏沉沉间，她的眼前却蓦然闪现了另一个人的影子，他目光沉郁地望着她，似爱又恨……

她眼中瞬间涌出了泪，沿着眼角缓缓滑落，没入发间。

凤婧衣，你到底怎么了？

撕心裂肺的痛都忍过来了，为什么却在一瞬想起他的时候哭了。

沁芳看她落泪，也止不住地红了眼眶，扭头朝太医们道："快想想办法，再这么下去，大人的力气都要耗尽了。"

"唯今之际，只能用催产药了，只是大人要多受苦了。"太医说着，望了望床上的人道。

凤婧衣听到声音，吐掉咬着的巾帕，咬牙忍痛吸了口气，道："用吧，我……我忍得住……"

她知道这个孩子没那么容易生出来，可是再这样拖延下去，她怕最后她真没有那个力气生下他了。

沁芳听到说要用催产药，突地想到了什么，道："来人，快，快把那边柜子里的木盒子拿过来，那里有淳于大夫留的药。"

青湮离开之前，怕她临盆时会难产，特意让淳于越留了不少东西下来。

宫人连忙打开了沁芳所指的柜子，找到了她说的木盒子。

沁芳急忙打开了盒子，拿到里面的药瓶，倒出药丸喂到了凤婧衣嘴边："主子，这是淳于大夫留的催产药，你先服下。"

比起这些太医们下的药，淳于越留下的药应该更安全妥当些。

凤婧衣吃力地咽了下去，满口都是苦涩的药味，不一会儿工夫疼痛更加凶猛地袭来："啊……啊……"

"用力！"

"用力！"

……

几个稳婆大声叫道。

凤婧衣咬着牙使劲，听到有人道，"再用力，看到头了，看到孩子的头了……"

痛苦中，却还是忍不住地心生喜悦。

她的孩子，他们的孩子要出生了……

"快要出来了，再用力！再用力！"

她张着嘴大口大口地吸气，而后咬紧牙关使力……

"出来了，出来了。"稳婆惊喜地叫道。

随之，婴儿的啼哭声响起，她无力地倒了下去，可是腹部却仍旧疼痛不止。

"是个小少爷……"一个稳婆正说着。

第四十一章 双生之子

"还有一个，还有一个没有出来！"另一个接生稳婆惊叫道。

凤婧衣挣扎着抬起头，有些听不真切话，有气无力地出声："什么，你说什么……"

"是双生子，还有一个还没出来，公主再加把劲。"稳婆道。

凤婧衣苍白沾血的唇抖出一抹笑意，强自呼吸提气，继续挣扎用力。

"参片，快拿参片来！"沁芳催促道。

宫人将参片拿到床前，让她含在了嘴里，给她补气之用。

可是，第一个孩子几乎耗尽了她的力气，这会儿任凭她怎么使劲，剩下的那一个也是不肯出来……

"催产药，还有没有催产药！"太医望向沁芳问道。

"这东西，一颗都把人疼成那样了，怎么还能再用。"沁芳望了望快要精疲力尽的人，心疼地泣声道。

凤婧衣一把抓住泣芳的手，嘶哑着声音道："给我……"

如果不用药，她想她怕是真的没有力气撑到生下这一个了。

她从没想过会是双生子，这一刻只觉他定是上天赐予的惊喜，她要他，她要生下他……

泣芳咬了咬唇，颤抖地拿起仅剩的一粒药丸，塞到了她的嘴里，眼中的泪瞬间决了堤。

这样拼了命地生下这两个孩子，真的值得吗？

催产药一下肚，立即引起剧烈的宫缩，像是无数的刀刃凌迟着身上的每一寸，四肢百骸都是痛，她真正体会到了痛不欲生的滋味……

铺天盖地地只有痛，她不知还要多久才能结束。

只能一次又一次地告诉自己："再坚持一下，再坚持一下，孩子就要出来了……"

可是，这样的话无数次地在她脑海里重复，不知道过去了多久，婴儿响亮的啼哭声响彻产房，所有人方才松了口气。

她无力地倒了下去，隐约听到稳婆在说："又是一个小少爷呢。"

一下来了两个，还真是让她猝不及防地惊喜。

"孩子……"她虚弱地出声道。

沁芳吩咐了太医诊脉，等着稳婆把孩子抱过来，接过先出生的一个一起抱到床前道："主子，是双生子，这个是先出生的哥哥，四斤七两重，那一个是弟弟，是个小胖子，五斤八两重呢。"

凤婧衣虚弱地笑了笑，看着抱在床前的小兄弟两个，两个都好小好小，通体红红的皱皱的，头上的胎发稀疏，眼睛都还没睁开。

哥哥瘦瘦小小的，不哭不闹地在襁褓里，弟弟却扯着嗓门哭得响亮，想来在肚子里一直调皮闹腾的也是这个家伙。

"这哥哥瞧着倒是像主子多些,这弟弟……"话到了嘴边,她连忙止了声。

弟弟那鼻子嘴巴,真真像极了大夏皇帝,若再长大些了,真会是跟他一个模子里刻出来的。

凤婧衣知道她是要说什么,并没有出言责怪,只是温柔地瞧着两个小家伙,爱怜却又心疼。

"主子,可想好给他们取什么名字了?"沁芳笑着问道。

凤婧衣伸手摸了摸稳婆抱近的小儿子,又望了望沁芳抱着的大儿子,沉默了半晌道:"哥哥就叫熙熙,弟弟就叫瑞瑞吧,至于正名,以后再取吧。"

在玄唐,孩子一般出生只取乳名,正名都是过了周岁礼才定的。

熙同禧,禧瑞皆是吉祥福瑞之意。

她只愿,这两个孩子一生有数不尽的幸运福气。

她曾想过用夏侯彻曾经取过的名字,可是孩子一旦大了,传扬出去,又岂会不惹他生疑。

沁芳瞧着稳婆抱着的瑞瑞,见他哭声小了些,便笑道:"看来他也喜欢这个名字呢。"

凤婧衣伸手抚了抚沁芳抱着的瘦弱长子,心疼地道:"你是哥哥,怎么能比弟弟还瘦弱?"

娘亲对不起你们,不能让你们的父亲来看你们,不过就算他不在你们身边,也会是个非常疼爱你们的父亲。

她相信,夏侯彻会是个疼爱孩子的好父亲,可是她的孩子却永远也不会得到他的疼爱。

"放心吧,只要主子好生养着,将来铁定比那小胖子还壮实。"沁芳笑语说着,低头冲着瑞瑞道,"是不是你在你娘亲肚子里尽抢你哥哥吃的了?"

凤婧衣虚弱地笑了笑,看到两个孩子都平安出生了,一颗心也落了地了。

沁芳将孩子递给稳婆,说道:"带到奶娘那里,好生照应着。"

"是。"稳婆将孩子抱了出去。

"主子,天都快亮了,你也好好睡一觉吧,孩子我们会照应好的。"沁芳跪在床边轻声道。

凤婧衣没有说话,眼皮越来越沉重,眼前缓缓陷入到无边的黑暗中。

沁芳让两名太医留在房中照应诊脉,和宫人一起收拾了一下一片狼藉的床上,叮嘱道,"你们在这里好生照应着,我去给主子准备些吃的。"

"是。"宫人和太医应了声。

沁芳掀开帷帐出去,听到瑞瑞还在哭便赶了过去,见奶娘怎么哄小家伙还是不肯收声。

"小家伙,亏得你娘那么辛苦把你生下来,这会儿哭这么响,都不让你娘安稳睡一会儿吗?"

奶娘继续哄着,大约是饿了,奶娘喂着奶便渐渐止了声音。

沁芳不放心地看了看瘦小的哥哥,这孩子出来也不怎么哭闹,比起那小胖子实在有些瘦弱,放心不下还是叫了太医过来看了看,才放心去准备早膳。

凤景从外面进来,瞧见她问道:"皇姐怎么样了?"

沁芳欠身行了礼,回话道:"母子平安,主子这会儿是太累了,所以睡着了。"

"我进去看看。"凤景说着,也顾不得沁芳劝阻产房秽气便冲了进去。

内殿一片安静,只有外面的雨声雷声传来,床上入睡的人显得格外疲惫,眉眼间却洋溢着难言的笑意。

凤景沉默地在床边坐了下来,接过宫人的帕子擦了擦她额头的汗,目光却沉黯如深海,让人难测心思。

他坐了许久,随即起了身去了安置孩子的偏殿。

"皇上。"两个奶娘行礼,低声道。

"孩子呢?"凤景问道。

"在里面呢,刚哄着睡下。"

凤景眉目微沉,举步进了内室,放在床上的两个孩子已经在襁褓里睡着了,两个小家伙睡得很香甜,丝毫没有发现站在床前的人。

"夏侯彻,这就是你的孩子。"

窗外电闪雷鸣,一瞬的白光照亮屋内,映得站在床前的人眼前沉黯冰冷得骇人。

半晌,他头也不回地出声问道:"都准备好了吗?"

他身后的侍卫,上前垂首回道:"回皇上,一切都准备好了。"

凤景没有再说话,只是静静地望着床上两个睡得香甜的婴儿,一步一步逼近床边,伸手摸了孩子稚嫩的小脸,喃喃道:"你们为什么要是他的孩子,为什么要流着大夏人的血?"

小家伙似是感到不舒服,歪了歪头避开了触摸他的手,继续睡去。

凤景收回手,恨恨地咬了咬牙,道:"不要怪我,怪只怪你们的父亲,怪只怪你们成了他的孩子。"

说罢,转身将心一横,沉声道:"把孩子抱走。"

边上站着的两个奶娘愣了愣,一人上前出声道:"皇上,这……"

虽然进宫之前答应好了的,可是那边屋里人刚刚才拼了性命将孩子生下来,她们这会儿却要把孩子给带走,岂不是造孽吗?

"你们不愿意,还有别人,不想活着出宫了吗?"凤景冷厉的眼锋一扫,震得两人一个哆嗦。

两个奶娘相互望了望，上前小心地将孩子抱了起来。

"走吧。"凤景说罢，先行举步出了门。

两个奶娘低着头抱着孩子跟了出去。

沁芳刚从厨房交代好事情过来，远远看到有人抱着孩子，快步跑近道："这大雨天的，你们把孩子抱出来干什么……"

凤景侧头，冷冷地扫了她一眼，沉声道："走。"

说罢，便有侍卫打开了伞给他和两个抱孩子的奶娘撑着。

沁芳愣愣地望了望他，一想到凤婧衣被诊出有孕之时凤景所说的话，瞬间明白了他想做什么。

"皇上！"她冲上去，挡在前面，也顾不得暴雨淋身。

"让开。"凤景冷声喝道。

"皇上，这是主子刚刚拼了命才生下的孩子，你不能带走！"

这时候带走了孩子，不是要了她的命吗？

"这不是你该管的事。"凤景说着，冷声下令道，"来人，把她拖下去。"

"皇上！"沁芳挣脱侍卫的拖拉，泣不成声地乞求道，"他们是主子怀胎十月的亲骨肉，也是你的亲侄儿，你怎么下得了手？"

"可他们也是夏侯彻的孽种！"凤景冷然道。

皇姐没了这两个孩子，以后她还会有萧大哥的孩子，他没有亲手杀了他们已是仁慈，至于以后他们是死是活，便看他们的命数了。

只是，他绝对不能让他们留在皇姐身边。

"皇上，这么多年，主子便是再苦再难又何曾抛下你不顾，如今你这般拆散她和孩子，你何以忍心，你何以忍心啊！"沁芳哭着叫道。

从前的善良仁义的小主子，怎么会变成了这个样子，变成了这样冷心冷血的人。

若是旁人倒也罢了，可他是主子的亲弟弟，这些年她一再疼爱保护的亲弟弟，这不是往她心上扎刀子吗？

凤景拧了拧眉，回头望了望飞凤阁，还是横下心下令道："走！"

沁芳见劝不下，一咬牙便冲上去要把孩子抢回去，可是还没近到孩子身前便被侍卫给拖开按在了泥水地里，只是眼睁睁地看着两个孩子被凤景一行人带出飞凤阁，消失在茫茫大雨中……

虽已是天明，天空却仍是乌云密布，电闪雷鸣，整个世界都笼罩在倾盆大雨中。

沁芳被两名侍卫按着跪在雨里，眼睛死死地望着凤景离开的方向，已经分不清脸上是泪水还是雨水，飞凤阁的宫人站在宫殿外，却又不敢贸然上前。

这玄唐宫中上下能作主的只有皇上和长公主，只是长公主沉睡未醒，宫里上下还有谁能拦得住圣驾。

两名侍卫确定凤景已经走远了，方才松开了她离开飞凤阁。

沁芳跪在雨中嚎啕大哭，为那两个可怜的孩子，更为飞凤阁内的那个人。

苍天何其无情，好不容易熬过了大夏三年，回来却又要受这样的折磨，而这折磨她的人，还是她曾一再信任爱护的亲人。

"沁芳姑姑……"有宫人见侍卫走开，连忙打着伞过来替她遮了雨。

"沁芳姑姑，现在怎么办？"有人慌乱地问道。

沁芳抹了把脸上的雨水，从地上爬起来往飞凤阁里跑，她不想去惊醒里面的人来面对这样的残忍，可是现在整个玄唐除了她自己，没有谁能救得了那两个孩子。

凤婧衣疲惫不堪，睡得正沉却隐隐约约听到沁芳在床边哭着叫她，无力地掀了掀眼帘看到她一身湿淋淋地跪在床前。

"怎么了？"她开口，声音嘶哑而无力。

沁芳咬着唇，不敢去看她，却又不得不告诉她已经发生的一切。

"奴婢没用，孩子……孩子被皇上给带走了。"

这个时候，但凡还有人能拦下凤景救下孩子，她也不愿把这样的事告诉她，可是再晚了，这孩子怕是就真的再也救不回来了。

凤婧衣满脸惊骇地看着一边哭一边说话的人，唯恐自己听得不真切，伸手一把抓住她问道："你说什么，孩子怎么了？"

"皇上把孩子带走了，奴婢没拦下他。"沁芳泣不成声说道。

"凤景？是凤景……"凤婧衣蓦然想到之前因为夏侯彻而跟她争执的凤景，以及发现有孕之时坚持要她打掉这个孩子的凤景，全身的血液都为之寸寸冰凉了下去。

她连忙用力支起身，一掀被子准备下床，可是刚刚难产生下两个孩子已经耗尽了她所有的体力，脚一落地整个人便软软地倒了下去。

"主子！"

"公主！"

沁芳和宫人扶住她，惊声唤道。

她强自提起几分精神，嘶哑着声音道："快点，扶我过去。"

他之所以由着她把这两个孩子生下来，是因为淳于越那番叮嘱怕伤及了她，如今两个孩子出世了，他当真是容不下他们啊。

可是，那是她十月怀胎刚刚落了地的骨肉，她怎么能不要他们。

"现在外面正下着大雨，公主刚刚生产完，这样出去会有危险的。"有宫人担忧地劝道。

"快点，快！"凤婧衣说着，连鞋都没顾上穿，扶着沁芳的手便要往外走。

沁芳扶着她，泪止不住地流，盼咐宫人道："给公主把鞋穿上，斗篷，把防雨的斗篷拿过来。"

宫人急急给她套上了鞋子,罩上了斗篷,便帮忙扶着她朝外走。

可是刚刚生产完毕,她身上又哪里有什么力气,几乎都是靠着沁芳和宫人架着走,还好有灵性的宫人让人抬了软轿过来。

几人将她扶上去坐着,凤婧衣拉着沁芳道:"叫上况青。"

如今,墨嫣她们都不在金陵,青湮她们也不在,宫中除了萧昱留下保护她的况青,都是凤景的人了。

那些人,既接了他旨意,又岂会听命于她。

沁芳让人去向况青传话,立即让人抬起了软轿,一边跟着打着伞,一边问道:"主子,我们去哪里找?"

"勤政殿。"凤婧衣道。

大雨瓢泼,虽然沁芳尽力给她打着伞,但衣衫很快就已经湿透了,她咬紧牙关强自提着精神估算着凤景把孩子带走会干什么,自己能追回的把握又有多大。

这个时辰快到早朝了,他一定会去那里。

孩子是他让人带走的,现在除了他,她也不知该去哪里找他们。

这么大的风,这么大的雨,他们才刚出生,若是淋着了,吹着了,该有多冷?

一想到这些,她的心便揪痛得滴血。

"快点,再快点!"沁芳催着抬轿的人道。

因为赶得急,软轿颠簸得她全身都疼,可是她现在实在没有那个力气走,只能咬紧牙关忍着,期望着能再快一点,再快一点……

如果追不回孩子,他们以后的命运会如何,她不敢去想。

可是,为什么是凤景?

为什么要害她孩子的人是凤景?

若是别人,她会早有防范,可那是她的亲弟弟,从小与她一起长大的唯一亲人,即便他之前因为夏侯彻的事与她置气,她怎么也不会想到,他会趁着她刚刚生产完毕,对两个初生的婴儿下手。

"主子,皇上,皇上在前面。"沁芳惊声叫道,说着连忙让抬轿的人落了轿。

凤婧衣扶着她的手,一起身脚一软便险些跪到了泥水里,好在沁芳和宫人及时扶住了她。

"扶我过去!"

与其说是扶过去的,倒不如是说两人架着她拖着过去的。

"皇姐?"凤景带着人刚从宫门进来,看到堵住去路的人不由得愣了愣。

凤婧衣惨白着一张脸,扶着沁芳和宫人的手臂才勉强站稳:"孩子呢?你把他们带去哪里了?"

"皇姐，你刚刚生产完，这外面这么大的风雨，你这样出来会生病的，先回宫里休息吧。"凤景上前，想要扶她回宫去。

凤婧衣一向沉静的眼睛现出锐光，不知是因为冷还是因为紧张，整个人都在不住地哆嗦："我问你孩子呢，你把我的孩子带去哪里了？"

"皇姐，我送你回宫！"凤景避而不答。

凤婧衣第一次觉得，这个自己疼爱了多年的弟弟，冷漠得让她有些害怕。

她一把甩开了凤景扶着她的手，踉跄地扑上前揪住他的衣襟，目光沉冷而迫人："把孩子还给我，你把孩子还给我！"

凤景伸手握住她揪着自己衣襟的手，她的手冰凉得刺骨。

"孩子已经送走了。"

凤婧衣怔怔地望着他，眼中瞬间涌出泪，张着嘴吸了吸气才有了几分力气："为什么要这样，他们才刚刚出生，他们做错了什么，你要这样对他们下手？"

她说到最后，几乎是嘶吼出声。

可是，站在她面前的凤景，却面色冷漠地说道："他们是夏侯彻的孩子，他们身上流着大夏人的血，我不能让他们留在宫里，留在你身边，就算不为我，你也该为萧大哥想想，你想让他一辈子帮你养着夏侯彻的孩子吗？"

"你到底是容不下他们。"凤婧衣抬手抹了抹脸上的泪痕，道，"他们是夏侯彻的孩子，可他们是我怀胎十月才生下的孩子，你既容不下他们，你把孩子还给我，我带他们走，现在就走，这一辈子也不会再碍你的眼，够了吗？"

那是十个月来与她血肉相连的生命，让她如何能弃之不顾？

"皇姐，我知道你一时是舍不下，但将来你总还会有孩子的，至于他们……你就当从来没有生下过他们。"凤景道。

"从来没有过他们？"凤婧衣不可置信地望着他沉黯冷漠的眼睛，目光灼灼而逼人，"他们昨天还在我的肚子，他们刚刚从我身上掉下来不到两个时辰，你让我当从来没有过他们？"

她刚刚才生下他们，刚刚还看到过他们，还摸过他们小小软软的身子，现在让她怎么当作从来没有过他们？

凤景看着她面色苍白失血，整个人身上都湿淋淋的，披头散发地站在雨中，一时有些心生不忍，可是孩子已经送走了，断不会再带回来。

"小景，阿姐从来没有求过你什么，这辈子第一次也是最后一次求你。"她泪流满面地望着他，颤抖而嘶哑地乞求道，"把他们还给我，把我的孩子还给我。"

凤景望着她，目光惊骇而沉痛，颤声道："阿姐，你在求我？你为了夏侯彻的孽种……在求我？"

她那个绝世风华、傲视天下的阿姐，竟然为了夏侯彻的孩子如此乞求他。

"他们只是两个刚出世的孩子，大人的恩怨怎么也不该算到他们头上，我要他们，这辈子我要定了他们，如若今日我找不回他们，抑或他们因为你有任何三长两短。"她咬了咬牙，哽咽而掷地有声地道，"我不会原谅你，这一辈子都不会。"

她想，他既打定了主意，看来是不会轻易把孩子还给她了。

这会应该刚刚出宫，她带人出宫去追，应该还能在金陵城把他们找出来。

"我们走！"凤婧衣扶着沁芳的手，准备上轿出宫去。

凤景背对着他，缓缓地抬起手，朝镇守宫门的侍卫下令道："封锁宫门，不得放飞凤阁任何一个人出去。"

那两个孩子若是在她身边，她这一生只要看到他们就会想到大夏皇帝，这辈子都会与他牵绊不清。

凤婧衣看着被侍卫堵得水泄不通的宫门，缓缓转头望向下令的人："凤景，你这是……要把我软禁在宫里？"

凤景背对着她，一字一句出声道："皇姐，你是我的皇姐，你是玄唐的长公主，更是北汉的太子妃，与大夏之间的一切，就应该断得干干净净，这样……对谁都好。"

没有了那两个孩子，对玄唐，对她，对萧大哥都是好事，她自己舍不下，萧大哥心疼她下不了手，那就由他来了断。

"我不是你的皇姐，我的弟弟他仁慈善良，连小动物都舍不得伤害，他不是你这个样子。"凤婧衣说着，眼底的泪夺眶而下。

她不明白，他为什么会变成这个样子，这么冷漠而可怕。

突然之间，她也不明白自己回到这里，到底是为了什么？

她背弃那个人，甚至背弃自己的心，她不敢再回想过去，也不敢再想那个人，她只是想要留下那两个孩子，让他们平平安安长大。

可是，连这仅有的心愿，也都成了奢望。

"主子！"沁芳看着她，担忧道。

凤婧衣没有说话，只是扶着她的手往宫门处走，一边走一边对身后的凤景道："我要出去，我要去找他们，你若容不得，尽管把我诛杀在此。"

她一步一步地走着，刚刚生产完身下还流着血水，沿着腿染红了她的裙衫，走过的雨水都留下一摊血红晕染开来。

她逼近宫门，侍卫们持着刀没有圣命却又不敢贸然伤人。

凤景紧紧咬着牙，听到雨中一行人远去的脚步声，终究没有出声下令。

现在孩子已经送出去了，偌大个金陵城，她没那么容易找到，这会儿说不定已经带出金陵城了，如今没有隐月楼的人在，她想要找到根本不可能的。

"皇上，早朝时间到了。"远远候着的太监上前提醒道。

凤景扭头望了望雨中的宫门，道："让人赶着马车出宫跟着，若是长公主撑不住了，就送回宫。"

凤婧衣一行人出了宫，一边走一边问道："抱走孩子的两个奶娘，这些日在飞凤阁可从她们口中听说到什么？"

"听口音，应该是金陵人士。"沁芳道。

凤婧衣眼前阵阵发黑，咬牙甩了甩头，让自己清醒几分："那日，我偶尔听到她说起什么，城中李氏商铺的孩子也是她去做的奶娘，你让人去李家打听，应该知道她住哪里的。"

"好，我让宫人带着况将军他们过去。"沁芳说道。

李家也是金陵的大富之家，随便上门只怕没那么容易问出话来，非常时候，只能采用非常手段了。

凤婧衣点了点头，连说话都没什么力气了。

沁芳吩咐了人去打听，回到软轿边接过伞打着，道："安全起见，还是封了城查找好点。"

凤婧衣疲惫地摇了摇头，说话的声音低哑无力："我已经没有当年摄政的权力了，便是传了话也是不顶用的，只有先找到那两个奶娘，才知道孩子的下落。"

说完这番话，她不由得有些喘息不及。

"主子，我们这样盲目地找也不是办法，你先找个地方避雨等消息，我让其他人挨家挨户找去，要不孩子还没找到，你自己怕是撑不住了。"沁芳看着她面色惨白得吓人，担心不已。

她刚刚生产完，这个时候本该静养的，如今却要冒雨寻子，实在是造孽啊。

凤婧衣无力地点了点头，她是真的快撑不住了。

沁芳连忙让人到就近的客栈停下，打着伞将人扶进了客堂内："快倒热水过来。"

客栈掌柜一见，都是宫中的服饰一下有些吓得愣了。

沁芳接过人倒来的热水，放到凤婧衣手里："主子，你先喝了暖暖身子。"

说罢，回头吩咐了随行的宫人到附近打听消息，只留了一个人跟着她在这里伺候着。

凤婧衣捧着热茶，整个人还是忍不住地发抖，只觉得全世界都变成了冰窖一般寒彻刺骨……

这一刻，她有些疯狂地想念那个人，如果他在的话，她的孩子绝对不会受这样的苦。

黎明的天空，因积压的乌云显得阴沉沉的。

孙平在快到早朝之前的一个时辰醒来，打点一切东西准备前去伺候圣驾早朝，刚出门便有宫人过来回报道，"孙总管，昨夜皇上又在书房里睡着了，奴才悄悄进去看了，这会儿还没醒呢。"

皇上最近时常在大书房批折子处理政事，有时候累得极了就直接趴在桌上睡着了，自上官皇后废弃之后，君心难测，喜怒无常，他们便是看到了也不敢不要命去相劝。

孙平叹了叹气，自先前方湛被召回京，在书房说起玄唐长公主已有孕在身，那人就愈发消沉了，他没再去让人打探过任何关于玄唐那边的消息。

算算日子，如今那玄唐长公主只怕已经生下孩子了。

皇上便是再挂念不下，终究那人的心不在这里，怎么留也是留不下的。

一行人到了书房外，孙平进去瞧了瞧人还睡着，便没有上前去叫醒，只是带着人在外面静静候着。

雷声隆隆，狂风大作，孙平望了望天色，道："看样子，怕是要下暴雨了。"

盛京已经快入冬了，这若是下雨，势必更冷了。

书房内，烛火已经燃尽，显得昏暗朦胧。

龙案后，一身玄色龙纹朝服的人一手撑着头，闭着眼睛似是睡着了，如剑的眉宇没有紧紧蹙着，却隐隐带着几分温柔的笑意。

梦中，一切还是以前的模样，没有离别，没有痛心失望，她一直都还在他的身边。

只是，窗外一声惊雷炸响，震碎了他梦中美好的画面。

夏侯彻敛目叹息，她怎么会还在呢，她已经做了北汉的太子妃，他们的孩子……都该出生了？

而他，却该死地还忘不了她。

半响，他缓缓掀开眼帘，却莫名看到昏暗的光线内，她站在书案前。

他扶着桌子缓缓站起身想要看清楚，那影子却转身往外边去了。

他快步绕过龙案一路追寻而出，那影子却消失在了书房正门的光线里，他风一般地冲出书房，跑下玉阶……

可是，环顾四周，触目所及却是空荡荡的一片，只有扑面而来的狂风不停地肆虐……

雷声震耳欲聋，暴雨倾盆而至，他怔怔地站在那里，任由冰冷的秋雨打在身上，整个人也渐渐清醒过来。

她走了，早就已经走了，再也不会回来了。

"皇上！"

孙平连忙从宫人手里拿过了伞，手慌脚乱地打开了跑过去，给他撑着伞挡起雨，伸手抹了把脸上的雨水，问道。

"皇上，下这么大雨，你怎么出来了？"

他本是带着人过来叫他早朝的，哪知道刚走到门口，他就从里面一阵风似的跑了出来。

夏侯彻没有说话，望了望暴雨笼罩的天地，默然转身朝着书房的方向走去。

孙平见他不说话，到了门口收了伞，道，"皇上看起来脸色不好，要不要请御医过来看看？"

第四十一章 双生之子

"不必。"夏侯彻淡淡道。

只是莫名有些心神不宁，总觉得是有什么事，却又怎么也理不出个头绪来。

"早朝时辰快到了，奴才去让人取换的朝服过来。"孙平道。

夏侯彻没有说话，只是默然坐了下来，整个人身上都还滴着水。

孙平很快拿着朝服和驱寒的药汤过来，"皇上，先把湿衣服换了，喝了这驱寒的药汤再上朝，以免一会儿受了寒病了。"

自那回从玉霞关回来，重伤养了近半年才好起来，体质一时之间自然不能再如以前那般强健。

夏侯彻自己去换上了朝服，并未顾得上喝什么驱寒药汤便举步出了书房前去正殿早朝，虽然不知为何无缘无故做起了那样的梦，但醒了也就只是一场梦而已。

他沿着走廊昂首阔步走着，又一次自问道，自己到底是有多无用？

为什么还要对那样一个女人念念不忘，她从来到自己身边，说每一句话，做每一件事，都是百般筹谋着自己的目的，枉他聪明一世，却被这样一个人骗得魂牵梦萦。

明知道她已经另嫁他人，却还是该死地忘不了，放不下。

皇极殿群臣见圣驾来临，齐齐伏跪请安，"吾皇万岁万岁万万岁！"

夏侯彻举步进殿，在一殿朝臣的跪拜中走向高处的龙椅，拂袖转身落座，一双黝黑的眸子锋锐如刀般地扫向满殿朝臣，依然还是那个睿智无双的王朝天子。

玄唐金陵，比之盛京更大的狂风暴雨还在继续。

凤婧衣一语不发地坐在客栈的内堂里，捧着茶杯的手不住地发着颤，等了半晌还是不见况青等人回来，便有些坐不住了。

她望着外面的大雨，扶着桌子起身，却又摇摇欲坠地险些倒了下去。

"主子！"沁芳一把扶住，惊声唤道。

凤婧衣扶着她道："走吧，我们也跟着找人吧。"

这么大的雨，她能在这里避着雨，她的孩子说不定还在淋雨受寒，她不能一直在这里这样等着。

"主子，况青他们一定能打听到消息回来的。"沁芳扶着她安抚着。

她当然理解她此刻寻子的急切心情，可是她现在的身体状况实在是让她害怕，连路都走不了几步，下这么大的雨又受了寒，将来指不定得落下什么病来。

"走吧，走！"凤婧衣心中焦急，一刻也等不下去，扶着她跟跟跄跄地便朝客栈外走。

只是，整个人头重脚轻，若不是有人搀扶着，根本站都有些站不稳。

沁芳劝不住她，只得扶着她往外走，还未走到客栈门口，况青便带着人回来了，连着那个奶娘也一并给抓过来了。

"太子妃，人带回来了。"况青道。

虽然一开始有些摸不着头脑，不明白玄唐皇帝为何会把孩子送出宫去，不过现在仔细想想，只怕那两个孩子并不是太子殿下的亲生骨肉，所以他才会那样做。

说起来，这个时候作为北汉臣子，他并不应该帮忙找这个孩子。

可是，太子殿下临行之前又一再交代要保护好太子妃安全，今天这大风大雨的，他若不帮忙，太子妃势必自己把这金陵一家一户地找下去，刚刚生产完淋上一天雨，不死也去了半条命了。

所以，还是暂且先帮忙找着，一切等明后天太子殿下到了，看他自己怎么定夺。

"人在这里呢，在李家那边打听好了，我们直接找了过去，她们一家正准备离开，还好赶得快截下来了，另一个也派人去找了，不过人已经跑了。"况青说着，将奶娘揪着进了门。

奶娘哆哆嗦嗦地跪在地上，却始终硬着嘴不肯说话。

"快说，你们把孩子怎么样了？"沁芳气愤地喝道。

"长公主殿下，我们也是奉皇上的旨意办事，这不关我们的事。"奶娘垂着头抵在地上，不敢抬头去看她。

她在金陵城住了这么些年，当年长公主夺权清除乱党之时的杀伐决断，金陵城都是知道的，一抬手斩了数十个人，刑台都血流成河，此事金陵城的许多人都历历在目。

可是，这一次找上他们的又是皇帝，她们也不敢不从。

凤婧衣气得发抖，扶着沁芳的手摇摇晃晃走近，抬眼望了望客栈门外一手抱着孩子，一手牵着孩子的男人，开口的声音喑哑却冷冽慑人："你也是有孩子的人，如果我的孩子找不回来，你这辈子也休想再看到你的孩子一眼，你自己掂量掂量。"

"长公主饶命，长公主饶命。"奶娘一听，哭着直磕头求饶道，"皇上让我们把孩子带出宫，送出金陵城，原是要一起交给人伢子带出去的，不过那个先出生的孩子娘胎里不足，抱出宫就开始发烧了……"

凤婧衣瞬间泪如雨下，弯腰一把揪住她的衣衫，嘶哑着声音逼问道："你把他怎么样了，说，你把他放哪里了？"

"雨太大了，我不敢再带回来，就放到了城外的普度观音庙里了……"奶娘缩着脖子，低声说道。

"还有呢，还有一个呢？"凤婧衣泣声追问道。

奶娘抬眼望了她一眼，惊恐地打了个寒战，支支吾吾地回道："另一个我和陈娘一起抱过去的，那一个……那一个让人伢子带出金陵，当时那里还有一些别人卖过去的大大小小的孩子，大约……大约是要带到别的地方卖给别人的……"

"你们……"凤婧衣怒火攻心，脚下一软便险些倒了下去。

"他们往哪里去了，还不说实话？"沁芳扶住她，朝奶娘喝道。

奶娘小心翼翼地望了望凤婧衣，坦白说道："都是些跑江湖的，没个定向，自是五湖四海什么地方都去，我们也不知道他们会去哪里。"

凤婧衣吸了吸气，扶着沁芳便朝外走："观音庙，快去观音庙……"

她就怕熙熙生下来那般瘦弱会多病，却不想一转眼就让他遭了这样的罪。

"这么大的雨天，那伙人应该还没走远，快去追……"凤婧衣望向沁芳，说道。

沁芳知道，这个时候她是要她去找瑞瑞，这个时候谁也不敢信，能相信能指望的只有她了。

再者，这个孩子也得有认得的人去，才找得回来。

"放心吧，奴婢会找回来的。"沁芳说着。

凤婧衣点了点头，咬牙松开她的手，跌跌撞撞地冲出了歇脚的客栈，也顾不上等宫人抬轿过去，看到几匹拴在旁边马厩里的马，解了缰绳便准备上马。

可是，身上实在没什么力气，试了几次才勉强爬上了马背。

沁芳刚带上人出来，看着她上了马惊声叫道："主子，主子，你现在不能骑马。"

凤婧衣哪还顾得这些，一拉缰绳掉转马头，很快便消失在了大雨中。

沁芳扭头朝着边上的宫人喝道："还愣着干什么，还不快去追，几个人追上去，几个人找些干净的衣物一起带过去，叫上大夫一块儿过去。"

"是，是。"宫人应了声，连忙跑进雨里往城外去。

沁芳抹了把脸上的眼泪，朝况青道："况将军，有劳了，我们快走吧。"

凤婧衣快马出城，一路上几次都险些把自己给摔下马去，出了城到观音庙一拉住缰绳，她整个人被扬起前蹄的马儿掀下了马背摔在泥地里。

她抬头看着遥遥在望的观音庙赶紧爬了起来，并不长的一段石阶路，她却费尽了力气才爬上去，隐约听到孩子的哭声，泪水一下便涌出眼眶。

"熙熙？熙熙？"她跟踉踉跄跄地冲进了庙里，终于在草堆里找到了哭泣的孩子。

因着前年的一场大火，这一座普度观音庙就成了残垣断壁，放孩子的地方勉强能遮点雨，可是包裹着他的襁褓却早已经湿透了。

她手忙脚乱地解开了自己身上的斗篷，这件斗篷外层缝了防水的薄油布，所以里面还是干的，解了他身上的湿襁褓，将他放在了上面用干着的地方将他包裹好，低头吻了吻他有些发热的小脸。

"对不起，对不起，是娘来晚了，是娘亲没有保护好你们……"

凤婧衣抱着孩子坐在仅能遮雨的地方，却实在没有力气抱着他下去了，只能静待着宫人赶过来帮忙。

可是，这样的等待真的太漫长了。

不知过了多久，她听到外面传来人声，挣扎着想要起来，却还是没有力气再起身了。

然而，最先冲进庙内的不是赶来的宫人，却是自北汉赶来的萧昱，他不可置信地望着抱着孩子颤抖地蜷缩在墙角的人。

"阿婧？"

他刚刚赶到金陵，却看到一群宫人在大雨里，仔细看才知是飞凤阁里的，询问之下才知她来了这里。

凤婧衣怔怔地望着进来的人，反射性地搂紧了怀中的孩子，连凤景都要害他们，他会容得下他们吗？

萧昱迅速解下身上的大氅罩在她们身上，道："阿婧，我们先回宫，你和孩子都生病了，要赶紧看太医。"

凤婧衣惊恐地摇头："不能回宫，不能回宫，有人要我的孩子，不能回去……"

萧昱眼中瞬间现出泪光，伸手抚了抚她脸上的湿发，道："那我们先去附近的别苑，你先住在那里，我去给你找另一个孩子。"

凤婧衣泪眼朦胧地望着蹲在面前的人，苍白的唇颤抖出声："我……我还能相信你吗？"

她的亲弟弟凤景都成了那个样子，这个人……她还能信吗？

萧昱目光一震，她在怕他。

她的阿婧，在害怕他，害怕他会害她的孩子。

"不为别的，起码我不想你在我身边，还要痛苦难过。"萧昱伸手握住她冰凉刺骨的手，认真说道。

他等了这么多年，终于娶了她。

他想让她在他身边幸福，不是想让她变成这个样子。

第四十二章
骨肉离散

不知是因为冷，还是因为害怕，她抱着孩子一直不停地哆嗦颤抖。

萧昱看着揪心不已，这是他第一次在她身上看到恐惧和害怕，这么些年不管面对什么样的敌人，什么样的困境，她都不曾有过这样的害怕。

宫人带着干的衣服随后赶了过来，看到她已经找到了孩子都长长松了口气："长公主殿下，衣服……"

凤婧衣望着她们拿过来的干衣服，放下了抱着的孩子，拿干净的襁褓给他穿戴好，然后又紧紧地抱在了怀里，根本不让任何人经手。

萧昱侧头问了问："马车过来了没有？"

有人到外面看了看，急急跑了回来回道："已经过来了。"

"阿婧，把孩子交给宫人照看，我送你去别苑，再待在这里你会生病的。"萧昱温声劝道。

凤婧衣望了望他，却还是不肯把孩子交给别人。

昨日就那么一眨眼的工夫，她就险些永远失去了他们，她哪里还敢再放心交给别人。

萧昱眼眶微红，一把拉过边上的宫人，道："孩子让她抱着，就走在你前面，出了庙上了马车就交给你。"

凤婧衣想了想，小心地将孩子递给了宫人，"小心点，别让他再淋着了。"

"是。"宫人低声回道，抱起孩子站起身，边上便有人打了伞。

萧昱伸手扶着她起来，可是一路强忍赶过来，爬到这观音庙里，她已经精疲力竭，哪还有再站起来的力气。

一连试了几次，还未站起身，又腿软地坐在了草堆里。

萧昱弯腰将她抱了起来，朝边上抱着孩子的宫人道："走吧。"

宫人抱着孩子走在前面，他抱着她走在后面，下了庙外的石阶路，马车已经停在了下面，他将她放进了马车里，随即抱过了孩子跟着进了马车。

侍卫立即赶着马车，前往金陵城外的别苑赶路。

萧昱将孩子放到她边上，抬头看着她苍白狼狈的样子，道："我们先去别苑，请了大夫过来，已经派人回宫去把要用的东西都搬过来，不想回去就先住在别苑吧。"

凤婧衣静静看着孩子，没有说话也没有力气说话。

"阿婧，你先休息吧，孩子我会让人好好照顾的。"萧昱拉住她冰凉的手说道。

凤婧衣还是一动不动地望着孩子，虽然疲惫无力得恨不得闭上眼睛好好睡一觉，可是她知道她不能睡，她的孩子只有她自己看着才放心。

瑞瑞还没有消息，她怎么敢睡。

她只恨自己现在这副模样，已经没有力气再去追他了，只希望沁芳和况青能赶得及追到他。

萧昱劝不下她，只得几番催促赶车的侍卫快些，马车停到了别苑外，他把孩子抱着递给了宫人，这才将她给抱下马车，快步进了别苑暖阁。

宫人伺候她换衣服，孩子始终都让人抱着在她身边，一刻都不敢离开她的视线。

虽然还不到生炭火取暖的时节，萧昱还是让别苑的人生了火放进暖阁，好让她能觉得暖和些。

孩子发烧难受，回来便不怎么哭了，凤婧衣也顾不上让大夫给自己诊脉，自己抱着孩子等着大夫的诊断结果。

几名大夫还一身湿淋淋的，依次诊了脉商量了一番，一人面色为难地过来说道："孩子是着了风寒，加上原本娘胎里就不足，若是精心照养着倒也能养大，只是定然是体弱多病的，可……可这一出生着了风寒病了，孩子太小好多药都不能给他用，所以……怕是不好治。"

"什么叫不好治？"凤婧衣惊讶地抬眼望向说话的人。

那人叹了叹气，道："孩子刚出生还太小，加之他本就比一般孩子要体质羸弱，诊治用药都不容易，稍有差池都会伤了孩子性命。"

他们行医多年，何曾治过这么小的孩子。

这些人虽还未透露身份，可这里是皇家别苑，这些人的身份又岂会简单，这孩子凭他们的本事根本治不好，再一个不慎出了差错，只怕还会丢了小命。

凤婧衣闻言愣了愣，低头望了望因为发烧而睡着的孩子，喃喃道："淳于越，我去找淳于越。"

别人治不好，他一定能治好的，他一定有办法治好的。

可是，刚从榻上一站起身，脚上便一阵无力，险些连着孩子一块儿摔倒在地，好在萧昱眼疾手快扶住了。

"先别急，宫里的太医一会儿就过来了，让他们先看着，这么大的雨也不能带着孩子赶路，我让人去一趟青城山，淳于越应该在那附近的，让人把他请过来。"

凤婧衣惶恐而无助地望着他，不知道自己该不该听他的话。

瑞瑞音讯全无，熙熙又病重在身，她到底该怎么办，该怎么办才能保护她的两个孩子。

萧昱正说着，宫人带着急急从宫里接过来的太医进来，道："长公主，太子殿下，太医们到了。"

几名太医上前给孩子诊了脉，探了探孩子的体温道："长公主先把孩子放下来，我们再仔细看看。"

凤婧衣这才把孩子放到了榻上，萧昱扶着她到了边上坐下，道："让太医们先看，你面色也不好，先让太医诊脉看看。"

她没有说话，只是怔怔地瞧着被几名太医围着的熙熙，就连萧昱拉着她的手让太医诊脉，也都毫无所觉。

两名太医给她诊了脉，面色有些沉重。

"她怎么样？"萧昱紧张地问道。

"月子里就不能吹风受寒的，长公主本就因难产，生产完身子比一般人还要虚弱，还没等恢复过来就又出来淋雨奔波，以后再怎么调养也难免会落下不少毛病，这半年务必得静心休养，切莫再劳累奔波了，否则这身体就真的垮了。"太医叹息道。

凤婧衣只顾着看着孩子那边，并没有去听这边的话，萧昱听了望了望她，不由心疼地皱了皱眉。

过了半响，给熙熙诊治的太医们商议之后，过来回道："这孩子的身体状况实在棘手，我们只能尽力诊治，只是孩子的体质孱弱，以后还得有医术高明的人照看专门调养，若是一年内照料得好了，以后只要不是大伤大病倒也没什么大碍。"

好在萧昱之前从北汉带来的两名太医，都是在宫里侍奉多年，以往尽伺候些龙子凤孙，对诊治孩子的病，也比一般大夫要有分寸些。

"你们先好生治好孩子的风寒之症，其他的就不必操心了。"萧昱道。

这孩子，到底还是要请淳于越帮忙了。

不过，眼下当务之急是要尽快去把另一个孩子找回来才是，否则她是一刻也难以安心的。

如今，听了太医对他们母子的诊断倒也放心几分了。

"你们几个，出来一下。"他扫了一眼先前留在飞凤阁诊治的几名太医道。

几人相互望了望，向凤婧衣跪了安出去到了偏厅。

第四十二章　骨肉离散

萧昱眸光冷锐地一一望了望几个人，声音沉冷慑人："先前你们确定说孩子是在两三天之后出生的，为什么闹成现在这样？"

就是因为知道会是再过两天才生，所以他才想着提前赶过来的，哪知道来了这里已经天翻地覆了。

几人跪了下去，却谁也没敢出声说话。

"说！"萧昱一掌拍在桌子上，震得几人一个寒战。

"这个……"几个侧头，相互望了望，却还是不肯说。

"既然不愿实话实说，想必有亲卫营的刑讯，你们才肯招？"萧昱厉声喝道。

"这个，长公主前两日开始夜里就开始肚子疼，我们诊断出好似是吃过了催生的药，可是药都是我们开的，也都是沁芳姑娘煎好了送到长公主手里的，只是那药量也不大，我们寻思着是不是我们的药错了……"

"不，那两天皇上一直在飞凤阁，药都是他拿了给长公主的……"另一人说道。

孩子是他带着人带走的，所以在药里动手脚的人，极有可能就是他了。

萧昱拧眉，叹了叹气道："你们下去吧，好生照料着长公主和孩子，若有差池回来唯你们是问。"

宫人说孩子是凤景带出宫的，想必在药里加了催生药的也是他。

阿婧生产完无力阻止，他又不在金陵，还能有什么人能拦住他去，如今他确实也达到目的了，可是不管出于什么样的原因，他这样才真的是伤了她的心。

这世上任何伤害这两个孩子的人，她都会恨，可是偏偏是她的亲弟弟做出这样的事。

她这样地深爱着这两个孩子，再经历这样的事，但凡夏侯彻知道了一点关于孩子身世的风声来找他们，她又会怎么样，他不敢去细想。

他独自坐了一会儿，起身去了暖阁，凤婧衣正在给孩子喂太医调制的药汤，他等到她喂完了药放下孩子，才走近前去。

"阿婧。"他抚了抚她的脸，说道，"答应我，在这里好好和孩子养病，那个孩子我去给你找回来。"

凤婧衣望着他，眼中泛起泪光："真的……真的会找回来吗？"

萧昱微微笑了笑，点了点头："我答应你的，何时食言过？"

他说罢，起身嘱咐了宫人和太医好生照看他们母子，披上斗篷便冒雨离开了别苑。

熙熙烧了一夜才退下去，凤婧衣守了一夜没敢睡，任凭伺候的宫人怎么劝也是无用，眼底血丝遍布甚是吓人。

天亮的时候，孩子醒了没怎么哭闹，她将他放在床里侧，一手搂着才合上眼睡了一会儿。

可是，一觉睡到下午，外面的雨停了，孩子却又开始发烧了。

于是，她就真的眼都不敢合了，交给宫人照看又怎么都不放心，只得自己强打着精神照顾着才安心。

半夜的时候，宫人过来敲门道："长公主，沁芳姑姑回来了！"

凤婧衣闻言，心想是不是瑞瑞已经找回来了，一把掀开帐子便欲下床。

沁芳还不等她起来，便已经自己推门进来了，见她要下床快步到了床边："主子！"

"瑞瑞呢？瑞瑞在哪儿？"凤婧衣紧张地抓着她的手追问道。

沁芳扑通一声跪在了床边，垂着头哽咽道："我们去晚了一步，他们上船走了水路，南方运河江流通达，会去往哪里我们一时间真的无从找起……"

"你是说……瑞瑞找不回来了？"凤婧衣眼中的泪摇摇欲坠，声音嘶哑而颤抖。

"不会，主子你别担心，太子殿下已经带着人上船去追人伢子坐的那艘船了，一定会把孩子找回来的，他只是不放心你，才让我先回来照顾你和孩子。"沁芳连忙说道。

"不行，我不能这样等，不能这样等……"时间越久，找回的机会就越小，她不能在这里干等着。

沁芳哭着拦下要下床寻人的她，劝道："主子，现在熙少爷还病着，你自己这副样子怎么能再出去，便是你能拼了命自己找到他，你若是有个三长两短，你让这两个孩子怎么办？"

凤婧衣恨恨地咬唇，痛恨此刻这么无用的自己，什么都做不了，连自己的孩子都保护不了。

"我已经让人通知墨姑娘了，她也会尽快赶到一起帮忙找，一定能把孩子找回来的。"沁芳安慰道。

"你回来了，谁认得瑞瑞，怎么找他？"凤婧衣陡然想到，惊声问道。

"太子殿下看到过熙少爷，双生子本就长得像，熙少爷和瑞少爷背上都有胎记，我已经告诉过太子殿下，所以一定能找到的。"沁芳道。

凤婧衣手紧张地攥着拳头，可是目光依旧还是惊惶和不安。

沁芳抹了抹脸上的泪痕，扶着她躺下道："主子，你先休息，孩子我给你看到天亮，天亮了你再看着，奴婢再去休息，咱们换着来。"

凤婧衣望了望她，思量之下还是将孩子抱到了外侧，让她能在床边看着。

"如果再烧得厉害了，叫醒我再叫太医过来。"

她需要休息，她需要尽快休养过来，才能自己去找孩子。

"奴婢知道了。"

熙熙的病情反反复复大半个月才渐渐好转一些，萧昱和墨嫣虽来过信，却还是没有孩子的消息，凤婧衣一天比一天焦虑难安。

甚至一连好几个夜里从噩梦中惊醒过来，梦中全是瑞瑞遭遇种种不测的画面，原本之前怀胎之时养胖了几分，半个月工夫又清瘦得吓人了，奶水就更是不足，孩子只能由找来的奶娘喂着。

直到孩子满月的那天，萧昱和墨嫣派人送来消息，说孩子已经找到了，正带着回金陵来，她整个人才真正松了口气，可又唯恐那消息是假的，一天拿着送回来的信看无数遍确认才放心。

按脚程推算，他们要三天才能回到金陵。

从接到消息之后，凤婧衣每天一大早就会在别苑外面等着，虽然知道不是今天回来，可是她总忍不住想出来看看，想着也许他们会走得快，也许会早一点回来。

可是从天亮等到了天黑，终究是没有等到。

第二天，天一亮她又早早起来了，沁芳看着她有些陷下去的眼窝，不由心疼地劝道："主子，明天应该就回来了，今天你就别去外面等着了，这几日风挺大的。"

"没事，已经出了月子了，我会穿着斗篷。"凤婧衣说着，望了望窗边摇篮里还熟睡的熙熙，说道，"孩子你帮我看着一下。"

说罢，又去了别苑外面等着，终究一天下来还是没有等到人。

沁芳知她真的是太过担心才会如此，几番相劝也没劝住她，便也不好再多说什么，只是让宫人小心伺候着，给她准备的衣服也都是暖和的，到了用膳用药的时辰让人做好给她送到外面。

天黑的时候，凤婧衣从外面回来了。

"奶娘刚喂过孩子，这会儿已经睡了。"沁芳给她解下斗篷，笑着说道。

"嗯，好。"凤婧衣点了点头道。

"奴婢让厨房备好了晚膳，你用点儿，明天他们就回来了。"沁芳说道。

凤婧衣蹲在摇篮边上，看着熟睡的孩子，淡淡应了一声："好。"

沁芳连忙出去让人送了晚膳进来，凤婧衣这才从摇篮边上起身去用膳。

"主子往后得照顾熙少爷和瑞少爷两个，总得先把自己的身子骨养好了，才有精力照看他们不是。"沁芳说着，给她盛好了饭。

凤婧衣一想到明日瑞瑞也能回来了，心情不由得开朗了几分，难得露出了一丝笑意："嗯，你说得对。"

用了晚膳，她小心将睡熟的孩子抱上了床，轻声说道："你今天也看了他一天了，早点去休息吧。"

"奴婢不累，主子你今天也一天没合眼呢，你先休息吧。"沁芳微笑道。

"去吧，我这里没什么事儿，这么多天你也跟着没少受罪，早些休息去。"凤婧衣说着，自己宽衣上了床，侧身躺在了孩子边上。

虽然白天在外面站了一天，不过一想到明天他们会把瑞瑞带回来，又一刻也睡不着了。

他会不会也病了，会不会饿瘦了，会不会带走他的人没有好好照顾他……

一连串的担心冒上心头，终是一夜难以入眠。

一早天刚刚亮，沁芳还没有过来，熙熙大概是饿醒了，她自己抱着去找了奶娘，等着她将孩子喂饱了才抱回房里。

"乖乖地睡觉，娘亲去给你接弟弟回来。"

沁芳让人送了早膳过来，凤婧衣简单用了些便迫不及待地出门等着了。

一连等了三个多时辰，隐约听到有马蹄声过来。

"是他们，是他们回来了。"她听得清楚了几分，便欣喜若狂地朝着官道的方向跑去，果真看到萧昱一行人快马过来了。

萧昱一手抱着孩子，一手拉着缰绳勒马停下，翻身下了马将孩子抱到她跟前道："小家伙路上找地方喂跑了，在马上颠得睡着了。"

凤婧衣将孩子接过去抱着，低头脸挨着他的小脸蹭了蹭，哽咽地喃喃唤道："瑞瑞，瑞瑞……"

小家伙张着嘴打了个呵欠，眼都没睁又继续睡去了。

"好了，先进去吧，这里风大。"萧昱扶着她道。

凤婧衣含泪点了点头，侧头望着他："萧昱……"

感谢的话到了嘴边，她却又不知该如何对他说，她很清楚他要的不是她的感谢。

"都说了让沁芳她们好生照顾，怎么又清瘦了这么多。"萧昱拧着眉道。

一行人进了别苑，凤婧衣直接将孩子抱进了暖阁，小心放在熟睡的熙熙边上，看着两个小家伙周全了，一颗心也终于安定下来。

"孩子还好吗？"萧昱站在摇篮的另一边望着熟睡的熙熙问道。

"风寒已经大好了。"凤婧衣说着，抬头望了望他，可对上他疲惫不堪的面色不由得心生歉疚。

他马不停蹄赶来金陵，又跟着去找孩子找了一个月，眼中满是血丝，也不知是多久没合眼睡过一觉了。

"你看起来脸色不太好，要不要让太医过来看看？"

萧昱勾唇笑了笑，道："没什么……咳咳……"话没说完，便扭过头以拳抵着唇一阵咳嗽。

凤婧衣起身过来扶着他到榻上坐下，倒了杯热茶放到小几上，道："你先喝口水，我去叫太医过来给你看看。"

萧昱一把拉住她在自己腿上坐下，敛目低头抵着她的额头叹了叹气道："不用叫大夫，让我这样待一会儿就好。"

凤婧衣抿了抿唇，道："……你在发烧。"

那天下那么大雨赶路来金陵，这些日寻找孩子奔波了近一个月不曾休息，肯定是因此而病倒的。

半晌，萧昱松开她，满脸胡子拉碴地嘀着笑望着她，却久久没有说话。

"你没刮胡子。"凤婧衣道。

萧昱拉着她的手贴在自己脸上，笑语道："等你给我刮。"

凤婧衣笑了笑，说道："看你这一身脏兮兮的，先去沐浴吧，我让沁芳给你做了点吃的，吃完好好睡一觉。"

萧昱疲惫地点了点头，道："好。"

凤婧衣起身出去，吩咐了沁芳准备午膳，让太医煎了驱风寒的药汤，再回到暖阁内的时候，萧昱已经自己去沐浴去了。

她瞧着瑞瑞的褓褓有些脏了，寻了新的出来，小心将他抱到了床上，温声笑语道："我们穿新衣服，好不好？"

可是，刚给小家伙脱了正穿着，他睁开了眼睛，扯着嗓门儿就哭起来了，凤婧衣三两下换好了尿布给他穿戴好了抱起哄着。

这个还没哄好，摇篮里的另一个被吵醒了，也跟着哭起来，一时间着实让她有些手忙脚乱。

萧昱沐浴完出来便听到动静，过来看着她一手抱着一个，一手又去摇着摇篮，结果两个都哭闹不休。

"这个我抱着吧。"

这一路回来，这小家伙相处着倒也有点意思。

凤婧衣望了望他，将抱在怀里的瑞瑞递给了她，自己将摇篮里的熙熙抱起来哄，却又不放心地盯着被萧昱抱着的小家伙，生怕他会哄不住。

可让她意外的是，萧昱抱着他一会儿，他便止住了哭声。

好在熙熙性子比较静，瑞瑞没再哭着吵到他，他也很快安静了下来。

"这个叫什么名字？"萧昱问道。

"瑞瑞，祥瑞的瑞，这一个叫熙熙。"凤婧衣道。

萧昱点了点头，又伸着脖子瞧了瞧她抱着的，笑道："若不是一个胖点儿一个瘦点儿，我还真分不出来。"

"这个是哥哥，小胖子是弟弟。"凤婧衣道。

"小胖子，小胖子。"萧昱笑了笑，嘀咕道，"在你娘肚子天天闹腾的，就是你这家伙是不是？"

两人正说着话，沁芳带着宫人传了午膳进来。

"太子殿下，长公主，孩子先交给奶娘吧，你们先用午膳。"

两名奶娘过来，将两个孩子抱去偏厅喂奶去了，凤婧衣接过沁芳端来的药，道："这是太医煎好的驱寒的药汤，你喝了好好睡一觉应该能好些。"

萧昱微然一笑，伸手接过去爽快地喝了干净，这才跟着她一起用膳。

第四十二章 骨肉离散

"墨嫣呢，她用膳了吗？"凤婧衣问道。

"墨姑娘已经睡了，奴婢给她留着呢，等她醒了再吃也是一样的。"沁芳道。

两人用了午膳，两个小家伙也吃饱了，被奶娘抱进来之时又睡着了。

凤婧衣接过一个抱着，低声说道："要不你去东暖阁睡吧，一会儿这两个醒了哭闹又吵着你了。"

"好。"萧昱倒也没有反对，瞧了瞧他们母子三个，自己出门去了东边的暖阁休息。

凤婧衣一个人在西暖阁里照顾两个小家伙，看着两个一起睡着了，倒是满心安慰的。

可刚过了一个时辰，瑞瑞又开始哭，他这里刚哄好了，熙熙又开始哭，她只得放下这一个又去哄另一个，这边的还没哄好，那边又扯着嗓门哭开了，这时候她才不得不承认，一下来两个并不仅仅是惊喜，更是磨难，要不是有沁芳和宫人帮忙着，她是真的有些招架不住。

沁芳抱着熙熙，看着她累得满头大汗，不由得笑道："主子你可得早些养好了自个儿身体，要不这两个小家伙来回折腾着，可有得你受的。"

凤婧衣无奈叹了叹气，道："可不是。"

起先，只带着熙熙一个的时候倒也还好，加之他又较为安静不怎么哭闹，她照顾起来倒也得心应手。

可是，这个小魔王一回来，这还不到半天工夫，她就有些招架不住他了。

反正饿了也哭，尿了也哭，没吃饱也哭，他这一吵起来，熙熙也就跟着哭开了，实在让人有些头疼。

虽是这么想着，可是低头看着他圆乎乎的小脸，眉眼间又满是为人母的喜悦之色。

"说起来，两个孩子的满月酒都还没办呢，要不要趁着瑞少爷也找回来，找个日子补上？"沁芳笑语问道。

凤婧衣抿了抿唇，道："算了，他能回来就好了，回头你找找看上次公子宸送我那块玉料在哪里，回头找工匠雕了，镶在长命锁上，给他们一人一个。"

终究满月酒，热闹也只是宾客大人，这个孩子的身份尴尬，若那般大肆铺张，她现在又置萧昱于何地呢。

不管办不办，只要这两个小家伙能在她身边就足够了。

沁芳瞧了瞧她的面色，大约也明了她的顾忌，这才惊觉自己欣喜之下说错了话。

"明天我就把那玉料找着，到城里请工匠雕好了，打两个最好的长命锁回来。"

"打成锁片，把玉镶上去就成了，太重的东西，戴着他们脖子难受。"凤婧衣说着，含笑低头瞧着睁大着眼睛的瑞瑞。

小家伙满了月，脸上也不像刚出生那般红红的皱皱的，白净了不少，也壮实了不少，眉眼之间与那人相似之处也更明显了些。

"我还是头一回见到双生子呢，这要是以后长大了，面对面站着就跟照镜子似的。"

沁芳笑语道。

不过，猛一看是长得一模一样，但仔细看两人却是一个像母亲，一个像父亲一些。

所幸两个孩子都找回来了，否则这么可爱的两个小家伙，缺了谁都不算完整。

"过几日，青湮应该就能到了。"凤婧衣道。

沁芳望了望她，又低头望了望熙熙，而后道："主子是想让她把熙少爷带去金花谷？"

凤婧衣望了望被沁芳抱着的孩子，担忧地道："熙熙身体太弱，就算在我身边也得不到很好的照顾，若是青湮带去金花谷由淳于越一起照料着，兴许能让他的身体好起来。"

"可是，这若是送去了，一去便得一年多了，主子你怎么舍得？"沁芳道。

这好不容易找回来了，在一块儿刚待上一个月，又要送去别的地方。

凤婧衣沉默着没有说话，她何尝想和孩子分开这么久，可是太医一再说过熙熙的身体太弱，禁不起什么病啊伤啊的，这一次是太医们尽了全力才把他的风寒治好了，若是再有个什么病痛，太医们没有对策，又赶不及送他去金花谷，有个什么三长两短，那才真的叫她抱憾终生。

所以，趁着他现在还好着，就让青湮带过去。

若是让他在金花谷养病一年能调理他的身子，莫说一年，便是十年她也等得。

两人将孩子哄睡了，便先忙着给熙熙收拾东西了，只是因着先前以为只生一个，衣服什么的都只准备了一个人的，现在一下来了兄弟两个，有些东西实在是不够用的。

两人正忙碌着，有宫人进来禀报道："长公主殿下，别苑外有人求见。"

"什么人？"凤婧衣皱了皱眉，问道。

青湮不可能这么快来，想来应该不是她。

宫人小心翼翼地打量了一番她的神色，一脸为难的样子，颇有些难以开口，支支吾吾了半天才说实话道。

"是皇上。"

凤婧衣一震，敛目深深吸了口气，冷冷说道："我现在不想见他，请他回去吧。"

一想到孩子出生之时他的所作所为，她整颗心都凉了。

现在孩子才刚刚找回来，他又来了，到底又想干什么？

虽然她让宫人出去回了话，凤景却一直等在外面未曾离开。

直到暮色时分，萧昱睡醒了到西暖阁来看她，沁芳在外面遇上了才说了实话。

"太子殿下，小主子来了要见主子，主子一直没见，这会儿人还等在外面呢。"

虽然她也为凤景先前送走孩子的事而气愤，可是他现在毕竟是玄唐之主，主子眼下不见他，但这样把他晾在外面也不是个事儿。

萧昱闻言眼中掠过一丝怒意，默然点了点头："我知道了。"

说罢，转身往别苑外去了。

凤景看到里面有人影出来，看清了面容上前道："萧大哥。"

萧昱面上冷沉，隐现怒意："凤景，这一次的事，你真的做得太过火了。"

一想到他赶到观音庙之时看到她的样子，他的心就忍不住揪痛万分，那是他从来不曾看到过的阿婧，那样惶然而无助的阿婧。

凤景微低着头，沉默了一会儿，抬头道："皇姐糊涂，难道你也糊涂，还是真想一辈子把夏侯彻的孩子养在身边？"

"你还不知错？"萧昱不可置信地望着面前的人，声音寒冽慑人。

"我知道这样有失道义，可是我想让阿姐和大夏的一切了断干净有什么错，我想你们之间回到过去，没有任何障碍横隔在你们之间又有什么错，你为什么还要去把孩子找回来？"凤景眼中暗藏戾气，振振有词地说道。

"够了！"萧昱怒然打断他的话，眸光冷冽地盯着他道，"如果你不是凤景，不是她最疼爱的弟弟，你以为你现在还能完好无缺地站在这里？这样的事如果换作你之外的任何一个人，我都不会让他再活到今天，可为什么偏偏要是你？"

若真是别人倒也罢了，可偏偏是这一个，是他们从小看着长大的凤景。

凤景有些震惊地望着他，深深吸了吸气，继续说道："萧大哥，那是夏侯彻的孩子，只要这两个孩子还在皇姐身边，她一看到他们就会想到那个人，她就算在你身边也会不断再想起那个人，总有一天你会彻底失去她的……"

他不想看到他的阿姐再和大夏、和夏侯彻有任何瓜葛，阿姐是应该和萧大哥在一起的。

"那也是我们之间的事，不需要你来插手帮忙。"萧昱看着眼前有些陌生的凤景，心痛却又无奈。

他以前是多善良乖巧的孩子，现在怎么会变成了这个样子？

"我只是想让一切都变回原来的样子，只是不想夏侯彻再扰乱这一切。"凤景沉声道。

"你要那么恨夏侯彻，你去找他报仇，你去对付他，就算你去把他杀了也好，我都没话说，可是你现在的所作所为，对付的不是夏侯彻，而是你的亲姐姐，这么多年疼你爱你的亲姐姐！"萧昱气愤之下呼吸有些不稳，痛心不已地望着面前的少年，"她费尽心思光复玄唐，是为了保护你，是为了把这一切交给你，可是你现在却拿她为你夺回的一切对付她，你怎么做得出来？"

凤景咬着唇，沉默地望着他，久久没有言语。

"你知道那天我找到她时，她都成了什么样子吗？算了，我不想再追究什么了，等她再休养些日子，我就带她回丰都，既然你不是来认错的，那也不必再来了。"萧昱说罢，转身回了别苑里去。

她看到这样的凤景，只会更加痛心而已。

凤景默然站在别苑外，望着一步一步消失在别苑内的人，紧握的拳头咯咯作响。

当断不断，反受其乱。

萧大哥，总有一天你会明白，我所做的一切是正确的。

"哎，真是可惜，你一片好心，却没人领情。"一旁的树后传出声音。

凤景面目一沉，喝道："什么人？"

树后的人缓缓踱步而出，面相有着女子的阴柔，虽是一身男装，且说话和举手投足都与男儿无异，但看过公子宸那样扮男人扮得登峰造极的，眼前这一个便可一眼辨出是女子所扮。

"皇家重地，你藏身在此到底有何目的？"

那人笑了笑，侧头望了望别苑，道："我跟着皇上你来的。"

"跟着朕？"凤景冷冷一哼。

"应该说，我是特地来找你的，一个月前就来了。"那人笑意高深地说道。

凤景冷冷瞥了一眼，道："朕可不记得认识你。"

"你认不认识我不重要，重要的是我们有同一个仇人，是一条船上的人。"那人说着，眼底隐现恨意和锋芒。

凤景眸光一沉，望向对方却没有开口追问，等着她自己说下去。

"我和你一样被夏侯彻害得家破人亡，可是他作为一国之君太难对付了，我原是想投靠北汉一起对付大夏的，得知鸿宣太子已与玄唐长公主成婚，所以先来了玄唐，原本是想见你皇姐的，不过现在看来她似乎不想再对付大夏了。"那人说着望向典雅秀丽的别苑，黑暗中一双眼睛却阴冷如毒蛇一般。

凤景听到她一番话，不由得暗自叹了叹气。

"你皇姐的孩子，是大夏皇帝的子嗣吧！"那人说道。

凤景眸光一厉，杀意荡然："看来你知道得挺多，通常知道太多不该知道的事的人，就不该留存于世。"

"我也是刚刚才听到而已。"那人坦然说道。

凤景目光冷冽地望着黑暗中的人，似是在思量着要不要杀了他，掩盖那两个孩子的身世之秘。

"你现在想杀我？"那人轻笑问道。

"你有该死的理由。"凤景毫不避讳地说道。

"可我也有让你留下我性命的理由。"那人含笑说道，并未将他的威胁放在眼中。

"你可知道，只要我一声令下，那边的侍卫，以及别苑里的人，皆可以置你于死地。"凤景冷声道。

"如果皇上真要杀我，也不会跟我说这么多了。"那人笑语道。

凤景目光阴鸷地望着说话的人，这个人确实猜到了他的心思，他还不想杀他，他还想留下他一起对付他的仇敌。

"如果我是你，绝不会在那个时候送走孩子。"那人望向别苑，似笑非笑地说道。

凤景目光一寒，冷言道："你知道什么？"

"那个时候送走孩子，你伤害的只是你皇姐一个，根本对夏侯彻起不了任何作用，如果等待时机，好好利用这两个孩子，就能让你皇姐彻底与他反目，情断义绝。"那人说着，笑意狠厉得骇人。

"此话当真？"凤景眸子微眯，沉声问道，"这么做，对你又有什么好处？"

"你想让你皇姐与大夏了断，我想对付夏侯彻，只要方法得当，自然可以一箭双雕，你我各取所需。"那人说道。

凤景望着那人成竹在胸的神色，思量道：有了这两个孩子，皇姐无论如何是对孩子的亲生父亲下不了手的，萧大哥对皇姐太过心软也定会依了她的，我要再对付夏侯彻，不能再依靠他们了。

"对付夏侯彻可以，但如果你将主意打到我皇姐和萧大哥他们身上，朕绝不会饶过你。"凤景冷言道。

"那是自然，我的目标只是要对付夏侯彻而已。"那人说道。

凤景沉吟了半晌，转身准备离开别苑外，一边走一边问道："既然如此，你可以暂且留在金陵，叫什么？"

"我姓傅。"那人轻然一笑道。

凤景取过自己身上的玉佩，扔过去道："傅先生，此后你可以凭此物到宫中见朕，但此事我不希望有别的人知道。"

"那是自然。"傅先生道。

凤景接过侍卫递来的缰绳，上马带着人消失在夜色中。

傅先生握着玉佩，回身望向夜色中灯火通明的别苑，黑暗中冷然一笑："凤婧衣，你做梦也没想到，我会在这里吧！"

来日方长，你我总有再见面的时候。

第四十三章
凤台之约

别苑内,暖阁内灯火融融。

两个小家伙大约是下午睡够了,这会儿都醒着了,瑞瑞咧着小嘴笑了,看得人惊喜不已。

"什么事这么高兴?"萧昱掀帘进来,听到声音笑着问道。

凤婧衣抬头望了望他,道:"是孩子刚才笑了。"

萧昱闻言几步走近,蹲在边上瞧着摇篮里的兄弟两个,瑞瑞看着灯火的方向,咧着嘴又咯咯地笑出声。

"他在乐什么?"

凤婧衣笑了笑,道:"现在还看不了多少东西,估计就是看着那里有亮的东西,觉得好玩吧。"

相较于好动的瑞瑞,她更担忧安静乖巧的熙熙,不时会查看一下有没有发烧,身体有没有异样,唯恐自己一个不注意,连他生病了都不知道。

沁芳收拾好东西,起身行了一礼道:"太子殿下、主子,奴婢下去准备晚膳了。"

"嗯。"凤婧衣点了点头。

萧昱伸手拉了拉瑞瑞肉肉的小拳头,笑语道:"还真是个小胖子。"

凤婧衣笑了笑,没有说话。

"我刚才出去见了小景,这会儿他应该回去了。"萧昱如实说道。

"嗯。"凤婧衣淡淡应了一声,没有多加询问。

萧昱侧头望了望她,沉吟了一会儿说道:"等你再休息一段,我们就回丰都吧。"

原以为让她留在玄唐是好事，现在看来也未必是好事。

凤景并不认为自己做错了，也许他有他的原因，但他不该把矛头指向她。

凤婧衣沉默了一阵，道："好。"

萧昱伸手拉住她的手，眉眼间洋溢起笑意，温柔得令人沉迷。

"熙熙身体不好，我已经通知了青湮，她这几日就会来，我想让她把熙熙带去金花谷照顾一年，等他的身体好些了，我再接他回来。"凤婧衣伸手轻抚着安静乖巧的熙熙，低声说道。

"我也正有此想法，这些太医医术总归没有淳于越精通，金花谷的药材也齐全名贵，让孩子过去好好调养一段也好，只是还这么小，就要送去那里，怕你舍不得。"萧昱道。

"只要他身体状况能好些，以后少受些病痛之苦，就足够了。"凤婧衣道。

她固然想把熙熙也留在身边，可她更希望他平安健康长大，自己一个人照顾他们兄弟两个，稍有疏忽让他有个病痛什么的，她才更会痛心。

"来日方长，等你身体好些得了空儿，再去金花谷看看他也可以。"萧昱笑着说道。

凤婧衣侧头望着他，抿唇沉默了半晌，道："谢谢。"

谢谢你帮我找回了孩子，谢谢你让我把两个孩子留在身边养育，这任何一件事，对一般男子来讲，都是莫大的抉择。

所以，她更懂他这一切的一切背后所承载的深情。

"你我之间，又何需言谢。"萧昱说着，握紧了她的手。

自己的妻子，生下了别人的孩子，他真的不嫉妒吗？

不，他嫉妒，他发疯一样的嫉妒。

可是，他的嫉妒只能藏在心里，他只能等着她放下那个人，放下过去的一切。

他小心翼翼地等着，守着，唯恐任何一句话、一件事，会让自己再度永远地错失她。

然而，嫉妒的种子一旦扎了根，总有一日是会让人生出心魔的。

之后，凤景每天下午会到别苑外，凤婧衣自始至终也没有出去见他一面。

凤景总说是她变了，她却觉得是他变了，渐渐地她自己也弄不清到底是自己变了，还是他变了，但她知道现在的凤景，再也不是当初那个跟在自己身边相依为命的弟弟了。

萧昱知道她心中的痛心，并没有劝她去见，自己也再没有出去见他。

次日一早，青湮便已到了别苑，沐烟知道了双生子的事，也偏要跟着来凑热闹。

因着夜里要接连照顾两个孩子，故而天色亮了，凤婧衣也还没有睡醒。

萧昱醒来一侧头看着睡觉不老实，又把小被子踢掉了的瑞瑞哭笑不得，刚把被子给他盖上了，小家伙眼睛就动了动，似是快要醒来。

萧昱连忙坐起身，这两日也算知道了他的裹性，但凡他是要醒了，一定是一边哭一边醒的。唯恐吵到里面还在睡的凤婧衣和熙熙，他披上衣服把快要醒来大哭的家伙给抱了出去。

果真，刚一出了门，便扯着嗓门儿哭起来了。

沁芳听到声音赶了过来，看到是他抱着孩子出来不由得愣了愣。

"瑞瑞刚尿了，兴许还有些饿了，我就先抱出来了。"这小子饭量大，一天要喂无数回。

沁芳赶紧抱了过去，给他换了尿布，送到奶娘房里去。

沐烟也跟着过来，瞧着一身睡袍的萧昱不由得朝青湮感叹道："凤婧衣这女人太好运了，碗里的、锅里的都让她吃了，连点残渣剩饭都不给我们留……"

青湮瞥了她一眼，道："留下了，你也吃不着。"

"你们这些有男人送上门的人，哪里知道我空闺寂寞的苦。"沐烟嘀咕道。

青湮别开头，一副不愿再跟她说话的样子。

"你知道这次淳于越为什么答应得这么爽快吗？"沐烟一手托着下巴，笑嘻嘻地问道。

青湮端起茶抿了一口，压根儿把她当作空气一般。

沐烟却犹自说得兴致勃勃："他要是答应了给凤婧衣的孩子治病，孩子只要留在金花谷，你就得留在金花谷，这病治多久还不是都看他的，到时候孤男寡女，干柴烈火，你……"

"你到底想说什么？"青湮不耐烦地问道。

"带上我吧，我可以保护你不落入淳于越的魔掌。"沐烟笑眯眯地说道。

淳于越肯定不会让她留下碍事儿的，可是现在不能跟着青湮一块儿，就要回青城山天天对着白笑离和那两个怪师叔，日子实在难过得紧。

青湮起身跟着沁芳去看孩子，懒得理会她的话。

萧昱刚回到寝阁，床上的人听到孩子哭声便又醒了正准备起身下床。

"瑞瑞刚尿了，我抱出去让沁芳看着呢，这会儿送奶娘那里了，你再睡会儿吧。"

凤婧衣想了想，侧头看着边上还睡着的熙熙，遂又倒了下去躺着。

瑞瑞夜里吵醒了两三次，她现在奶水不足，只得抱去奶娘那里喂，等他吃饱再哄睡着了带回来，熙熙倒还好，没怎么吵闹。

她这倒头一睡，就睡到了近午膳的时辰才醒来，熙熙跟她一块儿醒的，小家伙大约是饿坏了，一睁开眼就哭。

凤婧衣披上衣服，也没顾上梳洗便赶紧抱了出去找奶娘喂奶。

沐烟一听到另一个孩子哭声，兴奋不已地跑了过来，偎在她边上瞅着孩子的小脸，朝青湮道："你快过来看，真的长得好像，一模一样的。"

凤婧衣瞅了瞅从奶娘房里出来的青湮："你们什么时候到的？"

"天一亮就到了。"青湮道。

凤婧衣将孩子交给奶娘，又接过了沁芳抱着的瑞瑞，问道："萧昱呢？"

"北汉有奏报过来，太子殿下去书房了。"沁芳道。

凤婧衣抿唇沉默，想来他离宫多时，北汉皇帝又在催他回去了。

她抱着孩子回寝阁放进了摇篮里，这才自己去更衣梳洗，青湮也跟着过来了。

"孩子出事的事，我听沁芳说了，你……还好吧！"

当时接到消息，只说是孩子出生体质孱弱，需要请淳于越诊治调养，却并不知孩子出生时竟出了那样大的事。

凤婧衣默然点了点头，说道："孩子要用的东西，我都准备好了，明天你们就起程吧，奶娘和大夫一起跟着过去。"

天越来越冷了，再拖延下去对熙熙的身体状况也不好，若是再赶上下雪天就更让人放心不下了。

"每个月，我会写信给你说孩子的状况。"青湮道。

虽然她已经失去了自己的孩子，但她了解母子分离的痛苦，若非这个孩子身体状况实在让人忧心，她也不会狠下心来把孩子送到金花谷去。

"等你们走了，我大约也要起程去北汉了。"凤婧衣道。

青湮望了望摇篮里还睡着的孩子，思量了一番说道："你真打算，永远也不让大夏皇帝知道这两个孩子吗？"

凤婧衣微震，最终默然点了点头。

"你此去北汉，我们都未能在身边，这两个孩子的身世若是被北汉朝中的人所知，势必又是滔天大祸，相比之下不如将孩子送到大夏安全一些。"青湮直言说道。

夏侯彻不管怎么样，也不会不管自己亲生骨肉的死活。

在北汉不比在大夏，她的身份加之这两个孩子，任她有再大的本事也架不住别人的暗箭，一个人要护住两个孩子，只怕有心无力。

凤婧衣在摇篮边蹲下，披了披瑞瑞盖着的小被子，沉默了良久说道："等熙熙身体调养好了再说罢，若是真到那个地步，我再也保护不了他们，你便帮我把他们送去大夏吧。"

她不希望会有那样的一天，可若真到了那个地步，也唯有大夏才能护他们周全了。

那个时候，他兴许又会恨她吧，恨她又一次骗了他。

"不怕一万，就怕万一，我想你还是做好准备，防患于未然。"青湮认真说道。

"淳于越在丰都有能用的人吗？"凤婧衣抬问道。

一来隐月楼现在的重心都放在追查冥王教一事上，二来隐月楼里的人都被凤景所熟知，也被北汉所熟知。

"应该是有的，我到金花谷打听好了再告诉你。"青湮说罢，听到外面传来脚步声，便瞧了她一眼。

萧昱进来，眉眼似有些焦急之色。

"是丰都出事了吗？"凤婧衣问道。

"是父皇病情有些恶化，要我尽快回丰都。"萧昱道。

"我已经和青湮商量好了，明日一早她就带熙熙前往金花谷，我们明天就可以起程去丰都。"凤婧衣道。

这样的大事，自然是耽误不得。

"那我现在就差人准备了。"萧昱道。

他原是想让她再休养些日子再走，可是眼下情况紧急，凤景现在那个样子，他实在不放心再把她和孩子留在玄唐。

午膳过后，凤婧衣就让沁芳找人安排了明天一早送青湮他们去金花谷的马车，自己一再检查了要给熙熙带过去的东西，衣物、枕头、被褥、摇篮、玩具，大大小小装了满满一辆马车。

夜里一再叮嘱了随行过去的太医和奶娘，却还是担忧得一夜也难以入眠。

天刚刚亮，她亲自给还睡着的熙熙穿了衣服，裹好了襁褓抱出去，直到所有人都上了马车，她这才将孩子交给了青湮。

"放心，我会照顾好他。"青湮郑重说道。

说罢，抱着孩子上了马车。

马车一动，凤婧衣眼中便涌出泪光，眼睁睁地看着马车消失在了道路尽头。

"等孩子身体好起来，咱们再接回来就是了。"萧昱环着她的肩，温声安抚道。

"主子，先进去用早膳吧，一会儿咱们也要起程了。"沁芳抱着瑞瑞，上前道。

凤婧衣点了点头，默然接过了孩子自己抱着。

几人回别苑用完早膳，况青已经带人打点好了车马在外面等着，得到消息的凤景一下了早朝，连朝服都未来得及换下便赶了过来。

一行人刚从里面出来准备上路，远远便瞧见一身明黄的人策马而至，急急跳下马道："皇姐！"

凤婧衣将孩子交给了沁芳抱着，道："你们先上马车吧。"

沁芳和奶娘等人先上了马车去，萧昱陪着她过去见了凤景。

"你们……要走了？"凤景气喘吁吁地问道。

"嗯。"

"什么时候再回来？"凤景问道。

他知道她还在生他的气，但在他心中，她一直是他的皇姐，是他在这世上唯一的亲人。

"不知道。"凤婧衣说着，与他擦肩而过走到了马车边上，又道，"墨嫣会留在玄唐帮你，若有什么事，她会通知我的，你……自己保重。"

直到现在，她再想起孩子出生那一天发生的事，都像是做了一场噩梦，怎么也难以相

信做出那一切的会是她的弟弟，凤景。

凤景望着她漠然而对的背影，瞬间红了眼眶："皇姐你自己也保重。"

她的阿姐，从来没有对他如此冷漠过。

而这所有一切的改变，都是因大夏而起。

萧昱扶着凤婧衣上了马车，朝着凤景道："若是玄唐有难处，派人到丰都通知我们。"

虽说他做的事让他们伤心，但总归还是她的弟弟，是他们看着长大的凤景，总不至于对他不管不顾。

凤景沉默着没有说话，看着萧昱上了马，一行人离开了别苑，浩浩荡荡向北而行。

因着急于回国，一路都甚少休息，好在瑞瑞一路只要吃饱了就睡，没怎么哭闹，只是进到北汉境内之时，北方已经下起了雪，行进就更加艰难了。

走走停停近十天才到达丰都，萧昱直接将他们送到了城外新建的行宫，都没顾上将他们送进门，便骑马到了马车边上道："阿婧，你们先进去，住的地方有人会给你安顿好，我先进宫一趟，可能明天夜里才能赶回来，有什么事你让况青通知我。"

"要不，我陪你一道进宫去吧。"凤婧衣撩着车帘询问道。

于情于理，这个时候她应该随他一起入宫探望北汉皇帝的。

"你带着孩子也赶了这么多天的路了，今天天气也不甚好，等过几日雪停了我再带你入宫。"萧昱笑着说道。

凤婧衣想想又有些不放心孩子，便点头道："好吧，那你路上小心些。"

"嗯。"萧昱一掉马头，带着几名亲信侍卫冒雪赶着进城入宫去了。

凤婧衣刚刚抱着孩子下了马车，行宫管事的宫人便率领服侍的宫人出来相迎，在雪地里跪了一片："太子妃千岁千岁千千岁。"

"都起吧。"凤婧衣微笑道。

"奴才安顺，是太子殿下吩咐带人到行宫伺候太子妃的行宫总管。"一名首领太监起身，上前道。

"有劳安公公。"凤婧衣微笑颔首道。

"太子妃折煞奴才了，这外面天寒地冻的，先进去再说话。"安顺一边领路，一边笑着说道。

沁芳带着太医和奶娘跟在后面进去，吩咐了其他的宫人搬着后面马车带来的东西。

凤婧衣一抬头瞧见行宫正门的匾额不由得怔了怔，题字铁勾银画，苍劲有力，显然是出自萧昱之手。

题字为，凤凰台。

"太子妃，这匾额是太子殿下亲自所题，行宫的设计建筑好多都是依太子殿下的意思。"安顺说着，领着她们进了正门，一边走一边说道，"行宫里分春夏秋冬四馆，春之馆里到了春天百花齐放，景致宜人；夏之馆里是建在湖边的水榭，到了夏日里住着清凉避暑；秋之馆里是处果园，秋日里正是硕果累累的时候；冬之馆是建在温泉附近，看着这外面大风大雪的，那里这会儿暖和得跟春天一样，太子殿下说太子妃不习惯北方冬季，那边的园子是建得最精细的……"

沁芳瞧着一路所过的雕梁画栋，亭台楼阁，低语道："主子，这建得倒像是玄唐宫里的，可又比飞凤阁那边要美得多呢。"

凤凰台，凤凰台。

以主子的姓冠名，这不摆明了是送给她的吗？

一行人进了冬之馆，温泉池子里的荷花还开着，温泉水从假山上倾泻而下，雾气缭绕仿若是走进了仙境一般。

安顺引着凤婧衣进了寝殿，道："太子妃瞧瞧还有哪里不合适的，奴才再带人重新准备。"

"不必，都很好。"凤婧衣道。

这一切，好得让她受宠若惊。

"太子妃午膳想吃什么，奴婢吩咐厨房里准备。"安顺问道。

沁芳望了望凤婧衣，上前叫了安顺带自己去厨房准备午膳。

凤婧衣将还在熟睡的瑞瑞放到摇篮里，打量着寝殿的陈设不由得怅然而笑，她记得许多年前他们栖居的别苑，夏天热得像蒸笼，冬天冷得像冰窖。

那个时候她说，将来自己要是有了钱，一定要建一个很大很大的宅子，春天的园子有一园子的玉兰花，夏天有清凉的水榭避暑，秋天有一园子的果树结满了喜欢的果子，冬天一定要住在有温泉的地方，像春天一样暖和。

如今，这一切他都让她如愿了。

到达丰都的第二天，收到了青湮让人从金花谷送来的信，熙熙一路平安到了谷中，淳于越已经着手给他医治，还另附了一张淳于越写下的诊断书。

萧昱说是夜里回来，原以为他会赶在晚膳之前回来，结果直到了半夜才从宫里出来。

他一进了冬之馆，远远看到寝阁的灯还亮着，进了门解下带雪的斗篷，问道："孩子睡了？"

"嗯。"凤婧衣搁下手中的书卷，起身给他沏了茶。

"这么晚了，我以为你早睡了呢。"萧昱接过茶，歉意地笑道。

"可能一时有些不习惯，有些睡不着。"凤婧衣说着，起身到门口吩咐了人去把准备好的晚膳送过来。

萧昱搁下茶杯，问道："是这里的宫人伺候得不好？"

"不是。"凤婧衣摇了摇头，笑语道，"只是住进了这样的地方，总感觉是在做梦一样。"

萧昱唇角微勾，伸手拉住她的手道："从你说那句话开始，我就发誓有朝一日一定要给你一个那样的地方，我可是费了好些心思的，还喜欢吗？"

凤婧衣浅然一笑，点了点头道："喜欢，只是你要这样来回跑，若是遇到风雨天就更不方便了。"

"无碍，骑马也要不了多久，重要的是你住着安心就是了。"萧昱望着她，眼神温暖而沉迷。

他自是想时时刻刻都能看到她，可是丰都冬季严寒，这里住着要比宫里好得多。

再者，他现在毕竟是储君，宫中许多事还不能是他一个人说了算，宫中还有皇后，还有父皇那些妃嫔，为了自己的权力个个都恨不得把自己家族的女儿、侄女塞给他，她们母子若是在宫里只会麻烦一桩接着一桩。

凤凰台留着的都是他的亲信，又有况青带人在这里守卫，没有经过他的同意，谁想踏进这里一步都不可能。

此举，自是后宫和朝中难免有非议，不过这些麻烦事儿闹不到她眼前也就好了。

"陛下的病情如何了？"凤婧衣问道。

萧昱望她，道："你还叫陛下？"

"好，父皇的病情如何了？"凤婧衣在他坚持的目光中，只得改了口。

"时好时坏，离不了汤药。"萧昱说着，眼神不由得有些沉郁。

"那你明日一早要入宫吗？"

"不用，下午入宫就行，不过明天晚上大约就不能再过来了。"萧昱叹了叹气，无奈道，"好不容易把你接回来了，也没太多时间陪着你了。"

"朝政大事要紧。"凤婧衣淡然道。

两人正说着话，沁芳带着人送了晚膳进来，一边摆上桌，一边说道："还以为太子殿下会赶着晚膳回来的，奴婢特地和厨子们一起准备好了晚膳，结果主子一个人也没吃上多少。"

"是我疏忽了。"萧昱笑了笑，说道。

"那太子殿下和太子妃先用着，我们过一会儿再来收拾。"沁芳说着，带着人一道退了下去。

萧昱端起碗筷，给她夹了菜，道："以后，我要是晚上回来，尽量赶在晚膳前。"

"若是实在忙得紧了，就暂时住在宫里，得了空再回来也是一样的。"凤婧衣柔声道。

她知道，他不是不让他们住进宫，而是想让她和孩子远离宫里的是非，才将他们安顿在这处行宫里。

他虽执掌朝政大权，但这后宫做主的还是皇后，想必后宫里没哪一个是满意她这个外来人做太子妃的，可想而知要真进了宫要面对的麻烦有多少。

他尽自己的力量，给了她和孩子一片安宁之地。

这一切，他没说，她却知道。

萧昱含笑点了点头，突地想起熙熙的事，问道："金花谷那边来信了吗？"

"今天刚收到，他们已经到金花谷了。"凤婧衣如实道。

"那就好，淳于越医术过人，有他和青湮两个人，想必会把孩子照顾好的。"萧昱道。

"嗯。"

此后，萧昱虽多数时间在宫里处理政事，但每隔一天一定会到行宫来住。

北汉天寒，她本就畏寒，又担心孩子出去会生病，所以住进冬之馆就再没出过门，每天照顾着孩子倒也不觉得时间难打发，一转眼便就到了年关。

青湮也从金花谷来信，说熙熙已经长到十三斤了，而这边的瑞瑞，能吃能睡着实长成了个小胖墩，足足有十七斤重了。

太医说要给孩子控制饮食，最好不要再长胖，可是小家伙一饿了就哭，她看着实在心疼，一心软便就遂了他去，不过每日还是抱着他让他适当活动一下，只要扶着他都能自己迈步了。

萧昱夜里回来的时候，凤婧衣正在给瑞瑞洗澡，小家伙坐在木盆里小手不住地拍着水面，溅得她一身都湿了，还咯咯直笑。

他听到响动，寻到浴房，笑问道："要不要帮忙？"

凤婧衣抬头望了望他，无奈地笑了笑，扶小家伙站起来，他却又迈着小短腿踩着水，玩得不亦乐乎。

萧昱走近直接将他给抱了起来，小家伙还是不住地踢着腿，凤婧衣拿着帕子给他擦去了一身的水，拿着薄毯把他裹了起来才松了一口气。

现在要给他洗一回澡，真是不容易。

萧昱把瑞瑞抱着，朝她道："我给他穿衣服，你快把身上湿衣服换下来，小心一会儿着了凉。"

凤婧衣抿了抿唇，指了指边上放着的衣服，道："要穿的都在这里。"

萧昱把小家伙放到了榻上，从里到外一件一件地给他穿着衣服，小家伙倒也没怎么哭闹，配合得不行……

凤婧衣刚刚换好了衣服，就看着萧昱抱着已经穿戴整齐的瑞瑞出来了，小家伙一看到她就咧着嘴笑了，嘴里还咿咿呀呀地，谁也听不懂他在说什么。

"今天怎么这么早就回来了？"

"没什么特别重要的事，就先回来了。"萧昱说着，抱着瑞瑞到了榻上坐着，小家伙靠着他倒也能坐稳了，自顾自地玩着手指，要不就是把小拳头塞在嘴边啃得一手口水。

凤婧衣看着直皱眉，拿开他的手，一转眼又塞到嘴边继续啃了。

萧昱朗然失笑，道："随他去吧，一会儿擦擦手就好了。"

这小家伙渐渐大了，夜里也不安安分分睡觉了，自己躺在床上盯着帐顶的花纹就能盯着玩好久，要不就是自己玩自己的手，且哭得也没有那么多了。

好几次，他早上醒来准备入宫之时，这小家伙就已经醒了，躺在床上一个人玩。

凤婧衣无奈叹了叹气，只得由了他去。

萧昱低头，一手扶着瑞瑞，说道："等熙熙身体好就接回来，到时候兄弟两个玩起来就有伴了。"

"我就怕，两个人真凑在一块儿了，还不打起来。"凤婧衣道。

青湮说熙熙的身体在渐渐好转，想来要不了多久，就能去接回来了。

"若真打起来，这个怕是要比熙熙横得多。"萧昱说着，抱着瑞瑞放到了榻上的小几上坐着，道，"等哥哥回来，你可不许欺负哥哥啊。"

小家伙眼珠子滴溜溜地瞅着他，手又伸到了嘴里去了，直让他哭笑不得。

不可否认，他喜欢这个可爱的孩子。

可这终究不是他的孩子，一天一天看着他与那个人愈发相似的眉眼，他的心就沉郁难言。

"过几日便是除夕了，明日进宫之后有很多事情要忙，可能好几日都不能回来了，除夕夜里我会赶回来的，至于宫中的宴会，你若是想去，到时候我让人来接你。"萧昱一边扶着瑞瑞，一边瞅了她一眼说道。

"不用了，你去就是了。"凤婧衣道。

虽然到了丰都之后便没有再出过门，但也可想而知自己若是去了大年夜的宫宴，那些都等着她露面的后宫妃嫔和贵族子女们会如何无所不用其极地挤对她这个外来者。"我也正有此意，我去露个面就尽快回来。"萧昱道。

虽然她不去，定然会有人说太子妃不懂礼数，但若真去了，才是会惹来更多的麻烦。

"不过，若是不去，对父皇也有些失礼，要不明日我跟你一起入宫去见见他，就当是提前拜年了。"凤婧衣道。

来了丰都两个月，她都没有进宫见过北汉皇帝，好几次想说的，但萧昱有事在忙，她便不好再提。

萧昱望了望她，道："好吧。"

次日一早，她嘱咐了沁芳照顾瑞瑞，自己一早便跟着萧昱进宫去了。

他赶在朝会之前，亲自将她送到了栖梧宫。

一进门，浓重的药味儿便扑面而来，北汉王比之上一次她来时所见要更加苍老了，那双精锐慑人的眸子也显得有些浑浊了。

"朝会的时辰都到了，你还杵在这里干什么？"北汉王瞥了一眼还站在一旁不肯走的萧昱道。

萧昱望了他一眼，朝着凤婧衣道："等见完了，况青会护送你回去。"

"嗯。"凤婧衣点头。

他这才带着人离开栖梧宫，前去早朝。

北汉王喝完宫人侍奉的汤药，抬眸扫了她一眼，问道："在丰都还住得惯吗？"

"还好。"凤婧衣垂眸而坐，说道，"到了丰都，却一直未来宫中拜见陛下，望陛下恕罪。"

"想必也是昱儿怕朕会为难你，才拦着没让你来，不然也不会把你安顿在行宫，而不带进宫里住着。"北汉王倒也并未因为她的失礼之处而愠怒。

凤婧衣歉意微笑，没有言语。

"朕已经到了这个地步了，日子也是过一天算一天，指不定哪一天闭了眼睛就再也睁不开了。"北汉王说着，不由得叹了叹气。

"陛下只要好生休养，还能长命百岁的，切莫说这样的晦气话。"凤婧衣出声劝道。

北汉王深深地笑了笑，说道："我自己的命还能不清楚，只是朕都到了这个地步，昱儿还是不肯继承皇位，这才是朕的心病。"

凤婧衣闻言震惊，问道："为什么……他不愿继位？"

他既然已为北汉储君，继承皇位是理所应当的事，为何却又不愿了。

"朕要他继位为帝的条件，就是娶灵犀郡主和几个权贵之女为妃，为了稳固朝堂，一国之君的政治联姻都是理所应当的，可是他不愿意。"北汉王目光深深地望着她，他知道这原因是在这个人身上。

凤婧衣抿唇沉默，不知该开口再说些什么。

"不管是出于社稷的稳固，还是子嗣的考虑，此事都是无可避免的，但该说的，能说的，朕都已经说了无数遍了，他却没有一次听进去过，想来这话由你来说比我们来说，更有用些。"北汉直言道。

"我……"凤婧衣咬唇，不知该如何应答。

北汉王疲惫地闭了闭眼，出口的话平静而犀利："你那两个孩子是什么来头，你我都心知肚明，他喜欢你要立你为太子妃，将来抑或立为皇后，朕都没有意见，但纳妃一事是朕唯一的条件。"

说实话，他并不希望北汉的太子妃是她，她牵扯了太多的麻烦，将来誓必会把昱儿也卷进去。可是昱儿对她实在太过痴迷，他也没到那么不容人的地步，他要立她为妃也好，为后也罢，随了他去，可是一国之君总不可能只有一个女人，且还是个大夏皇帝弃之不要的女人。

"陛下是要我去劝他？"凤婧衣问道。

她现在都几乎可以想见，自己若是对他说出了那样的话，他会是个什么反应。

"你的话，比朕的话管用。"北汉王道。

他知道，如果她真开口劝他纳妃，昱儿势必会生气。

若她真说出了这番话，他在她心中的分量如何，想必昱儿自己也看得清楚了，那时候也该收收心了，知道自己该做什么，不该做什么。

"陛下，请恕婧衣难以从命。"凤婧衣垂眸道。

她不是不敢说，而是知道说出这样的话，一定会伤了他的心。

"那么，你是愿意替昱儿生下子嗣了？"北汉王目光灼灼地望着她，问道。

凤婧衣抿唇沉默，不发一语。

"昱儿年纪不小了，也该有个孩子了，还是你想将来天下臣民都知道，北汉皇后生下的孩子，是大夏皇帝的骨肉？"北汉王目光冷锐地逼视着她，问道。

纸是包不住火的，这两个孩子的身世之谜不可能一直掩藏，总有一天会被他人所知，到时候北汉皇室就真的会颜面扫地。

凤婧衣沉默，无言以对。

她与他的婚姻，已经不仅仅是他们两个人的事儿，更关系到北汉的朝堂和后宫。

而这一切，在他的庇护下，她并未去认真思量过，现在她却不得不面对这个问题。

曾有一个男人，为了向她兑现一生一世一双人的诺言，散尽了六宫。

那个时候，她不能要。

如今，又有一个人做着同样的事，她却已经不敢要了。

第四十四章
左右为难

自栖梧宫出来，天空又飘起了雪花。

凤婧衣仰头望了望天空飘落的雪花，拢了拢身上的雪狐裘，打量着周围被雪覆盖的殿宇楼阁，似乎她这一生永远都与皇宫皇族脱不了干系了。

"太子妃娘娘，您是要直接回行宫，还是要去看看太子殿下再走？"安顺上前回道。

新年在即，太子殿下只怕这几日也没时间回行宫了，太子妃若是去看望，自然也是情理之中的事。

"太子政务繁忙，就不用过去打扰了，回行宫吧。"凤婧衣道。

一旁的况青上前微一拱手道："属下去准备马车。"

凤婧衣点了点头，自己跟着带路的安顺沿着御道缓步走着，脑海里不住地回放着方才栖梧宫里北汉王所说的话，北汉王所顾忌的都有道理的，可是这些话要她来说，又如何开得了口。

北汉王要她来说这样的话，到底是有什么意图，她当然知道。

她本以为，随着时间的推移，她总会放下过去，与他重归于好。

可今日北汉王的一番话之后，她感觉自己真的没有那个自信能做到这一切，能将大夏的三年当作从来没有发生过。

纵使她不想承认，有些东西，早在她不知不觉中积水成渊。

只是，在错失之后，才真正触动她的心房。

安顺带着路，远远看到迎面而来的一行人，不由为难地皱了皱眉，微微侧头望了望边上垂目而行的凤婧衣。

第四十四章 左右为难

对面来的不是别人，正是灵犀郡主和几个权贵之女，皇后借着让她们帮忙操办除夕宫宴之事，将她们留在宫里，无非是想让她多与太子见面，能讨得太子殿下欢心。

可太子拒绝了皇后和几位妃安排的人，执意立了玄唐长公主为太子妃，如今这两拨人撞到了一块儿，可别闹出什么乱子才好。

"前面好像是安顺？"郑宝珠皱了皱眉，喃喃道。

安顺是侍奉在未央宫的，最近一段时间都没见在宫里露面了，今日怎么突然冒出来了。

灵犀郡主却将目光落在了安顺身后，裹着一身雪狐斗篷的人身上，太子从玄唐带回了玄唐长公主她是知道的，只是一直没有带进宫里来，而安顺最近又不在宫中，想必就是被他派去行宫伺候这一个去了。

所以，虽还看不清面容，也可肯定这是玄唐长公主凤婧衣无疑。

"奴才给郡主、郑小姐请安。"安顺行礼道。

"安公公免礼。"灵犀郡主笑意温婉。

郑宝珠认出了安顺后面的人，道："又是你？"

凤婧衣回神来，望向站在对面的两人，并没有打算在这里跟人做口舌之争。

"长公主，好久不见。"灵犀郡主道。

安顺听了面色微变，宫中都知道太子殿下立了玄唐长公主为太子妃，郡主见了不行礼倒也罢，还称为长公主，这岂不是失礼。

凤婧衣淡然而笑："确实好久不见，没想到还能在这里见到郡主。"

如果没有她，如今这北汉太子妃就会是她眼前这个人，萧昱一意孤行立了她为太子妃，可想而知自己现在在宫里和这些贵族女子眼中是多么可恨。

"再过几日就到除夕了，我们帮着皇后娘娘操办年夜宫宴，到时候还望长公主赏脸赴宴。"灵犀郡主笑着说道。

凤婧衣平静地笑了笑，道："本宫久居南方，不习惯北方严寒，最近身体不适，所以便不来凑这个热闹了。"

她无非是想告诉她，自己多么得北汉王和皇后看重，像这种帮忙操办宫中宴会之事，理当是由她这个太子妃来做的，可是皇后却让她们来办了。

"听说长公主已经来丰都两个月了，怎么也不见入宫拜见皇后和贵妃娘娘，皇后娘娘可是一直想见一见长公主呢。"郑宝珠嘲笑着问道。

"本宫对北汉诸多不熟悉，太子殿下说得了空会带本宫去面见皇后娘娘，只是最近一直朝事繁忙，也没有那个机会去，等得了空一定会去的。"凤婧衣道。

皇后并非萧昱生母，关系甚至说不上亲睦，她何必送上门去找人不待见。

"除夕宫宴，太子殿下都不带长公主一起来吗？"郑宝珠笑得有些不怀好意。

太子若真是那般宠爱她，为何这样的场合却不带她出席。

凤婧衣有些不耐烦地皱了皱眉，一旁的安顺连忙道："太子妃娘娘，况将军应该已经准备好马车了。"

凤婧衣微笑颔首："告辞！"

说罢，带着安顺与两人擦肩而过，扬长而去。

"你……"郑宝珠气呼呼地转身，望着傲然而去的人。

"行了，走吧，还要赶着去给皇后娘娘请安呢。"灵犀郡主道。

郑宝珠以为太子不带她入宫是不甚在意她，不想把她带进宫来见人，可是哪里知道，正是因为太子太过在乎，才不想把她带进宫来，让皇后和她们给她找麻烦。

她不甘心，可是她不甘心又能怎么样，太子一颗心全系在玄唐长公主身上，连看都不愿多看她们一眼。

安顺一边走一边小心翼翼盯着凤婧衣的面色，思量了再三劝道："太子妃娘娘，郡主和郑小姐的话，你别放在心上。"

凤婧衣轻然一笑："无碍。"

不过几句无关痛痒的话而已，因为她而让她们入宫为妃的美梦落空，心中对她有怨也是可以理解的。

两人到了宫门处，上了马车便急急赶回了行宫去。

凤婧衣一进冬之馆便听到瑞瑞哭闹的声音，快步进了房中见沁芳抱着孩子怎么哄都哄不住，连忙上前接过去自己抱着。

"怎么了，哭成这样？"

"主子你可是回来了，瑞少爷玩着玩着，大约不见你就哭了，我和奶娘怎么哄都哄不住。"沁芳道。

凤婧衣看着小家伙眼泪汪汪的样子不由得心疼不已，一边抱着哄着一边道："好了好了，娘亲在这儿呢，在这儿呢。"

瑞瑞果真一会儿便止住了哭泣，她看着渐渐安静下来的小家伙，不由得想到远在金花谷的熙熙，她一直不在他身边，他若是这般哭，该怎么办？

每次看到瑞瑞在干什么，总会想起熙熙现在会在干什么，每每想起总是揪心的痛。

瑞瑞脸上还挂着泪花，却又冲着她咧着嘴咯咯直笑，这才一扫她心头的阴霾，只是这小胖墩，抱一会儿就累人得不行。

凤婧衣将他放到榻上，拿枕头给他靠着，小家伙坐在那里不住地看自己胖乎乎的小手，不时咧着嘴笑一笑……

萧昱在宫中一连三天没有回来，大年夜的当天凤婧衣特意给瑞瑞换了一身红衣服、红帽子，看着整个人都喜气洋洋的。

宫人忙着在冬之馆挂灯笼，正好雪停了有太阳，她抱着瑞瑞看着宫人挂灯笼，小家伙乐得不时咯咯直笑，好不欢喜。

第四十四章 左右为难

因着年夜饭要等萧昱回来吃，便准备得晚了些，沁芳提前做了粥汤给她送来，让她先用了些。

瑞瑞白天让她抱着在园子里玩了一天，夜里吃完奶就早早地睡着了。

原以为萧昱参加完宫宴会到半夜才回来，没想到刚过了晚膳的时辰，他就自宫里回来了。

凤婧衣接过他解下的大氅搭在架子上，道："还以为你还有一两个时辰才回来了，这会儿晚膳都还没备好。"

按时辰，这会儿宫宴正是热闹的时候。

"这么重要的日子，跟着宫里那些人吃饭能有什么意思，坐了一会儿就先回来了。"萧昱说着，到床边看了看已经熟睡的瑞瑞。

宫宴上，皇后和几位贵妃千方百计地让自己家族的侄女、表侄女露面献艺，一个个打的是什么主意，他自是清楚，看得烦了便动身先回来了。

"孩子今天睡这么早？"平日里那小家伙得闹上好久才肯睡的。

"下午抱着她在园子里看挂灯笼，玩了一下午，回来吃饱了就睡了。"凤婧衣说着，沏了茶递给他。

萧昱闻言笑了笑，说道："凤景让人送了些玄唐的丝绸过来，我让人带回来了。"

"嗯。"凤婧衣默然点了点头，没有多问。

"对了，那天父皇跟你说了些什么？"萧昱抿了口茶，问道。

这几日一直在宫里忙着，也没顾得上问这些事。

凤婧衣怔了怔，摇了摇头，道："没什么。"

"公子宸最近没有消息回来吗？"萧昱问道。

"没有。"

"冥王教内部斗争不断，她孤身犯险，只怕会有危险。"萧昱叹了叹气道。

凤婧衣闻言心头一凛，连忙追问道："你是不是有什么线索？"

"虽然新教王是谁尚不可知，但那四大护教法王，九幽、冥衣、神龙、七杀四个人现在除了神龙，其他三个都已经露了面了，冥衣是拥立新教王的，其他两个似乎还在找神龙。"萧昱眉目沉凝，继续道，"当年查得的消息，女神龙是要和老教王成婚的，可是老教王在大婚那日被刺杀身亡，凶手就是女神龙，她也就从此销声匿迹了，只是有一道消息说是女神龙当年走火入魔，满头青丝成白发，若是属实，那这个人……"

"你是说，白笑离就是女神龙？"凤婧衣道。

她也一直怀疑白笑离和冥王教关联甚深，那样罕见的身手，加之对冥王教避如蛇蝎，这个时候又不准青城山弟子外出，恐怕十有八九是真的。

"现在冥王教的人正在暗中寻找女神龙的行踪，是与不是，相信要不了一年必见分晓。"萧昱道。

"可是公子宸现在并无消息，隐月楼的人也不知她到底在哪里。"凤婧衣拧眉道。

"新教王现在不仅在扩张势力，招收教众，也在和冥衣联手排除异己，可见是个野心不小的人物，若等他坐稳了教王之位，可真是个大麻烦。"萧昱叹道。

凤婧衣面色凝重起来，新任的教王若真是有野心，只怕不会满足于一个江湖势力的教王，这对于各方朝廷都是不小的威胁。

"我已经派了人暗中找她，如果找到的话，与其这样追查下去，不如去青城山那里找白笑离，比起这样追查，从她那里问会知道得更多。"萧昱道。

"青湮她们都从未听到过她提及关于冥王教之事，又哪里那么容易问出来。"凤婧衣摇了摇头，说道。

"那就让隐月楼的人等在那里，冥王教的人在找她，总有一天会找到青城山那里，大敌当头之时，想来她再不想说，也会说出来了。"萧昱道。

凤婧衣抿唇点了点头，若是冥王教的新教王真有那样的野心，在他铲除异己之后，第一个下手的只怕就是玄唐了。

毕竟，相比于大夏和北汉，如今的玄唐是最好下手的对象。

"怎么了？"萧昱见她一脸沉重的样子，不由得问道。

"我一直怀疑，先前大夏朝中的傅氏一族与冥王教有关，只不过因为我与傅锦凤之间的恩怨，将他们从大夏拔除了，北汉朝中只怕也会有这样的人。"凤婧衣望向他，认真说道。

"我也有这样的怀疑，只是一直暗中查探也没有具体可疑的对象。"萧昱道。

"小心些总是好的。"凤婧衣说着，手不自觉地敲着桌面，道，"我得让墨嫣注意些，若是冥王教有那样的野心，只怕如今凤景身边也已经有这样的人了。"

说罢，她连忙起身到了桌案前，提笔写下了书信。

"你呀，说风就是雨了。"萧昱无奈失笑，起身到了书案前道，"这好好的大年夜，我真不该跟你商量这样的事。"

凤婧衣很快写好了信，收起装入信封，见沁芳正好进来便道，"把这封信让人送去金陵，要亲自交到墨嫣手里。"

"这个时辰？"沁芳愣了愣，这大年夜是什么要紧事儿，非得这会儿送信。

"事关重大，去吧。"凤婧衣道。

"好吧，奴婢让人传晚膳过来，这就让人把信送去金陵。"沁芳说着，拿着信离开了。

"好了，那也都只是咱们的设想而已，大过年的别愁眉苦脸的了。"萧昱笑语道。

先前她一再询问过冥王教之事，只是他也都知道得不多，最近父皇叮嘱他追查此事，他才得知了北汉皇室这些年追查到的一些线索，所以就告诉她了。

哪知，她一听了就一副如临大敌的样子。

凤婧衣唇角扯出一丝笑意，心情却还是难以轻松起来，凤景太年轻，即便有冥王教的人在他身边了，他也不一定能辨别得出来。

只希望，墨嫣接到消息能警觉起来，尽快查探出消息才好。

因着过年宫中无大事，停朝两日，萧昱倒也有了两日的空闲时光。

正月初一，午后的阳光正好。

午膳过后，萧昱便带着她和瑞瑞去看行宫的其他地方，她怕冷穿得厚，又把瑞瑞裹得圆滚滚的，抱着他这个小胖墩就愈发吃力。

"我抱他。"萧昱笑了笑，将瑞瑞抱了过去道，"小胖墩，以后少长点肉，你娘都快抱不动你了。"

凤婧衣跟在边上，不由得失笑出声。

因着还是冬日，其他几处园子里的树都还是光秃秃，萧昱一手抱着瑞瑞，一手指了指果园里的树道："这里桃树、梨树、李子树，但凡能结出果子的，我都让人种下了，今年秋天就能结出果子来了。"

"种这么多，又不是要当果农。"凤婧衣道。

萧昱笑了笑，说道："明年秋天，估计熙熙也能回来了，两个小家伙都到一岁了，不定都能跟着你一块儿来摘果子了。"

凤婧衣一想到两个小家伙刚会走路的可爱样子，不由得温柔而笑。

瑞瑞看着他们两个人笑，也张着嘴咯咯地笑，圆圆的小脸，眼睛都快眯成了一条缝。

夏之馆的湖上，如今还结着厚厚的冰，人都能在上面滑着玩了。

"等到了春天，湖里都种上莲花，到了夏天住在这里就正好清凉。"萧昱笑语道。

凤婧衣扫了一眼，说道："嗯，估计蚊虫也不少。"

春之馆里，种了不少的花树，想必一到了春天就会成一片花海，美丽的景象可想而知。

因着天气太冷，略略走了一圈，怕把孩子冻着了，两人就回了冬之馆了。

凤婧衣看到瑞瑞开始出汗了，这才给他解了厚厚的棉衣，小家伙趴在榻上看着她在屋里收拾东西，不哭也不闹的。

她收拾好东西，回到榻边坐着，小家伙便朝着她伸手。

萧昱无奈，只得将他递给了她带着，不过却还是拿着他的小玩具逗着他，小家伙伸着手去摸，却又有些抓不住。

"我听父皇说，你拒绝了接位登基。"凤婧衣开口说道。

萧昱闻言抬眼望向她，似是猜测到了她后面想说什么，眼中的笑意缓缓沉黯了下去。

"嗯。"

"那天从栖梧宫回来的时候，遇到了灵犀郡主，是个聪慧的女子，若是……"凤婧衣

第四十四章 左右为难

说得艰难，甚至不敢抬眼去看他此刻的神色。

"阿婧，你要说什么？"萧昱的声音冷沉了几分。

凤婧衣抬眼望着他，抿着唇沉默了，无法再开口继续说下去。

"是不是要说，灵犀郡主聪慧过人，可纳为妃？"萧昱定定地望着他，沉声说道。

"萧昱，你是北汉的储君，将来更是北汉的天子，这些……"

这些都是无可避免的，皇帝的政治联姻，从来是必不可少的。

"他夏侯彻能为你做到的，我萧昱一样能做到。"萧昱望着她，眼神沉郁而悲哀，一字一句说道，"我知道你还放不下他，我可以等，我不会逼你，可是阿婧，你也不要逼我做我不想做的事。"

他没有想到，有朝一日，纳妃之事会从她的口中说出来。

阿婧，难道你心里有了他，我怎么样你都无所谓了吗？

他说罢，侧头望向窗外的暮色，久久地沉默。

许久的沉默之后，凤婧衣开口道："对不起。"

明明知道他是什么样的心意，却还要说出这样的话，她真是太过自私了。

只想着，如果他并非是全心全意在她这里，也许那样她就不会心情那么沉重了。

萧昱扭头望向她，倾身深深将她和孩子一起拥在怀里，呢喃在她耳边的声音却脆弱得让人心疼："阿婧，我嫉妒他，每天都发疯一样地嫉妒，可是我又不敢，我怕我的嫉妒会吓走你，我只能等，小心翼翼地等……"

曾经那么多年的相依相伴，他是她生命的一部分，可是她早已是他的全部。

"我知道。"凤婧衣眼中满是泪光。

这么多年，是这个人一路相伴，嘘寒问暖，他是她安心的港湾。

可是，她还是该死地放不下那个她曾憎恨过，也动心过的男人。

"阿婧，我们说好的，要一辈子在一起。"萧昱道。

凤婧衣沉默，无言以对。

瑞瑞被两人夹在中间，有些不舒服了，便哭闹起来。

萧昱松开她，面色如常地起身道，"早上书房送了几件公文，我过去看一看。"

"嗯。"凤婧衣一边哄着孩子，一边应声道。

良久，瑞瑞止了哭闹，她望着空荡荡的屋子，沉重地叹了叹气。

也许她这一生，心里都有那个挥之不去的影子，可是从她决定嫁给萧昱的那一刻起，这一辈子就只能在他的身边了。

正月的两天空闲转眼便过去了，萧昱又开始了行宫和王宫两头跑的生活，而纳妃之事她再也没有提过一个字。

北方的春天来得晚，春之馆百花齐放的时候，瑞瑞已经快五个月了，看着园子里各色的花，什么都想伸手去摸一摸。

青湮的来信说，熙熙的身体也在渐渐好转，长胖了不少，说是再过几个月就能接回来了。

与此同时，一直没有消息的公子宸被北汉王室的密探找到，送到了丰都凤凰台。

凤婧衣将孩子交给沁芳抱着，亲自到行宫外去接的，掀开马车帘子很难相信眼前的人是曾经总是谈笑风生的隐月楼主。

她穿着一身女装，身上好多处伤痕，一条腿断了但好在已经医治了，只是整个人眼中却再没有了往日的神采。

她叫上宫人将人从马车上扶了下来，一向多话的公子宸，这一回却是难得的沉默。

凤婧衣将她扶回了春之馆住处，屏退了宫人沏了杯茶在她面前坐下，问道："发生了什么事？"

"我可以先不说吗？"

"这半年，你在哪里？"凤婧衣继续追问道。

"我不想说。"公子宸垂眸道。

凤婧衣望着她的面色，实在想不通到底是发生了什么事，竟让她变成了这样。

"半年找不到你人，若不是北汉的密探把你找到，你就暴尸荒野了，你现在什么都不肯说，到底想干什么？"

半个月前，萧昱告诉她，他的人在一处山谷里找到了公子宸，受了重伤，她还不相信。

如今，把人带回来了，却是什么都不愿说，连是什么人把她害成这样也不肯说，她实在想不通这半年到底发生了什么事。

公子宸低垂着眼帘，依旧沉默地坐着，不对她的话做任何回答。

凤婧衣定定地望着她，道："因为男人？"

公子宸手微微颤了颤，却还是没有出声。

凤婧衣了然地抿了抿唇，她一直扮为男子，但到底也是个女儿身，能让一个女子性情大变，十有八九的原因就是男人。

"你说你是去追查冥王教的事，半年总不至于什么都没查到，不愿说的你可以不说，能说的总要说。"凤婧衣微眯着眼睛，继续问道。

也许，能从她的话里，推测出大约是发生了什么吧。

公子宸低眉抿了口茶，简短说道："这半年我进了冥王教的一个分坛，还有一些小国的首领，冥王教的圣女要联合这些人对抗新教王，不过她被我杀了，当时死了很多人，我被追兵追得从山上掉了下去，然后就这样回来了。"

然而，自始至终她都垂着眼，没有去直视面前之人的眼睛。

她太清楚那个人揣测人心的本事，可有些东西，她还没有做好暴露给人的准备。

"你一个人杀了冥王教圣女？"凤婧衣似笑非笑地问道。

在冥王教的分坛，要杀了冥王教的圣女，她一个人是根本不可能完成的。

想来，这问题就出在那了，那个和她一起杀圣女的帮手身上。

只是，她还不知，那个帮手到底是什么人。

"另外，傅家的人是冥王教的人无疑，至于是什么时候勾搭上的，我就不知道了。"公子宸道。

凤婧衣看她不愿多说的样子，道："你一路过来也辛苦了，我晚上再过来看你，你好好休息。"

公子宸一向心思缜密，她不想说的，只怕她再问也问不出什么头绪来。

她只能去找那些把她带回来的密探询问，看能不能问到什么有用的线索。

她知道她不说有她不说的理由，她也并非是要去窥测别人的秘密，但总要知道是发生了什么事，知道是什么人害了她，往后才好提防。

自建立隐月楼以来，这是她第一次看到公子宸溃败到这个地步，连整个人都变了个样。

这个帮着她一起刺杀冥王教圣女的帮手到底是什么人，他做这些又有什么样的目的，这一切的一切都需要弄清楚才行。

然而，见了那些找到她的探子，他们也只知道找到她之时的状况，等他们沿着出事的地方寻到那座冥王教的分坛，那里虽然有很多血迹，但死的人都已经被人给处理干净了，故而也未查到什么有用的线索。

黄昏的时候，沁芳煎好了给公子宸的药，凤婧衣便抱着瑞瑞跟着一块儿过去了。

公子宸还是下午她离开时那样坐在榻上，看到她们进来，目光落在她怀中抱着的孩子，道："这就是你的儿子？"

"嗯。"凤婧衣说着，将瑞瑞放到了榻上靠着自己坐着。

沁芳将药放到桌上，笑着说道："是对双生子，这是弟弟，哥哥体质弱，送到金花谷让淳于大夫调养身体呢。"

瑞瑞看着公子宸手上缠着布，好奇地就要伸手去摸，不过小手没什么劲，公子宸便也由了他去。

"长成这样，还敢带出去吗？"公子宸恢复了以往的不恭之色，笑道，"但凡是见过夏侯彻的人看到了，都认得出这是他儿子好吗？"

"你还是顾好你自己。"凤婧衣道。

公子宸摸了摸瑞瑞细软的头发，道："没关系，等你长大了，姑姑教你易容术，出去了谁也认不出你。"

"这段时间你安心养伤，隐月楼的事暂时不要管了，冥王教的事也不用再追查了。"凤婧衣道。

"都不管了？"公子宸抬眼望向她，"回头人打到家门口了，你还不知道是怎么来的。"

"你养好你的伤就够了，隐月楼可不会要一个瘸子当楼主。"凤婧衣扫了一眼她的腿，略一挑眉道。

"好歹我也为楼里当牛做马，鞠躬尽瘁了好些年，伤了一条腿就想把我扫地出门，太不仗义了吧。"公子宸不服地道。

凤婧衣打量着她身上的女装，笑语道："我真该请沐烟她们过来观摩一下你现在的样子。"

"这不是我要的，是送我来的人，全给我找的女装，难道你让我裸奔回来？"公子宸道。

"哦。"凤婧衣似信非信地笑了笑。

可是，她那瞬间闪烁的目光，却泄露了说话时些许的心虚。

"这家伙叫什么？"公子宸拉着瑞瑞胖乎乎的小手，问道。

"瑞瑞，哥哥叫熙熙。"凤婧衣道。

公子宸一听，毫不客气地数落道："亏你还时不时捧着书看，给孩子取这么土得掉渣的名，小瑞瑞，等周岁了，我给你取个文采风流又响亮的名字，好不好？"

凤婧衣无语地叹了叹气，知道她是在扯开话题，怕她再追问什么。

"冥王教的事，你们是不是查到了别的？"公子宸一边逗瑞瑞玩着，一边问道。

"我们怀疑，白笑离就是冥王教四大护法长老之一的女神龙，现在冥王教的人正在找她，所以打算让人等在青城山附近，等着冥王教的人找上门来。"凤婧衣坦然说道。

"有没有搞错，我还听说女神龙是江湖第一美人儿呢，怎么能是白笑离那德行啊。"公子宸道。

好吧，她承认她是没看过她真面目，她的易容术还是受她的点拨而精通的。

以往就觉得她神秘兮兮的，原来竟然是这么大的来头。

凤婧衣抱起孩子，道："你先喝药吧，瑞瑞该送去奶娘那里喂奶了，我已经让人在做带轮的椅子，过两日应该就送来了，你到时候出入能方便些。"

"谢了。"公子宸笑着道。

"一会儿用了晚膳早点休息。"凤婧衣一边叮嘱，一边抱着瑞瑞准备离开。

可是，行至门口之时，屋内的人却出声道："等等。"

凤婧衣闻声回头望她，问道："还有什么事？"

公子宸咬了咬唇，面色有些纠结，却还是开口说出了心中的话。

"我怀疑……夏侯渊是冥王教的人。"

之后，对于消失那半年发生的事，公子宸再也没提起过一个字。

凤婧衣推断，同她一起联手刺杀了冥王教圣女的人就可能是楚王夏侯渊，毕竟以公子宸的禀性，一般的人要取得她的信任并不那么容易。

难道，是他们两人刺杀了冥王教圣女，夏侯渊又掉过来要杀她灭口，故而才把她逼得从山上掉下来了。

可是，夏侯渊是什么时候和冥王教牵连上的？他在其中又扮演着什么样的角色？他又为什么会对公子宸下手？

知道公子宸不愿多提，这一切的猜测也不好再多向她询问求证，只得让人暗中再去查探。

墨嫣从金陵的来信回报，说是并未发现凤景身边有可疑之人，她这才稍稍松了口气，只是心中还有些难以安心，一再嘱咐了墨嫣继续注意。

萧昱让人查找楚王夏侯渊的行踪，但始终一无所获，仿佛就从人间蒸发了一样。

北汉王的身体一天不如一天，几乎都是靠药养着了，国事也都无力再过问了，然而太子却还是迟迟没有接位为帝，这也成了他的心病。

皇后和宫中嫔妃都知道老皇帝是铁了心会将皇位传给鸿宣太子，便愈发费心思将自己母家的女儿传进宫来，想要讨得太子欢心，以保将来的荣华富贵。

春光明媚的午后，凤婧衣正带着瑞瑞在公子宸住的园子里赏花，安顺急急进来禀报道："太子妃娘娘，皇后娘娘和灵犀郡主来了。"

太子殿下说过没有他的同意，外人不得入行宫，可来的到底是皇后，他一个小小的太监又哪里拦得住，只得来请示太子妃的意思了。

"皇后娘娘？"凤婧衣皱了皱眉。

"是，说是陛下最近身体不好，皇后娘娘带灵犀郡主到附近的相国寺祈福，顺道想来看看太子妃娘娘。"安顺说道。

凤婧衣抿了抿唇，道："去请到兰苑，我一会儿就过去。"

皇后凤驾都到行宫外了，她若还是拒之门外了，这宫里指不定还得怎么编排她不懂礼数，届时又会说到太子识人不清什么的。

"是。"安顺松了口气，连忙应了声去外面迎驾。

若太子妃说是不见，他还真是为难要怎么推托了。

"沁芳，你带着孩子就在这边，我过去看看。"凤婧衣道。

瑞瑞是她最忧心的，带出去任谁也不会觉得长得像萧昱，这两个孩子的身世一直隐藏严密，若被人揭露出来，她受人非议倒是没什么，只是要为难了萧昱，累及两个孩子了。

"好。"沁芳知道她的顾忌，便立即应了下来。

凤婧衣起身，带上候在外面的宫人赶去了兰苑，过去的时候安顺已经将皇后和灵犀郡主两人请进了兰苑。

"臣妾见过皇后娘娘。"

虽然萧昱与这个母后并无血缘关系，甚至算不上亲近，但礼数总是不可废的。

第四十四章 左右为难

"快免礼。"正座之上，身着紫色绣金凤宫装的皇后含笑出声，虽也是有些年纪了，举手投足却极具风韵贵气。

凤婧衣起身落座，接过宫人端来的茶，奉到了皇后跟前："臣妾一直未能入宫拜见皇后娘娘，还请皇后娘娘恕罪。"

"哪里的话，听昱儿说你身子一向不好，又要带着孩子，好好养病才是要紧的。"皇后态度出人意料的和蔼。

凤婧衣默然而笑，没有再言语。

"孩子呢？"皇后笑语问道。

"奶娘和宫人抱着去园子里玩去了。"

"先前只知道昱儿让人在这里建行宫，建成之后一直没有时间过来看看，刚刚一路看了，比之宫里有过之而无不及，只可惜如今陛下身体欠安，不然本宫定要赖在这里住上几日了。"皇后笑意端庄，却也不失和气。

凤婧衣只是浅然而笑，并不说话。

她若真说，皇后若是得空便过来，那便是再没时间，皇后也会带着人过来了。

"我听父亲说，凤凰台行宫，建了春夏秋冬四处园子，各有妙处，可是好奇得紧，不知道太子妃能不能让灵犀得空过来参观一番？"灵犀郡主婉然笑问道。

凤婧衣微讶，上次见面还一口一个长公主，如今这就改口了，只不过是要来赏景，还是要来看人，大家都心知肚明了。

"郡主在宫里若是见到太子殿下问问让他一起带你过来吧，一个人往这里跑，若是路上有个什么意外那就不好了。"凤婧衣浅笑回道。

今天答应了灵犀郡主，指不定明日什么郑小姐、周小姐，都要找到这里来了，所以这个头是决计不能开的。

皇后面上的笑意有些尴尬，若是萧昱肯带灵犀过来，她们还用得着来这里找她吗？

"本宫看园子里的花都开得不错，我宫里种得都没这么好，回头能不能让灵犀过来带两盆兰花回去，本宫那里的花匠尽给我种死了。"

"皇后看上什么花，臣妾让人搬了给你送进宫里，就不劳郡主这样劳累走动了。"凤婧衣笑着说道。

她还真是铁了心的，要把灵犀郡主塞到这凤凰台来不可啊。

皇后僵硬地笑了笑，知道话说到这个份上了，已经没有再说下去的必要了。

"罢了，时辰也不早了，本宫也该回宫去了，太子妃若是得空就带着孩子进宫走走。"

凤婧衣上前扶着她起身，浅然笑道："好。"

当然，她是不可能去的。

灵犀郡主面色也不甚好看，上前扶着皇后一边朝外走，一边道："太子妃不必送了。"

皇后也不动声色拿开了凤婧衣扶着的手，由灵犀郡主一人扶着离开，凤婧衣还是将两人送出了行宫，看着两人上了马车方才回去。

公子宸正坐着晒太阳，看着她回来了便问道："打发走了？"

"嗯。"凤婧衣微微苦笑，接过沁芳怀里已经睡着了的瑞瑞。

公子宸没有再说话，只是心中有些担心，她和萧昱面上都风平浪静的，可是关于夏侯彻的那个心结，却一直存在。

如今这两个孩子的身份还没多少人知道，这若是让外人知道了，北汉朝廷还不闹得掀翻了天去，更可怕的是传到大夏去了，夏侯彻又岂会善罢甘休。

她看着凤婧衣怀里抱着的孩子，这小家伙怎么长不好，非越长越像他老子，这以后还敢带出去见人吗？

"我先送孩子回去。"凤婧衣道。

公子宸点了点头，自己闭着眼睛继续晒太阳打发时间。

凤婧衣将孩子送回住处，轻轻抚了抚孩子神似那人的眉眼，他现在还小，只要不抱出去，倒也没什么。

可是，他总会长大，难道她要让他与那个人儿时一样，只在一方小天地长大，不能去见外面的人，不能去看外面的世界。

"主子，太医和医女过来请脉了。"沁芳进来，低声禀报道。

去年难产生下两个孩子，加之当时又淋了雨还骑了马，好在这半年来太医用药悉心调养着，一直汤药不断，所幸还是渐渐恢复过来了。

太医和医女每半个月会来请一次脉，最近是照顾那边伤重的公子宸，便晚了两天才过来请脉。

凤婧衣给孩子掖了掖被子，这才掀开帘子出去到榻上接受诊脉，两名太医诊过脉便先退到了室外，医女问道："太子妃娘娘现在月信日子还准吗？"

"时准时不准。"凤婧衣如实道。

"那月信之时，还是像以前一样手脚冰凉，腹痛难忍吗？"医女问道。

"比以前是好些了，手脚冰凉是老毛病了，不是你们医术不精。"凤婧衣道。

医女垂首立在一旁，问道："那最近行房之时可有不适？"

凤婧衣正喝着水险些呛到，尴尬地别开头道："没有此事。"

医女怔了怔，继续道："太子妃难产，身子又受重创，恢复起来确实不易，不过现在基本没什么大碍了，房事只要不是太过剧烈也是可以的。"

太子殿下正值壮年，如今身边只有太子妃一个，自太子妃生产身体受创到现在近半年时光，一直未有男女之事，着实让人意外。

"知道了，你下去吧。"凤婧衣道。

"太子妃体质虚寒，虽有好转，但还要继续用药调养，不然以后会很难再孕育子嗣了。"医女说着，却又道，"太子妃如今的身体状况，两年之内最好不要再生育，先将身体调养好为重事。"

她的身体状况也不能再用避孕汤药，这话自是叮嘱他们夫妻自己注意。

"知道了。"凤婧衣有些烦躁地皱了皱眉。

医女下去，和太医一起又开了新的药方，交给了沁芳方才退了下去。

凤婧衣一手支着额，揉了揉眉心，萧昱子嗣的问题是无可避免的问题，他不愿纳妃嫔，子嗣的事必然是要落在她的身上，可是现在……

夜里，还未到晚膳，萧昱便回来了，随行的侍卫又是带了厚厚一包袱奏折送到了书房。

"你有事要忙，就先住在宫里，带回来也一样是要批到深夜。"凤婧衣站在桌边，一边给他倒着茶。

萧昱解了披风放下，走近自身后拥着她，头搁在她肩头道："想你了，每天一进宫就盼着天黑能回来。"

凤婧衣微震，将杯子递给他道："茶。"

萧昱松开她，接过茶杯坐下道："安顺说，今天皇后过来了？"

"嗯，坐了一会儿就走了。"

"再有这样的事，不必理会，你也用不着看她们的脸色。"萧昱道。

父皇拿这样的事儿压他，他就算不答应，他也不会真把皇位再传给别人去，所以只要他态度坚定，他们谁也不能拿他怎么样。

"嗯。"凤婧衣应声道。

沁芳带着人进来传膳，道："太子殿下，主子，净手用膳吧。"

一起用完晚膳，萧昱便赶着去了书房批带回的折子，凤婧衣抱着睡醒的瑞瑞去奶娘那里喂了奶，哄睡了安置好，端着沁芳沏好的茶送去了书房。

萧昱听到声音抬眼望了望她："孩子睡了？"

"刚睡着。"凤婧衣说着，将茶搁到了桌上问道，"要不要我帮忙看些？"

"你能帮忙最好。"萧昱说着，将折子递给她道。

一天难得有这样独处的时间，他自然求之不得。

凤婧衣搬了椅子坐在了他对面，帮着把所有折子迅速先看，重要的递给他，简单的就是临摹了他的笔迹帮着批了，如此也给他省了不少工夫。

"公子宸的伤势怎么样了？"萧昱打破沉默问道。

"在渐渐恢复，只是腿上伤了筋骨，只怕是要休养几个月了。"

"若真如她所怀疑的那样，夏侯渊会是冥王教的人，这个人就当真是太棘手了。"

"是啊。"凤婧衣摇了摇头道。

夏侯渊不是没有夺位的野心,以前一直以为他是太过小心,如今想来只怕他还在等着更重要的时机,冥王教重现天下的时机。

冥王教的势力在大夏和玄唐的时间日渐扩张,两国朝廷也不得不加强防范,萧昱既要顾着大夏那边的战事,又要追查冥王教之事,有时候忙得几天也难得有机会回行宫一趟。

公子宸的伤势在太医的照料下日渐恢复,腿伤休息了四个月才恢复如初,瑞瑞已经近十个月了,只是已经会爬之后就更让人头疼了。

为了怕把他磕着,内室的桌椅都移了出去,地上也给铺了大的地毯让他能自由地爬,可是他还能有时候自己一头撞到墙上去,不过若是牵着他的手,偶尔都能勉强走几步了。

她也收到青湮的来信,熙熙已经长牙了,也能爬了,下个月就能离开金花谷了。

只是她有事需要回青城山,不能帮她把孩子送回丰都了,需要她自己去接回来。

这对她而言,无疑是再好不过的消息,满心欢喜地在自己的寝殿隔壁布置了兄弟两个的房间,但凡是给瑞瑞准备的东西,每次也都留了一份给熙熙,等着他回来。

只是,一想到当时抱走时那样瘦瘦小小的孩子,怎么也想不出现在的他已经长成了什么模样。

"瑞瑞,哥哥要回来了,想不想跟哥哥玩?"她坐在毯子上,拉着瑞瑞问道。

小家伙瞪着圆圆的眼睛望着她,不知有没有听懂她的话,只是咧着嘴冲她笑了,露出长出的几颗小乳牙,可爱极了。

然后,又手脚并用地爬到一边去了,让人哭笑不得。

第四十五章
不敢爱你

夕阳西下，云霞满天，笼罩在暮色中的榆城，繁华而喧嚣。

一身墨色披风的人于城外振臂勒马，秋风扬起他身后的披风，远远望去如同将要振翅而去的孤鹰一般。

"吁！"跟上来的侍卫勒马停在他身后，说道，"皇上，就是在榆城里发现冥王教人的踪迹的，不过他们一直没有什么别的动静，似乎是在等什么人。"

近来冥王教的人频频冒了出来，朝廷最近接连端了几个分舵倒也安分了段日子，不想近日竟又在榆城附近发现了冥王教人的踪迹，夏侯彻马不停蹄便赶了过来。

"那就慢慢等，看他们到底玩什么花样。"夏侯彻望着暮色中的榆城，一双眸子冷若寒潭，静如死水，没有一丝温度，没有一丝起伏。

以往冥王教的人没有出现倒也罢了，如今一个接一个地冒了出来，对于这样威胁朝廷安定的人，自是见一个杀一个，绝不会留半分余地。

只要他们在大夏境内出一个分舵，用了十天工夫就会被朝廷的人马夷为平地，看他们还有什么本事再兴风作浪。

"是。"几名身着常服的侍卫应声道。

"分头进城，行馆会合，不要打草惊蛇。"夏侯彻说罢，自己率先打马入城。

进了城内，他下了马牵着缰绳漫步走在人群里，对于榆城说不上陌生，也说不上熟悉，只是记得当年带兰轩去金花谷求医遇刺之后，曾在这里落脚停留过一日。

而那个时候的自己何其可笑，竟不知从透露淳于越的行踪，到带他们出宫寻医，再到安排刺杀，都是她早就设计好的戏码。

明明记忆中所有关于她的回忆，都是她处心积虑的算计，他却依然难以忘怀。

他不知道，那三年之中她是否真的就未有过一丝真心。

可是，从她纵身跳下玉霞关那一刻起，他知道他爱上了那个该死的女人，泥足深陷，无法自拔……

而她，早已和她旧情人长相厮守，生儿育女。

只有他，只有他还挣扎在那段走不出的过去和回忆里。

他正想着，眼前的人流中竟真出现了她的背影，就连走路的姿态都与她一模一样，他魔怔了一般松开手里的缰绳，挤过熙熙攘攘的人潮追过去，可那人影却消失得无影无踪。

"喊！"他站在来来往往的人群中自嘲冷笑，他在干什么？

她现在正在北汉丰都，做她金尊玉贵的北汉太子妃，哪里会出现在这样的地方，自己当真是魔怔了？

良久，他转身朝着追来的方向折了回去。

不远处的地摊上，凤婧衣正蹲着挑做工精致的小帽子，满意地挑了一个问道："这样的还有吗？"

"有，有。"摆摊的妇人说着，从身旁的包袱里翻找出一个，递给她道，"要两个一样的吗？"

"嗯，我家是双生子，要一人一个。"凤婧衣笑着说道。

天气渐凉了，两个小家伙头发都不长，是该戴帽子的时候了。

"夫人好福气。"老妇人笑着给她找了钱，恭贺道。

凤婧衣笑了笑将东西收起，一路带着回了附近的客栈，等在客栈的况青见她回来便急声问道："夫人去哪里了，怎么没有带着人？"

他就带人去传消息给太子殿下，说是准备起程回去了，回到客栈人就不见了，这若是再没回来，可就真把他吓坏了。

这里毕竟是在大夏境内，太子妃与大夏又颇有渊源，若真是有个什么事，他们都不好应对。

"就在客栈外不远的地方买点东西而已。"凤婧衣说着，扬了扬手中的东西。

原本是同青湮一起去青城山的，可是她们到达之时，白笑离已经离开了，只留了书信说是要去会个故人，也没有说什么时候再回来。

她等了两日也没等到什么消息，就准备先回金花谷带上熙熙回去，再让隐月楼和萧昱的人打探一下，看能否找到她的行踪。

只是，今日天色已经晚了，萧昱之前就一直嘱咐不要他们赶夜路，为了安全起见所以还是先在榆城落脚，明天一早再起程去金花谷。

"末将已经让人送信回丰都了。"况青道。

"嗯。"凤婧衣点了点头，便自己先回了房间，拿着刚买回来的两只小帽子爱不释手。

方才进城的时候，看到那里摆着的帽子很可爱，安排好住的地方便赶紧出去买了回来，明天带到金花谷就可以给熙熙戴上了。

只是，白笑离在他们到青城山之前就走了，本想向她打听冥王教的事，如今也只能落空了。

夜色渐沉，她收拾好东西，简单用了晚膳就早早睡下了。

况青留了人在客栈内守着，留了两人在外面大堂一边喝茶，一边注意着周围的动静，丝毫也不敢马虎。

夜深的榆城，行人渐渐少了，酒家客栈也都只有些酒客和江湖人还在。

城东行馆内安静得近乎死寂，书房内的灯火通明，一身墨衣的人敛目坐在榻上，似是睡着了的样子，但一听到外面的脚步声，便刷地睁开了眼睛。

来人刚到门外，便听到里面出声："进来。"

"皇上，榆城内发现北汉人，好似个个都身手不错，一看便是受过训练的高手。"侍卫长推门进去，禀报道。

那些人就算住进了客栈，也是二楼窗口坐着一个，一楼大堂坐着一个打量着周围的动静，似是在防范什么。

这样的行为对于常年护驾的人来说，自是知道意味着什么，看来客栈里住着的是北汉了不得的大人物。

在冥王教的人出现在榆城之时，北汉也有人来了，这让他们不得不心生警觉。

"什么时候进城的？"夏侯彻面目冷淡问道。

北汉与大夏还在交战时期，甚少有人会到敌国走动，怎么这个时候有人会来榆城，还是身手不一般的人，只怕来头不小。

"天黑之前进城，现在在城北的客栈住着。"侍卫长如实禀报道。

冥王教的人在榆城出现，北汉也有人在这里出现，这两者之间会不会有什么关联，可就难说了。

夏侯彻微抿着薄唇，久久没有言语，不知是在思量着什么。

"属下猜想，这些北汉人会不会是和冥王教有什么瓜葛，或者什么交易。"

"先仔细盯着，看对方有什么动静，有异动再回来禀报。"夏侯彻说着，又垂下了眉眼养神，棱角分明的脸庞在灯影下显得更加冷峻威严。

"是。"侍卫长拱手退了出去。

城北客栈。

为了护卫方便，况青的房间就在凤婧衣的隔壁，虽已到夜深，但职责在身却也不敢睡，只是和衣躺在床上，以便能应付突发状况。

房门突地被人敲响，况青一跃起身，快步到门口开了门。

"况将军，我们好像被人盯上了。"同行护卫的都是太子亲卫，对于周围的危险都有一定的觉察能力。

"什么情况？"况青一边说着，一边往二楼的窗户走。

"近两个时辰内不断有人朝客栈这边看，起先以为是行人随便看的，两个时辰几十次往这边看，总感觉有些不正常，我刚刚试着出去走了一圈，果真有人跟在了后面。"那侍卫说道。

况青到窗边，装做不经意往外面看了看，果真看到了有盯着这边的人，关上窗道："别露出马脚，一切如常守卫，我去禀报夫人。"

侍卫退下，况青立即去敲响了凤婧衣的房门。

凤婧衣睡觉浅，听到声音就赶紧起来了，困意倦倦地打开门："况将军，什么事？"

"客栈外面有人盯上咱们了，现在还不知道对方是什么人，但天一亮我们就立即出城才是。"况青道。

虽然不知这是大夏的人，还是别的什么势力，但这里毕竟是在大夏，闹出太大动静惊动大夏的兵马，对他们并不是什么好事。

所以，还是尽快到金花谷接上孩子离开大夏才好。

凤婧衣心头有些隐隐地不安，点了点头道："明天我带人从后门走，你带人从前门走，到城外会合。"

"那夫人休息吧，天亮了末将再过来叫你。"况青道。

为了安全起见，他还是去查探了一下客栈的后门方向，回到房中也不敢再睡过去，打起了精神坐在房内，听着客栈内的动静。

凤婧衣掩上房门，却也了无睡意了。

如果真的是冥王教的人盯上她倒也还好，只要把他们引到金花谷再设法除掉就行，不定还能问出些有用的东西。

可若不是冥王教的人，就有可能是大夏的人。

不过不管是哪一方的，她也不能再多留在榆城了，真闹出了事情来，势必会惊动盛京那边，惹来更大的麻烦。

一夜枯坐难眠，时间也变得极为漫长而寂静。

天色刚蒙蒙亮，她便由况青派人从客栈的后门，抄城内的小街小巷往城门口去了，到达城门的时候，还没有到开城门的时间。

不过，好在一早赶着出城的商旅也不少，她混在人群里挤到了最前面，不时回头张望，却始终不见况青他们跟过来。

她从后门走倒还好，没遇到什么人，况青他们从前门走，也不知能不能顺利脱身。

如今大夏和北汉正值交战，若是被大夏的人发现了北汉人的身份，只会当作是敌国奸细，其下场可想而知。

可是，时间一点一点地过去，眼看着就快到开城门的时辰了，况青几人却一直没有赶过来。

"夫人，况将军他们还没有过来，怕是出事了。"按道理，他们从正道过来，比从街巷小道走还要早到城门才是。

凤婧衣抿了抿唇，道："也许他们是引开人绕了路。"

可是，她心中却不由得在作着打算，是要等城门开了先出城，还是折回去找人。

毕竟，况青他们只是为了送她来大夏接孩子才遇到麻烦，要她就这样只顾自己逃命，怎么想也过意不去。

"况将军说，如果他们没有赶来，要夫人先出城，到金花谷再作打算。"另一人低声说道。

他们就这么几个人，若是想救人，只会引来大夏的兵马，只怕到时候一个也出不了城了。

太子殿下一再交代他们要把太子妃毫发无伤带回去，若是有什么三长两短，又如何向太子交代。

"一会儿我先出城，你们留下一人打探消息，然后出城来商议。"凤婧衣低语道。

若是能救，她也需要去金花谷找一下淳于越他们帮忙，毕竟这不是在北汉或是玄唐，她行事多有不便。

"是。"一人垂首低声说完，便穿过人流准备折回去打探消息。

城中换防的士兵过来，与守城的人交换，拿着钥匙正准备开锁打开城门，城内便有人一边快马而至，一边叫道："城主有令，今日闭城。"

一时间，周围等着出城的人都开始骚动，纷纷表示不满，好好的怎么要闭城了。

突地，长街尽头传来阵阵马蹄之声，凤婧衣随着众人闻声回头望去，晨光中一马当先而来的熟悉身影就那么猝不及防地撞入眼帘，挺拔的身躯，冷峻的面容，不怒自威的气势，一如她记忆中的熟悉模样。

她的理智告诉她，凤婧衣快躲起来，快逃开这个地方，快走，快走……

可是，脚下却怎么也无力挪动一步，整个人仿佛被钉在了那里一般。

她从来没有想过，自己有生之年还会再见到这个人。

然而，他就这么出现在了她的眼前。

越来越近……

越来越近……

她在人群里艰难地转回头，扶着边上的侍卫哑着声音颤抖道："走……"

说罢，便开始踉跄地穿过人群，想要往城门附近的马车边上藏身，避开这场本不该再见的重逢。

她想见他，可是她不敢见他。

在她那样弃他而去，在她带着他的孩子嫁给萧昱之后，她没有勇气再站在他的面前与他相见。

夏侯彻勒马停下，冷冷扫了一眼骚动的人群，朝着守城的将士道："城中混有北汉奸细，城门口的人统统带回去细细盘查……"

他正说着，不经意一眼落在人群中慌乱逃窜的人影，沉黯的眸底瞬间暗涌流动。

那么多的人，那么多的背影，他还是一眼认出来了。

尽管，她没有转过身，甚至还笼着厚厚的斗篷，但他知道……他没有看错。

那就是她，就是那个该死的女人。

城门口聚集的人纷纷被士兵带走问话，凤婧衣知道自己再站在这里也是藏不住的，伸手拉了拉风帽，深深吸了口气，低着头跟着边上的人走了出去。

她想，只要避过了夏侯彻，别的人也不认识她，只要不是在他手里，脱身总不是问题。

她低垂着头跟着边上的人一起走着，走过的人都要经过夏侯彻的马前，她紧张得脚都有些发软，每一步都走得忐忑而艰难，不敢侧头去看几步之外马上的人，强自镇定地跟着前面的人移动……

夏侯彻高踞马上看着混在人群里的人，薄唇勾起讥诮的冷笑，她是真当他的眼睛瞎了吗？

以为自己低着头，遮着脸，他就认不出来了。

莫说她遮着脸，就是化成骨头化成灰，他也一眼认得出来。

凤婧衣走过了他的马前，见他并没有认出自己不由得暗自松了口气，跟着人群继续走着。

哪知，还没走出几步，夏侯彻掉转马头跟了过来，偏偏又好死不死地走在她边上，吓得她魂都快出来了。

本以为他是认出自己了，不过那人骑马走在边上，却什么也没说，甚至都没侧头望她一眼。

可是，自己就这么走在他眼皮底下，一颗心都快跳到嗓子眼儿了，她不知道是自己太好运，还是他真的已经不记得她了……

不过，总归不是什么坏事。

从城门到行馆并不长的一段路，她却感觉格外漫长。

夏侯彻微斜着眼，瞅着她低着头一副生怕被他认出来的样子，不由恨得牙痒，他倒要看看她到底还要躲到什么时候。

凤婧衣和其他人被带到行馆问话，进了偏门之后之前一路骑马走在边上的人终于走了，她扶着墙一阵脚软，额头早已冷汗涔涔。

好几次她都怀疑自己是被他认出来了，可是他又什么都没说，什么都没做，直到混进了门，她这才松了口气。

"你们几个，到这边。"一名士兵过来，指了指凤婧衣几人喝道。

凤婧衣抿了抿唇，还是硬着头皮跟着一起过去了。

几人被带到了边上的院落，一个一个地被叫进去问话了，问了几句就出来了，想来也只是问哪里人，到榆州做什么，准备往哪里去。

凤婧衣想着，便先准备好了如何回答，轮到她的时候已经是最后一个了。

她低着头进了屋内，规规矩矩地跪在地上准备回答对方的问话。

"抬起头来。"正座之上的人出声，淡冷而威严。

凤婧衣全身不由得一震，这个声音她再熟悉不过。

可是，一般盘查问话的都是城中的守将和士兵，怎么可能是他？

她咬着唇，不敢言语也不敢抬头，她想逃，可她知道已经来不及了。

正座之上的人起身，一步一步朝着她走近，她紧张得连呼吸都不由得放轻了。

夏侯彻站到她的面前，低眉俯视着她，伸手掀了她头上罩着的风帽，冷笑哼道："凤婧衣，朕眼睛还没瞎，装成这样以为就没人认得出你了？"

凤婧衣知道，自己根本没有逃过他的眼睛，早在城门之时他就已经认出来她了。

既然已经躲不掉了，她索性也不躲了，一下站起身来道："大夏皇帝真是眼力敏锐。"

她说话，却始终不敢去看他的脸。

夏侯彻听到她出口的话，眸光骤寒："说说看，这一回到大夏又想干什么，帮姓萧的刺探军情，还是想再为他爬上谁的床？"

凤婧衣恼恨地转目瞪向他，看到他右脸上一道浅浅的疤痕不由得怔了怔，如果她没有记错，是当年从玉霞关掉入铁钎阵之时被划伤的。

虽然已经愈合了，但细看还是看得清楚那道疤。

本要针锋相对的话，一时噎在喉间无法言语。

"怎么？让朕猜中了？"夏侯彻冷笑，嘲弄道，"横竖也不是第一次了，这样的事你一向做起来轻巧熟练。"

凤婧衣深深呼吸，平息下涌动的心潮，可开口的声音依然有着细微的颤抖："我没想刺探大夏的任何事，我只是来找青湮和淳于越有事，你到底要怎样才肯放行？"

她不想再待在这里，再多说一句话，多看一眼，她都感觉自己要喘不过气来。

"这么迫不及待就想回去一家团圆了啊，可这是朕的地方，朕不想放，你也休想踏出这道门。"夏侯彻一想到她这般急着要回北汉，语气不由得冷酷了几分。

这两年以来，他们在相依相守，生儿育女。

可是这两年，也把他折磨疯了。

他不敢去听关于玄唐的任何消息，不敢听到周围任何一个人再提起她，他以为这样他总会忘记，放下。

可是他试过了，试了一次又一次，他就是该死地忘不了。

他没有想过，会在这里以这样的方式再见到她，到现在他都觉得自己是在做梦一样的不真实。

"那你想怎样？再把我抓回盛京？再关进宗人府？再让人每天给我一顿鞭笞之刑？"凤婧衣冷冷望着他质问道。

她以为，这两年会改变很多，会让他忘了她。

可是现在她知道，他没有变，他的霸道固执没有变，他爱她……也没有变。

想到这里，她的眼眶不由得阵阵酸涩。

夏侯彻怔怔地望着她，自嘲地笑了笑，原来她记得的都是这些啊。

是啊，比起那个痴痴等着她、守着她的萧昱，他在她的眼里永远都是逼迫她、残害她的恶人。

凤婧衣慌乱地别开头，不忍再去看那盛满落寞的眼睛。

如果她知道，还会再这样遇到他，她真的宁愿当年自己就死在了玉霞关，也许所有的一切也都能随着她的死而了结。

两人都没有说话，压抑的沉默无声蔓延。

凤婧衣咬了咬唇，说道："我知道，如果不是你救我，今天我不可能还活着站在这里……"

"可是你呢，朕还在生死关头，你就一转头嫁给姓萧的了！"夏侯彻愤怒地喝道。

一想到她已经嫁给了萧昱，与他恩爱相依，生儿育女，他就恨不得掐死她。

可是，终究他又舍不得她死。

凤婧衣咬牙，心下一横，一把拔出藏在袖中的短刀决然道："说吧，你救我时，伤了几分，伤了多深，我都还给你，如此你我也两不相欠了。"

夏侯彻一把抓住她握刀的手，眼中满是狂肆的怒意，咬牙切齿道："你说，朕伤得有多深，有多痛？"

她就是这么恨不得离开他，就如当年玉霞关一样，就算死也要离开他。

凤婧衣眼中泛起泪光，她知道，他问的伤不是身上的，而是心上的。

当年，她问了他能不能放过玄唐，放过凤景，放过她，他给了她回答的。

在她身份败露之后，他也是要除了玄唐的。

那个时候，他已经让她做了选择，可是现在他又怨恨她所做出的选择。

"夏侯彻，你到底想干什么？"

"朕想你回来，回到大夏盛京，回到朕身边，一生一世都不准离开。"他一眨不眨地盯着她的眼睛，道出了两年来一直盘桓心中的祈愿。

然后，小心翼翼等着她的回答。

纵然，他知道那是个会让自己失望的回答。

"夏侯彻……"她笑着唤他的名字，眼中的泪却止不住地落下，"当年你要把我和玄唐赶尽杀绝，现在你又要我抛弃一切回到你的身边，可是这个世界，不是你想怎样就能怎样，也不是我想怎样就能怎样。"

那三年，她一边恨他，一边算计他，却又一边负了等她爱她的人，对他动了心，这一切早就耗尽了她所有的心力。

他要杀她的时候，她要满世界地躲藏，他要喜欢她的时候，他要她一辈子在他的身边。

一辈子那么长，将来的事，谁又能知道。

若是他将来又爱上了别人，她就真的什么都没有了。

她没有那个背弃一切去爱他的勇气……

"可是现在，你在朕手里，是走是留，只看你一句话。"夏侯彻道。不知怎么地，他似乎从那满含泪光的眼中看到了一丝沉痛的温柔，于是说话的语气也不由得柔和了下来。

"我要走。"她决然道。

她已经嫁给了萧昱，已经是北汉的太子妃，她的一举一动都会牵连到他，还有她的孩子。

凤景容不下流着大夏血液的两个孩子，大夏的人也不会容下她这个流着玄唐皇室血液的……

这样的敌对和仇恨，已经在两国之间深刻入骨。

夏侯彻狠狠夺下她手中的刀，一把扔了出去钉在了墙上，发出刺耳的铮鸣。

"既然你要谈条件，行，那朕就跟你谈条件。"

凤婧衣深深呼吸，说道："我知道况青他们也在你手里，我要带他们一起走。"

"可以，如果你能做到朕要求的。"夏侯彻目光沉冷，掩去了深处的痛楚。

凤婧衣心弦一颤，他能答应，自是提出的条件不同一般。

"你要我做什么？"

夏侯彻薄唇微微勾起，说道："你不是给姓萧的生了孩子吗？"

凤婧衣紧抿着唇，手紧握着拳，静等着他继续说下去。

夏侯彻负手转身，眼底现出疯狂的嫉恨，三年她怎么都不肯生下他的孩子，一回去了就那么急切地嫁给了他，给他生儿育女。

"算算时间，孩子也该快一岁了，朕的要求很简单。"他说着，扭头望向她道，"给朕也生一个孩子。"

"夏侯彻，你疯了！"凤婧衣怒然道。

"怎么，不想给姓萧的戴绿帽子？"他嘲弄道，薄唇掠起冰冷讥诮的弧度。

他是疯了，早在爱上她的时候，就已经疯了。

"这件事，你太强人所难了。"凤婧衣气愤地道。

夏侯彻转身，抬手捏住她的下颌，低眉望着这张迷惑了自己的脸庞，冷然哼道："反正，你给他戴的绿帽子，也不止一回两回了，多几回又有什么关系？"

凤婧衣扭头，挣脱他的钳制，后退了一步远离了他一些。

夏侯彻眼中寒意更盛，低头冷笑道："他又不是傻子，难道不知道这三年来你在朕床上睡了多少回？"

"夏侯彻！"

"洞房花烛夜的时候，他就没问过你吗？"

凤婧衣脸上血色渐渐褪尽，胸腔颤抖地起伏着，却紧紧咬着牙什么也没有说。

"既然三年来被戴了那么多绿帽子，他都不介意，再多几回，想来他也是不会介意的。"夏侯彻冷嘲地说道。

可是为什么，明明口口声声嘲讽的是萧昱，却是感觉自己被他给戴了绿帽子。

一想到，他们的孩子都出生了，他就恨意横生。

凤婧衣望着面前的人，突然有些茫然，自己当初为什么会背弃了等待她的萧昱，而对这个人动了心？

"夏侯彻，我不可能生下你的孩子，永远也不可能。"

可是，偏偏她早已经生下了他的骨肉。

那个条件，她答应了走不了，不答应，也走不了。

"既然你不能做到朕所提出的条件，朕又何必放人呢？"夏侯彻冷笑哼道。

她愿意为萧昱生儿育女，却始终不愿为他生一个孩子。

自己真是可笑，枉他聪明一世，竟就那么被她骗了整整三年。

当她第二次有孕之时，他真的以为自己有了心爱的女子，有了他们的孩子，有了一个真正属于自己的家，他会好好爱那个孩子，把自己曾经不曾拥有过的一切宠爱都给他。

可是到头来，她却骗了他。

这两年来，他不是不曾试过想象去爱上别人，哪怕是长得像她的人，那个人会比她乖顺温柔，会为他生儿育女。

然而，那个人不是她，似乎再怎么想也不是他要的模样。

所以，事到如今，明明知道她已经嫁给了别人，已经为别人生下了孩子，他却还在期望着她能再回来。

一个紧逼不放，一个不愿退让。

凤婧衣知道再大的本事，也不可能从他的面前逃出去，索性便也不做尝试，沉默地坐了下来思量对策。

他不可能一直待在这里看着她，他来榆城一定是有要事的，只要他离开了，也许自己就能有机会脱身了。

不然，只能等那个先折回去找况青等人的侍卫，设法通知人来帮忙了。

夏侯彻一掀衣袍在正座的椅子上坐下，一动不动地盯着她，大约也猜测到了她心里在打着什么主意。

"你若想等着朕出了这门，好寻机逃跑，那就省了那份力气吧。"

凤婧衣被戳穿心中所想，抬眼瞪了他一眼，却没有反驳什么。

"你若想等着别人搬救兵来，那你就看看姓萧的有没有那个本事打到榆城来救你。"夏侯彻毫不客气地道。

凤婧衣低垂着眼帘望着脚下，没有再说话，也没有再去看说话的人。

夏侯彻看着漠然不语的她，眼底掠过一丝落寞，喃喃自嘲地说道："凤婧衣，你是不是觉得，朕怎么就那么贱骨头，明明你一心想要走，朕却还要不择手段把你留下来……"

他不知道，到底该怎么做才能留得下她，到底该怎么做，他们才能在一起。

凤婧衣紧紧咬着唇，不敢抬头去看他，唯恐此刻眼中的泪光泄露了自己的心事。

一室静寂，只有各自的心潮在无声涌动。

过了许久，她幽幽出声道："夏侯彻，过去没有我，你也过得好好的，以后没有我也一样可以过得好，这世上没有谁离了谁不能活，何必这样？"

所有的一切，都回到最初的模样，于谁都好。

夏侯彻恨恨地望着语声淡漠的人，道："你说得真是轻松啊！"

没了他，她身边还有姓萧的，自是不知他面对空荡荡的大夏后宫是何等滋味。

他真是可笑，一次又一次把心捧出来，让她这般作践。

凤婧衣在他的叹息中猛地一阵抽痛，其实仔细想想，这么多年自己并未真正有多了解这个人，他的过去除却从隐月楼的情报中，便是他自己的只言片语中，了解最多的也只是他的计谋和行事风格。

至于他的心，她不敢再去了解更多。

"皇上。"侍卫长过来，进了门原是想禀报冥王教的动静，可一见她在里面便止了声音。

夏侯彻扫了她一眼，起身到了门口道："让人守在这里，里面的人踏出门一步，你们知道后果。"

侍卫长闻言，立即召了人将房间团团围住守着。

夏侯彻满意地扫了一眼，这才举步离开。

凤婧衣沉默地坐了良久，起身到门口扫了一眼周围，他既然猜到了她的心思，自然也不会留给她逃脱的机会，现在只希望青湮她们，或者金花谷那边能来帮忙了。

第四十五章 不敢爱你

她折回去，正准备坐下，外面便有人闯了进来："哎，我说……"

来人看着站在屋内的她，原本一脸的笑意也缓缓沉冷了下去，眼底掠过一丝森寒的杀意。

"原来是北汉太子妃娘娘。"

闯进来的人，正是夏侯彻的近臣，丞相原泓。

虽是恭敬的话，他却说得极为讽刺。

"原来是原丞相。"凤婧衣淡然回道。

原泓回头扫了一眼外面的阵仗，大约也猜测到了什么："北汉太子妃这一次来又是准备干什么大事，刺探军情，还是行刺圣驾？"

"我现在这副处境，能刺探什么？"凤婧衣说着，望向原泓道，"本宫想与原丞相做个交易，不知原大人有没有兴趣？"

"想我帮忙让你逃出去？"原泓冷笑道。

"原大人睿智。"凤婧衣平静道。

原泓笑着在她对面坐下，冷哼道："我凭什么要帮你？"

"你不想我留在他身边，不是吗？"凤婧衣浅然一笑，说道。

原泓冷冷地打量着她，道："比起放走你，我更想杀了你。"

不说别的，单是方潜的死，就足够让他们姐弟死一百次了。

若非是那个人压着，方家旧部早就要与玄唐决一死战了。

如今，这个人竟又来了大夏，而照情势，那个人竟还想要将她留在大夏。

"可是你又不敢杀我，所以放了我，对你我都好。"凤婧衣定定地望着他，铮然言道。

"你走了，敢保证这一辈子都不会再出现在他的眼前，不会再踏进大夏一步？"原泓冷眸慑人，弥漫森冷的寒光。

当年她隐藏身份在大夏，那个人是将她宠到了心尖儿上，没想到她竟然是有那样的城府，处处都在算计他，算计大夏。

这两年，大夏停止了对玄唐的战事，已经引起军中不满，若让她再留在大夏，只会酿出更大的祸端。

自皇上登基，大夏的军队都是由方氏兄弟统领，方潜的死让方湛和军中上下都嚷着踏平玄唐报仇，若非玉霞关之后皇帝重伤，再加之北边的战事还在继续和国中内患频起，战火早就燃起了。

不管那个人怎么样，这个祸水绝不能再留在大夏，留在他的身边。

凤婧衣抿唇沉默，而后道："这是自然。"

原泓起身走到她的面前，目光少有的狠厉："如果你再回来了，相信大夏朝中，便是拼却一死要你命的，大有人在。"

"我知道。"凤婧衣浅然笑道，只是眼底却闪过一丝无人可见的哀痛。

　　对立为敌的他们，爱也好，恨也罢，早已不仅仅是他们两个人的事了。

　　说罢，外面已经传来有人请安的声音。

　　"想来你跟金花谷也是勾结一气的，我会让人去报个信。"原泓转身折回去坐了下来，一抬眼看到进门的人，换上一脸抱怨道，"喂，说好的，我休养半年，现在又火急火燎地把我召过来，皇帝就是这么说话不算话的？"

　　"你一没病二没伤的，休养什么？"夏侯彻瞥了他一眼，哼道。

　　"大夫说我有内伤，操劳过度，不休养会短命的，你有麻烦去找姓容的啊，凭什么永远劳累的是我，躲清闲的是他。"原泓唠唠叨叨地抱怨不休。

　　他一直以来在盛京辅政累个半死不活，姓容的就在玉霞关一天清闲得要死，想想都气人。

　　"当初不是你自己输给他才留在盛京的吗？"夏侯彻道。

　　"那是那天我运气不好才输的。"原泓道。

　　"你运气一向不好。"夏侯彻说着，扫了一眼沉默坐在一旁的凤婧衣。

　　原泓一听拍桌子，一捋袖子道："别把我惹急了，惹急了我明天就辞官。"

　　"你还欠容弈十万两赌债，辞了官你准备上街讨给他？"夏侯彻哼道。

　　"前儿个还有人要送我银子呢，贪个十万八万两都是我一句话的事，还怕还不了？"原泓一副得意的样子道。

　　"你嫌你爪子长了，要朕给你修剪修剪？"夏侯彻说着，面无表情地道，"有事，朕回头再找你。"

　　"现在说也一样。"原泓道。

　　"朕要用膳了。"

　　"我也没吃，正好一起吃。"原泓说着，自己就坐到了桌边，一副准备开饭的架势。

　　夏侯彻不说话，冷冷地瞪着他，沉声道："来人，送原大人下去休息！"

　　话音一落，外面的侍卫便要进来请人。

　　原泓自己起身一边埋怨不休，一边朝外走，临行前瞥了一眼沉默的凤婧衣。

　　不一会儿，行馆内的人便送了午膳过来，招待皇帝自然是满满摆了一桌，极尽精致。

　　夏侯彻到桌边坐下，抬眼望了望还坐着不动的人道："吃饭！"

　　凤婧衣与他相对而坐，自己拿起了碗筷子，但筷子夹的也只是自己跟前的几道菜，偏偏坐在对面的人手却伸得异常的长，时不时筷子就伸到了她面前的盘子里。

　　她皱了皱眉，草草吃完了一碗饭便搁下了碗筷，起身坐回了原来的地方。

　　她相信，原泓一定会设法帮她通知金花谷的人，她接下来要做的就是等，等来接应她的人。

　　如果可以，她最好赶在萧昱赶来之前脱身，避免这两个再撞上。

夏侯彻瞪着她，恨恨地嚼着口中的饭菜，好似嚼的是她的皮肉一般解恨，结果一口咽得狠了，把自己噎得脸都涨红了。

凤婧衣倒了水递到他面前，他接过杯子喝了水这才好些，可是一抬眼递水的人已经又坐回原来的地方了。

这样的相处持续了三天，第三天过来找夏侯彻的原泓给了她一包药粉。

"这是金花谷的人拿来的，说是无色无味能让人昏睡两天。"

凤婧衣接了过去，道："你就不怕我会毒死他？"

"除非你不想活着回去了。"原泓道。

"那边的柜子里有一套衣服，你放倒他后换上，熄掉屋里的灯火再重新点亮，我会过来接你出去。"原泓道。

"有劳。"凤婧衣道。

夜幕降临的时候，夏侯彻果真又过来了。

晚膳的鱼汤很鲜美，她率先给自己盛了一碗，正吹了吹，还未送到唇边，一只手便伸了过来。

"自己有手，自己盛。"凤婧衣道。

夏侯彻一伸手拿起了她手里的鱼汤，满意地喝了一口，夸赞道："这行馆的厨子不错。"

凤婧衣自己拿起碗重新盛了一碗，拿着汤匙一下一下地搅着，看着对面的人将一碗鱼汤喝完了。

夏侯彻搁下碗，不一会儿眼前就越来越模糊，似是察觉到了什么，抬眼望了望她手中一口未动的鱼汤，咬牙切齿道："你……"

送进来的东西，都是经人试过的，能再动手脚的人就只有她。

凤婧衣搁下手中的碗，沉默地望着他，有些难过得想哭。

"汤里没毒，你睡两天就会醒。"

金花谷出来的药，便是他有再高深的内力，也抵不住的。

他扶着桌子，踉跄着扑过来抱住她，恶狠狠地道："你休想走，你休想走……"

说完，整个人却渐渐失了气力，渐渐看不清，渐渐听不到……

凤婧衣支撑着靠在自己身上的人，眼底的泪夺眶而出："对不起……"

半晌，她艰难地起身，将他扶到了不远处的榻上，取过搭在边上的斗篷盖在他的身上，看到他脸上的浅浅的疤痕，不由颤抖地伸出了手，心疼地抚上了伤痕。

"夏侯彻，当时你不只救了我，也救了我们的孩子。"她哽咽地出声，只有在这样的时候，才敢说出这番话，"他们是双生子，长得特别像，尤其是瑞瑞，简直和你是一个模子里刻出来的……"

"他们快一岁了，如果他日我再无能力保护他们，一定让他们回到你的身边，请你也一定好好保护他们。"她说着，倾身吻上他脸上的疤痕，滚烫的泪珠滴落在他的脸上。

夏侯彻，不是我不爱你，是我不能爱你，不敢爱你。

起码，不能如你爱我这般爱你。

玄唐与大夏的恩怨，已非你我所能左右。

她抬手抹去脸上的泪痕，起身快速从柜子里找出原泓让人准备好的衣裳，侧头望了望榻上一动不动躺着的人，熄灭了屋里的灯火又重新点燃，静等着原泓的到来。

片刻之后，外面传来人声，原泓带着一个人进来，刚一进门便一掌将带来的人击昏了。

而那人，正是穿着和她身上一模一样的衣裳。

"走吧。"原泓催促道。

凤婧衣沉默地回头望了望榻上的人，一扭头跟在了原泓身后，低着头出了门。

夜色深沉，外面的侍卫并没有怀疑什么，她微低着头跟着原泓成功地出了行馆，到了后门紫苏和空青便跟了上来："你终于出来了。"

淳于越接到消息，就给了他们一包药粉送过来，说是让他们来找送信的人。

还说，那包药十头牛都能放倒了，别说一个夏侯彻了。

果然，最厉害的还是他们的公子。

凤婧衣望向原泓说道，"他要发现了，你可没有好果子吃。"

"那也总比把你留在大夏的祸害小。"原泓冷言道。

"既然是交易，也不能让你太过吃亏，你们与其这样追查冥王教，倒不如多放些心思去查一查楚王夏侯渊，他可是失踪太久了。"凤婧衣道。

夏侯渊对于盛京甚至大夏朝堂上下太过了解，又加之心机深沉，若是要算计他们，只怕让人防不胜防。

"什么意思？"原泓面色一沉追问道。

"我得到消息，楚王与冥王教关联匪浅，比起别人，他的威胁更大。"凤婧衣说罢，接过空青递来的缰绳上了马，道，"我知道的就这么多，你们要查，应该能从盛京查到更多东西。"

"况青他们，已经放出城了。"原泓道。

"多谢。"凤婧衣说罢，朝空青和紫苏两人道："走吧。"

话音一落，三人打马消失在了茫茫夜色之中。

然而，谁也不曾想，不久之后的再见竟是她此生最大的浩劫……

第四十六章
绝世之痛

　　一路快马加鞭赶到金花谷，已经是次日清晨了。
　　由于时间紧迫，紫苏在帮着收拾熙熙的东西，她就开始忙着给还没睡醒的小家伙穿戴衣服，刚把他抱起来，小家伙就睁开了眼睛，看着她倒也没哭没闹。
　　"我们让人准备早膳，你们吃了再上路吧。"紫苏不舍地看着她怀中抱着的孩子道。
　　毕竟养在金花谷大半年了，这一下走了怪舍不得的。
　　凤婧衣低头望了望孩子，先交给了奶娘喂奶，自己赶紧去了外室用膳，那些药如果对普通人可能真的要两天，对于夏侯彻估计今天夜里，他就能醒来了。
　　她必须尽快带孩子离开大夏，若再让萧昱赶来跟他撞上了，两个人都是谁也容不得谁的，局面就更加难以控制。
　　简单用了早膳，一行人便准备上路了，她从奶娘那里抱过孩子，伸手摸了摸圆嫩的小脸，柔声笑语道："我们回去，弟弟在等你呢。"
　　"那你们路上小心，要是再遇到事，让人来通知我们。"紫苏道。
　　虽然师傅又跑出去了，不过他们勉强能帮点忙嘛。
　　"多谢了。"凤婧衣抱着孩子上了马，道，"时间紧迫，我就不带奶娘和太医同行了，你随后帮我雇马车送他们回丰都。"
　　"好，我有空了就去丰都看熙熙。"紫苏笑着道。
　　凤婧衣笑了笑，扫了一眼况青等人，道："走吧。"
　　在她带着孩子马不停蹄地离开大夏之时，夏侯彻也如她所料地在夜里醒来了，人是清醒了但药力还在，就连从榻上坐起身也费了好大一番力气。

一抬眼看着悠闲地坐在不远处小酌的人，眸中蔓延起沉冷的怒意，行馆守卫森严，又没有别的人能接触到她，除了这个不速之客几番到过这里，而且还是在他不在屋里的情况下。

所以，她能逃出去，定与他脱不了干系。

"你不用瞪我，现在她估计都快出大夏境内了，你就是长了翅膀也追不上了。"原泓抿了口酒，毫不客气道出事实。

夏侯彻坐直了身子，目光凶狠地瞪着坐在对面的人："果真是你把她放走的。"

"是啊。"原泓老实地点了点头，并没有打算有任何狡辩。

"你……"夏侯彻咬牙切齿，想要起身却又无力地坐了回去。

"夏侯彻，你该认清自己的身份，也该认清你和那个女人之间的立场。"原泓没有往日的嬉皮笑脸，面色显得认真而凝重。

他现在的行径简直荒唐得可笑，且不说凤婧衣是玄唐长公主的身份，好歹人家现在已经是北汉的太子妃了，人家两口子连孩子都有了，他竟然还想把人留在自己这里，真是疯了。

况且，他实在想不出凤婧衣那女人有什么值得他念念不放，姿色是有几分，可这天下比她漂亮的女人多了去了，只要他想要，他能给他找出一堆来。

那女人除了满肚子的阴谋诡计还有什么，难不成那三年他是被人害得上瘾了，现在不上赶着去被人虐一番就浑身不对劲？

"这是朕自己的事，用不着你来插手！"夏侯彻冷然道。

"她害死了多少将士，还有方潜跟着你出生入死多少年，就死在他们姐弟手里，还有她现在的丈夫萧昱，白璧关到现在还在他手里，这些你都忘了，你想再把她留下来，就不只是你一个人的事。"原泓沉声道。

现在军中对于玄唐是深恶痛绝的，他要是将凤婧衣这女人再留在身边，势必国内还会酿出一场兵灾内祸。

夏侯彻薄唇紧抿，面对臣子的质问，却无言以对。

"她都已经绝情到这个地步，你为什么就还是放不下？"原泓道。

"朕试过了，朕做不到。"夏侯彻沉重地叹息道。

可是，就算他再放不下又如何呢？

她还是走了，回去那个人身边，怎么也不肯再留在他这里。

"北汉与大夏的战事还在继续，玄唐也一直在招兵买马，而你现在却一心扑在一个女人身上，而且还是自己的敌人，你当年要一统天下的雄心和决心到哪里去了？"原泓望着坐在那里目光哀痛的男人道。

他要这天下哪个女人都可以，为何偏偏就是要那一个，最不该沾染的那一个。

夏侯彻深深地沉默着，这一切他当然知道，也比谁都清楚，可是对于她，总是心不由己。

　　他也本以为自己可以放下她，忘掉她，可是她再一次出现在他面前的时候，他才发现，他根本没有忘掉，而是已然相思成灾。

　　而她又一次不惜一切地逃离，也让他的心再一次凉到了谷底。

　　他想，大约她真的不爱他，自始至终只是自己一厢情愿的执念而已。

　　"当初挥军踏平玄唐要杀她的是你，现在对她纠缠不放要留她的又是你，你不是分不清是非道理的人。"原泓语重心长地劝道。

　　可是，不经情爱之事，又哪里知道，爱情这个东西，从来没有道理可言。

　　似乎分不清是非道理的人也不只是他一个而已，他带人进来的时候，分明看到那个人眼中还有泪水的痕迹，临出门那回头一眼，亦是饱含深情。

　　他相信凤婧衣也并非对他全然无情，但这又怎么样，现在人已经走了，他就是想再追，也追不着了。

　　"我查到，楚王似乎和冥王教有关联。"原泓说道。

　　夏侯彻眸光一沉望向他："何时查到的？"

　　"楚王失踪了这么久，如果不是落入别人手里，就是有意隐藏起来了，可是仔细想想，这世上要对他下手的人，并没有几个。"原泓小心翼翼地打量着他的神色，自然不会告诉他，这件事是从凤婧衣口中得知的。

　　"那个人怎么可能和冥王教扯上关系？"夏侯彻剑眉紧拧，嘴上虽是这么说，目光中却满是怀疑。

　　虽然与那个兄弟打交道不多，但也知道是个极其谨慎小心的人，从太后那件事就可以看得出来，当时他本想一并除掉他的，却不想他却先一步洞悉他的想法，搞出了什么护驾，拿太后做了挡箭牌。

　　可是，却怎么也想不出，他是什么时候，怎么和冥王教扯上关系的。

　　"有没有关联，回头到盛京仔细查一查就知道了，他在盛京待了这么些年，总不可能一点蛛丝马迹都没有。"原泓道。

　　如果此事能让他的注意力暂时从凤婧衣那里转移的话，那就再好不过了。

　　"榆城里，最近有什么动静？"夏侯彻问道，只是神情略有些疲惫。

　　"不知道是不是察觉到什么了，冥王教的人离开榆城了，不过我已经派人去暗中跟着了。"原泓如实禀报道。

　　"走了？"

　　"是，昨天就走了。"

　　"昨天。"夏侯彻喃喃重复着这两个字，她也是昨天离开的榆城，这些人也跟在她之后离开了。

　　这么思量了一番，他站起身道："备马。"

原泓瞅了他一眼，道："行了，就你现在走路都能飘着，还想去哪里，反正现在人也追不上了，还是好好睡一觉。"

"废什么话，走。"夏侯彻打起精神，虽然全身还有些无力，可是那些冥王教的人跟着她一起出现在榆城，又跟着她一起离开榆城，是不是有什么目的冲着她来的。

原泓见拦不下他，便也跟着他一道出了门，让人准备了马匹，召了黑衣卫一起上路。

这个时候，就算他再想去追人，横竖也已经追不上了，索性便也由了他去。

此时此刻，凤婧衣一行人自金花谷赶了一天的路，人困马乏。

或许是马上颠簸太久了，熙熙也开始哭闹起来，她只得下令暂时寻了地方休息一阵再上路，想来这个时候就算夏侯彻醒了，也没法追得上来了。

"休息一个时辰再上路，应该能赶在明天和太子殿下会合。"况青道。

凤婧衣抱着孩子到了僻静一点的地方，方才解了衣服给他喂奶，可似乎一路颠得不舒服，小家伙吃了不一会儿就开始吐奶了。

她慌忙拉好了衣裳，冲着后面道："况青，还有水吗？"

况青从马上取了水囊过来，凤婧衣接过去却又放下了，道，"你能不能骑马到附近看有没有人家，给我取些热水过来，孩子快一天没喝水了。"

他们带着的都是溪里的生水，小孩子肠胃娇嫩，这秋日里喝这样的凉水，只怕会生病。

"好。"况青吩咐了其余的人留下好生守卫，自己便上了马去寻水去了。

凤婧衣小心擦去熙熙脸上和脖子上的奶，轻轻抚着他的背，低声安抚道："娘亲让你受苦了，再忍一忍，天亮到了镇子上我们就慢点走。"

到了凌云镇和萧昱会合，明天天黑之前就能出了大夏境内了，到时候也就不用这般赶路了。

小家伙渐渐安静地睡下了，她抱着孩子起身，却骤地看到了黑暗中一处闪过一道寒光，顿时心头一紧，直觉告诉她有危险。

那样的寒光，只有出鞘的兵刃才会有。

她抱着孩子快步到了侍卫中间，低声道："周围有人。"

"你们保护太子妃先走。"一人说着，叫了其他几人，拔出了兵刃准备应对来敌。

凤婧衣抱着孩子上了马，由几名侍卫前后护送着朝着凌云镇的方向赶去，刚跑出不多远一扭头便看到从林中涌出了数十名黑衣蒙面的人与后面的人交上手了。

到底是什么人？

这条从凌云镇回北汉的路线是隐月楼疏通的，关卡不似大城那般严密，且路线隐秘，她走这里除了隐月楼和萧昱的人，没有别的人知道。

而且，她离开丰都的事，萧昱也一直秘而不宣，走的时候也都是小心隐藏行踪，怎么会有人在这里埋伏着？

夜风萧萧，她紧张地抱紧了怀中的孩子，控着马缰在月色下赶路，希望能快点离开这个危险的地方。

她正想着，不知何处飞来的利箭扎在马身上，马儿扬起前蹄她险些被掀出去，好在及时跳了下去。

几名侍卫团团将她和孩子围护在中间，凤婧衣冷冷扫向放暗器的方向喝道："阁下到底是什么人？"

话音刚落，从林中又冲出了数十人，手中兵刃寒光冽冽，杀气荡然。

而这样一段一段分散力量，逐个击破的手段，却是她以前就使过的，不想如今却有人用来对付她。

来人很是狡猾，费尽了心思将围在她周围的人分散开，凤婧衣知道再等下去，只会更加危险，于是便趁着侍卫与对方缠斗在一起的时候，抱着孩子施展轻功朝着凌云镇的方向而去，镇上有隐月楼接应的人，到了那里她和孩子就能安全一些。

然而，对方却是丝毫不给她这样的机会，见她身形一动，两个人便立即紧追了上来，且招招阴毒都冲着她怀中的孩子。

她一人对付两个，又要护着怀中的熙熙，渐渐便有些吃力。

她右手正对敌，其中一人突地一鞭子甩过来，软鞭缠上了熙熙，吓得她顿时呼吸一紧，也顾不得强敌在侧，手中短刀的刀锋一转划向缠着熙熙脖子上的鞭子，与此同时自己却被边上的人一刀伤在手臂。

哪知，那鞭子材质特殊，普通兵刃根本砍不断，熙熙却已经被勒得哭闹出声。

她顾不得身后那人，为了不让这样的拉扯使孩子窒息，转头冲向使鞭之人，哪知对方看出了她的企图，不再与她交手，反而拉着鞭子后退，致使缠在熙熙脖子上的鞭子又一次拉紧了。

凤婧衣看着孩子张着小嘴，快被勒得无法呼吸，知道再这样下去会让他窒息而死，咬牙含泪放了手，而后以最快的速度冲向对方想要再将孩子夺回来。

可是，她忘了身后还有一个人，那人冰冷的剑刃架上她的脖子的同时，熙熙已经落到了另一个人手中。

"好俊俏的孩子，真是可惜。"

凤婧衣紧张地望着落在对方手里的孩子，咬牙问道："你们到底是什么人？"

"傅家人。"抱着孩子的黑衣人道。

"傅锦凰派你们来的？"凤婧衣道。

那人并未理会她的问话，抱着孩子转身就走，只甩下一句话道："想要见你儿子，就看你自己有没有那个本事找到了。"

"你们胆敢伤他一根头发，我凤婧衣定要你们生不如死！"她眼睁睁地看着哭闹不已的孩子，被那黑衣蒙面的人抱走，咬牙切齿道。

她不是怕架在她脖子上的刀刃，她是怕自己就这样死在这里，会没有人去救他。

夜黑风寒，孩子的哭声越来越远，凤婧衣的心也越沉越冷。

站在她身后，剑架在她脖子上的人见大事已成，下令道："撤！"

然而，就在他下令准备收剑撤退的同时，凤婧衣霍然转身，手中的短刀迅捷如风地划断了他握剑的手上筋脉。

他反应过来正要左手以掌格挡她刺下来的第二刀，凤婧衣也左手狠狠一把抓住他的手，使劲全身力气将他撞倒在地，右手瞬间手起刀落刺穿了他的手臂。

"说，你们抢走我的孩子，到底想干什么？"凤婧衣杀气森然地逼问道。

这些人明明是有机会杀了她的，却没有取性命，反而千方百计地只为带走她的孩子，傅锦凰到底在打什么主意？

与此同时，况青也从后面带着还活着的几人追了上来，其他的几个黑衣人一见救人无望，便齐齐撤进了林子里。

"快追！"况青扬手下令，自己跳下马赶到了凤婧衣边上。

剑尖抵在被凤婧衣压制在地的人脖颈处，只要他敢妄动，立即便可让他当场毙命。

"快说，你们抢走孩子，到底有什么目的？"凤婧衣愤恨地追问道。

那人望着月光下杀气凛然的女子，没想到她的反应会如此迅捷，就那一眨眼的放松警惕就给了她可乘之机反攻。

"我说了也是死，不说也是死，何必便宜了你呢？"那人冷笑道。

"你若是说了，待我救了孩子，还能放你一条生路。"凤婧衣沉声道。

她当然恨不得杀了他，可是现在救回孩子要紧，任何的线索她都不能放过。

"莫说我不知道，就算知道，又怎么会告诉你。"那人冷笑哼道。

他们出任务之前都会服用毒药，如果不能在规定的时间完成回去拿解药，就只有死路一条，所以便是她想放他，现在也来不及了。

凤婧衣含恨咬了咬牙，看他的样子是不肯说话了，一把拔出刺在他手腕上的刀起身道："况青，你们想办法继续问他，不管用什么办法，一定要设法问出来。"

"是。"况青应声道。

凤婧衣收起短刀，翻身上了马道："我先走了，会沿路留下记号，你和太子会合了再来找我。"

既然一时之间不能从这个人口中问出话来，她必须尽快去追带走熙熙的那个人，反正是不能在这里干等下去的。

说罢，策马消失在茫茫夜色之中。

况青扫了一眼自己边上的两人道："你们跟上。"

两人赶紧上了马跟着凤婧衣的方向去了。

况青带着剩余几人到了凌云镇，自己押着那人等着，派人前去北汉的方向禀报前来的萧昱，萧昱接到消息快马赶到了镇上。

"少主！"况青一见人进门，带着几名侍卫扶剑跪地请罪道，"末将等护卫不利，甘愿领罪。"

"阿婧呢？"萧昱急声问道。

"夫人朝掳走孩子的人追去了，要我们留在这里等你会合。"况青垂首回道。

萧昱恨恨地捶了捶桌子，若是自己陪她一同前来，兴许就不会发生这样的事了。

熙熙本就在她身边的日子短，在她自己手里被人掳走，若是有个三长两短，可让她怎么办？

"可查到什么？"

"夫人擒下了其中一人，但我们用尽了办法，也没问出什么线索，只知道是傅家人所为。"况青如实回道。

"傅家？"萧昱深深地拧起了眉头，她是向他提及过自己与傅锦凰之间的恩怨，所以临走之前他才不放心想要陪她前来的，可是她说秘密前来，应当不会有什么意外，哪知对方动作竟这么快。

在她回北汉的必经之路上埋伏，还知道她什么时候接到了孩子，这根本就是一步一步谋划好的……

"太子殿下，况将军，不好了，那个人毒发死了。"一名侍卫匆匆过来禀报道。

萧昱闻言连忙跟着赶了过去，简陋的房间里，被几番拷问的人口吐黑血，已然没有了气息。

"让人处理了。"

况青立即吩咐人将尸体带出去，而后问道："现在怎么办？"

"先与阿婧会合。"萧昱说着，转身快步往外走去。

他现在最担心的，是她。

凤婧衣带人追了一天一夜到了岳州，却还是没有抓住带走熙熙的人，偌大的岳州城，她在城中一条街一条巷子地找，但凡听到孩子的哭声，看到抱孩子的人都上去看，可是那带走熙熙的人进了岳州境内，就仿佛石沉大海般再没有一丝消息。

从天亮找到天黑，天下起了雨，城中行人纷纷回家，她却还是一个人奔波在雨中。

熙熙出生的那天，也是这样下着雨被人带走了，如今又是这样的天气，她又弄丢了他。

一天一夜了，他有没有东西吃，有没有生病，有没有被伤着……一想到这些，她忍不住地落泪，加快了脚步在城中四处寻找。

萧昱快马赶到，远远看到她冒着雨逢人就拉着追问，却又每次都是一脸失望，下马快步迎了过去拉住她，"阿婧！"

凤婧衣无助地望着面前的人，湿淋淋的脸上分不清是雨水还是泪水："熙熙不见了，我把他弄丢了……"

孩子出生那一天，已经是她不敢再回想的噩梦，可是如今她竟然把他弄丢了，眼睁睁地看着别人把他带走了，却无能为力。

萧昱解下身上的斗篷披到她身上，劝道："阿婧，你身上都淋湿了，再这样下去会生病的，我们先到客栈再想办法。"

"不，不，我要找他，我要赶紧找他，他一个人会害怕的……"她慌乱地摇头道。

"可是你这样找也不是办法，我们先到客栈想办法追查。"萧昱擦了擦她脸上的雨水，劝说道。

这大半年好不容易身子才调养好些，若是再生病了怎么办，而且她手上那一大片血迹，只怕还有伤在身。

不知是因为冷还是害怕，她整个人都有些颤抖，看着目光坚定的眼睛似是渐渐冷静了几分，颤抖地点了点头。

萧昱扶着她找到了就近的客栈落脚，进了屋子就赶紧拿了干帕子给她擦了擦脸上的雨水，倒了热水递给她，说道："他们如果是要对孩子不利，当时就会直接对你们母子下手，而不是费尽心思把孩子抢了去，所以熙熙应该暂时还是安全的，只要我们尽快把他找到就行了。"

正说着，况青从外面带了干净衣物进来，道："少主，衣服和伤药拿来了。"

萧昱接了过去，道："你先让人在城里先打听，关于冥王教中人的消息。"

"是。"况青拱手退了下去。

萧昱将衣服交给她，道："阿婧，先去把身上的湿衣服换下来。"

凤婧衣望了望他，还是接了过去，到了屏风后去将身上的湿衣服换了下来，出来看到他还是一身湿淋淋地坐在那里道："你也换了吧。"

萧昱拉着她坐下，撩起她的衣袖，看到手臂上犹还流着血的伤口不由得皱了皱眉："还好，没有伤到筋骨。"

说着，拿了伤药给她细细上了药包扎。

凤婧衣望着眉眼温润的男人，沉默了一阵说道："我在榆城的时候……见到了他。"

她想，这件事她应该告诉他。

萧昱手上的动作一滞，低垂眼睫掩去了眼底的暗涌，他希望不知道，她口中的他是指夏侯彻。

他们，终究还是又见面了。

他快速给她包扎好伤口，放下她的衣袖，起身道："我去换衣服。"

说罢，拿了衣物进了内室，好一阵才换好了出来。

客栈里的人也送了食物过来，萧昱坐下道："你也一天没吃过东西了，先吃饭，我去找况青他们问问看可查到了什么有用的线索。"

"我跟你一起。"凤婧衣起身道。

"你先吃饭，我问好了就回来。"萧昱说罢，先行举步出了门。

凤婧衣怔怔地望着他离去的背影，有些难言的愧疚，第一次开始反思，自己带着那个人的孩子嫁给他，真的是对的吗？

还是，她伤了那个人，同样也伤了他呢。

她答应过要嫁给他，她应该做到的，就如他答应她的每件事，也都做到一样。

可是，她明明知道，他要的不仅是这些而已。

他是她生命中至关重要的人，她依赖他，信任他，她一直以为那就是爱情，可是当她的心遗失在那个人身上之后，她渐渐发现，那似乎不是爱情。

他是她很重要的人，却不是让她为之心动的那一个，而她心动的那一个，却是永远也不能相守的人。

他说会等到她彻底放下那个人，可是她自己都不知道这辈子何时才能放下。

这一辈子，她最不愿伤害的便是他，可偏偏伤他最深的人却也是她……

萧昱回来见她一个人怔怔地坐在那里，饭菜也一口没有动，不由得叹了叹气，给她盛了汤说道："孩子要找，你也得吃饭不是，听况青说之前一直赶路都没顾上吃什么东西，这又是一天一夜不吃饭，这样身体怎么吃得消。"

凤婧衣沉默地拿起了碗筷，一语不发地开始用膳，只是一想到如今还不知在何方的熙熙，不由自主便红了眼眶。

萧昱心疼地望着她，安抚道："附近隐月楼的线人也会尽快过来，总能找到这些人的。"

"傅锦凰恨我入骨，熙熙落到她手里的话……"她声音不由得哽咽起来。

"她这么费尽心思地把孩子带走，应当是别有目的的，想来一时之间还不会对孩子不利。"萧昱道。

凤婧衣恨恨地咬了咬唇，将眼底的泪忍了回去，所有的恩怨都是大人之间的恩怨，可是受牵连的却是她无辜的孩子。

萧昱给她夹了菜，道："先吃饭。"

凤婧衣沉默地低头用着膳，她想向他说，她能不能让那个人帮忙一起找她的孩子。

可是，话到了嘴边，却总是不知该如何开口。

这里是大夏，他们和隐月楼在这里能动用的力量有限，要想找到孩子，根本就是大海捞针，对于大夏来说，就会相对容易一些。

萧昱用完放下了碗筷，起身到了桌案前自己磨了墨，提着笔却半晌没有落笔写一个字。

他抬眼望了望有些失魂落魄的人，深深呼吸还是落了笔，快速写完了收进了信封之中，起身到了门外，叫来了况青道："你们是在榆城见到大夏皇帝的？"

况青略一沉默，还是说了实话："是。"

萧昱沉吟了一阵，伸手将信递了过去，道："你亲自去一趟榆城，说本宫以白璧关为条件，请他相助找回孩子。"

"这……"况青不可置信地望着下令的人。

"如果……如果他还是不肯答应帮忙，就将这封信交给他。"萧昱道，只是这句话却说得异常艰难。

他何尝想在这个时候向那个人相求，可是这毕竟是大夏境内，他们所带的人有限，加之再有大夏军队的人发现了他们身份阻挠的话，那个孩子是怎么也难以找回来的。

他知道夏侯彻一直想要从他手里夺回白璧关，可是以他那样的禀性，也不一定是会答应的，以防万一他还是亲笔写下了这封信，这封关于孩子身世的信。

如果白璧关不足让他出手相助，若是知道被掳走的是他自己的亲生骨肉，他总不至于无动于衷。

这是要冒着他会失去她的危险，可他真的不想再看到那日在观音庙中所见的那个阿婧了，不想再一次看到她恐惧绝望的样子。

"太子殿下，这……"况青看他说话的神情，自然也猜到这封信上所写的是什么了。

"快去吧。"萧昱说罢，转身便离开了，似是生怕自己再后悔一般。

况青咬了咬牙，将信收起迅速出了客栈赶往榆城的方向。

凤婧衣看到回来的人，咬了咬唇，道："萧昱……"

"阿婧，我已经让人送信前去榆城，请夏侯彻帮忙找熙熙，一定能把他找回来的。"萧昱浅然一笑说道。

凤婧衣惊怔地望着他，一想到他方才提笔几番犹豫才落笔的样子："你……"

她难以想象，方才他是以怎样的心境，怎样的决心写下了那封信。

"总归也是他的孩子，他也应该出一份力，不是吗？"萧昱笑意轻浅温柔，伸手握住她微凉的手，低声道，"一切等找到孩子再说吧。"

这么多年了，她一皱眉，一个眼神，他都能猜到她想说什么。

她几番没有开口，他却已经知道她要说什么了。

他也知道，她犹豫背后那份为他而辗转的温柔心思。

凤婧衣凝视着眼前的人，万语千言只道出一句："对不起……"

他带给她的是温柔和爱护，而她带给他的从来只有危险与伤痛，过去如是，现在亦如是。

况青已经走了两天，按脚程算那封信应该已经送到了榆城的人手里。

凤婧衣和萧昱也带着人在岳州境内没日没夜地寻了两天，可依旧没有寻到冥王教的人的踪迹，自然也未曾查到熙熙到底被带往何处了。

从天亮找到天黑，再从天黑找到天亮，可带走熙熙的人再没有出现过。

"喝口水。"萧昱将水囊递给她道。

凤婧衣接过，喝了两口润喉，望着周围，眉宇间却仍旧满是愁绪。

"阿婧，你几天没合眼了，先回客栈休息吧，我再带人继续找。"萧昱看着她眼底遍布的血丝，心疼地劝道。

凤婧衣没有说话，只是沉默地摇了摇头。

孩子一天没有找到，她一天也难以安心合眼休息。

"算算时间，况青应该已经把信送到了。"萧昱喃喃叹道。

这两天，她很不安，他亦是。

他们谁也不知道那封信送到了夏侯彻的手里，后面会是什么样的局面，若非因为现在孩子生死关头，他绝不可能让那个人知道孩子的身世，请求他的相助。

凤婧衣没有说话，握着水囊的手紧张地握紧了几分。

她希望那个人能出现，能帮她救回熙熙，可是不知道自己该如何去面对知晓了这两个孩子身世的夏侯彻。

这两日虽然他们也都在没日没夜地找，但毕竟人手有限，加之这里又是在敌国境内，不敢太过明目张胆引来岳州的官军，所以进展也是微乎其微。

她只能期望那个人能早一点来，岳州境内只要他一声令下的话，就是将岳州翻个底朝天都是轻而易举的事，想必要查到熙熙的行踪，也会更容易一些。

她本想与那个人断得干干净净，可是孩子的到来，又一次相见，熙熙的失踪，再一次将她与他的命运交织在了一起。

曾经，他们都是千方百计地要置对方于死地，谁又曾想爱情会降临在他们之间？大约连他也没想到自己有朝一日会爱上她这个原本自己一心要杀之而后快的仇人，她又何曾料想到自己会对一心想要杀自己的敌人动了心。

明明知道那是玄唐不可共存的敌人，明明知道对他动了心会有负于深爱她的人，她却还是在一步步算计他的同时，也算丢了自己的心。

萧昱见她沉默，伸手握住了她的手，道："我让人送你回去。"

"继续找吧。"凤婧衣回过神来，决然道。

熙熙现在还不知在敌人手里过着什么样的日子，她哪里有心情休息。

若是自己能早些查到傅锦凰，也许就不会发生这样的事，不会让熙熙受这样的罪了。

他是在她手里被人掳走的，她一定要亲自将他找回来。

萧昱知她心中着急，一天不找到孩子，一天也难以安心，叹了叹气便也不再相劝了。

"你再留在这里，丰都那边……"凤婧衣一边走，一边问他道。

她知道他最近一直政务繁忙，来接她回去已经是挤出时间来了，在这里一直耽误着，也不知道丰都朝中已经乱成什么样了。

"先找到孩子再说吧。"萧昱温然笑道。

他当然知道丰都那边急需要他回去，可是就算他不在也还有父皇，这个时候他若是扔下她一个人走了，一旦夏侯彻赶来了，会是什么局面他都不知道。

"我总是给你添麻烦。"凤婧衣苦笑道。

"这不是麻烦。"萧昱笑意温和。

虽然从认识她以来，真的是多了不少的麻烦事，但他从来不觉得是麻烦和负担。

即便是，也算是幸福的麻烦和负担。

然而，此时此刻，赶到榆城送信的况青找到行馆之时，那里已经人去楼空，哪里还有大夏皇帝的踪迹。

原想带着信原路折回，可是细细一想，太子写出这封信的艰难，自也知道这封信的重要。

若非到了万不得已的地步，那个人又何尝想有求于大夏。

于是，只得辗转向榆城的官兵打听夏侯彻一行人的去向，一路追赶而去到了三江城行馆。

"请问，你们大夏皇帝可在这里？"

"去去去，圣驾行踪也是你能打听的。"几名行馆守卫带着人便驱赶他离开。

况青看了看行馆门口的几名黑衣卫，在榆城的时候他就见过是跟着夏侯彻的，他们在这里，想必夏侯彻也是在这里。

可是自己毕竟是北汉人，也不好光天化日地去闯行馆，否则只怕还没把信送到，先死在了黑衣卫的围剿中了。

只得守在行馆外，看能不能遇上大夏皇帝出行，再将信交给他。

可是，等了半日也不见有人出来，直到午后了看到行馆内有人影出来，立即打起了精神上前，不过出来的人却不是夏侯彻，而是丞相原泓。

"原丞相！"况青上前，拱手道，"我奉鸿宣太子殿下旨意，有要事面见你们大夏皇帝。"

原泓正准备上马，扫了一眼说话的人，认出了是自己前几日放走的北汉侍卫中的况青，冷眸微眯道："你们太子，能有什么事要见他？"

"很紧急重要的事。"况青急切地说道。

原泓略一思量，鸿宣太子若非真有急事，也犯不着派人过来，于是道："皇上昨天已经离开三江城了，不在这里。"

"这……"况青一脸为难，好不容易到了这里，竟又没见到人。

那边，可是十万火急等着呢。

"有什么事与本相说也是一样，本相正是要起程去和圣驾会合的。"原泓一脸郑重地说道。

说实话，他倒真的好奇，北汉鸿宣太子能有什么事，找上自己太子妃的前夫。

况青面色为难，可思前想后还是开了口道："我等本是奉命送太子妃到金花谷，接在那里休养的孩子回丰都的，可是回国途中遇到了冥王教的人伏击，孩子被他们给掳走了，可是我们人手不够，所以……希望能得大夏皇帝助一臂之力把孩子找回来。"

原泓好似是听了天大的笑话，笑过之后冷哼道："北汉太子丢了孩子，找大夏的皇帝帮忙找，你们的主子还真拉得下这个脸？"

"我们太子殿下说了，若得大夏相助，愿将白璧关拱手相送。"况青道。

原泓笑意微敛，有些诧异听到的话，当年鸿宣太子费了那么大的功夫才把白璧关夺了去，这些年也一直严加防守，让大夏一直没有机会再夺回来，如今竟然开出这样的条件，还真是大方得很呢。

"条件是很诱人，不过还是回去告诉你们太子殿下白璧关总有一天会再回到大夏手里，但不是你们太子殿下给的，是大夏自己打回来的，他们的儿子是死是活，与我们有何干系？"

"原相，此事务必请夏皇相助！"他说着慌忙掏出带来的信件，说道，"其中缘由，大人看了这封信自然明白。"

原泓冷冷地瞥了他一眼，接过他手中的信，打开低眉扫一眼，眼中瞬间满是震惊："这……这怎么会……"

这两年以来，夏侯彻心灰意冷，对于玄唐那边的消息也甚少关注。

他不想相信这样的事，可这既是鸿宣太子的亲笔书信，天下男人哪个愿意承认自己妻子所生的是别人的孩子，这便由不得他不信。

难怪冥王教的人会对这孩子下手，只怕也是查得了孩子的身世，不知是想利用孩子搞出什么阴谋来。

虽然他讨厌凤婧衣这个女人，也不想大夏将来的储君是她生的，可夏侯彻现在那德行，后宫一直空落，哪里愿意再跟别的女人生下子嗣。

所以这孩子能带回来，大约也就是大夏唯一的皇子了，只是身世这事，送到云台山就说是苏妙风生下的，瞒过朝前那些臣子倒也不是没可能的事。

"原相，事情紧急，还请您能将此信交于夏皇。"况青道。

原泓将信收起放进袖中，道："信我会交给他，你跟我走吧。"

说罢，一拉缰绳策马而去。

况青心想跟着他也是会到岳州的，便也跟着上了马紧随其后。

这个时候，夏侯彻也是追寻冥王教的一行人辗转到了岳州边境，不过一颗心却也莫名放下了不少，这些人如果是冲着她而来，应该不会到岳州来。

毕竟，她要想从大夏回丰都，是绝对不会走到这里来的。

"皇上，他们就在西面山上的一个寨子里，那里以前是聚集了一伙土匪，不过最近好似也入了冥王教内，冥王教中的人过来找他们，只怕是在谋划着什么。"一名探子快马回来禀报道。

夏侯彻冷眼望着西面的山上，沉声问道："原泓什么时候能到？"

"留了人接应，快马明天应该能赶到。"边上一名黑衣卫回话道。

夏侯彻将自己马上的玄铁剑交给边上的黑衣卫，道："去岳州守军的营中，传旨太阳落山前带人马到西面山上与朕剿灭匪徒，至于那些冥王教中人，朕要活捉。"

他要想追查出夏侯渊是不是真到了冥王教内，就必然还要从那些人身上下手，若是那个人真的勾结了冥王教，那将来可就是他的大敌了。

"是。"侍卫接过玄铁剑，打马离开。

大夏境内的各地守将都曾是跟随圣驾出征过的，见皇帝的玄铁剑便如圣驾亲临。

夏侯彻远远眺望着那山上，不知道怎么地，总觉得从榆城开始，自己就仿佛被这伙人牵着鼻子走，每当他追到一个地方，他们就会到下一个地方。

只是这几日，自己因凤婧衣的事心绪不宁，倒也没见得有什么奇怪，现在静下心来细细一想，总觉得有些怪异。

"皇上，这是在附近找进过山的猎户绘的地图，虽然没有那寨子里面的详细地图，但周围的地形都绘了。"一名侍卫将绘图的纸递给他道。

夏侯彻细细看了一遍，问道："那寨子可有后路？"

"这西山上是火山和岩流河，莫说是人，就是鸟兽都不去那里，只要我们的人切断这几条路，就瓮中捉鳖，让他们无路可逃。"

夏侯彻默然点了点头，没有再说话。

夕阳西下，夏侯彻带着黑衣卫及岳州守军摸进了山林里，准备踏平又一个冥王教的秘密分舵。

岳州由穿城而过的一条运河分为东岳城和西岳城，凤婧衣和萧昱一行刚刚从东岳城寻到西岳城这边，刚进了城中没多远，便有一个小孩子跑了过来，拉了拉她的衣袖道："姐姐，姐姐，有人给你这个。"

凤婧衣看着孩子手中拿着信，一把接了过去打开一看，上面写着：要想见你儿子，岳州西山寨。

萧昱立即叫了人带着那送信的孩子，去附近找那个送信过来的人，毕竟这么多天没有消息，这个时候却突然主动告诉他们，其中一定有诈。

他还正说着话，凤婧衣已经上了马，朝着西城的方向狂奔而去。

凤婧衣骑马进了西山，到了西山寨附近便听到漫天的喊杀之声，远远看到大夏的兵马与寨子里的人交战在了一起。

混乱之中，双方谁也顾不上他们这群闯进来的人。

她一把揪住就近的一个寨中人问道："孩子呢，孩子在哪里？"

那人还未来得及回答，便被大夏的一个士兵一剑刺死了，以为她是寨中的帮手，剑锋一转便刺向了她，好在跟在后面的萧昱反应快，一把将她拉开了。

凤婧衣一抬头看到远处一个人影一闪而过，怀中正抱着一个孩子，顿时悲喜交集地推开了拉着她的萧昱，不顾一切地追了过去。

然而，当她看到随之追着那人而出现的熟悉身影时不由得震惊，他怎么会在这里？

他若在榆城接到那封信要赶过来，也不可能这么快的，他似乎是追查冥王教的线索到了榆城的，傅家没有杀她，却将她的孩子掳到了这里，夏侯彻也辗转追查冥王教到了这里……

所有的一切，仿佛都在朝着一个可怕的方向发展着。

她脑子里嗡地一声响，瞬间明白了傅锦凤真正的目的，惊恐万状地朝着夏侯彻追人的方向狂奔而去，一边跑一边使着全身的力气叫着他。

"夏侯彻！夏侯彻！"

可是，漫天的厮杀声，惨叫声，轻易便淹没了她的呼喊。

"阿婧。"萧昱叫她，前面的人却仿佛什么也听不见一般，他只得赶紧追了过去。

可是，任凭她费尽力气追到了后山，却也只眼睁睁地看着那掳走她孩子的人被夏侯彻打落断崖，连带着他怀中所抱的孩子。

她最不想看到的一幕，终究还是发生在了她的眼前。

她日夜苦苦寻觅的孩子，就这样死在了她的面前，死在了他亲生父亲的手里。

"不！"

凤婧衣惊叫着狂奔而去，也不顾前方是断崖，只想抓住那个人，救回他所抱着的孩子。

夏侯彻听到声音扭头，不可置信看着迎面飞奔而来的人，那一刻她的目光是他此生都难忘的惊痛。

她风一般与他擦身而过，扑向了崖边抓住了那个刚刚被他一掌击落断崖的人。

他立即回过神来，一把抓住跟着扑下去的她，紧追而至的萧昱一见，也顾不上是敌是友，一把抓住了夏侯彻的脚，这才拉住了下坠的几人。

夏侯彻低头望了望自己拉住的人，一颗心才稍稍安定下来。

一抬头，看清拉住自己的人不由得震了震。

他们两个，怎么会在这里？

崖下的暗红岩浆翻滚着，带着吞噬一切的可怕力量，凤婧衣惊恐地望向自己拉住的人，孩子的哭声让她难过得肝肠寸断，哽咽而颤抖地道："你别放手，别放开他，我救你们上来，我救你们上来……"

最下方抱着孩子的人抬头望向她,丝毫没有面对死亡的恐惧,冷然一笑道:"看来,你还真的怕你的儿子会死啊。"

"你别放手,你想要什么,你想干什么,我都答应你,你别放开他,我求你别放开他……"凤婧衣惊骇地乞求道。

那人低头瞧了瞧怀中哭泣不止的孩子,感叹道:"这么俊俏的孩子,估计下个月都会学着说话了吧,真是可惜了。"

"你不许放手,不许放手,傅锦凰要的无非是我的命,我给她,我全都给她,你把孩子还给我……"凤婧衣惊惶地叫道。

"你死有什么,我家主子不要你的命,就要这孩子的命。"那人仰头望她,冷笑说道,"费尽心思才给你安排了这一出好戏,看得可还满意?"

这样眼睁睁地看着自己的亲生骨肉,死在他的亲生父亲手里,比起死亡,这才更折磨人。

"你不想死就别放开他,我什么都答应,你别放开他……"凤婧衣几近崩溃地乞求道。

然而,那个人根本就没有求生的意思:"我本就没想过要活着回去,自然也没想过要把你儿子活着还给你。"

萧昱一个人在上面,要拉住三个大人一个孩子,哪里是轻松的事,咬牙冲着下方的夏侯彻道:"快拉他们上来!"

那个人根本就不想活,再晚了只怕他就真的把孩子扔下去了。

夏侯彻虽然心中千头万绪纷乱如麻,但还是咬着牙准备将他们给拉上来。

然而,最下方抱着孩子的人却残忍地笑了笑,道:"你们这么多人给他送行,也不枉这孩子来这世上走一遭了。"

"你不准放手,不准放!"凤婧衣嘶哑着声音哭着叫道。

然而,那个人却还是松开了抱着孩子的手,看着小小的孩子掉在下面翻涌的岩浆里,化得灰烬不剩,得意地狂笑出声。

凤婧衣也同时松开了拉着那人的手,想要扑下去,却被上面的两人狠狠拉了上去,刚一落地便连滚带爬地扑到崖边。

萧昱一把抱住了她,阻止了她想再一次扑下去。

"熙熙,熙熙还在下面……"凤婧衣凄厉地哭叫,想要下去救孩子,却被萧昱死死地给抱住了。

夏侯彻倒在崖边,缓缓地爬着站起身,惊惶地看着绝望而无力哭泣着的人,周围热气灼人,他却感觉自己仿佛在冰天雪地里一般寒冷入骨。

那是……她的孩子?

他……刚刚杀了她的儿子。

他站在崖边看着下方翻涌的岩浆，掉下去的孩子恐怕早已化得尸骨无存，而他……就是那个凶手。

　　此时此刻，他最爱的女人哭倒在另一个男人的怀中，他却连伸出手的勇气都没有了。

　　夕阳落下，无边的黑暗渐渐笼罩天地，仿佛永远也不会再有光明。

　　"皇上，寨中乱匪皆已伏诛。"黑衣卫和岳州守将带着人见他许久没有出现，便打着火把寻了过来。

　　夏侯彻没有说话，也仿佛没有听到他们说的话，只是怔怔地站在那里望着几步之外绝望含恨的女子。

　　他心痛，为她的心痛而心痛。

　　可是，此刻的他却并不知，她所承受的痛，是远远超乎他所想的痛与恨。

　　"凤婧衣……"他走近了两步，轻轻出声唤她。

　　凤婧衣闻声缓缓转过头来，含泪望向说话的人，眼底弥漫着深沉的痛楚和悲哀："你为什么要杀他，他还那么小，那是我的儿子，也是……"

　　她话未说完，口中便呕出血来。

　　"阿婧，阿婧……"萧昱紧张地擦了擦她嘴边溢出的血，一咬牙出手点了她的穴，一把将人抱起准备离开，与夏侯彻擦肩而过之时停下了脚步："夏侯彻，你放过她吧。"

　　为了两个孩子，她已经受了太多的苦，如今……却又落到了这个地步。

　　说罢，他抱着凤婧衣离开下了山。

　　黑衣卫等人紧张地望着夏侯彻的背影，他没有下令擒拿，只得放行让他们下了山。

　　夏侯彻独自一人站在了原地望着崖下不断涌动的暗红色的岩浆，那里埋葬了她的孩子，也埋葬了他的爱情。

　　这一生，无论他再怎么争，再怎么想挽回，她也不可能再回来了。

　　天黑到天亮，他依旧还站在那里，不动，不说话，恍若已经凝成了一座石雕。

　　原泓带着况青赶到了岳州，一个先去了客栈复命，一个便接到消息赶到了西山寨上。

　　"这闹什么呢？"他远远看到一动不动不知站了多久的人，朝一名黑衣卫问道。

　　"原大人，你快去劝劝皇上，从昨天晚上到现在就一直站在那里。"黑衣卫首领如实说道。

　　"从昨天晚上？"原泓挑了挑眉，他还真是够可以的。

　　"昨天，北汉鸿宣太子和太子妃也来了这里，好像是……孩子被皇上打得掉到崖下死了……"黑衣卫低声禀报道。

　　"孩子死了？"原泓大惊失色。

　　"皇上追那个冥王教的人到了这里，哪曾想他带的会是鸿宣太子的儿子，孩子掉到那崖下去了，只怕连尸骨都不剩。"

　　"他们说什么了？"原泓紧张地问道。

莫不是，他已经知道那是自己的亲生骨肉了？

"好像也没说什么，孩子没救上来，北汉太子妃急火攻心吐血被鸿宣太子带下山了，然后皇上就一直一个人站在那里。"黑衣卫说着，不由得叹了叹气。

北汉与大夏原本就是水火不容，如今鸿宣太子的儿子死在他们大夏皇帝的手里，这仇可就真的结大了。

原泓一时间有些慌乱，到底还是晚来了一步，不过看夏侯彻现在的样子，似乎还不知道那个孩子是自己的亲生骨肉，否则不会是这个样子。

他紧紧攥着手中的那封信，一时间有些不知该不该交给他。

这个人一直想让凤婧衣生下他的孩子，如今若是让他知道，自己亲手杀了自己的亲生骨肉，那简直比杀了他还残忍。

思前想后良久，原泓才举步走上前去："你还准备在这里站多久？"

夏侯彻没有说话，似是回过神来了，缓缓蹲下身拾起地上的长命锁，锁上镶着宝玉，他记得是昨天与那人交手之时，从孩子身上掉下来的。

只是，昨晚光线阴暗，他并不曾看见。

"此事是有人故意安排所致，你也并非有心要置那孩子于死地。"原泓劝道。

如今仔细想来，只怕从他们在盛京得到关于冥王教的消息开始都是别人一步一步设计好的圈套，而最终的目的就是让夏侯彻亲手杀了自己的亲生儿子。

夏侯彻擦去长命锁上的泥土，紧紧握在手中道："是傅家的人干的，故意要朕杀了那个孩子，与北汉和玄唐积怨更深。"

原泓沉默地望着他的背影，不忍告诉他对方的目的，远比他所想的更加残忍。

"你打算怎么办？"

"就算掘地三尺，朕也要把傅家的人揪出来。"夏侯彻咬牙切齿地说道。

原泓攥着袖子里的那封信，手都沁出了冷汗，却尽量平静了下来，说道："鸿宣太子派了人找到我，说是愿以白璧关相换请咱们帮忙找这个孩子的，如今……"

此事，即便他不说，当时在三江城见过况青的黑衣卫也会向他禀报，索性他自己先说出来。

不过，那封关于死去孩子身世的秘信，他却没有拿出来，也没有提只言片语。

既然他现在不知道，索性这一辈子也别知道了。

这天下，还有什么比弑杀亲子更残忍的悲剧。

夏侯彻闻言一震，眼底蔓延出无尽的悲戚，他们要他帮忙找回孩子，到头来……却是他亲手杀了那个孩子。

"他们现在……还在岳州吗？"

"在西岳城的一家客栈里。"原泓说道。

"你先带人到驿馆等着吧，朕办完事再去与你会合。"夏侯彻道。

"还是我跟你一道过去吧。"原泓道。

他要办的事,想来也是去客栈见凤婧衣那女人吧,万一言语之间对方说出了那个孩子的身世,那该如何是好?

"不必。"夏侯彻说罢,独自转身先行下了山去。

原泓没有再跟下去,侧头望向崖下灼人的岩浆,一扬手将手中的信扔了出去,薄薄的信封在风中几番旋转飘摇,落入了岩浆之中化为灰烬。

清晨的阳光照耀在岳州城,来来往往的行人也多了,可是客栈一片沉寂的房间内却仿佛隔绝这个世界所有的繁华与热闹。

萧昱坐在床前,看着沉睡中眼角也不断滑出泪的人,揪心不已。

她已经好多天没合过眼了,既然事情已经发生了,怎么做都是无可挽回了。

若让她再醒着面对这样的悲剧,只会让她痛苦崩溃,所以他点了她的穴,能让她睡一觉,哪怕她睡得并不够安稳。

"太子殿下,有人在客栈外面。"况青进来禀报道。

萧昱沉默着没有说话,但也猜测到了来的人是谁,望了望床上眉头深锁的人,搁下手中的药碗起了身。

"他在外面站了已经一个时辰,但也没有要进来的样子。"况青如实说道。

"你在这里守着,我出去看看。"萧昱说着,下楼而去。

夏侯彻紧紧握着手中的长命锁,站在客栈外却始终想不出在发生了这一切之后,他该怎么去见她。

"你还来干什么?"萧昱站在门口,面目冷然地望着来人道。

夏侯彻沉吟了一阵,道:"朕来见她。"

萧昱也知,此事是被人所陷害,可如今还有什么用?

"进来吧。"

夏侯彻怔了怔,举步跟着进了客栈,两人上了二楼,到了靠窗的雅室坐下,因着客栈被包了下了,所以并未再有其他的客人,显得格外清净。

萧昱沏了两杯茶,一杯放到夏侯彻面前,一杯留给自己。

"她已经好些天没合眼了,现在刚睡着。"

可即便醒了,让她再面对他,只会让她更加痛苦。

"朕并非有意要杀那个孩子。"夏侯彻道。

如果他早知道那是她的孩子,他绝对不会下手的,可现在说什么也晚了。

萧昱望着坐在自己面前的人,看着他神色之间有些愧色,却并未有其他的情绪,便也猜测到那封信还未到他的手里。

况青回来说,信是交到了原泓手里,想来那个人知道了孩子的事,并未将信交给他。

不过现在,他知不知道,都已经不再重要了。

夏侯彻伸手,将一直攥在手里的长命锁放到了桌上,说道:"这是我在断崖上捡到的,从孩子身上掉下来的。"

萧昱伸手拿了过去,低眉摩挲着,喃喃说道:"孩子出生的时候,我未赶到生产之前回去,她难产都去了半条命,这个孩子生下来就体弱多病,不到一个月就送到了金花谷调养,最近才准备接回去的,现在……他是永远也回不去了。"

他没透露孩子的身世,只是告诉他,这两个孩子的存在。

夏侯彻紧抿着薄唇,心中不由自主地生出嫉妒,却不知坐在对面的人也在嫉妒着他。

"事已至此,朕无话可说,不过朕一定会让傅家付出代价。"

萧昱望着手中的长命锁,冷嘲地笑了笑:"便是杀了他们,又有什么用呢。"

"朕要起程回京了,这件事总有一天会给你们一个交代。"夏侯彻说着,起身准备离去。

"不送。"萧昱漠然说道。

他是真的很痛恨此刻他说话这般轻松的姿态,而阿婧却一个人承受痛苦绝望,他甚至想说出那个孩子的身世,让他也尝尝阿婧此刻的心痛。

可是,他终究忍了下来。

夏侯彻一步一步地下了楼,出了客栈回头望了望,虽然他想自己能在她身边,但如今的他在她身边,只会折磨她吧。

事已至此,他说再多也是无用的,这个仇他要找傅家和冥王教的人讨回来,也要替她讨回来。

只是,他不知道,这一别自己此生还有没有机会再与她相见了。

整整两天,凤婧衣都在昏昏沉沉的梦境中,她耳边总是会听到孩子的哭声,可是她怎么努力去找,却怎么也找不到熙熙在哪里。

只有孩子痛苦的哭声,一遍一遍地在耳边,响得她心都在滴血。

"熙熙!"她惊叫着坐起身,从噩梦中惊醒过来。

萧昱坐在床边,心疼地看着她含泪的眼睛,唤道:"阿婧……"

"熙熙呢,他在哪里?他在哪里?"凤婧衣慌乱地说着,一掀被子便要下床去找。

"阿婧,熙熙不在了。"萧昱抱住她,哽咽地说出那个残忍的事实。

凤婧衣惊惶地摇头,眼底的泪夺眶而下:"不是的,我刚刚还听到他在哭,我刚刚还听到的,他还在附近,他一定还在附近……"

"没有,他没有在附近,阿婧……"

凤婧衣僵硬下来,这才发现周围死寂一片,根本就没有孩子的哭声。

萧昱咬了咬牙,伸手将长命锁交到她的手里,说道:"这是熙熙的长命锁,夏侯彻在西山寨捡到送过来的。"

凤婧衣惊恐地望着他，颤抖地握住手中冰凉的长命锁，缓缓忆起了西山寨发生的一幕幕……

她的孩子，就在那里死在了他亲生父亲的手里，尸骨无存。

"是我害死了他，是我害死了他啊……"

难道，自己瞒着那个人将孩子留在身边，真的是错了吗？

萧昱心疼地将她紧紧拥入怀中，安抚道："阿婧，不是你的错，你已经很努力在保护他了。"

他相信，孩子被掳走之时，她是真的不惜一切去保护了，只是情势所逼，她不得不放了手，要怪只能怪背后用心险恶设计这一切的幕后凶手。

她对熙熙，本就照顾得少，便也牵挂得多，如今母子重逢才短短几日便成永别，这让她如何接受得了。

凤婧衣紧紧握着手中的长命锁，一想到那一幕幕的画面，满心都是撕裂的痛楚。

"阿婧，瑞瑞还在等着你回去。"萧昱温声道。

所幸，还有一个瑞瑞。

凤婧衣从他怀中起身，抹了抹脸上的泪痕，道："我想去西山寨看看。"

"阿婧……"萧昱实在不忍心，让她再去那个让人伤心的地方。

"即便是要走，我也该去看看。"凤婧衣哽咽道。

她不能再这样一直消沉痛心下去，那样就真的如了傅锦凰的意了，她一定要把她揪出来，亲手把她找出来，为她所做的一切付出代价。

"你先把药喝了，吃些东西，我让人准备一下就过去。"萧昱抬手拭去她脸上的泪痕，说道。

凤婧衣默然点了点头，接过他端来的药碗，木然地喝下了满碗苦涩的药汁，端起粥一口一口地吃着，吃不出是什么味道，只是机械一般地往自己嘴里喂着。

萧昱起身，让人准备了一些祭拜用的东西，再回到房内时，凤婧衣已经自己下床穿戴好了，回头望向他道："走吧。"

两人出了客栈，上了马车，萧昱开口道："夏侯彻昨天把长命锁送过来就走了，说会找到傅家的人给你一个交代，不过，他应该还不知道孩子的身世。"

凤婧衣静静望着手里的长命锁，喃喃道："或许这就是天意，现在他知不知道，都不重要了。"

"况青是将信送到原泓手里的，他应该没有交给他。"萧昱坦言道。

"现在，不要再提他好吗？"凤婧衣低声道。

她不想再听到那个人的名字，起码现在不想，一听到她就忍不住会想起西山寨的一切，想起她的熙熙是怎么死在他手里的。

萧昱沉默地握住了她的手,没有再说话。

马车到了西山下,两人徒步上了山,西山寨当日的死尸都已经被人处理干净,但地上一块一块被血浸过的痕迹还残留着,空气中都还带着血腥发臭的难闻气味。

凤婧衣径自寻到山寨最后的崖边,一扬手将篮子里的纸钱撒了下去,白色的冥钱漫天飘飞,独立在崖边的人背影看起来更显悲凄。

她看着看着,颤抖的手一松,装着冥钱的篮子便滚落到了崖下,她脚一软瘫坐在了地上,悲痛地掩面而泣。

下面那么烫,那么灼人,他掉下去的时候,该有多痛,该有多害怕。

萧昱看得揪心,上前扶住她,可是这个时候什么安慰的话也都无济于事,他只能默默地陪着她,陪着她走出这段伤痛。

过了许久,凤婧衣强迫自己慢慢冷静下来,望着崖下暗红涌动的岩浆,说道:"我们是不是该回去了。"

"嗯。"萧昱应声道。

但关于政务上的麻烦,却并没有向她提起只字片语。

"你跟我在这里已经耽误好多天了,你先回丰都吧,我想先去一趟金陵。"凤婧衣道。

她不想把这件事往凤景身上想,可是她来大夏的这条线路是隐月楼安排的,隐月楼的人现在也听他的安排,再一想孩子出生之时他的所作所为,她不得不做此猜想。

萧昱沉吟了片刻,道:"前天收到墨嫣的消息,说是在金陵发现了傅锦凰的踪迹,只是她晚了一步没有追到人。"

关于傅锦凰曾出入在凤景身边的事,他却不忍点明。

凤婧衣痛苦咬牙,这就是傅锦凰要的,让她眼看着自己的儿子死在他亲生父亲的手里,而这一切的帮凶却又是她的亲弟弟,所以她不让人刺杀她,是要她饱尝这种生不如死的滋味儿。

"我们先回丰都,回头我再陪你一起回去吧。"萧昱劝道。

她这样一个人回去,他实在不放心。

他当然知道此刻她想到的是什么,也怪自己当初明明看出凤景并未知错,若那时他好好劝了他,也许就不会发生这样的事了。

孩子出生之时,凤景擅自带走两个孩子,已经伤透了她的心,如今更与傅家一起做出这样的事来……

她最疼爱的亲弟弟,竟与她的仇人一起害死她的亲生骨肉,这要她怎么办?

"不用了,我想自己回去,这是我们自己的家事,让我自己去吧。"凤婧衣疲惫不堪地说道。

萧昱无奈叹了叹气,道:"我送你到玄唐边境内,让墨嫣派人接应你回去。"

凤婧衣没有说话，此刻也没有心思再想其他，算是默认了他的安排。

一行人下了山，还未出岳州境内，况青便追上来禀报道："太子殿下，后面一直有几个人鬼鬼祟祟地跟着。"

萧昱望了望凤婧衣，道："我们加快行程看看，寻机截下他们。"

凤婧衣没有说话，只是默然点了点头。

一行人快马加鞭出了岳州边境，但一路上后面的人总是不远不近地跟着，萧昱吩咐人先行藏进了树林之中，后面一行人追过来见没了人，便停在了原地四下寻找。

萧昱等人趁机从周围合围，问道："一路跟着我们，到底想干什么？"

对方知道行迹已经暴露，便也不再隐瞒，为首一人拱手道："我等并无恶意，奉皇上之命护送你们离开大夏境内。"

况青仔细瞧了瞧，低声道："是大夏皇帝身边的黑衣卫。"

凤婧衣没有吱声，一掉马头先行走开了，只是眼眶止不住地阵阵酸涩难言。

"代本宫和太子妃谢过你们皇上好意，我们自己回去即可，你们不必相送了。"萧昱道。

他要送的，无非是她而已。

可还有他在，不需要他的人再来护送了。

"我等也是皇命在身，请鸿宣太子不要太过为难我等，我们送到大夏边境自然会返回的。"为首的一名便服黑衣卫道。

圣上离开岳州之时留下他下了圣旨，要他们暗中护送他们一行人离开，如今被他们发现了行踪，也是没有办法的事。

"那你们自便吧。"萧昱说罢，带着况青等人跟上一马在前的凤婧衣离去。

黑衣卫等人只是不远不近跟在后面，没有上前去跟他们一行人交谈说话，一直将他们送出了大夏边境才折返，准备回去复命。

而此刻，自岳州离开的夏侯彻一行又一次回到了榆城，还是那家行馆，还是那个房间。

夏侯彻默然坐在那里，望着那把空荡荡的椅子怔怔出神，明明就在几日之前她还坐在那里，还在他一伸手就能触到的地方，谁知道一转眼竟就成这样的局面。

如果那时候，他留下了她，不择手段地留下了她，也许就不会有岳州的悲剧，不会有她那样的绝望，不会有他此刻这般的心痛无奈。

原泓进来看他坐在那里有些发呆，目光平静而寂寥，让人看着有些心疼。

这也不由得让他为自己隐瞒那封信的事感到有些心虚，不过好在那人没有看到自己，倒也很快掩饰得了无痕迹，进门寻了椅子坐下，说道："傅家和楚王都在冥王教，咱们不可小觑。"

夏侯彻回过神来，沉吟了半响，说道："你去一趟容弈那里，跟他一起查一查那孩子出生以来，玄唐的可疑迹象。"

若是，自己早些注意到玄唐那边的动静，也许就会发现什么，也许就不会这样被人算计了。

可是现在，一切都晚了。

萧昱说得对，即便他找到了傅家的人，即便他将他们都杀了，那个孩子也活不过来了。

原泓端着茶盏，掩去自己一瞬闪烁的目光，道："你要查什么？"

"这件事，只怕玄唐或者北汉有冥王教的人，或是有着他们的眼线，否则不可能算计得这么准。"夏侯彻敛目，疲惫地说道。

对方派人将他一步一步诱到了岳州的西山寨，也将他们一步一步引到了那里，让她亲眼看到了那一切，看到他杀了他们的孩子。

可是，她既然是到大夏境内，势必一定是隐藏行踪而来的，所以能安排这一切的人，必然对她要走的路线和时间都了若指掌，若非是她身边熟悉的人，不会知道得这么清楚。

"好，我明天就起程去。"原泓心中暗自松了口气，还以为他是怀疑了什么呢。

"还有北汉那边，派人过去盯紧点。"夏侯彻沉声道。

不知道为什么，他总觉得萧昱的反应有些别扭和奇怪。

若是他的儿子死了，他定是恨不得与仇人拼了命去，可是那个人当时有冷漠，有愤怒，却并没有那么做，是他真的太稳重，还是别的什么，总觉得有些不对劲。

"好。"原泓说罢，搁下茶杯起身道，"我交代些事情，一会儿就起程。"

一出了门，不由得抚着心口松了口气，在这个人面前说谎还真是个需要胆量的事儿，真不知道凤婧衣那女人那三年哪来那么大的胆子，朝夕相处竟然骗了他三年。

金陵，雕梁画栋，金碧辉煌的皇宫冷清得吓人。

上清殿内，百官早朝，有大臣正禀报着事情，禀报之后却半晌不见圣意裁决，抬头一看龙椅之上的人有些神情恍惚的样子，仿佛并未听到他所说的话。

"皇上？"

凤景回过神来，道："何事？"

"水患之事，微臣所奏，请皇上恩准。"

"准了，你看着办吧，没什么重要的事就退朝吧。"凤景有些烦躁地说道。

太监高声宣道："退朝！"

众大臣闻言相互望了望，窃窃私语。

最近皇上不知是怎么了，上朝也好，召见大臣也好，总是一副心不在焉的样子。

凤景出了上清殿，便前往勤政殿而去，可是对着一桌子堆积如山的折子，却还是满心烦躁不安。

"墨嫣姑娘呢？"

"回皇上，墨姑娘这几日不在，也没说去哪里了。"总管太监回话道。

凤景烦躁地打开折子，却是一个字也看不进去，已经这么多天了，到底发生了什么，他也不知道。

那个傅先生也从金陵消失得无影无踪，怎么找也找不到了。

一向不怎么多话的墨嫣，那日也不顾君臣关系冲他发了火，说他会害死皇姐的。

可是，他真的并没有想要害皇姐，他只是不想她再跟大夏有牵扯，只是想她跟夏侯彻能断得干干净净，如此而已。

他正想着，外面的宫人急忙进来说道："皇上，长公主回来了……"

凤景扶着桌子站起身，刚绕过书案，外面的人已经如风一般地卷了进来，冲到了他的面前。

"皇姐，你……"话还未说完，一记响亮的耳光狠狠地抽在了他的脸上，顿时间满口都是血腥味。

"你现在满意了？我的儿子死在他亲生父亲的手里，死在我眼前，尸骨无存，你现在满意了？"凤婧衣血丝遍布的眼睛，泪光闪动，望着眼前的人，有恨，更有痛。

她从没想过，有朝一日伤她害她的人，会是她身边最亲的人。

一时间，勤政殿内的人都被突如其来的一幕给震住了。

凤景被打得偏着头，嘴角溢出血迹，道："你们都下去。"

宫人齐齐低着头，退出了殿外。

凤婧衣胸腔剧烈地起伏着，咬牙望着面前的人，她从没有打过他，这是她第一次动手打他。

凤景抬手拭去了嘴角的血迹，抬眼望着怒意沉沉的她，道："若是不解恨，你可以再打。"

他知道她会回来，也知道她会很生气地回来，甚至想过她会恨不得杀了他。

所以，无论现在她想做什么，他都愿意承受。

他害死了她的儿子，总要付出些代价的。

凤婧衣不可置信地望着他，刷地一下抬起手，却半晌也没有打下手去。

"你以为，你挨这几下就能抵他的命了吗？"

他没有知错，他也并没有因为害死熙熙而心生愧疚，他只是觉得自己惹她生气了，被她打也是应该的。

她不明白，他为什么会变成这个样子。

凤景看着她死寂如灰的目光有些震惊，喃喃问道："阿姐，你在恨我？"

"我不该恨你吗？"她瞪着满是血丝的眼睛，一字一句道，"我从来没想过，我这么多年养育爱护的亲弟弟会在我的心上一次又一次地扎刀子，我从来没想过会是你，可偏偏就是你。"

这么多年，她被很多仇人敌人算计过，可从来也没有这一次这般痛不欲生。

"你就那么舍不得夏侯彻的儿子，你这样留着他们，是不是还想着有朝一日抛弃玄唐，抛弃萧大哥，再跟夏侯彻双宿双飞？"凤景愤怒地问出了一直压在心头的问题。

她这么舍不下那个孽种，难道不是对夏侯彻念念不忘吗？

"你就那么容不下他们？那么容不下我？竟然要跟傅锦凰一起算计我？"凤婧衣痛心不已地质问道。

"我只是不想你跟大夏再有任何瓜葛，如此而已。"凤景道。

"所以你就要千方百计置两个孩子于死地，他们到底做错了什么，你一次又一次地要他们死？"凤婧衣咬牙道。

"他们没有做错任何事，错就错在他们是夏侯彻的孽种，他们身上流了大夏人的血！"凤景决然说道。

凤婧衣泪流满面地望着他，歇斯底里地吼道："可你折磨的不是他，是我，是你阿姐，我的亲生儿子被人陷害死在他亲生父亲的手里，而这一切的帮凶就是你，就是我的亲弟弟。"

"阿姐……"凤景有些愧疚地望着她。

"不要再叫我阿姐，你若真将我当你的姐姐，你不会如此自私，你不会为达到你想要的目的，就这样往我的心上捅刀子，但凡你有一丝一毫为我设想过，就不会做出这样的事。"凤婧衣万念俱灰，怔怔地望着他说道，"凤景，你残忍得让我害怕。"

"阿姐……"凤景伸手去扶她，却被她避如蛇蝎一般避开了。

"他们是我的孩子，是我怀胎十月生下的骨肉，你可以恨他们，你们所有人都可以恨他们，但我无法不爱他们。"凤婧衣抬手抹去脸上的泪痕，决绝道，"你既容不下他们，从此以后，我不再是玄唐长公主，也不再是你的皇姐，我和孩子也不再与你和玄唐有任何瓜葛，如此你该满意了。"

熙熙已经不在了，她不知道哪一天，他还会对瑞瑞下手。

"阿姐。"凤景扑通一声跪在她的脚边，抓着她的衣袖乞求道，"阿姐我错了，你不要说这样的话，我在这世上只有你一个亲人了，你不能不要我。"

凤婧衣木然地望着一边，眼泪却止不住地滚落。

"对你，对玄唐，我能做的，都已经做了，以后就让我清净一点吧。"

"阿姐，我错了，我真的错了，你不要丢下我……"凤景泣声道。

凤婧衣梗着脖子，没有低头去看他，只是说道："你是怎么招惹上傅锦凰的我不知道，也不想知道了，但她时时刻刻都想要我的命，你再与她牵扯，将来死都不知道怎么死的。"

"我知道了，我不会再找她，不会再跟她有任何关系，阿姐，我听你的话，我都听你的话，你不要走……"凤景哭得泣不成声，无助得像个孩子。

第四十六章　绝世之痛

他没有想过，自己有一天会和阿姐变成这个样子，他从来没有想过。

凤婧衣敛目深深吸了口气，躬身扶起他，说道："在我有生之年，玄唐若有难处，我依然会帮你，但是……我不再是你的阿姐了。"

她说罢，快步与他擦肩而过离去。

"阿姐！阿姐！"凤景哭着追了出去，却看到她一步也不愿多留地离开了。

他追出宫门之时，她已经上了马扬长而去，头也不回。

凤景孤身站在金碧辉煌的宫门下，怔怔望着她离开的方向，这么多年不管发生了什么，阿姐从来没有真正生过他的气，也从来没有真正将他弃之不顾。

这一次，她却是这样头也不回地离开了。

他只是想，所有的一切都回到当初的模样，为什么一切却总是朝着相反的方向发展着。

皇姐和萧大哥越来越远了，和他也越来越远了，到底是他们变了，还是他变了。

凤婧衣直接快马奔出了金陵城，虽是说出了那般绝情的话，她却依旧忍不住地痛心落泪，为那无辜死去的孩子，为凤景这般可怕的改变。

墨嫣追上她，勒马停下问道："接下来准备怎么办？"

凤婧衣摇了摇头，道："我想先回丰都。"

她想见瑞瑞，其实离开不过数天的工夫，她却感觉自己已经离开他好久好久了。

"是我的疏忽，如果早发现傅家人在玄唐境内，也许就……"墨嫣自责地说道。

明明之前凤婧衣就已经来信一再叮嘱她要注意冥王教人的动静，可她竟然连傅锦凰藏在金陵都不曾发现，才酿出这样大的祸事。

"算了，都过去了，你先继续留在玄唐吧，以防他们再有别的目的，有什么事直接让人向我和公子宸汇报吧，凤景太年轻气盛，有些事不适合让他再参与。"凤婧衣道。

墨嫣点了点头，道："我会吩咐下去，但凡他下的命令，会让人知会我一声。"

他们从没想过要防备着他，可是如今出了这样的事，她却不得不有所防范，以免他再做出别的事来。

"你做事有分寸，我放心。"凤婧衣道。

"我安排人送你回去。"墨嫣道。

傅锦凰已经出现了，难保不会再对她下手，提防着总是没错的。

凤婧衣点了点头，又道："你让人注意些白笑离，看能不能尽快找到她，若是找到她，我们对冥王教就能知道得更多了。"

"好。"墨嫣说着，朝着远处等着的一行人招了招手，叫他们过来护送凤婧衣回丰都去。

凤婧衣回头望了望金陵城，心情沉重难言。

"这些人，你带过去就留在身边吧，虽说鸿宣太子也有派人保卫，但留些自己人在身边总是没错的，这些人虽不比青湮和沐烟那般身手，但也是隐月楼得力的高手，就算你不需要，也得留着保护瑞瑞。"墨嫣说道。

"好。"凤婧衣勉强扯出一丝笑意，说道，"我走了。"

说罢，一扬鞭带着人沿着官道，纵马飞驰而去。

大夏凤阳城，与玄唐玉霞关遥遥相对，由军师容弈带领兵马镇守。

虽说是挂着南方兵马大元帅的名头，可这日子却是过得比谁都悠闲，别的守将吧好歹每天还装模作样地去巡个关巡个城什么的，可是他在这里却是每天睡到自然醒，没事出去骑个马，过得比神仙还悠闲。

原泓奉命自榆城赶到凤阳，到了容弈的临时府第，管事却来禀报道："原大人，你先到前厅稍候，我家大人还没起呢！"

"还没起，他睡死了？"原泓一听就火大了，他一天鞍前马后，起早贪黑地忙碌，他在这里却一天过得比谁都悠闲。

于是，二话不说，也不顾管事的阻拦，直接冲进了人家寝房去。

"姓容的，你给我起来。"

容弈被人从梦中吵醒，一脸阴沉地瞪着冲进来的不速之客："原大人，你这乱闯人寝居的毛病，什么时候能改了？"

"你一个大男人，我闯了又能怎么样，又没什么见不得人的，你若是真藏个女人，我一定不闯了。"原泓大剌剌地坐下，完全没有身为客人的自觉。

容弈被吵醒了，知道也没法再睡了，沉着脸起床更衣洗漱，可是原泓就在边上喋喋不休地抱怨数落自己在盛京过的是什么样的日子。

"你大老远地跑过来，就是为了跟我诉苦的？"容弈洗了脸，没好气地瞪眼问道。

原泓这才想起来，此行要办的正事，连忙说道："皇帝老大要我来查一查玄唐长公主回国之后，玄唐的一些异动。"

容弈目光微沉，沉吟了片刻问道："你们知道什么了？"

"玄唐长公主的儿子前几天死了，嗯，准确点应该说是，皇帝老大的儿子死了，还是死在他自己手里的，不过这件事我没有告诉他，估计他是有什么疑心的，才让我过来查玄唐的事。"原泓坦言说道。

"谁告诉你，那是他的儿子？"容弈惊声问道。

此事，他虽然一直有怀疑，但也没有确切的证据。

"鸿宣太子亲口承认的，当时孩子被冥王教的人掳走了，他让人送信来请皇上帮忙寻找，写了那封信，说是孩子是皇帝老大的，哪个男人愿意承认自己被戴了绿帽子，媳妇儿生的儿子还是别人的，所以当然是真的。"原泓说着，又不由得叹了叹气，"可是傅家的人太狡猾了，我带着信赶去的时候，皇帝已经失手把那孩子杀了，我自然也不敢再把那封信交给他了，可是他似乎已经有些起疑了。"

容弈带着他到了书房，将暗阁里的一只小匣子拿出来，放到桌上道："这就是玄唐这两年的消息，你自己看吧。"

原泓瞥了他一眼，霸占了他的椅子，自己一封一封地抓开来看，看到孩子出生之时发生的事，抬头道："原来你早就知道那个孩子的事。"

"只是怀疑。"容弈强调道。

原泓低头又看了看，问道："两个孩子？"

"听说是双生子，出事的那一个应该是长子，生下来体弱多病就送到金花谷去了。"容弈说道。

原泓看完了所有的信件，大约也了解凤婧衣回国之后发生的一切，由衷叹道："说起来，凤婧衣这女人也怪可怜的，孩子一出生就出了那样的事，好不容易找回来了，现在一个孩子就在自己眼前死在了亲生父亲手里。"

"可怜之人，必有可恨之处。"容弈淡淡道。

"你这个人，真是一点同情心都没有，你明明早知道这些，为什么不说出来，不然那孩子……"原泓数落道。

"这些事让他知道了，你还嫌不够乱的，莫说凤婧衣那女人心不在大夏这边，一旦真是把她和孩子强行留在大夏了，她能为玄唐和北汉害他一次，就会再有第二次，因为她闹出饥荒内乱，因为她前线死了多少将士，这样的人留在大夏只能是祸患。"容弈平静地说道。

"话是这么说，可那两个孩子毕竟是皇帝老大的儿子，你也知道他现在成什么样了，这若是不把那个孩子弄回来，指不定大夏以后就后继无人了。"原泓语重心长地说道。

"他知道了孩子的事，又岂会再由着凤婧衣留在北汉，便是他想把人带回来，鸿宣太子又岂会轻易罢休，大夏如今正是多事之秋，多一事不如少一事，大夏是需要雄心万丈的天子，不是要一个只知道围着女人转的昏君。"容弈决然说道。

这也是，他一直以来，不将玄唐的这些消息回报盛京的原因。

"那现在怎么办？他让我来查，我总不可能回去告诉他，什么都没查到吧。"原泓哭丧着脸哀叹道。

"你自己想。"

"这件事，是你先知道的，不能全推给我吧。"原泓不服气地说道。

夏侯彻精得跟个什么似的，他要编谎话骗过他，哪里是那么容易的事情。

容弈悠闲地端着茶抿了一口，道："他是让你来查，又不是我。"

"好啊，要是这件事圆不过去，我不好过，你也好过不到哪里去，是你隐瞒在先的。"原泓挑眉哼道。

容弈想了想也是，搁下茶盏拧眉开始思量着对策。

"喂，你能不能派点人去丰都，虽说是凤婧衣那女人生的，可那好歹也是大夏皇室唯一一根独苗了，一个已经不在了，这一个若再有个三长两短，咱们也有责任不是。"原泓瞥了他一眼，提议道。

毕竟，如果夏侯彻早知道这两个孩子的事，岳州弑杀亲子的惨剧就不会发生了。

第四十七章
心不由己

北方秋天夜里,寒冷非常。

凤婧衣回到丰都的时候,天还未亮,萧昱因着要处理积压的公务,回来交代了一番便去了宫里再未回凤凰台,所以便只有公子宸和沁芳带着瑞瑞还住在这边。

她迫不及待地回了房间,看到摇篮里还睡得香甜的孩子,不由得眼眶一酸。

"主子。"沁芳留在房里守夜,一见她一身风尘地回来,眼眶也瞬间红了,只是先前太子殿下已经一再叮嘱她们不要再提及熙少爷之事,她便也不好多问再惹她伤心。

凤婧衣将还熟睡的孩子抱起,紧紧搂在怀里,眼底瞬间涌出泪来,小家伙闭着眼睛在她脖子上蹭了蹭又香甜睡去。

沁芳看得揪心,默然带着宫人退了出去候在外面,住在隔壁的公子宸听到动静也起来了。

"怎么了?"

"主子刚回来了。"沁芳回道。

公子宸原是想进去看看,却又被沁芳给拉住了。

房间内一片沉寂,凤婧衣抱着孩子坐下来,手轻轻抚着瑞瑞稚嫩的小脸,一想到永远也无法再回来的熙熙,泪止不住地落下。

天一亮,她怀里的小家伙就醒了,瞅着她欢喜得直笑。

沁芳早早地准备了早膳送进来,劝道:"主子,我煮了些清粥,你用些,还有瑞少爷的也喂他吃了。"

她说着,公子宸也跟着进来了,走近便逗着瑞瑞玩,小家伙跟她混得熟了,伸着手便要她抱。

凤婧衣微微笑了笑，将孩子递给了公子宸抱着，自己坐到了桌边用膳，神色却安静得让人不安。

公子宸抱着瑞瑞玩不时望她一眼，想要安慰她一下，却又不知该如何开口。

凤婧衣自己吃完了，便端起瑞瑞的小碗，笑道："瑞瑞，来，吃饭。"

公子宸抱着瑞瑞在她边上坐下，小家伙还不等喂到嘴边就已经张大了嘴巴等着，让人有些哭笑不得，吃到嘴里就笑得眼睛都眯成一条缝。

凤婧衣喂着他吃饱了，接过去抱了一会儿，小家伙就挣扎着要下地去。

"他现在能走了，你松手他都能自己走。"公子宸笑着说道。

凤婧衣蹲下身扶着他站好，小家伙果真迈着小短腿就走开了，走了一段听到她叫又扭头望她，转身折了回来笑着扑到了她怀里赖着。

她心疼地将他拥在怀里，心中又忍不住地阵阵抽痛，若是熙熙能回来，他们在一起玩，该有多开心。

"瑞瑞，看这里，看这里……"公子宸拍手逗着孩子，道，"叫你娘亲一起去看小兔子，好不好？"

凤婧衣拭了拭眼角，和公子宸一起带着孩子出门，太阳刚刚出来照在园子里，小家伙不让人抱，自己一个人在前面走得欢快。

"瑞瑞，慢点走！"她在后面，紧张地跟着。

公子宸笑了笑，安抚道："放心吧，这小家伙有劲着呢，这些天可喜欢自己走了。"

凤婧衣抿唇淡笑，侧头道："谢谢你们这些天帮忙照顾他了。"

公子宸默然一笑，说道："前些天，带回来一只小兔子，瑞瑞喜欢得不得了，每天都要带着他去喂兔子玩。"

"是吗？"凤婧衣闻言失笑，没想到这些天，他竟然有了这么多好玩的事儿。

小家伙走在园子里看到有叶子从树上飘下来停下来仰着脖子看了看，便追着叶子飘的方向去，欢喜地把叶子捡了回来，然后又转身走了回去。

凤婧衣看到他又走回来了，以为他是走累了要她抱，连忙蹲下身来。

谁知道，小家伙伸着小手，笑着将一片红枫叶递给她。

她一时怔愣地望着满脸稚气的小家伙，似是透过那相似的眉眼看着另一个人，小家伙见她半晌没拿，不由得开始叫唤，却又听不懂他是在说着什么。

她从孩子的小手里接过红叶，小家伙又转身自己走在了前面，她一时蹲在原地半天也没有回过神来。

多年以前，那个人也莫名其妙地送了她一把红叶，还说什么赠你相思的话。

她甚少让自己去想起过去的事，可是她的儿子却就这样简单地勾起了那些，她很多年不曾去回想的往事，关于那个人的往事。

"你怎么了？"公子宸奇怪地问道。

凤婧衣回过神来，站起身一边继续走，一边打量着手里的叶子，有些温柔的笑意，更多的是难言的苦涩。

瑞瑞一个人在前面走着，捡着了叶子又回来送给她，玩得不亦乐乎。

她看着前面小小的身影，眼中不知不觉地蕴了泪，在孩子又一次拿着叶子走回来的时候，蹲下身失控地抱着他痛哭出声。

公子宸站在边上，想劝她却又不知该怎么劝，瑞瑞大约是被吓着了，扁着小嘴，眼里泪水也直打转起来。

凤婧衣连忙擦去了脸上的泪痕，哄着快要哭的小家伙："瑞瑞乖，是娘亲不好，娘亲不该哭的。"

他倒也好哄，不一会儿就破涕为笑，又一个人欢快地走在前面玩。

兔子给围在一个小栅栏里面养着，凤婧衣拿了草给小家伙，小家伙自己就拿着过去喂兔子玩了，凤婧衣默然站在一旁看着，眼前却总是不由自主地想着，熙熙能一起跟着他玩是什么场景，一想却又满是揪心与遗憾。

"我知道你心里不好受，但现在你越是伤心，便越是如了傅锦凰的意了，若再不抓紧时间找到傅家的人，瑞瑞也会生活在危险之中。"公子宸劝道。

"白笑离从青城山离开也一直没有找到，凭我们现在对冥王教的了解，敌在暗，我在明，实在是有些难对付。"凤婧衣叹息道。

她当然希望尽快揪出傅锦凰为熙熙报仇，可是她既要保护好瑞瑞，又要去追查他们，实在难以两全，所以当务之急是要设法给瑞瑞最好的保护，她才能安心去做这件事。

"既然你已经回来了，我就尽快起程去跟青湮会合，希望能尽快找到白笑离。"公子宸道。

白笑离在这个关头离开青城山，只怕一切就真如她们所猜测的那样，她真与冥王教有着莫大的关联，相信找到她就能揭开冥王教许多不为人知的秘密，那样他们也能更多地了解他们的敌人，才会有更大的胜算。

否则，只能这样像无头苍蝇一样乱撞，连什么时候被对方算计了都不知道。

凤婧衣点了点头，道："也好。"

说罢，侧头望了望她，本想问关于夏侯渊的事，却又忍住了没去追问。

"有句话，我想我应该提醒你，瑞瑞在这里，也并不一定能有多安全，宫里不是人人都像萧昱一样能接受你和孩子，因着萧昱拒绝立妃之事，宫里一个个正千方百计地要抓你的把柄，把你拉下太子妃之位，你小心些。"公子宸担忧地说道。

凤婧衣轻然一笑，决然说道："我知道，只要我活着一天，不会容忍任何人再伤他一根头发，任何人都不行。"

如果真到了她不能再保护他的那一天，她只能将他送回到大夏，送到他亲生父亲的身边。

可是，她却希望那一天永远也不要到来。

夏侯彻现在还不知道两个孩子的身世，想来原泓他们也是会想尽办法瞒住他，若是将来她不得不将瑞瑞送到大夏，他便也不得不知道熙熙的事了。

她相信他会是个好父亲，她曾两次拿孩子的事伤他，若他不知道熙熙的事，就最好一辈子也不要知道了。

瑞瑞蹲在那里摸着小兔子，兔子也乖顺得很，在那里吃着草，任由瑞瑞在自己背上不住地摸着，可是看着小兔子吃草吃得香，他就也拿着往自己嘴里塞，着实把凤婧衣两人吓了一跳。

小家伙自己嚼了一口，大约也是知道了不好吃，伸着小舌头吐了，小脸也跟着皱成一团，让人哭笑不得。

凤婧衣给他擦了擦，小家伙又自己追小兔子玩去了。

瑞瑞好动，自己能走了就根本不喜欢待在屋里，跟兔子玩到近午膳的时辰才回去，中午一用完膳了，又要去园子里玩。

凤婧衣无奈，只得带着他去了池塘边喂鱼，看着湖里的锦鲤涌过来抢食，他欢喜得直叫唤，煞是可爱。

小家伙玩了一天，天黑用完晚膳，玩闹了一会儿就困了，赖在她怀里不久就睡着了。

她却舍不得将他放下，便一直自己抱在怀里哄着。

萧昱接到消息，处理完宫里的政务便赶回来凤凰台了，回来便看见她一个人在屋里哼着小调正哄着孩子入睡，不由得放轻了脚步进门。

"什么时候回来的？"

"今天一早。"凤婧衣低声说着，起身将孩子放到了床上安顿好。

萧昱一脸倦色，看来也是回来忙得几天几夜未曾合眼了。

"朝中的事，可有大碍？"凤婧衣问道，若非因为她的事耽误，他本不会如此操劳的。

"还好，没什么大事。"萧昱笑了笑，示意她放心，拉着她的手一起坐下问道，"回来让太医过来诊脉了吗？"

"我没什么大碍。"凤婧衣道。

"明日让太医看看。"萧昱不容她拒绝地说道。

在岳州气急攻心都成了那样子，虽然也吃了两天药，但想来也是没有好全的，这几日又在路上奔波，如今回来了又岂能再大意了。

"好。"凤婧衣应道。

"傅家的消息，我已经派人去查了，若有消息会尽快告诉你，你现在就好生在凤凰台休养，瑞瑞最近也该学着说话了，你也多照看他一些。"萧昱温声叮咛道。

第四十七章 心不由己

他知道，熙熙的死，她心中悲痛难耐。

他心疼她，也难过孩子的死，但终究无法与她感同身受。

而最该与她分担这份痛苦的人，却全然不知这一切。

"好。"凤婧衣点了点头，道，"我让沁芳给你送晚膳过来。"

萧昱疲惫地摇了摇头，道："在宫里吃了些，不怎么饿，不必麻烦了，你们都用过了吗？"

"嗯。"

他笑了笑，起身道："我去沐浴。"

凤婧衣起身去看了看睡着的瑞瑞，小家伙一翻身又把被子给掀开了，她无奈地重新给他盖好了，便坐在了床边出神地望着孩子甜甜的睡颜。

萧昱沐浴出来，看到桌上堆了一堆树叶子，不由得笑道："这东西怎么放这里了？"

凤婧衣扭头看了看，笑着道："瑞瑞捡回来的。"

萧昱走近床边，看了一眼无奈笑道："真是个小淘气。"

她默然笑了笑，没有说话。

"睡吧。"萧昱说着，上了床躺下。

凤婧衣脱了鞋，准备睡到里侧去，却被他一把拉住了。

"阿婧，睡外边吧，我想抱着你睡。"萧昱道。

从孩子出世，他们之间总是隔着孩子，虽然是睡在一张床上，却还是让他觉得他们之间隔了好远。

"孩子……"她还没说话，便被他一把拉得倒在了他怀里，一时整个人都紧张了起来。

虽然他们成亲已近一年，可是亲昵的举止却并未有多少，这样亲密的距离，让她不免有些紧张和不安。

萧昱拥着她，低头在她额头落下一吻，而后疲惫地闭上了眼睛，低声呢喃道："记得以前，冬天里冷了，你就喜欢窝在我身边，尽把我当暖床的使。"

他真的特别想念那时候的他们，虽然没有锦衣玉食，一身富贵，可那时候是他这一生最快乐幸福的时光。

凤婧衣默然而笑，说道："玄唐的冬天，比北汉要暖和多了。"

萧昱长长地叹了叹气，喃喃道："阿婧，如果能再回到那个时候，我愿意拿我生命中的一切去交换。"

如果能再回到那个时候，他一定不会让她去大夏，不会让她有机会爱上夏侯彻，那样的话，所有的一切就会是另一个模样。

凤婧衣心头一震，沉默了良久道："只可惜，这世上的时光，从来不会倒流。"

萧昱睁开眼，低眉凝视着怀中的女子，目光满是惆怅和寂寥。

阿婧,你知不知道,我有多害怕。

我害怕自己早与你擦肩而过,我害怕我无论怎么做,怎么争,也再也争不过你心里的那个他了。

我很想问你,你真的爱过我吗?

可我却又害怕听到你口中的答案,我怕那是个会让我失望的答案。

于是,我只能这样一天一天地守在你的身边,不敢嫉妒,不敢逼迫,不敢再去做错任何一件事,只是期望着,期望着属于我的幸福能重新降临。

我不知道这一天还有多远,但我会一直等,一直等,哪怕用尽我一生的时光。

三日后,公子宸离开了凤凰台。

因为最近北汉皇帝的身体每况愈下,萧昱留在宫中的时间便多了些,时常两三日才回来一次,于是便只有凤婧衣带着孩子住在凤凰台。

瑞瑞开始咿咿呀呀学说话,她每日带着他在园子里玩,教他认东西说话,倒也过得有趣至极,只是每每夜深人静,从噩梦中惊醒看着旁边孩子的睡颜,想到那一个夭折的孩子,心中还是沉痛依旧。

丰都的天气渐寒,她天天带着瑞瑞出去,小家伙没生病,她自己倒染了风寒了。

萧昱夜里回来,一进门便听到里面传出咳嗽声,连忙加快了脚步进了内殿,看到她正倚在榻上,急声问道:"怎么病了?"

"大约是这两日带着孩子在园子里,一早一晚吹了凉风。"凤婧衣坐起身,淡笑言道。

萧昱沉下脸,道:"病了几日了,怎么都没让人入宫通知我?"

"只是些小毛病而已,养几日就好了。"凤婧衣莞尔道。

萧昱叹了叹气,道:"也怪我最近尽顾着宫里的事回来少了。"

"没什么大碍,明后天就该好了。"凤婧衣道,这个人总是这么大惊小怪的。

萧昱坐下,给她掖了掖盖着的毯子问道:"瑞瑞呢?"

"我病着不方便带他,这两天沁芳带着睡呢。"凤婧衣道。

"天气越来越冷了,过几日就让人搬到冬之馆去,省得再冻出病来了。"萧昱担忧地说道。

宫人送了晚膳进来,摆好了过来道:"太子殿下,太子妃,晚膳好了。"

"你们下去吧,不用伺候了。"萧昱说着,起身扶着她下了榻到桌边用膳。

平日里,总要一边照顾着孩子,难得有这样两人独处的时光。

凤婧衣掩唇咳了咳,看着坐在对面的人正忙着给她盛汤一时有些怔然,总是受着他的悉心照顾,自己又给了他什么呢。

"这么看着我做什么?"萧昱将盛好的汤搁到她手边,笑语问道。

凤婧衣回过神来收回目光,道:"只是突然间觉得,一晃我们都相识这么多年了。"

从很多年前,她生命中就有了这个人,她从来无法去想,没有这个人,自己这些年会是什么样子,或许她也根本活不到现在。

于是,也就习惯性地依靠这个人,她也就将这样的感觉视为爱情,以为生活可以一直这样简单,许下了要与他相守一生的承诺。

可是当她真正心动过,真正品尝过爱情的滋味,才知道什么是爱情,它并不美好,甚至让她痛彻心扉,可它就是深深扎根在她的心里。

萧昱笑意温醇地望着她,眼底盛满了柔情:"是啊,当年的小丫头,一转眼都成了我的妻子。"

凤婧衣低眉,端起碗筷,道:"用膳吧。"

他每每这样地看着她,她心中都忍不住生出罪恶感来,她最不该对不起的人,她却做了最对不起他的事。

两人用了晚膳,因着不放心瑞瑞,特意到沁芳那里去看了看,过去见小家伙已经睡下了,这才安心回房就寝。

萧昱沐浴出来,看着她正坐在榻上撩着衣袖查看手臂上的伤口,几步走近看了看道:"肉已经长起来了,过些日子让太医拿着祛疤的药膏,应该就能好了。"

"嗯。"凤婧衣放下衣袖,道,"不早了,睡吧。"

哪知,刚一起身,萧昱却直接一把将她抱了起来,吓得她整个人都紧张了起来。

"我自己……"

萧昱笑了笑,将她放到床上,道:"这不就到了?"

凤婧衣脱了鞋赶紧钻进了被子里,她知道这是夫妻之间该有的亲密,她也一次又一次让自己努力去适应,可真到他靠近之时,心里总还是忍不住紧张害怕,甚至抗拒。

萧昱慢悠悠地躺下床,侧躺着望着装睡的人,"阿婧?"

凤婧衣睁眼看着他:"什么事?"

他笑了笑,低头吮住她的唇,辗转品尝着唇间的甜美。

凤婧衣微微皱起眉,正内心挣扎着要怎么办,他却放开了她,低头在她额头轻轻一吻,然后安安静静地在她边上躺了下来,让她也不由得一愣。

萧昱笑了笑,将她的头按进怀里,道:"睡吧。"

成亲近一年时间,他们都未有过真正的肌肤之亲,天知道他是忍得有多辛苦。

只是,他不想太过为难她,只能一点一点让她慢慢适应接受他们之间的亲密,不想一下子吓坏了她。

凤婧衣沉默地靠在他的怀中,黑暗中忍不住出声问道:"萧昱,与我成亲,你后悔吗?"

对于他,她从来没有做到一个妻子应该做到的。

第四十七章 心不由己

"说什么傻话。"萧昱轻抚着她的背脊，笑着道。

"我……"

"睡吧。"萧昱温声打断了她的话。

次日，她再醒来的时候，萧昱已经离开进宫去了。

休养了几日，风寒也渐好了，她喂着瑞瑞用午膳，道："吃饱了，我们去晒太阳，好不好？"

小家伙咽下嘴里的食物，笑着直点头，很是高兴的样子。

安顺进了门，行了礼道："太子妃娘娘，陛下派了人过来，说是来见你的。"

凤婧衣微怔，起身道："沁芳，你喂瑞瑞吃完，我去看看。"

"人已经在前厅了。"安顺道。

"嗯。"

来人一见她进来，连忙施礼道："奴才崔英给太子妃娘娘请安。"

"公公免礼。"凤婧衣淡笑道，当年崔英是在未央宫的，现在看来是调到了北汉王身边了。

"陛下见今日天气好，出宫到皇陵给皇贵妃扫墓，路过凤凰台便差奴才过来问问，太子妃娘娘有没有空同去。"崔英道。

虽然只是让人过来问问，但既然是北汉王的旨意，她又哪里能抗旨的。

"公公稍候，我换身衣服就走。"凤婧衣道。

"陛下说，让太子妃把孩子也一块儿带过去，陛下想见见那孩子。"崔英又叮嘱道。

凤婧衣有些不解，北汉王是知道这孩子的身世的，可是让她带过去又想干什么。

"太子妃娘娘，马车在行宫外候着，奴才在外面等着您。"崔英说着，跪了安带着两名宫人先行离开了。

凤婧衣回到寝殿，瑞瑞已经吃完饭了，一看她进来伸着小手要她抱。

"沁芳，我要跟崔公公去见皇帝陛下，你让隐月楼的人悄悄在后面跟着。"

她不想怀疑北汉王有什么别的目的，但是岳州之事后，她是真的怕了，不得不对任何人都有所提防。

沁芳望了她一眼，没有多问便下去传话了。

凤婧衣换了身衣服，给瑞瑞穿上了外套戴上了帽子，这才抱着离开了凤凰台上了马车。

马车行了不多时，便跟北汉王的仪仗会合了。

"太子妃娘娘，陛下请你到龙辇上说话。"

凤婧衣只得抱着孩子下了马车，上了前方北汉王的龙辇上，礼貌地问道："父皇近来身体可好些了？"

"就这一把老骨头，能好到哪里去，过一天算一天罢了。"北汉王说着，冲着瑞瑞拍了拍手，"来，过来。"

瑞瑞望了望他，笑着走了过去，因着龙辇在行进中，一下就扑到了北汉王的怀中。

北汉王朗然失笑，双手将他抱起掂了掂，笑道："小家伙长得挺结实。"

瑞瑞大约是看着他袖子上的龙纹好看，好奇地伸着小手去摸，扭头冲着她道："娘……虫虫……"

北汉王失笑，逗着小家伙道："是龙龙，不是虫虫。"

"虫虫……"小家伙使劲儿道。

凤婧衣无奈，说道："昨天在园子里看到虫子，他大约是看着像。"

瑞瑞一路在北汉王跟前玩得不亦乐乎，直到龙辇停下了，崔英从外面撩起帘子道："陛下，到了。"

凤婧衣先将孩子抱了下去放到地上，这才和崔英一起将北汉王给扶了下来。

北汉王没有让侍从跟着，只带了她和瑞瑞两人进了陵园，瞧着一个人走在前面的瑞瑞不由得笑道："小家伙跑得还挺快。"

凤婧衣跟在北汉王身侧，暗自猜测着，他叫她过来，是不是要她劝着萧昱纳妃之事。

从皇陵外到敏惠孝昭皇贵妃陵墓不远的一段距离，北汉王却走走歇歇近一个时辰才走过去，到的时候已经累得直喘气了。

他到了墓前，抬手擦了擦墓碑上的尘埃，叹息道："云萝，怕是要不了多少日子，朕也该来陪你了。"

凤婧衣牵着瑞瑞站在几步之外，看着北汉王有些微微佝偻的背影有些怅然。

她想，他是深爱着萧昱的母亲的，可是身为帝王，他又有着太多的身不由己。

北汉王一个人在墓前，喃喃自语道："也不知最近朕是怎么了，总想起你刚入宫时的样子，大约是真的老了，就老是怀念着过去的事。"

半晌，他转头冲着瑞瑞招了招手，慈爱地笑道："来，到这里来。"

瑞瑞松开了她的手，迈着小短腿就过去了。

凤婧衣跟着走近，问道："陛下，要回去了吗？"

北汉王现在的身体状况，实在不宜出来太久。

"你应该猜得到，朕叫你来，定是有事要说的，可猜得出朕要说什么？"北汉王笑意深深地问道。

凤婧衣浅笑，道："婧衣愚钝，猜测不出。"

北汉王怜爱地摸了摸瑞瑞的头，说道："你也看到了，朕现在这副样子，也就只有这么一口气了，北汉的皇位朕终究是会传给昱儿的，也只能传给昱儿。"

凤婧衣默然听着，神色也不由得沉重了几分。

"他若是继了帝位，北汉的皇后自然是你，他不愿纳妃，朕也不强求了。"他说着，深深地叹了叹气，继续说道，"按照北汉的皇族的规矩，储君是必须有子嗣的，以保北汉江山绵延不息。"

凤婧衣深深地沉默着，心情也愈来愈沉重。

"朕没多少日子了，年前就打算禅位于昱儿，一旦他继位之后，第一件大事就是要立储。"北汉王说着，望向她道，"这也是昱儿迟迟不愿登基的原因。"

一旦他登基为帝，必然就要立储君，可是他现在身边只有这一个孩子，而这个孩子根本不是他的亲生骨肉，何以能立为北汉储君。

"他不忍为难你，你也别太过为难他，朕没有那么多时间再等，他也没有那么多时间，难道事到临头，你要他将这个孩子立为储君吗？"北汉王说着，眼底掠过一丝深冷的寒意，让人不寒而栗。

"不……"凤婧衣摇头道。

北汉王看着边上玩耍的孩子神色慈爱，出口的话却郑重而坚决："他不愿纳妃，他要将这个孩子带在身边，只要你们能盖得住这孩子的身世，朕都懒得计较了，但是昱儿他需要一个孩子，北汉也需要一个储君，朕的意思，你该明白。"

凤婧衣沉吟了一会儿，道："我明白。"

她明白，可是她要怎么做到。

"你既然嫁给了他，做了北汉的太子妃，你的心就该放在该放的地方。"北汉王说着，拄着手杖缓步朝外走，一边走一边说道，"在这世上，在他心里，没有谁能越过你的位置，但是你总不能一直仗着他的宽容爱护，得寸进尺。"

"是我辜负他太多。"凤婧衣怅然叹息道。

"你既知道，就不要只是嘴上说说，当年藏身大夏做了大夏皇帝的宠妃都能做到，如今作为北汉的太子妃生下一个昱儿的孩子，又能有多难。"北汉王气愤之下，声音有些沉冷。

凤婧衣没有说话，抱起瑞瑞跟着走在后面，一颗心却百转千回理不出头绪来。

北汉王走着走着，停下脚步道，"还是，你还想着有朝一日，带着这个孩子回大夏去？"

"我没有。"凤婧衣道。

她舍不下那个人，也忘不了那个人，却从未想过再回大夏。

"那样最好。"北汉王回过头，说道，"从明天开始，方嬷嬷会到凤凰台伺候，她是昱儿母妃生前的陪嫁丫头不是外人，朕希望在昱儿登基之前，会有你们的好消息。"

凤婧衣抱着瑞瑞走在后面，一颗心却七上八下怎么也难以安宁，她知道她应该对他尽一个妻子应尽的义务，与他相伴相依，为他孕育子嗣。

其实，只要她可以下定决心放下过去，放下那个人，一切都会变得很简单，都会成为她所想要的平静和幸福，可是她的心里总不知在何时竖起了一道心墙，那道墙里面全是那个人的影子。

她懦弱，没有敢背弃一切，放弃一切去爱他的勇气，却也没有敢斩断情丝，重新开始的决心。

第四十八章
皇族秘辛

　　从皇陵回到凤凰台，一想到明天要从宫里派来的方嬷嬷，凤婧衣不由得犯了愁。
　　可是，她又不能去向萧昱说，皇帝催着他们要孩子，专门派了人来监督，原本错的一方就是她，又怎好在这样的事上，让他们父子再生隔阂。
　　这是她必须要面对的问题，与其一直避而不谈，她愿意尝试跨过那道坎重新开始，只是她能不能做到，她自己也不知道。
　　次日午后，她带着瑞瑞和宫人在果园里摘果子，小家伙看着满树的红橘子欢喜得直叫唤。
　　凤婧衣摘了一个让他抱着玩，笑着道："瑞瑞，这是果果。"
　　小家伙张着嘴道："咯咯。"
　　她不由得失笑，耐着性子继续道："是果果。"
　　小家伙还是道："咯咯。"
　　刚刚学说话，发音总是奇怪得让人难以理解，但却也煞是可爱。
　　母子俩正在果园里走着，安顺便急急进了园子，寻到她禀报道："太子妃娘娘，宫里的方嬷嬷过来了，说是奉了陛下的旨意要见你。"
　　凤婧衣头疼地皱了皱眉，抱起在树下玩的瑞瑞交给了沁芳道："你带着他，我出去看看。"
　　沁芳看她有些不安的面色，心中便有些放不下，但想着毕竟是宫里的人，自己也不好带着瑞瑞过去露面，只得带着孩子继续在果园里。
　　凤婧衣回了秋之馆，方嬷嬷带着两名宫人规规矩矩见了礼道："奴婢见过太子妃娘娘娘。"

"方嬷嬷免礼。"

方嬷嬷起身细细打量了她一番，说道："奴婢来这里的用意，想必太子妃娘娘也是知道的，奴婢便也不多说废话了。"

凤婧衣点了点头，没有再多问什么。

方嬷嬷说着，便接过边上宫人拿着的小包袱，从里面取了个小布包拿着送到了榻前，放到了她面前道，"那今天下午，太子妃娘娘就认真把这几本书看完了。"

"好。"凤婧衣应了一声，于她而言看书实在是太简单不过的事了。

可是，低眉一翻开她赶紧又给合上了，不可置信地望了望站在一旁的方嬷嬷："这个……"

她拿来的不是别的书，是画风露骨的春宫图，这可就实在有点为难她了。

"这就是太子妃该看的。"方嬷嬷一脸正色地说道。

凤婧衣知道再多说也是说不清的，便道："先搁着吧，回头我再看。"

"太子妃今天必须把这些看完，明天要学习新的东西。"方嬷嬷不容她拒绝地坚持道。

凤婧衣头疼地抚了抚额，这纯粹是要把她往青楼花魁的方向改造啊。

"太子妃请吧。"方嬷嬷站在边上催促道。

凤婧衣咬了咬牙，翻书的手都有些抖，快速地扫了一眼便赶紧翻下一页，只希望快点做完这些挑战人心理的事。

"太子妃慢点，认真看。"方嬷嬷又道。

凤婧衣暗自叹了叹气，一页一页地慢慢翻着，眼睛看着画册里露骨火爆的画面，心里却暗自念着清心咒。

从来没翻过这等东西的人，要她一下消化这么多，实在是件为难人的事儿。

于是，一整个下午，她都在方嬷嬷严密监督下认真翻看她带来的春宫图，一边看一边暗自想着，真不知道自己会不会长针眼。

沁芳中途过来了两回，但没让进来便支出去了。

萧昱因着政务繁忙，一连几日都没有回来，她便一连几日都在接受着方嬷嬷的教导，春宫图是每天的必修课，甚至还请了丰都城最有盛名的花娘来给她讲一些闺中秘术，就差没把她带去花楼里现场观摩了。

三日后，下午萧昱让人回来知会，说是晚上会回来用膳。

方嬷嬷下午便带着人将寝殿的帷帐和被褥都换了，原本是绣着花开富贵的锦被换成了鸳鸯戏水的，锦帐也换成了半透明的纱帐，就差没有拿几幅春宫图挂寝殿里了。

晚膳的时候，萧昱未进内殿倒并未发现有什么异样，见到方嬷嬷有些意外便问了几句，方嬷嬷自是从善如流地应答过去了。

第四十八章 皇族秘辛

用了晚膳，萧昱便去书房批带回来的折子，她沐浴的时候方嬷嬷代替了沁芳过来伺候，可是沐浴出来看着放在边上的衣服，拎起来瞧了瞧，挑眉道，"我要穿这个东西？"

她一向习惯穿轻软的睡袍，她拿来的却是艳红的抹胸，抹胸的刺绣倒是精致，只是那式样着实让人有点难以接受，就那么一小块布堪能遮住胸前，背后就是系绳的，罩上轻纱的袍子，后背若隐若现地不可谓不撩人。

这样的穿着，简直可与花楼里的人相比了。

"最近天气有些凉，我还是穿我自己的睡袍。"她小心地说道。

方嬷嬷不为所动，捧着衣服站在池边，说道："太子妃可以选择穿，或者不穿。"

凤婧衣四下扫了一眼，自己换下的衣服已经被她拿出去，里面便只有她捧着的这一套衣服，自己不想穿又不可能光着身子跑出去拿自己的衣物换。

于是，咬了咬牙裹着毯子上了岸，拿到屏风后穿上了，准备出去了等她离开再换上自己的睡袍。

哪知道，换好了衣服出去，方嬷嬷就一直站在寝殿里盯着她，让她根本换都没法换。

直到外面传来宫人请安的声音，大约是萧昱回来了，凤婧衣低头瞧了一眼自己的穿着，恨不得找个缝钻进去。

萧昱掀开帘子进来，见里面是方嬷嬷有些讶异："沁芳怎么没在这边？"

"沁芳姑娘带着瑞少爷，奴婢在这边伺候太子妃。"方嬷嬷说着，行礼道，"太子殿下早些安歇，奴婢告退。"

凤婧衣早在他掀帘进帐的前一刻跳上床钻进了被子里，生怕被他瞧见了自己这一身媚俗的穿着。

萧昱脱了外袍，原是准备沐浴的，一看已经躺在床上的她不由得有些奇怪："今天怎么睡这么早？"

平日里都是他回来了以后才上床睡的，今天这么早就躺上床了。

"有些累了。"凤婧衣道。

萧昱走近床边打量着她的脸色，问道："是不是病了不舒服？"

"没有。"凤婧衣摇了摇头，紧紧裹着被子。

萧昱见她面色并无异样，这才安心了几分，正准备起身去沐浴，瞥见塞在枕头下的书不由得皱了皱眉，"书看完了怎么又乱放，睡觉硌着能睡好？"

说着，一伸手将书给拿了出来。

"我想再看看的……"凤婧衣想起那是什么书，连忙伸手便要拿回来。

萧昱看她紧张的样子，低眉瞧了瞧手中的书，然后愣愣地抬眼望向她，憋着笑意问道："还要……再看看？"

说话间，看着她半坐起身露出的别样穿着眼睛都直了。

凤婧衣拥着被子，盯着他还拿在手里的书，臊红着脸支支吾吾道："这个……我不看了。"

萧昱重新坐下，不仅没有收起来，反而有一下没一下地翻看着，抬眼望着她，笑问，"怎么想起看这个来了？"

以他的了解，她是干不出这样事的人。

"我……"凤婧衣垂着眼帘瞅着被子上的花纹，头都快埋到被子里了，可又不好告诉他，这是北汉王吩咐人过来要她看的，自己又半晌不知道怎么回答。

萧昱合上书，倾身笑问："你怎么了？"

"我就是好奇，看到了就翻来瞧瞧。"她胡乱地说道。

他的脸都快抵到她脸上了，气氛渐渐有点尴尬得暧昧。

"好奇可以问我。"萧昱笑语道。

凤婧衣连忙道："现在不好奇了。"

萧昱薄唇噙着笑瞅着她，沉吟了半晌出声问道："阿婧，你是不是……在试着跟我重新开始？"

他说着，眼底满是惊喜的光芒。

凤婧衣沉默地抬眼望进那双盛满温柔的眼底，低语道："我不知道能不能……"

走到今天这一步，她与那个人还能怎样呢，只有这个人才是她正确的归宿。

她不该让他一个人顶着四面八方的压力，自己却安心地躲在这里过着平静的生活，既然已经知道和那个人没有未来，她就不应该再辜负这个人。

萧昱笑着抬手理了理她垂落的发丝，低声道："你有这份决心，我已经很高兴了。"

起码，并不是他一个人在无望地等待和努力。

凤婧衣紧张地揪着被子，一颗心七上八下的，不知该再说些什么，更不知该做什么。

萧昱头抵着她的额头，凝视着她近在咫尺的眼睛，低语道："阿婧，我想吻你。"

她长睫微颤，沉默地看着他，似是在默许着他的要求。

萧昱缓缓凑近吻上娇嫩如花的唇，从温柔辗转到渐渐深处，呼吸也渐渐不稳，手缓缓扶上她的肩头，拉开松垮垮的衣襟，露出如玉的香肩，指尖触摸的每一寸肌肤都柔滑得让他心颤。

凤婧衣缓缓合上眼帘，可是那张冷峻的容颜霎时便闪现在眼前，无数宠溺亲昵的画面也随之不由自主地在眼前一幕幕地晃过，她刷地睁开眼睛，颤声唤着吻在她脖颈的人，"……萧昱。"

萧昱没有再继续，眼底的沉痛一闪而过，温然笑道："我去沐浴了。"

说罢，起身离开。

她怔怔地看着他的背影，有些不知道该怎么办。

萧昱很久才回来，熄了内殿的灯火在外侧躺下，将她拥在怀里低声问道："是方嬷嬷？"

"嗯。"她知道瞒不过去了，便应声道。

"我明天就把她送回宫去。"萧昱道。

凤婧衣沉默了一阵，道："不用，她在这里挺好的。"

北汉王也是为萧昱着想，只有她却是一心顾着自己和孩子，全然不知他所面对的压力和困境，他快要继承北汉王位，王储的事是躲不掉的。

"前些日，父皇出宫是不是跟你说了什么？"萧昱叹道。

"没什么，只是带我和瑞瑞去给你母妃扫墓了。"凤婧衣道。

她的理智一再告诉她应该跨过那道坎，可总是那般心不由己。

"他说什么，你听听就算了，不用太当真。"萧昱道。

凤婧衣良久地沉默，在黑暗中出声道："萧昱，我们这样在一起……真的好吗？"

"只要你还在我身边，就是好的。"萧昱说着，低头吻了吻她的额头，只是黑暗之中的眼睛满是无人可见的落寞。

他知道，现在这样的他们，两个人都不快乐。

可是要他放手，从此生命中再没有她，那是他无论如何也做不到的事。

凤婧衣沉默地睁着眼睛，久久不语。

"阿婧，以后别再说这样的傻话，我们说好了要一辈子在一起的，我从来没有后悔过，我要你的人在我身边，你的心也回到我身边。"萧昱决然说道。

也许她一时之间还忘不了那三年，但他们还有十年，二十年，三十年，一辈子……总有一天，他们之间再没有别人，只有他们。

凤婧衣默然不语，她的心在何处，连她自己都不知道了。

"对了，下个月就到瑞瑞周岁了，想怎么办？"萧昱突地问道。

"准备带他到庙里祈福，沁芳说要办抓周。"说到孩子，她语气不由得带着笑意。

"到时候我陪你一起去。"萧昱道。

丰都人多眼杂，他实在不放心交给他人送他们去，还是自己跟着去安心些。

"要是有时间的话还好，若实在忙了，就不用特意回来。"凤婧衣道。

次日，萧昱走后，方嬷嬷大约也是猜到了什么，面色很是难看。

每天被她押着学些莫名其妙的东西，与瑞瑞能在一起的时间也少了，好在小家伙一点都不认生，沁芳和宫人带着一样玩得不亦乐乎。

瑞瑞周岁将近，空青和紫苏从金花谷来了丰都，一是想看看这个和熙熙双生的孩子，二来是因为之前凤婧衣拜托了淳于越帮忙，可他自出了谷去找青湮就再没回来，他们两个只得过来亲自安排了。

紫苏到了，抱着瑞瑞一会儿哭一会儿笑的，明明当初熙熙从谷里走的时候还是好好的，过了不多久竟是传来那样的噩耗。

若非是知道他们兄弟是双生，看着眼前的孩子总不知不觉将他当作了熙熙，但他们却又有着不同的性格，熙熙安静乖巧，这个孩子总是这般活泼好动。

"你们公子，一直没有消息吗？"凤婧衣淡笑问道。

"莫说没有了，就是有什么，她一向也懒得让人送信回来，那德行指不定哪天死在外面了，我们都不知道。"紫苏气愤地说道。

每次都是想回来就回来了，想走的时候说都不说一声就跑得没影儿了。

"你们那个精明的主子，撞在他手里只有别人死的份，哪会是她。"凤婧衣笑语道。

白笑离一直没有找到，萧昱派出去追查傅家的线人，也迟迟没有线索，可是在没有安顿好瑞瑞的安全之前，她还不能将他一个人留在丰都。

大约是因着萧昱向方嬷嬷说过什么，之后倒也没怎么非要她去学些莫名其妙的东西，但每每萧昱回凤凰台的日子，她还是会诸多准备和叮嘱。

萧昱对她虽也有亲昵的举止，但每次都是适可而止，这也让她更加纠结矛盾。

瑞瑞的生辰将近，玄唐的习俗是孩子周岁之时请寺里的得道高僧为其诵经祈福，沁芳特地打听了丰都有名的寺庙，也安排好了等着周岁那日带瑞瑞去寺里。

空青和紫苏住在了凤凰台，为孩子的抓周张罗了好些东西，凤婧衣瞧着堆了一桌各式各样的抓周物品，不由得失笑："你们哪弄来的？"

"这可是在城里找了好些地方才搜齐的。"紫苏笑语道。

瑞瑞瞧见了，伸着小手便咿咿呀呀地叫着要拿，紫苏将他抱起道："瑞瑞现在不能拿，等生辰的时候才能给你的。"

小家伙不乐意，眼睛就一直盯着桌子上的东西。

"太子妃娘娘，况将军说宫里不好了。"安顺进来一脸焦急地禀报道。

凤婧衣举步跟着他到了门外，方才问道："怎么了？"

"况将军刚从宫里回来，说是陛下最近病情恶化，这两日怕是过不去了。"安顺低声道。

凤婧衣皱了皱眉，难怪最近好些日萧昱都没有回来，但因着北汉朝中和宫里的事，他不让她插手，她便也不好多加过问，不想北汉王已经到这个地步了。

"你让人准备马车，知会方嬷嬷一声，我一会儿就进宫去。"

这样的时候，宫里朝上一定诸事缠身，她又怎好在这里安然享清闲。

"是。"安顺说，连忙带着人下去准备了。

凤婧衣折回屋内，朝沁芳道："我有事进宫一趟，也说不准什么时候回来，瑞瑞就交给你们照应了，隐月楼的人就在凤凰台附近，没什么事最近就不要出去了。"

"好。"沁芳连忙点头应道。

方才安顺的话也隐约听到了，北汉王驾崩到新皇登基，朝中和后宫必然是隐患无数，玄唐当年便是因为先皇驾崩，诸王争夺帝位，闹到金陵城险些血流成河的地步。

因着萧昱执意不肯纳妃，朝中和后宫里好些人对太子和太子妃心存怨愤，这个时候必是好多双眼睛盯着他们，瑞少爷的身世便是最大的隐患，一旦被有心之人知道了，势必会酿出大祸。

凤婧衣想了想，又问道："空青，你能不能跟我进宫一趟。"

空青他们毕竟是跟着淳于越多年的，耳濡目染也学了不少医术，也许进宫给北汉王看看，会有起色也不一定。

空青想了想，点头道："可以。"

"多谢。"凤婧衣说罢，抬手摸了摸孩子的脸，道，"瑞瑞，听话些。"

沁芳从内室给她取了披风出来之时，安顺已经过来回话："太子妃娘娘，马车已经准备好了，方嬷嬷也等着了。"

凤婧衣不舍地看了看紫苏抱着的孩子，系上披风快步出了门，到了凤凰台外方嬷嬷带着两名宫人已经等着了。

"方嬷嬷，有劳你跟我走一趟了。"

她虽到了北汉有些日子，但对于宫中的许多事情都不甚了解，方嬷嬷在宫里多年，对这些自然是知道清楚的，有她跟着提点，自己才能更好帮到萧昱，而不至于乱中添乱。

"这是奴婢应当的。"方嬷嬷颔首，眉目间也难掩担忧之色。

虽然皇贵妃过世多年，但陛下也对皇贵妃身边的她们诸多照顾，如今突地听到陛下病重的消息，自然也紧张起来。

"我和况将军骑马先入宫，你们坐马车到了宫里来找我。"凤婧衣说着，接过了侍卫手中的缰绳。

"太子妃娘娘，末将自作主张回来请你入宫，还请恕罪。"况青垂首道。

太子殿下并未让他将这些告知太子妃，可是这样的关头，他身边也确实需要一个帮手，他思来想去，也只有这个人了。

"你做得很对，若你真帮他瞒着本宫，本宫才要治你的罪。"凤婧衣说着，翻身上了马。

她居于凤凰台，一向对宫中诸事少有关注，加之萧昱也甚少提及，便也不知北汉王的身体状况已然到了药石无灵的地步了。

她与况青快马进了宫，直接赶往北汉王所居的栖梧宫。

栖梧宫外，已经聚集了朝中的文武百官，都是在等待圣驾的召见，看到随着况青而来的女子都颇有些意外。

若说宫中妃嫔，虽不熟识但都在宫宴上见过的，而且这些人也早早都在栖梧宫里的。

况青是太子近臣，调回京中就一直出入凤凰台，这时候请进宫来的女子，想必便是一直深居凤凰台，鸿宣太子专宠的太子妃了。

众人也都知道太子妃是玄唐长公主，也都听过她曾垂帘听政的事迹，但真人却都还是第一次见，一时间不由得都多打量了几眼。

太子如此宠爱太子妃，将来太子登基为帝，她被立为皇后也是必然的事情，只是也因为这个人，他们的女儿送入宫中太子也未留下一个。

凤婧衣匆匆进了栖梧宫内，皇后和众嫔妃的宫人都候在外面，一见冲进来的人便斥道，"站住！"

凤婧衣被拦住了去路，烦躁地皱了皱眉，还未开口说话便被对方劈头盖脸一顿教训。

"这什么地方你也能乱闯，没里面的传召，谁也不能进去。"

况青进宫来只能候在栖梧宫外，她就只带了空青进来，宫中大多数人并不认得她，自然是不肯放她进去的。

崔英带着太医煎药从走廊拐过来，扫了一眼庭院里连忙赶了过来："太子妃娘娘，你怎么来了？"

方才还训着她的宫人齐刷刷跪了一地，尤其方才说话的两人垂着头一阵哆嗦，皇后娘娘吩咐了无传召外面的人不得入内，她们哪里知道会是一直深居凤凰台的太子妃入宫来了。

北汉王现在就那么一口气了，驾崩之后太子登基，太子妃就会被立为皇后，便是皇后和宫里的贵妃娘娘都得由她管着了，更别说是他们这些宫人了。

"无事，都起吧。"凤婧衣带着空青一边往里走，一边问道，"陛下病情如何了？"

崔英沉重地叹了叹气："一直没什么起色，太医说就这两天的工夫了。"

"这是金花谷淳于神医的弟子，正好最近在凤凰台，我带他进宫给陛下看看。"凤婧衣道。

崔英望了望她身后的空青，金花谷的医术是天下闻名的，只是这要给陛下看，若是不慎看出个好歹来，这事情可就麻烦大了。

凤婧衣知道他的顾虑，便问道："太子殿下在里面吗？"

这样的事，崔英自然做不了主，只得问萧昱了。

"在呢，里面人多，奴才进去给您禀报一声。"崔英道。

"有劳。"凤婧衣带着空青在门外等着。

崔英带着人送药到了内室，到了萧昱边上低声禀报道："太子殿下，太子妃娘娘入宫来了。"

声音虽不大，但一旁的皇后等人皆听在了耳中。

萧昱望了望还在由太医们诊脉的北汉王，悄然转身出了内殿，"阿婧，你怎么来了？"

"我带空青来看看。"凤婧衣看着他眼底纵横交错的血丝，一时有些心疼不已。

萧昱欣慰地笑了笑，伸手牵起她进了内殿，站到床边道，"空青，你跟太医一起看看。"

"太子殿下，陛下现在病重，怎能由外面的人随便诊治。"皇后出声道。

萧昱望着床上昏昏沉沉躺着的北汉王，淡淡道，"空青是金花谷出来的，医术不会比宫里的太医差。"

空青望了望他，跟着到了床边给北汉王诊脉，面色却渐渐有些沉重。

皇后和后宫的嫔妃瞧了瞧与萧昱并肩而立的人，目光中暗藏怨怼，就是因为这个妖女将太子迷得神魂颠倒，她们费心挑选送到太子身边的人都被送出了宫去。

凤婧衣抬眼望了望皇后等人，因着房间内需要安静便没上前去行礼，只是微笑颔首算是打过招呼了。

半晌，太医们诊过脉之后，为了不打扰病人休息，萧昱到了外室才问话："父皇怎么样了？"

"陛下沉疴多年，现在臣等便是拼尽一身医术，怕也回天无力了。"太医跪了一地回道。

萧昱沉默了一阵，望向空青道："你看得如何？"

"病人五脏六腑已快衰竭，治肯定是治不好了，不过倒能用药再撑几天。"空青平静说道。

"你跟着太医们一起抓药吧。"萧昱道。

皇后本不愿让凤婧衣带来的人诊治，但太医们都这么说了，若是不用这个人，只怕人连今天都过不去了，毕竟还有太多的事等着陛下交代。

太医们退下后，萧昱疲惫地坐了下来，揉了揉发疼的眉心。

"你先到偏殿休息一会儿，我跟太医在这边看着，等父皇醒了让崔公公过去叫你。"凤婧衣柔声劝道。

他这样子，一看就是好几夜没合眼了。

萧昱沉默了一阵，道："好，有事让人过来叫我。"

凤婧衣送了萧昱出去，回头望着皇后等人，上前道："皇后娘娘，陛下一时半会儿也醒不了，你们也等在这里等了许久了，不如留一部分人在这边等着，一部分人先回宫休息，明儿个再交换，以免都在这里耗着伤了身子。"

"陛下病成这样，我们回去哪能安心休息得了，你说得倒是轻松。"郑贵妃哼道。

凤婧衣也懒得争辩，微一颔首道："那皇后娘娘与各位娘娘自便。"

这些人本就百般看她不顺眼，便是她挖空了心思讨好她们，也还是会看她不顺眼，索性便懒得管了。

"你……"郑贵妃被气得脸上青一阵白一阵的，望向皇后道，"皇后娘娘，你瞧瞧，这还没成皇后呢，就端上了皇后的架子了。"

"行了，都什么时候还争。愿意先回去休息的就先回宫去，不愿意回去的就留在这边等着吧。"皇后沉声道。

她当然看不惯凤婧衣这个人，可是太子一颗心全在她身上，太子继位为帝，她铁定会是皇后，到时候这北汉后宫便就是她的天下了。

凤婧衣跟几名太医守在床边，屋内弥漫着浓重的中药味儿，气氛也安静得压抑。

空青和太医们一同抓了药煎来，凤婧衣坐在床边接了过去，吹凉了一勺一勺地喂给北汉王，怕他咽不及，每次都只能喂一小口。

"等药喝了差不多半个时辰，我就给他施针，能让他提起几分精神来。"空青站在边上说道。

"嗯。"凤婧衣应声，费了好半天才把一碗药给喂下去。

空青等了一会儿，便在床边取了针和药准备给北汉王施针。

凤婧衣起身腾了地方，方嬷嬷也带着人赶了过来。

"太子殿下和各宫里大约都还没用膳，方嬷嬷你让御膳房备些清淡可口的送过去，虽说紧张陛下病情，饭总要吃的，后面的事还多着呢，身体都熬垮了怎么办？"凤婧衣低声吩咐道。

"是。"方嬷嬷应声，带了宫人下去准备。

方嬷嬷办完事回来，空青便道："我要给病人施针了，除了几名太医，其他人先到外面等着吧。"

凤婧衣没有多问，望向一旁满脸忧色的皇后和几位嫔妃，道："皇后娘娘，各位贵妃娘娘，我们先出去等着吧。"

几人并未答理她，径自从她面前离开出了内殿。

凤婧衣带着方嬷嬷出了内殿，便准备去叫萧昱起来，行至僻静处了才问道："我记得太子殿下还有几位兄弟的，如今可都在何处？"

北汉皇室是有多位皇子的，只不过为避免夺储之争，皇子成年之后便封王去了封地，无传召是不得回来的。

"郑贵妃的三皇子和凌贵妃的六皇子都在封地，前日皇后娘娘说是陛下病重，希望两位皇子能回宫探望，听说太子殿下已经准了。"方嬷嬷低声道。

凤婧衣默然点了点头，低声道："一会儿出去，让况将军多注意些他们回来的动向。"

这样的时候，她总得预防万一，皇位更替之时历来就有争斗，太子是皇帝执意立下的，戚皇贵妃早逝，朝中也并未有戚氏一族的势力，能效忠他的也只有先皇的一些心腹，皇后和郑氏几大家族，只怕难以接受让萧昱为帝，尤其他还拒绝纳妃联姻。

比起这样的皇帝，更愿意要一个听话能壮大自己家族势力的皇帝，显然萧昱并不合这样的要求。

方嬷嬷望了望她，默然点了点头，望了望周围便悄然离开去传话了。

陛下当初登基之前，宫中也是几乎到了血流成河的地步，但愿这样的事不要再重演了。

第四十八章 皇族秘辛

凤婧衣望了望有些阴沉沉的天色，推开了偏殿的门，看到床上还睡着的人，等了好一会儿才出声叫醒："萧昱，该起了。"

因着这样的关头，他睡得格外浅，听到声音便睁开眼睛了。

"父皇醒了？"

"快了，我让御膳房做了吃的，等你吃完空青里面也应该施完针了。"

萧昱疲惫地点了点头，起身走近自身后拥住她，头懒懒地搁在她的肩头叹道："你来了，真好。"

他原不想她卷到这些麻烦事里，可她来了，自己不是一个人独自扛着这一切，确实是真的轻松了许多。

夜幕降临，醒过来的北汉王见过了萧昱和皇后等众嫔妃，凤婧衣自然不在其列，便默然带着方嬷嬷和空青在外殿等着。

北汉上下，除了萧昱本就没几个待见她的，于很多人而言她是挡了他们将来荣华富贵的绊脚石，哪里能对她有什么好脸色。

过了许久，内殿见驾的人纷纷出来了，萧昱是最后出来的。

崔英却出来道："太子妃娘娘，皇上传你进去说话。"

皇后和郑贵妃相互望了望，难掩诧异之色，里面的人为何要单独召见太子妃一个人，连太子都没有叫进去。

莫说他们意外，连她自己也有些意外。

萧昱冲她笑了笑，道："进去吧。"

凤婧衣跟着崔英进了内殿，一脸病容的北汉王靠着软枕，无力地抬了抬手，示意崔英将里面的太医都带出去。

"臣等告退。"太医和宫人都一一退了出去。

等在外面的人一看这阵仗，更加难以相信。

安静的内殿满是汤药的味道，凤婧衣在床边坐下，微笑问道："陛下可好些了？"

北汉王艰难地扯出一丝笑意，开口的声音很低而缓慢，"你还是同昱儿一样，叫我父皇吧。"

"是，父皇。"凤婧衣浅笑唤道，却还是一时猜不透，他单独召见自己是何意思。

"最近，宫里宫外怕是麻烦不少，你得多帮着昱儿些。"北汉王虽然重病，但头脑还是清醒的。

"这是当然的。"凤婧衣应道。

北汉王疲惫地沉吟了一阵，望着她说道："你生在皇室，皇位更替的血腥也是经历过的，不管是在哪里，权力总是沾满鲜血的，纵使现在昱儿已经身为储君，但虎视眈眈盯着他的，还大有人在。"

"父皇是说江阳王和汉阳王？"凤婧衣道。

方嬷嬷说，在萧昱流落在玄唐期间，北汉的太子就是江阳王，只是后来二皇子拥兵自重发动宫变，三皇子也牵连在内，于是遭废黜，改立回国救驾的萧昱为太子。

北汉王闭上眼睛，深深地叹了叹气，道："朕这一生，对不起两个人，一个是昱儿的母亲，一个是朕的二儿子。"

凤婧衣微讶，却没有追问，而是等着他继续说下去。

可是，他说自己对不起一个弑君弑父的儿子，只怕当年的宫变，另有隐情。

"二皇子虽然性格有些莽撞，但心地还是不坏的，当年就是因为朕的权势尚未稳固，才眼睁睁地看着昱儿的母亲和戚家遇害，不得不立了三皇子为太子，将昱儿送出了北汉，可是一年又一年，他的势力越来越稳固，不知从何处得知昱儿尚在人世，不断派人去找他的行踪，朕知道再这样下去，等到三皇子继承皇位，一定会千方百计要置昱儿于死地。"北汉王望着她，目光满是苍凉。

凤婧衣沉默地听着，皇后无子，且与郑贵妃交好，自然也是站在江阳王一边的。

后宫里的女子，从来容不得皇帝所爱的女子，自然也是容不下那个女子的儿子，萧昱的处境可想而知。

"朕已经失去了云萝，不能再让昱儿也毁在他们手里，所以朕必须要他回来，回来继承帝位，将这些虎视眈眈的人都踩在脚下，才能免于被他们所害。"北汉王叹息着说道。

"所以，你利用二皇子，削弱了江阳王的势力将他废弃，是吗？"凤婧衣低声问道。

皇族中人看似光鲜富贵，却是情意凉薄之人，这一点她早已深有体会。

北汉王轻轻点了点头，缓缓说道："三皇子在朝中的势力越来越稳固，可这个人也太有心计，万事小心翼翼，朕都找不出废黜他的罪名，于是朕只有给他制造一个罪名，朕频频亲近二皇子，并属意他扩充兵力，暗中示意想要将皇位传给他，于是他和三皇子之间的争斗就愈演愈烈，终究闹到了兵戎相见的地步，二皇子想除掉他当上太子，而三皇子更想在动乱之中把朕也送上路，直接登上皇位。"

说到这里，苍白的唇勾起一丝阴鸷的冷笑，继续说道："可这一切，都在朕的预料之中，暗中将与他一派的官员牵连到其中，也让人顺利找到了昱儿，安排了他回到丰都平定内乱，虽未直接牵涉其中，但三皇子背后的官员牵连甚大，他自然脱不了干系，朕有了光明正大的理由废黜他，改立昱儿为太子。"

凤婧衣望着眼前垂危的老人，眼中泛起泪光，有些冷硬，"可是因为你的计划，玄唐却遭受了灭顶之灾。"

大夏兵马压境，萧昱却在关键时刻回了北汉救父，在没有知道这一切的时候，她都是可以理解的，如果是她唯一的亲人危在旦夕，她也会不顾一切地去救。

可是，她不曾想，这一切不过是这个人玩弄权势，一手安排的戏码。

北汉王宫血流成河，玄唐山河沦落，皆因此而起。

北汉王睁开眼睛看着她，也看到了她眼底隐藏的恨意，叹了叹气说道："朕知道，说出这一切，你定然是会恨朕的。"

那个时候，他也不知道，昱儿对这个女子已然情深。

这些事，他也从未向昱儿说起过，如果知道了这一切，是因为他而让他与自己心爱的女子失之交臂，他也会恨他的。

凤婧衣深深呼吸，自嘲地笑了笑，说道："所以，也是因此，当年你才会将冰魄给我，我带着孩子与他成亲，你也一再容忍，是吗？"

难怪他说，权力从来都是沾满鲜血的。

难怪，那样重要的冰魄，他用那样简单的理由就给了她。

北汉王点了点头，但是他从未为这一切而后悔，如果他当年不那么做，也许昱儿就不会活到现在。

"既然你不告诉他，又何必告诉我？"凤婧衣问道。

北汉敛目叹息，沉默了半晌，说道："大约是人之将死，想找个人将压在心里的事一吐为快，想能轻松一点走。"

凤婧衣沉默，心头却禁不住苦涩蔓延，自己总以为足够聪明，原来也不过一直是别人权势争斗下的牺牲品，靳家的争斗，北汉的权谋，她怎么挣扎，也只是在夹缝之中求得一线生机罢了。

"这件事，朕不希望再有第三个人知道，更不希望昱儿知道。"北汉王道。

"那你就不该告诉我。"凤婧衣道。

北汉王却微微笑了笑，道："朕知道，你不会告诉他。"

凤婧衣苦涩而笑，没有言语。

"江阳王也快回丰都了吧。"北汉王道。

当年，他雷厉风行削弱了他的实力，只封了王将他驱逐出丰都，当年那场宫变，他自己只怕也是猜测到背后种种，只怕此次回来也不是善茬。

"最慢后天一早，快的话明天夜里就该到了。"凤婧衣道。

北汉王有些疲惫，歇了一会儿说道："明日一早，朕就会上朝，将皇位传于昱儿。"

"可是，这不合规矩。"凤婧衣说道。

按照祖制，太子一般是在皇帝驾崩一个月后，才正式登基为帝。

"朕说的就是规矩，为免夜长梦多，赶在他们回来之前将皇位传于昱儿，到时候他们再想兴风作浪，便是乱臣贼子，你们才不至于处于被动，等成了北汉名正言顺的皇后，后宫里的事才能真正作得了主。"北汉王说道。

若是等到他驾崩之后，国丧一个月再登基，会发生什么事，他根本无法预料。

"只怕，没有那么容易。"凤婧衣道。

"所以，才需要你在背后相助于昱儿。"北汉王道。

若非因为孩子的尴尬身世,她无疑是做北汉皇后的最佳人选。

"我能帮到什么?"

"若是他没有争位的心,就什么也不必做,若他是存了那样的心思,便等到时机成熟之际将其正法,让他们再无翻身之力,也能震慑朝中那些一直观望中立的人,让他们认清楚谁才是北汉真正的主子。"北汉王说着,目光沉锐地望向她,"至于该做什么,朕想你是有分寸的。"

小小年纪就能周旋于玄唐众亲王之间,大夏三年亦与大夏皇帝斗智斗勇,聪明的女子注定一生不会平凡。

凤婧衣轻轻点了点头:"好。"

她想,从现在开始,她在凤凰台简单闲逸的生活要结束了,她不想再去算计别人,但她现在不得不再打起精神了。

北汉王眉眼泛起几分欣慰的笑意,喃喃道:"原想还能活到你们的孩子出生,享一享儿孙绕膝的福,现在看来是没有那样的福分了,皇嗣的事是大事,你不能再耽误下去了。"

凤婧衣垂眸,抿唇沉默了一阵,道:"是。"

这一生许多时候,做事她都是理智地决定,该做什么,该走怎样的路。

从来没有杀过人,不得不杀人之时,纵然害怕她也杀了。

从来没想过去争权夺势,到了不得不争的那一步,她也毅然做了。

可是,面对那个人,明明知道该杀了他,她却下不了手。

明明知道该放下他,心里却怎么也迈不过那道坎。

因为他,她一步一步将自己逼到了绝境……

北汉王看着她,目光沉黯而犀利,缓缓说道:"你在云萝的墓前立过誓,不会有负于昱儿,最好说到做到。"

凤婧衣默然点了点头,她向戚皇贵妃立过誓,也答应了卞玉儿的临终要求要好好爱他,可是她……

"明天的早朝还有很多的事,你也下去休息吧。"北汉王疲惫地阖上眼帘,思量起明天的对策。

"您早些休息。"凤婧衣起身施了一礼,方才退了出去。

一出了门,所有人都望向了她,纷纷猜测北汉王到底跟她说了什么。

"父皇说什么,这么久?"萧昱拉住她,笑语问道。

凤婧衣笑了笑,道:"只是说了些要我好好照顾你的话,这会儿大约是累了,已经睡了。"

萧昱扫了一眼旁边候着的太医几人,崔英带着几人进了内殿去伺候着。

"你进宫也忙了大半天了,我让人送你回去吧。"萧昱温声道。

凤婧衣虽也挂念着孩子,却还是摇了摇头道:"无碍,回去了放心不下。"

明天的早朝指不定是什么样，她哪里能安心回凤凰台等着。

萧昱想了想，道："这边有太医们看着，我陪你用晚膳。"

凤婧衣点了点头，朝着皇后和郑贵妃等人施了一礼，方才离去。

未央宫，灯火明亮。

因着她进去见北汉王，萧昱就让人备下了晚膳，两人回来的时候宫人已经准备好了。

萧昱看着边上总有些心不在焉的人，问道："阿婧，父皇跟你说了什么？"

从里面出来，她就神色恍恍惚惚的，好几次与她说话，她都没有听到。

凤婧衣回过神来，微笑摇头："没什么，只是提醒我说江阳王快回来了，要小心提防些。"

萧昱闻言失笑，扶着她到桌边坐下，道："这些事，你就别操心了，用了晚膳安心去休息。"

江阳王回朝的事是他亲口应下的，其中利害关系，他当然再清楚不过。

他既敢放他回来，就有把握能制得住他。

凤婧衣点了点头，端起碗筷用膳，横竖明天早朝一过，他就是真正的北汉天子了，江阳王他们要想动他，也得掂量掂量了。

她不得不承认，北汉王对于这个儿子，是宠爱到了极致。

简单用过了晚膳，萧昱便送了她回房休息，看她眉头还一直紧皱着，伸手按住她的眉心叹息道："现在什么都别想了，好好睡觉，我既然敢叫他们回来，自然是有把握的。"

凤婧衣宛然一笑，点了点头道："好。"

萧昱倾身在她唇上轻轻一吻，道："我去栖梧宫了，你早点睡。"

凤婧衣目送他离去，躺在床上却是了无睡意，脑子里还在回想着之前北汉王所说的一切，心潮久久难平。

一早天还没亮，方嬷嬷便依她昨晚的吩咐过来叫她起来了。

今天的早朝，目前为止，除了她和北汉王两个人，谁都还不知道，这是要给皇后和郑家一个措手不及，但这个早朝注定也不会那么平静。

她讨厌权谋争斗，可她这一生却都生活在权谋之中，要么算计别人，要么被别人算计，好像永远都没有尽头。

二十四岁年纪，却仿佛是有了一颗四十二岁的心。

晨光熹微，她起来简单梳洗后就赶往栖梧宫。

北汉王要在朝上宣布禅位，作为太子的萧昱和她是不能缺席的人选，她必须赶在早朝前过去，不然这早朝能不能上了，还是未知。

萧昱一脸疲惫，看着她过来，起身温声道："怎么这么早就起了？"

"睡不着，就过来看看，父皇醒了吗？"凤婧衣浅笑言道。

第四十八章 皇族秘辛

"刚醒来，让空青和崔英伺候在里面用药呢。"萧昱说着，拉着她一起坐下等着。

两人刚坐下，皇后和郑贵妃一行也先后赶了过来，正准备进内室探望，却被门口的宫人给拦下了。

"皇后娘娘，贵妃娘娘，陛下刚刚吩咐让大夫施针，不让任何人进去打扰。"

皇后冷冷瞥了一眼挡在门口的人，倒也没多怀疑什么，与郑贵妃等人一起到了边上坐下等着。

过了许久，内殿的门打开，一身龙袍的北汉王拄着手杖在崔英的搀扶下走了出来。

"陛下！"皇后等人起身走到了近前，道，"陛下身子还没好呢，怎么起来了。"

"父皇，太医不是说了要卧床静养，怎么出来了？"萧昱担忧地问道。

北汉王虽还是一脸疲容，但今日却是精神了不少，笑了笑一边往外走，一边道："该到上朝的时辰了。"

"父皇，这会儿外面正冷着，你若有什么事要吩咐，大臣们在栖梧宫外等着呢，你要见什么人，让人传进来召见就是。"萧昱扶住他，劝道。

一连好些天连床都下不了，这会儿怎么就突然一下起来，还闹着要上早朝了。

郑贵妃望了望皇后，也上前劝道："陛下，太子说得对，有事召大臣进来说就是了，这会儿早上外面正冷，好不容易好些了，若再出去吹了风有个好歹，又得受罪了。"

皇后望了望北汉王的神色，却还是猜测不出他到底上朝要干什么，但直觉告诉她，不是什么好事。

"朕自己的身体，知道分寸。"北汉王沉声说道。

"陛下……"

"崔英，扶朕出去。"北汉王不理会众人的阻拦，执意要出门。

一行人只得一道跟了出去，崔英一边扶着他出去，一边吩咐了宫人去敲响朝鼓。

皇后跟着出去，看着外面已经备好的龙辇，眉眼掠过一丝幽深，看来他今日要早朝，并不是临时起意的。

崔英扶着他上了龙辇，北汉王望了望众人道："都到乾坤殿吧。"

说罢，龙辇一动，圣驾仪仗先行离去。

凤婧衣侧头望了望萧昱，道："过去看看吧。"

一行人不放心，也都想弄清楚皇帝不顾病重要早朝，到底是要干什么，于是圣驾之后太子仪仗、皇后和妃嫔仪仗迤逦浩荡前往乾坤殿。

萧昱一路瞧着凤婧衣波澜不惊的面色，隐隐猜测到她大约是知道了父皇要干什么，但也没有开口向她多问什么，不过会发生什么，却猜出了七八分了。

相较于他们两人的平静，皇后和郑贵妃一行人倒有些坐立不安了。

"皇后娘娘，陛下这到底是要干什么？臣妾这心里七上八下的，总觉得不是什么好事。"郑贵妃有些紧张地说道。

陛下都已经数月不曾早朝过问政事了，今日明明还有病在身却执意要早朝，而她的三皇子今天夜里才能回京。

"沉住气，慌什么。"皇后面目平静地说道。

不管他是要干什么，现在她们也只能走一步看一步。

郑贵妃稳了稳心神，沉默地跟在皇后边上，不敢再多问什么。

圣驾到达乾坤殿之时，文武百官已经早听到朝鼓声赶到了大殿等候，看到数月未曾露面的北汉王拄着手杖进殿，齐齐跪安："吾皇万岁，万岁，万万岁。"

北汉王在排山倒海的呼声中缓步走向了乾坤殿尽头的龙椅，走上玉阶，坐到龙椅上已经累得额头沁出汗来，歇了一口气方才出声道："都平身吧。"

萧昱等人也随后跟着进了殿，看着已经高高坐在龙椅上的人面色有些煞白，不由得担忧起来。

北汉王一手撑着龙椅扶手，望了望站了一殿的臣子和妃嫔，方才笑着说道："朕一直缠绵病榻，数月未曾早朝，这几日躺在床上总是回想起朕自登基以来的许多人许多事，于是就想着上朝来见见众爱卿。"

凤婧衣与萧昱并肩而立，没有说话只是看着北汉王与朝中列位臣子笑着说话，他一个一个地点着名，说起臣子们为北汉建立的功勋，一派感激之色。

她知道，这是在为他最终要说的话铺垫，他是要这些人念在他这一片感激的情分上，将来能好生辅佐萧昱。

朝臣们听到北汉王说起一件一件往事，尤其是一些自他登基就入朝为官的，都忍不住回忆往昔，感慨不已。

皇后目光深沉地望着高踞龙椅的人，自他登基便入宫为后，不说十分了解他，但也是摸得准七八分的，自然他现在是想要干什么，便也猜测出来了。

她是他的结发皇后，可他这一生心心念念的始终是戚云萝那个贱人，好不容易把她解决掉了，她的儿子如今却跑回来要成为北汉的皇帝，这口气让她怎么咽得下去。

只可惜，她自己没有生出一个儿子，可即便如此，她也不能眼睁睁看着戚云萝的儿子登上皇位，作威作福。

北汉王一一跟朝中几位重臣说了话，沉默了一阵说道："朕实在惭愧，在位期间未曾为北汉开疆拓土，也不曾让百姓都安定生活，不过倚仗列位臣工，倒也未曾辱没了祖宗，只是如今北汉外有大夏兵马压境，内有冥王教作乱，朕这身子骨也难有什么作为，一直以来鸿宣太子代为执掌朝政，政绩斐然，列位爱卿也是有目共睹的，朕自知大限将至，遂想早日将北汉江山交由太子，不知列位爱卿以为如何？"

一时间，殿内朝臣议论起来。

"皇上正值盛年，再调养些日子兴许就好起来了，再者，北汉也从未有过禅位的先例，皇上想如今就传位于太子，实在有些不合规矩。"一位朝臣上前道。

太子执政期间，也确实颇有政绩，北汉与大夏交战多年也从未有过大胜，但在他手里却夺下了白璧关，这是北汉之前列位先皇都不曾有过的战绩。

只是，自古以来都没有皇帝在位期间就禅让皇位，此举实在有违祖制。

"规矩人定的，自然也能由人改，朕自己的身体状况自己清楚，如今也实在无多少心力再掌管朝政，近年来朝中大事也皆是由太子作主，虽未登基为帝，却都做了一个皇帝该做的，如今朕将皇位传给他，也是顺理成章的事。"北汉王说着，一拳抵唇一阵剧烈的咳嗽。

自昱儿回国，他便一直称病将朝政大事交于他，就是为了让他赢得民心，而他也终不负所望，让朝中许多臣子心服口服。

只是高皇后和郑家的心思，他一直心知肚明，若不能亲眼看着昱儿登基为帝，他又如何放心得下到九泉之下去见他的母亲。

众朝臣一时有些不知该说什么，虽然北汉历来没有禅位的先例，但鸿宣太子执政以来所作所为也是有目共睹的，除了没有正式登基之外，俨然已经是北汉的皇帝了。

北汉王淡淡地打了一眼，继续说道："如今北汉外有强敌，内有祸乱，朕不想再发生朕继位之时的惨剧，思来想去唯有此时将皇位传于太子，才能安心。"

他这么一说，朝中的老臣皆是一阵沉默，北汉历代新皇登基之时，宫中都免不了一场祸乱，甚至发生血流成河的惨剧，细细一想陛下所思所想倒也不无道理。

皇帝在世之时退位，让太子继承皇位，也免于驾崩之后，皇子间争夺皇位手足相残，除了不合规矩倒也没什么不好。

"陛下思虑周到，臣赞同。"一位朝臣站出来道。

不一会儿工夫，接连几人也都站出来表示赞同，北汉王眉眼间缓缓蔓延起笑意。

但只有崔英知道，这些臣子是近些日陛下派人暗中打过招呼的，今天的早朝他已经早早便有计划。

北汉王抵唇一阵咳嗽，声音也跟着嘶哑了："这是朕在位的最后一道旨意，能得列位臣子理解，朕……不胜感激。"

因为今天的早朝来得太过突然，这道旨意也来得太过突然，皇帝动之以情，晓之以理，高皇后和郑氏一派的人一时间也找不出理由来反驳。

若是再反对下去，只会让人以为他们别有目的，想要北汉皇室再有皇位争夺的流血祸事。

于是，也只能表示同意，等到江阳王回宫之后再作打算。

"皇上圣明。"众臣齐声道。

北汉王面色有些苍白疲惫，望了一眼边上的崔英，道："宣旨吧。"

崔英捧着早已备好的圣旨，上前殿开始宣读道："奉天承运，皇帝诏曰，朕而今登帝位三十载有余，上承列祖遗训，下思万民，心存社稷，奈何年事已高，恶疾缠身，恐大限将至，无力再执掌政务。未央宫鸿宣太子萧昱，素来仁孝，且具文韬武略之才，朕思虑再三，遂决意禅位于鸿宣太子萧昱，为稳固社稷定安，钦定即日登基为帝，册立太子妃凤氏，为北汉后宫皇后，辅助太子，执掌六宫事宜。皇后高氏自朕禅位之日起，为北汉皇太后，移居庆安宫中，贵妃皆加封为太妃位，移居北宫。今拟此诏书，诏告天下，望上苍庇佑北汉，千秋万世，国运昌隆，钦此。"

北汉王在圣旨宣读完，微笑举目望向萧昱，道："昱儿，北汉的江山社稷，朕就交给你了。"

萧昱怔然了片刻，举步上前行至玉阶之下，撩起衣袍跪下："儿臣萧昱接旨，吾皇万岁万岁万万岁。"

这些年，对于母妃的死他一直心存怨怼，可是这个人却也一直尽力给了他最好的保护。

凤婧衣深深吸了口气，随之上前在萧昱边上跪下，伏首道："太子妃凤氏接旨。"

皇后咬了咬牙，带着一众嫔妃行至殿中，跪下道："臣妾接旨。"

这个人啊，所思所为的每一件事，都在为戚云萝的儿子着想。

她们都是他的妻妾，他也不止这一个儿子，可是他一门心思想着的，永远都是戚云萝和她的儿子，以前戚云萝在的时候，她不甘心，后来她死了，她还是不甘心。

只是事已至此，她也只能暂时接受这个结果。

北汉王满意地笑了笑，道："朕要说要做的都做了，以后的事就交给新皇帝了。"

说罢，伸手接过了崔英递来的手杖拄着起身，哪知刚一站起来，眼前便一阵发黑倒了下去。

萧昱箭步冲上玉阶，一把扶住："父皇！"

"陛下！陛下！"朝中大臣惊声唤道。

看这情形，也纷纷猜测皇帝恐怕是真的时日无多了，所以今日才上早朝急着将皇位传给太子。

空青和众太医过来诊治过后，说道："太上皇一直久病缠身，体质虚弱，有些劳累过度，得尽快送回栖梧宫静养医治才是。"

凤婧衣望了空青一眼，朝萧昱道："你继续早朝吧，我带人送太上皇回栖梧宫。"

禅位圣旨刚下，今天的早朝对他很重要，若是处理不好，便真的有负了太上皇一番安排。

萧昱沉默了片刻，道："朕下朝就过去。"

凤婧衣淡笑点了点头，与太医们一起将太上皇送出了乾坤殿上了龙辇紧赶着回了栖梧宫，刚将人送回到了内殿，人就已经醒过来了。

人虽然神色满是疲惫，不过却有些如释重负的轻松，这么多年等着这一切，现在总算是如愿以偿了。

方才空青就给她使了眼色，想来太上皇并非真的病重昏厥，只是在朝臣面前演了一出

第四十八章 皇族秘辛

·203·

戏，让所有人都真的相信，他是真的快不行了，好让他们尽快接受萧昱这个新皇帝。

皇后和郑贵妃等人随后赶到了栖梧宫，里面太医说不让进，便也只能在外面等着，只是面色都不怎么好看。

在这宫里争了一辈子，谁也没争到那个人的心，如今这么一转眼的工夫，都成了太后太妃，后宫再没有她们立足之地了。

一时间，谁也没有回过神来。

"皇后娘娘，现在……"郑太妃望了望她，想要开口说话。

"郑太妃，哀家现在已经不是皇后了，而是庆安宫的皇太后。"高太后声音有些沉冷。

新皇后执掌六宫，她在后宫之中又还能干什么，皇帝这是有意要赶在江阳王回宫之前让太子登上皇位，让他们无还击之力。

他会做出这一切，她并没有多少意外。

当年，为了保护戚云萝的儿子，不惜连自己的亲生儿子都利用，构陷江阳王将其废黜，不就为了今天的一切，这些事他们各自都是心知肚明的。

这些年，他的满腹心机，他心狠手辣，她早已领教见识多次了。

可是，他以为让太子坐上皇位就可以高枕无忧了吗？

那他就大错特错了，高郑两家与戚云萝的儿子是决计不能共存的，要么他们将他拉下皇位，置于死地，要么他们将来死在他的手里。

毕竟，当年他的母妃就是死在他们两家手里，这个仇他迟早会报的，他们总不能坐以待毙。

太上皇回到栖梧宫醒来，凤婧衣立即就让方嬷嬷派了人去乾坤殿传话，以免萧昱会挂心着这边，贻误了朝政大事。

这是他登基为帝的第一天早朝，出不得半分差错。

方嬷嬷和太医先后出去，内殿便只剩下崔英和她两人在床前伺候着。

"朕该做的，朕能做的，也只有这些了，以后的路要看你们的了。"太上皇说着，目光灼灼地望着她道，"凤婧衣你在北汉一天，你和昱儿就是生死相连，那个孩子朕不追究，但不代表别人不追究，你好自为之。"

凤婧衣沉默地点了点头，没有说话。

"罢了，你出去吧，宫里宫外也有许多事要你操心的。"太上皇说罢，又朝着崔英道，"让外面那些人，都进来吧。"

外面那些人，自然指的是等在外面的太后和郑太妃等人了。

凤婧衣起身离开，因着后妃都进去见太上皇了，宫中忙着新帝登基的事，栖梧宫的庭院便显得格外冷清安静了。

这个时候，瑞瑞也该醒了，不知是在干什么。

只是现在宫中诸事杂乱，她还不能回去看他，再过两日便是他的生辰了，怕也无暇去陪着他了。

她当然知道，瑞瑞留在北汉也是身处险境，可若是送去大夏，也未必安全。

夏侯渊还在暗处，为了对付夏侯彻筹谋多年，会做出些什么事，她也无法预料。

"皇后娘娘，尚衣局的人过来了，要给娘娘量身裁制凤袍。"方嬷嬷过来禀报道。

新帝登基仓促，要准备新帝新后的龙袍凤袍做很多东西，只得赶着时间来了。

凤婧衣回过神来，跟着她去了偏殿的房中，由着宫人丈量尺寸，虽然听着边上的人口口声声地唤着皇后娘娘，一时之间却还是难以适应。

也许，这世上再没哪个女子如她这般，经历了这么多的风光富贵，从玄唐摄政掌权的长公主，大夏宠冠六宫的皇后，到如今的北汉皇后。

这一切让天下女子都羡慕的风光富贵，却从来不是她真正想要的，走到如今的地步，她自己都不知道自己想要什么，又能要什么了。

一直以来，做每件事都要思前想后，为玄唐，为身边的每一个人，却从来没有真正只为自己做一件事。

由着尚衣局众人忙活了半天才完，方嬷嬷见周围无外人了，才道："皇后娘娘，已经让况将军到未央宫等着了。"

"嗯。"凤婧衣点了点头，道，"你在这边伺候着，有事让人去未央宫通知本宫。"

丰都和宫中的势力错综复杂，江阳王又即将回来，她得做好万全准备，不能给对方可乘之机，否则最近怕是真的没有太平日子过了。

她只带了方嬷嬷身边的两名亲信宫人，因着都忙着新帝登基之事，未央宫内也没什么人了，况青一人在殿内等着，见她回来了便扶剑跪安道："末将参见皇后娘娘。"

凤婧衣侧头朝跟着两名宫人道："你们在外守着。"

"是。"

她进了殿中，直接便问道："丰都城内，除了太上皇和陛下的亲信，有多少外戚把持兵权？"

"丰都兵马司是太后的亲弟弟，皇宫丹东门副统领是郑氏家族的人，其他的都是太上皇一直信任的亲信。"况青如实回道。

凤婧衣转了转手上的扳指，思量了一番道："昨日，本宫在未央宫看到折子，西边水患要派钦差大臣前去，此事可有定夺了？"

"这两日太上皇病重，陛下还未定下人选。"况青道。

凤婧衣点了点头，起身到了书案后，提笔写下了一道折子，说道："等陛下早朝过后，亲自将这个交给他。"

"这是……"况青一时不解。

"将丹东门的副统领升为正四品调出京,兵马司统领升为正二品钦差大臣前往西边处理水患,一定要亲自交到陛下手里。"凤婧衣写完合起,递给他时郑重叮嘱道。

"是。"况青接过,看似皇后是要陛下给高郑两家的人升官,实则却是要把他们调出丰都,以防有异心,不利于都城安定。尤其,在江阳王回来的这个时候。

"还有,凤凰台那里,你再派些亲信守卫。"凤婧衣叮咛道。

虽然有隐月楼的人在那边,但现在这样的关头,总是放心不下。

况青闻言笑了笑,道:"此事陛下已经吩咐人去办了,皇后娘娘不必担心。"

"那没什么事了,你去吧。"她微怔,没想到他已经派了人去了。

况青跪安退下,凤婧衣一个人站在空荡荡的殿内有些莫名的茫然,但还是很快收敛了心思,赶去了栖梧宫那边。

太后和郑太妃一行人也刚刚从内殿见驾出来,看着她的面色不怎么好看。

"如今太子登基为帝,你既为皇后,就随哀家去取回金印。"太后道。

"是。"凤婧衣平静回道。

想来,这也是里面那位要求的,要她在这个时候交出金印,不得再插手后宫事宜。

一路上太后走在前面一句话也没有说,倒是郑太妃不时侧头冷冷瞥她一眼,她懒得搭理,权当作没看见。

进了寝殿,太后便很快取了金印,亲手交给了她道:"哀家移居到庆安宫还要些工夫,等收拾好了就给皇后腾地方。"

"母后不必着急。"凤婧衣将金印交于方嬷嬷端着,朝太后说道。

"哀家怎能不急,这到底是皇后所居之地,哀家再赖在这里,到底是名不正言不顺。"高太后说道。

凤婧衣默然听着,怕又是因着太上皇心中有怨罢了。

"没什么就回去吧,哀家累了。"太后不客气地下起了逐客令。

这个人,站在眼前就心里堵得慌。

"母后保重,臣妾告退。"凤婧衣行了一礼,带着方嬷嬷离开了。

萧昱听到宫人回报,太上皇病情暂时稳定了下来便也安心处理朝政了,一忙便忙到了近天黑的时候。

"陛下,江阳王进宫了。"宫人禀报道。

萧昱面色无波,他会在今晚赶回来,也是意料之中的事。

"现在在哪?"

"就在殿外。"宫人道。

"宣他进来吧。"

宫人领命出去,不一会儿便带着一人进来,风尘仆仆的人一身深蓝长袍,由于长年居于北地江阳，皮肤不算特别白皙，眉眼之间也多了几分常人难以捉摸的深沉。

"微臣见过陛下。"江阳王一撩袍子，深深跪拜道。

萧昱起身绕过长案，将人扶起："皇兄请起。"

对于他这个三哥，除了儿时寥寥几面的记忆，便只有当年他回丰都，他被贬出京师的匆匆一面了。

"这一别多年，陛下还是风采依旧，未赶得及回来一睹陛下登基之盛事，实在抱歉。"江阳王含笑道。

"皇兄也是一点都没变。"萧昱客套地说道。

"父皇病情如何了？"江阳王问道。

"太医们也是束手无策，如今也只能过一日是一日了。"萧昱如实说道。

江阳王闻言满面忧色，道："那微臣就先去看望父皇了。"

他马不停蹄地赶回丰都，一进城却是得到消息，今日早朝太子就已经登基为帝了。

"朕也正准备过去，那就一起吧。"萧昱道。

"那恭敬不如从命，陛下请。"江阳王客气地让路道。

萧昱带着宫人走在前面，江阳王沉默地走在他后侧，只是夜色中一双眼睛有着无人可见的黯冷。

天黑的时候，太后和郑太妃一行也到了栖梧宫，看到跟着萧昱进来的人，不由得都震了震。

"皇儿……"郑太妃激动地唤道。

江阳王上前跪拜："母妃！"

郑太妃眼中泪光盈盈，等了这么多年，她的儿子终究是回来了。

"母后。"江阳王朝着太后见礼道。

"好了，快起来吧。"太后和郑太妃一起将人扶了起来。

萧昱牵着凤婧衣并肩而立，说道："这是皇后。"

江阳王望向她，施了一礼道："微臣见过皇后娘娘。"

"王爷免礼。"凤婧衣浅笑道。

"快去见见你的父皇吧。"太后道。

江阳王跟着崔英进了内殿，掀开帷帐看着躺在床上垂垂老矣的老人，面上全然没有了在外面的笑意，他看着他，如同看着一个仇人一般，丝毫没有身为人子的孝顺和担心之意。

太上皇听到响动缓缓睁开眼睛，看到站在床边的人："原来是你回来了。"

"父皇大约是希望我一辈子都回不来吧，不过儿臣命大，还能有幸回来送你最后一程。"江阳王冷然说道。

"是啊，朕是希望，你永远也别回来。"太上皇叹息道。

这些年，他也暗地里千方百计想要他死在江阳，可他太精明了，处处提防，让他派去的人一直毫无下手的机会。

"同样是你的儿子，同样流着你的血，你杀了二哥还不够，还要我也死，可我不是他，不会那么甘心就死在你的手里。"江阳王目光阴冷地望着床上病危苍老的人，字字句句满是恨意。

从小，他就偏爱戚贵妃的儿子，后来戚氏一族获罪，戚贵妃自尽而亡，萧昱也跟着从宫内失踪了，原以为他死了，却不想是被暗中送走了。

他表面上立了他为太子，暗地里却千方百计地想把他废了，把北汉的王位留给他最宠爱的儿子，而最后他也真的废了他，立了萧昱为太子，将王位传给了他。

可是，他不甘心，一直不甘心。

太上皇自嘲地笑了笑，平静说道："朕现在这副样子，还能把你怎么样呢？"

若说像他，这个儿子性子最是像他，可也正是因为如此，他更无法喜欢上这样一个有野心的儿子。

"你以前杀不了我，现在这副半死不活的样子自然更加杀不了我了。"江阳王说着，在床边的椅子上坐下，冷笑地望着床上的人，"父皇这么急着赶在儿臣回宫之前就将皇位传给他，你在怕什么？"

"朕能怕什么？"太上皇虚弱地冷哼道。

"你不是怕我会坐上乾坤殿那把龙椅吗？"江阳王一动不动地盯着床上的人说道。

太上皇低眉拉了拉身上的被子，不疾不徐地说道："你过去没本事坐上去，以后就更不可能，这一辈子你也跟那把龙椅无缘。"

"你就那么肯定，你的好儿子，能坐稳那个位置吗？"江阳王嘲弄地冷笑道。

"当然。"太上皇道。

他不担心这个人能翻出多大的浪来，只是多一事不如少一事，尽量确保在现在内忧外患的关头不要闹出大的乱子来。

这个人莫说跟昱儿斗，就是一个凤婧衣也够对付他了。

江阳王看着他眼底轻蔑的笑意，有些愤怒，又有些悲哀："你知道，我最恨你的是什么吗？"

太上皇沉默地看着他，没有说话。

"我恨你对我们这些亲生骨肉的冷漠绝情，更恨你对萧昱宠爱有加，却从来没有把我们放在眼中，我三岁能诗，五岁能武，每一件事都咬了牙做到最好，就是为了讨你的欢心，可无论我怎么做，你都不屑一顾，而萧昱会说话了，会走路了，会做任何一件小事你都是喜悦的，而我无论怎么做，无论学得再好，你终究是看不上眼。"江阳王幽幽地说道。

从小到大，这个人对于他的爱吝啬得让人寒心，渐渐地他便也不抱希望了，也不会再挖空了心思去讨他的欢心了。

第四十八章 皇族秘辛

就在戚贵妃死后，萧昱失踪之后，他也曾以为这个人的目光会放到自己身上的，可即便他被朝臣交口称赞，即便他做了太子，他看他的眼神永远都是那样的冷漠入骨，甚至暗藏杀意。

太上皇微微闭了闭眼，沉沉地叹了叹气，对于昱儿以外的孩子，他确实太过冷漠，却也从未想他还存了这样一番心思。

他变成如今这个样子，也是自己一手造成的。

不过事到如今，说什么也是徒劳了。

"我恨你，更恨成为了你儿子的自己，我为什么要是你的儿子？"江阳王道。

"是朕对不住你。"太上皇无奈叹息，沉吟了一阵说道，"朕真心地劝你一句，不要再去做无谓的事，你若安分守己在江阳，你永远都还是江阳王。"

江阳王冷然一笑，起身道："父皇，那你可就注定失望了，乾坤殿那把龙椅，我要定了。"

从他出生到现在，大约是第一次与他这个父亲说了这么多的话，也是最后一次。

这么多年，为了得到那个位置，他已经付出太多，也失去太多。

太上皇看着江阳王决然而去的背影，眼中有着深深的歉疚，颤抖地伸手摸出枕头下的一粒药丸放进嘴中咽下，沉痛地阖上眼帘，眼前却缓缓浮现出过往的光影，一幕一幕清晰而鲜明……

他这一生真是造了太多孽，负了太多人。

过了一会儿，太医们送药进来，才发现床上的人早已没有了呼吸，惊惶地奔出去宣道："太上皇……驾崩了！"

这样的晴天霹雳，让所有人都措手不及，难以相信。

萧昱整个人为之一震，开口的声音颤抖而嘶哑："你……你说什么？"

太医惊慌地伏跪在地，痛声回道："陛下，太上皇……驾崩了。"

"不，不会的。"萧昱疾步冲了进去，看着太医们面色沉痛地跪了一地，沉声斥道，"你们跪着干什么，怎么还不救人？"

"陛下节哀，太上皇已经呼吸全无，臣等……回天无力了。"太医们痛声回道。

萧昱不相信，自己走近床边，颤抖地伸出手去，才发现床上的人真的已然没有了呼吸，他脚下一软跪在了床前。

他没想到，早朝之上就真的成了他们父子的最后一次相见。

他当时应该自己送他过来的，他应该早些来看他的……

凤婧衣看着悲恸的萧昱，走到他的身边，想要安慰他，可是这样的时刻，任何安慰的话都是徒劳的。

然而，所有人悲痛之时，唯有一人面色有些失常怪异。

那便是刚刚回宫最后见过太上皇的一个人，江阳王。

他不可置信地走近，怔怔看着床上已然溘然长逝的人，为什么就这么死了，就在他一转身之后死了。

凤婧衣望了望床上的人，隐隐瞧见了唇角的血迹，不由得走近伸手触了触，指尖果真是一点异样的暗红。

她深深呼吸稳住心神，朝着跪着的太医们道："半个时辰前，你们不是还说太上皇无碍，这是怎么回事？"

一名太医一抬头看到她指尖的血迹不由得大惊失色，而后朝向萧昱道："陛下，请恩准微臣为皇上再诊断一次。"

萧昱痛苦地敛目，叹息道："去吧。"

凤婧衣让开，将萧昱从地上扶着站起，吩咐宫人搬了椅子进来让他坐下。

"先等太医看过再说。"

可是，心中却隐隐觉得太上皇的突然驾崩透着蹊跷。

一名太医仔细诊过之后面色有些惊惶，却又跪在了床前不肯说话，凤婧衣见状，道："空青，你过去看看。"

空青上前查看了一番，又沾了血迹仔细瞧了瞧，说道："是中毒身亡。"

"中毒？"萧昱面色一沉，"怎么会是中毒？"

"陛下，太上皇的用药起居，每日都是专人试过毒的，绝对不可能有这样的东西。"崔英和伺候的宫人跪下道。

太医也连忙跟着说道："确实如此，送进来的东西都是大家一起查验过的，断不会有伤人性命的毒物。"

空青拿银针在胸口穴位刺探之后，望向凤婧衣说道："半个时辰前诊脉并无异样，毒药入口的时间不超过半个时辰。"

至于其他的，他便没有再明说了。

"你……你什么意思？"郑太妃指着空青，怒声喝道。

中毒不超过半个时辰，而这半个时辰里进过内殿见驾的人，只有她的儿子江阳王。

他不就是在说，是江阳王毒害了太上皇。

萧昱缓缓侧头望向面色有些煞白的江阳王，沉声问道："刚刚在这里，到底发生了什么？"

江阳王望着床上已逝的太上皇，嘲弄地冷笑，长叹道："你真是了不起，就连临死了都不放过我。"

当时在里面的就他们两个人，他没有下毒杀他，那么服下毒药的就只会是他自己。

可是，这样的话又有谁能信呢。

所有人都亲眼看着他进去的，而就在他出来不久，里面的人就毒发身亡了，他们只会认定他这个唯一进过房间的人就是毒害他的凶手。

他……百口莫辩。

他知道他有野心要谋夺皇位加害萧昱，竟不惜以这样的方式对付他，以自己的死让他成为凶手，成为罪人。

他太狠了，对别人狠，对自己更狠。

"朕在问你话，你们到底说了什么，你又到底做了什么？"萧昱怒意沉沉地质问道。

江阳王知道自己说什么，也不会有人相信的，于是平静地道："我没有杀他，也没有下毒。"

"这半个时辰只有你进来过，你一出来父皇就死了，不是你，难道是父皇自己服毒自尽吗？"萧昱愤怒地喝道。

"不是，不是这样，皇儿不会毒害太上皇的。"郑太妃焦急地辩解道。

他才刚刚回来，他怎么可能做这样的事，让自己陷入这样的境地。

萧昱没有说话，愤怒之下只是眸光如刀地望着江阳王，等着他的回答。

"我就算真要杀他，也不会在这个时候，在这么多人看着的时候，让自己成为凶手。"江阳王沉声道。

凤婧衣眉眼微沉，冷静下来一想，其实江阳王所说的不无道理，但凡有点脑子的人都会知道，这样的时候让太上皇出事，自己就一定会成为众矢之的，江阳王又怎么会做。

所以，十有八九就是太上皇自己服了毒药，要将自己的死嫁祸在江阳王身上，让他回来再没有兴风作浪的机会。

但是这样的事情，再争论下去就真的是家丑外扬了，于是伸手拉了拉萧昱，柔声道："当务之急是要让太上皇安息，此事容后再追查。"

不管是发生了什么，在死人跟前这样争论下去总归是不好的。

萧昱沉痛不已地望向床上已然驾崩的太上皇，沉声令道："来人，将江阳王押入偏厅看守，容后再审。"

"他没有毒害太上皇，你不能抓他，你不能抓他……"郑太妃挡在江阳王边上，愤怒地朝着萧昱吼道。

崔英很快传了侍卫进来，将江阳王押入偏厅，宫内的国丧的钟声响起，在寂静的夜里显得格外悠长。

萧昱看着宫人拿白布将床上的人从头到脚盖住，出声道："你们都先下去吧。"

皇后和妃嫔先行出了门，崔英指挥着宫人将郑太妃也给带了出去，凤婧衣一个人留了下来，沉默地站在他的身旁。

"阿婧，我一直是怨他的，怨他害死了母妃，可同样我也是爱他的，小的时候读书习字，骑马射箭，但凡他有时间都是会亲自教我的，即便过去了这么多年，我也忘不了那个时候的事，同样也忘不了母妃死的时候。"萧昱喃喃说道。

父皇不止他一个儿子，但他一直是其中最受疼爱的一个，童年的时光里，他拥有了所有兄弟姐妹都未曾拥有过的父爱，这也是当年他必须要赶回来救他的原因。

"你有一个最疼你的父亲。"凤婧衣说道。

这个人，至死都在为他考虑，不惜用自己的死给了江阳王最后一击，让他成为弑君罪人。

这件事，她能想到，他也是能想到的。

事到如今，即便知道江阳王没有毒害太上皇，但这个罪名他却是脱不掉的。

"是啊，可是我却从没有好好待他过。"萧昱叹道。

即便回国这几年，也只有在他病着的时候会来看看他，平日里见都甚少来见他，即便见了也是没几句话说。

凤婧衣握住他的手，说道，"那就不要辜负他为你做的一切。"

她已经让况青送信去找隐月楼的人，追查江阳王这些年的事，以及进京的异动，一旦有了证据回来，这个将来的大敌就能除了。

太上皇用自己的死嫁祸给他一个弑君弑父的罪名，让他成为阶下囚，便再难在丰都做其他的事了，这一招不可谓不狠。

可是他们，即便知道这一切是太上皇故意陷害江阳王的圈套，却也不得不去相信而把江阳王治罪。

因为，今日若是放过了他，他日就会发生更大的祸事，太上皇太了解江阳王这个儿子的野心，所以最后宁愿自己死，也不留给他翻身的机会。

萧昱敛目深深呼吸，侧头望了望她："我知道该怎么做了。"

如今的他和当年身在玄唐的她是一样的，他们从权力倾轧下的弱者，成为皇权的主人，才能获得更大的安全和自由。

这世上的事就是这样，有些东西别人一门心思的想要却得不到，而得到的人却并不想要它，却又不得不拥有它。

"一会儿京中的臣子也都要接连入宫了，你要办的事还有很多，至于宫里的一切，就暂时交给我处理吧。"凤婧衣柔声说道。

到了这个地步，郑太妃和太后肯定会想办法为江阳王脱罪，或是救人，她必须小心提防。

两人一起出了内殿，郑太妃全然没有了仪态，扑上前来："陛下，江阳王不会毒害太上皇的，他不会。"

"当时进去的只有他，谁能证明不是他？"萧昱冷漠地说道。

他当然知道不是他，可是他却也要认定是他所为。

高太后知道大势已去，没有帮着郑太妃一起说话，反而站在了一旁没有说话，不管江阳王有没有毒害太上皇，这个罪名是脱不了的，她和高家再卷进去只会被殃及池鱼。

郑太妃见萧昱准备离开，便愤怒地喝道："这是陷害，这是里面的人故意陷害我皇儿。"

"郑太妃，慎言。"凤婧衣沉声道。

有些时候有些事就是这样，黑的必须要说成白的，白的必须要说成黑的，这就是皇权的残酷。

郑太妃嘲弄地冷笑，一动不动地盯着萧昱，说道："你以为，你那个父皇自己有多干净？这些年为了给你扫清障碍，什么手段没使过，什么恶事没做过？"

凤婧衣抬手屏退了宫人和太医，出声道："太妃娘娘，太上皇刚刚驾崩，死者为大，这样的话请你还是少说为好。"

"他都能做了，我为何不能说？"郑太妃讥诮冷笑，咬牙切齿地说道，"当年为了废黜江阳王的太子之位，不惜利用二皇子让他们兄弟相争，酿成宫里血流成河的惨剧，那一年不就是陛下从玄唐回国的时候，为了让你坐上皇位，他连杀了二皇子构陷罪名将江阳王贬出京的事都做得出来，如今为了让你坐上皇位，他利用自己的死又要陷害本宫的儿子，又有什么稀奇？"

萧昱怔怔地听着郑太妃一字一句道出久远的往事，他不想相信这个人所说的一切，可是隐隐约约却又觉得她说的是对的。

当时是有些不对劲的，只是宫乱之后他一心想要赶回玄唐去，再之后重伤昏迷，也就没有发现什么。

而在他被立为太子之后，父皇暗中派人刺杀江阳王，他也是知道的。

可是，如果一切都是这样的，那他当年丢下阿婧回来救他，也都是父皇一手计划好的……

郑太妃冷笑地望向凤婧衣，道："当年若不是太上皇设计了那一计，将玄唐大将军召回国来，你们玄唐何至于沦落到亡国的地步，这一切都是他们父子害的，你不知道吗？"

凤婧衣静默地平息心头的思绪，平静地问道："太妃说的这一切，又有谁能证明是真的？"

郑太妃气得发抖，无言以对，这么多年前的事，参与其中的人早就死了，哪里还有人能站出来证明，里面的那个人也已经死了，所以就算怎么说，也是无人相信的。

她摇摇欲坠地扶住桌子，望向内殿紧闭的殿门，泪流满面地道："你真是够狠啊，到最后也都不给他一条活路……"

当年，她怀上孩子的时候，是多么欣喜万分，以为这个孩子会得他喜爱，以为他的目光会落在自己身上，可到头来他自始至终也不喜欢这个孩子，甚至一次次费尽心机地要置他于死地。

萧昱缓缓侧头望向凤婧衣，却并未从她的眼底看到震惊之色，只是了然的平静和释然。

多年相识，他很明了，这样的眼神就意味着，她早已经知道了这一切，在郑太妃说出之前就已经知道了。

　　皇后望着满是绝望的郑太妃，心中也是万般滋味，她也没有想到，那个人最后就连死，也在算计着他们。

　　新帝登基就把丹东门和兵马司的人统领换成了自己的人，如今江阳王也成了阶下之囚，他们便是有再大的本事，如今又还能成什么事。

　　为了戚云萝的儿子，那个人还真是什么事都做得出来啊。

　　萧昱扫了一眼太后和郑太妃等人，道："近日宫中诸事繁忙，太后和诸位太妃也辛苦了，早些回自己宫里休息吧。"

　　即便知道了这一切的真相，也知道是父皇在陷害江阳王，可是他却不得不相信他所做的一切，不得不按他所安排的处理。

　　太后与众嫔妃将郑太妃扶了下去，宫人也都进进出出地忙碌着国丧之事，萧昱怔怔地站在原地，望着指挥着宫人忙碌的凤婧衣，沉默而怅然。

　　他怎么也想不到，自己回国背后的这一切，竟是父皇一手安排的，而他也就因为那一念之差，而让玄唐亡国，让她流落大夏三年之久……

　　他也就在那个时候，开始失去了她。

　　他知道父皇所做的一切都为了保护他，他也无法怪罪于他，可是他却让他失去了生命中最重要的两个女人。

　　一个是他的母妃，一个……是他一生的挚爱。

　　虽然她现在也回来了，也嫁给了他，甚至现在就在他的身边他的眼前，但是他知道，他已经失去了当初的那个阿婧。

第四十九章
此情昭昭

夜色深沉，栖梧宫上下一片缟素。

大行皇帝在栖梧宫小殓，衣冠是萧昱亲自给穿戴上的，凤婧衣带着宫人打点着正殿的灵堂，太后和一众太妃太嫔在一旁，一些位份较低的太嫔们不住地低声哭啼。

寝殿内传出皇帝高声宣道："入殓！"

大行皇帝入殓，宫妃是要回避的，凤婧衣与宫人都出了栖梧宫外候着，快入冬的夜风寒冽异常，她微微打了个哆嗦。

直到天亮之后，栖梧宫内才打点妥当，崔英出来传了话，凤婧衣等人才进了殿中，大行皇帝已经入了梓宫，宫人亦准备好了要移灵到乾坤殿举行大殓。

萧昱一身白孝走在最前引路，宫人抬起梓宫缓慢地跟在后面，凤婧衣带着后妃和宫人跟在其后，浩浩荡荡前往乾坤殿而去。

从栖梧宫到乾坤殿一段路上各种烦琐礼仪，走了近一个时辰才到达，将大行皇帝的梓宫停到乾坤殿正殿。

高楼上的钟声响起，王公大臣自丹东门进宫吊唁，一路行三跪九叩之礼到乾坤殿瞻仰皇帝遗容，待大臣们从丹东门过来，已近午时了。

一番祭祀之后，便已经是天黑了。

按祖制，要在乾坤殿停灵五日方才能出殡，天黑之时除了朝中三品以上重臣留在宫中守灵，其他都奉诏出宫斋戒。

凤婧衣在祭祀完了之后与太后等人先行离开乾坤殿，想着从昨夜开始都粒米未进的萧昱，悄悄吩咐方嬷嬷准备晚膳，因在大丧期间，都只能准备素食。

萧昱回到乾坤殿东暖阁之时,已近深夜了,凤婧衣坐在榻上一手支着头休息,听到开门的声音便立即醒了。

"你回来了?"

萧昱一脸倦色到了榻边坐下,说道:"不早了,你也跟着累了一天了,早些休息。"

"我让方嬷嬷准备了晚膳,你一天没吃东西了。"凤婧衣劝道。

萧昱疲惫地摇了摇头:"没什么胃口,不用麻烦了。"

凤婧衣也没管他的拒绝,叫了宫人去传膳过来,自己到了桌边盛了饭,转头催促道:"我也没吃呢,一起用点。"

萧昱抬眼望了望她,起身到了桌边坐下,却半晌没动碗筷。

"阿婧,郑太妃说的事,你什么时候知道的?"

凤婧衣知道瞒不过他,便坦言道:"就一两天前的事,陛下自己告诉我的。"

不可否认,在刚刚得知到这一切的时候,她心里是难过甚至愤怒的,但是作为父亲,他要保护自己的儿子,并没有错。

纵然开始一切是太上皇所设计,但当时那个关头,他不回来,他就可能真的死在动乱中。

事情已经过去多年,太上皇也已驾崩,再说谁对谁错又有什么用。

"阿婧……"

"事情都过去了,重要的是以后,不要再多想了。"凤婧衣打断他的话,温声说道,"用膳吧。"

当时他也并不知情,也并没有想到自己离开的几天时间里,玄唐会发生那么多的事。

萧昱沉默地端起了碗筷,一声不响地用膳。

晚膳过后,萧昱还要赶去书房处理积压的折子和公文,临行道:"这两日也快到瑞瑞的生辰了,要不……你回凤凰台吧。"

凤婧衣沉默一阵,道:"回头再补给他吧。"

孩子的第一个周岁,她当然想去陪在他身边,可是现在大行皇帝还未出殡,她却出宫去凤凰台,难免会惹来朝中非议。

况且,江阳王还未处置,宫中一刻也放松不得。

他望着她笑了笑,默然地离去了。

大行皇帝宫中停灵到五日之后才出殡下葬,萧昱每日要关心皇陵入葬的准备状况,又要处理朝政大事,短短五天人就清瘦了一圈。

五日后,大行皇帝葬入景陵,与敏惠孝昭皇贵妃相邻相依,举国上下国丧一个月,不得有礼乐歌舞,婚事嫁娶。

第六日的早朝,毒害皇帝的江阳王被带至乾坤殿问罪,同时也查得江阳王在江阳数年一直暗中囤积兵马，此次更让不少人混在百姓中回京聚集在了郑氏大宅，不臣之心昭然若揭。

新帝念及手足之情，未治其死罪，削其封号，一生圈禁江阳，郑氏一族的官员大多贬至偏远之地，郑太妃移居出宫，落发为尼。

因为国丧之间，禁礼乐之时，皇帝和皇后登基册封大典便定在了一个月之后。

高太后移居到了庆安宫，凤婧衣便成了坤宁殿新的主人。

宫中一切安置妥当，凤婧衣便准备回凤凰台，入宫已经数日，实在想念孩子。

"皇后娘娘，今日京中命妇和贵女要入宫朝见，你还不能走。"方嬷嬷道。

凤婧衣微微皱了皱眉，道："此事，不是该定在册封大典之后吗？"

瑞瑞的生辰已经错过了，她哪里还在宫里待得住。

"先帝是禅位，皇后娘娘也已经正式为北汉皇后，册封大典也只是个形式而已，一早已经让人出宫传了话了，午后各府里的诰命夫人和贵女都要入宫了。"方嬷嬷道。

凤婧衣叹了叹气，只得让宫人换下身上一身常服，道："行了，准备吧。"

说是朝见的命妇贵女，这其中不少便是之前要选给萧昱为妃的人，心里一个个又怎会真心来朝见她，她现在实在是懒得与无关紧要的人耍心机说话了，偏偏又是躲不过的。

不过，这样的朝见横竖也只有这么一回，打发了也就了却一桩事了。

她早早让宫人服侍梳洗更衣，用完午膳后不久，宫人便进来道："皇后娘娘，各府的夫人都已经到了。"

凤婧衣搁下手中的书卷，理了理仪容坐正，方才道："传吧。"

一家一家按着品阶陆续进来，因为还在国丧期间，个个都是穿着比较素净，也未多戴首饰，不过除了其中见过几面的灵犀郡主，一个个都是她不认识的。

"这是武安侯府夫人和灵犀郡主。"方嬷嬷将最前的一对母女介绍道。

"给皇后娘娘请安，娘娘千岁千岁千千岁。"母女两人跪下请安道。

"夫人和郡主请起，方嬷嬷，看座。"凤婧衣温声道。

"谢皇后娘娘。"武安侯夫人和灵犀郡主谢了恩，起身入座。

灵犀郡主趁着其他人朝见请安之时，打量了一番正座之上一身华贵的女子，暗自攥紧了手中的绣帕，眼底掠过一丝不甘。

凤婧衣察觉了，却也并没有去多看，她不甘心也是可以理解的，毕竟先帝和皇后，甚至前朝的官员都认定了她是要入宫成为北汉皇后的，可是却被她这个不速之客给占去了。

所有人都一一请过安入了座，凤婧衣浅笑扫了一眼："这大冷天的，难为你们入宫走一趟了。"

"皇后娘娘哪里的话，这些都是该有的规矩。"武安侯夫人笑语道。

"这国丧期间，把你们叫进宫来，既不能赏花，也不能看戏什么的，也只能一起说说话罢了。"凤婧衣笑意恰到好处的优雅，从容得体。

武安侯夫人听了，笑了笑说道："如今这宫里也冷清了不少，皇后娘娘若是想找人说说话了，差人出宫传一声便是。"

凤婧衣微然一笑，知道她还是不死心想要把灵犀郡主送进宫来，莫说她不喜欢灵犀郡主那性子，便是她想叫她进宫来，萧昱也是不同意的。

于是，望向坐在武安侯对面的沈氏母女，这是朝中的大学士沈绍的夫人和嫡女沈宛，姿容没有灵犀郡主那般精致，却别有一番清新婉约的美。

"沈大学士才学渊博，想必沈宛小姐也是才华过人的，听方嬷嬷说沈小姐书法最是出色，若有机会能否送本宫一两幅？"

沈宛本是安静地坐着，突地听到说起自己，有些慌乱地抬眼望向说话的人，回道："臣女的拙作，若是皇后娘娘能瞧得上的话，日后定让人送来。"

"好，若是家里藏有好书，不妨也借给本宫瞧瞧，若是本宫这里有你瞧得上的，咱们换了也可以。"凤婧衣笑着说道。

在座的官家小姐，个个看她的目光都透着羡慕和隐约的嫉妒，唯有这个沈宛，眼神平静清亮，大约这就是文人的傲骨，倒是让她有些欣赏。

沈宛瞧了瞧榻上还搁着的书，问道："皇后娘娘看的可是《晋秋十八记》？"

凤婧衣侧目扫了一眼小几上的书，有些可惜地道："本宫从玄唐带来四本，宫里寻来寻去也只有六本，还有八本却是一直寻不到。"

沈宛微然一笑，说道："还有八本，一直让家父藏着呢。"

"是吗？回头本宫让人把这几本送到沈府与你交换看看。"凤婧衣道。

"宫中的几本，家父倒是也看过，若是能看到娘娘从玄唐带来的余下四本，想必家父定然是高兴的。"沈宛笑着说道。

其他人见她独独与沈家人说话，一时便有些坐不住了，谁都知道新帝对皇后百般宠爱，若是为沈家说上几句话，沈家怕又要高升了。

一个个纷纷说着自己家里也有古书字画什么的，她也只是含笑应对，好不容易将一众人给打发走了，天已经快黑了。

她换下一身繁重的凤袍穿上了常服，系好披风对着方嬷嬷道："若是陛下问起，就说我有事先回凤凰台了。"

"皇后娘娘……"方嬷嬷说着，人却已经快步离开了。

凤婧衣出了坤宁殿便带着况青和几名侍卫出了宫，一行人正准备出城之际，却看到本该在宫里的崔英，带着几个人骑着马准备出城，一个个换了衣冠，似是在刻意隐藏行踪。

况青望了望她，出声道："皇后娘娘，要怎么办？"

凤婧衣沉默了片刻，道："跟上去看看。"

崔英现在也是萧昱的近侍，这个时候没有在宫里，却神神秘秘地准备出城，实在有些可疑。

第四十九章 此情昭昭

于是，他们没有直接回凤凰台，而是一路暗中尾随崔英离开了丰都。

一路快马加鞭，到半夜之时跟着到了临江城，崔英带着人直接到了驿馆，对着侍卫亮出了令牌，进了驿馆里面。

况青看了看外面的守卫，说道："那不是圣命押解江阳王出京的宫中侍卫吗？"

这明显是冲着江阳王而来的，可是他是想干什么，一时之间却又有些猜不透。

凤婧衣沉默了一会儿，道："过去看看。"

说罢，带着人到驿馆外，侍卫是认得况青的，自然也就将他们放了进去。

她快步寻到了亮着灯火的屋子，推开门之时崔英正带着人站在屋里，而被看守在内的江阳王已经毒发身亡。

"皇后娘娘！"崔英一看来人，带着人连忙跪下去。

凤婧衣看着倒在地上的江阳王，还有屋内一片狼藉，可见这毒药是被人强灌下去的。

"这是……谁让你干的？"

崔英从袖中取出一块黄布，呈上说道："这是先帝交代的，若是陛下没有处死江阳王，就让奴才带着这道密旨，将江阳王赐死，以免将来后患无穷。"

凤婧衣接过打开看了一眼，果真是先帝的笔迹，只是这般对自己的亲生儿子，到底是让人有些寒心。

"罢了，你就当本宫没来过吧，处理完了尽快回宫去。"

"是。"崔英伏首回话。

凤婧衣带着况青离开驿馆，再回到凤凰台之时，天已经亮了。

沁芳刚刚起来，看到从走廊走过来的人还以为自己眼花了，直到人到了眼前才相信："主子，你怎么回来了？"

宫中现在诸事繁多，她以为她还有几日才回来呢。

"瑞瑞呢？"

"还睡着呢，估计一会儿就该醒了，奴婢起来给他准备吃的。"沁芳道。

"我去看看，你去忙吧。"凤婧衣说着，进了沁芳的房间，看着床上还睡得香甜的胖小子，眉眼间蔓延起了温柔的笑意。

小家伙大约是饿了，小嘴动了动，却又闭着眼睛继续睡着了。

她没去叫醒他，只是和衣躺在了他外侧瞧着他睡觉的样子。

过了没多久，小家伙睡醒了，小手揉了揉眼睛，正准备爬起身看到躺在边上的人，愣了愣之后便伸出了小手，声音软软糯糯的："抱抱。"

凤婧衣笑着坐起身，将圆乎乎的小家伙抱进怀里："瑞瑞最近乖不乖？"

小家伙却根本不理会她的话，抱着她的脖子就叫道："饭饭。"

她无奈失笑，只得赶紧给他穿好了衣服，抱着他洗了脸带去找沁芳要吃的。

一到了厨房闻到香气，小家伙就开心得直叫唤，抱到桌边坐着，就迫不及待地拍着桌子要吃饭。

沁芳将刚蒸好的蛋羹端到桌上，嘱咐道："小心烫。"

小家伙一见吃的，就伸着小手要自己抓，凤婧衣抓回了他的手，自己拿着勺子一口一口地吹凉了喂给他，小家伙吃一口就眯着眼睛满足地笑，样子可爱极了。

凤婧衣给他喂完了，瞅着他圆乎乎的小脸，好气又好笑道："以后吃成了大胖子可怎么办？"

小家伙吃饱了就自己下地玩了，沁芳给她准备好吃的了，才问道："宫里还好吗？"

"嗯。"凤婧衣点了点头，好在先帝用那样的方式制住了江阳王，给他们省了不少麻烦，虽然手段有些残忍。

不过，这样的事情过后，朝中怎么也得安宁一段日子了。

大夏，燕州边境。

"皇上，再往燕州外找，就要出大夏的国境了。"黑衣卫统领勒马停下提醒道。

自岳州离开便一直追查着冥王教的线索，也抓获了一些人，但对于要追查的傅家和楚王的线索，却是微乎其微。

这一次是得到消息，燕州附近有冥王教活动的迹象，他们才辗转追到了这里。

"先找地方落脚，原泓说这两日到，到现在还不见人，让人打听一下，是不是死在半路上了。"夏侯彻说着，一马当先往燕州城内的方向去了。

本是让原泓去凤阳追查玄唐这些年的事，结果一去就没了消息，还要他派人三催四请，原本说是这两日与他会合的，现在都还不见人影。

他一向办事都比较利落，这一回这么拖拖拉拉的，实在让人火大。

之前，自己一直不想听到或看到玄唐的任何消息，以为就可以慢慢忘了，慢慢放下，可是岳州再见过之后，自己却又开始后悔没有及时注意到那边的消息，否则就不会中了别人这样的圈套。

他想，死在岳州西山的不仅是那个孩子，还有他的爱情。

一行人进了燕州落脚，其他人出去打探消息，夏侯彻就趁机到了军中视察了军务以及燕州境内的政事。

他再回到落脚的驿馆之时，原泓已经赶了过来，打量了他一番，又有些难以开口的样子。

夏侯彻抿了口茶，冷冷扫了他一眼道："有话就说，舌头不会使了？"

原泓听了坐下，没好气地道："我是在想要怎么说，才能让你不受刺激，好吗？"

夏侯彻薄唇微抿，他既这般说，想必是关于她的消息了。

"北汉最近出事了，老皇帝驾崩，鸿宣太子登基为帝了，玄唐长公主立为皇后。"原泓如实说道。

夏侯彻长睫低垂看着自己手中的茶杯，掩去眼底一闪即逝的刺痛，这是早就知道会发生的消息，只是听到的时候还是痛得揪心。

原泓看着他的样子，挠了挠头说道："我也是来的路上刚接到消息，就算我现在不说，你也总会知道的。"

这世上女子千千万，他爱上谁不好，为什么要偏偏看上那么一个不能爱的人。

也许，凤婧衣也非他所想的那么无情，只是她身边有着比他更多的羁绊，亲人、朋友、责任，还有一个萧昱。

即便她对他有情，也绝没有到让她背弃那一切只为爱他的地步。

夏侯彻自小身边没有什么亲近的人，故而将感情放到一个人身上的时候，所倾尽的心思远超于常人，而心中的执念也超于常人。

夏侯彻恢复如常，望了他一眼问道："到凤阳查到了什么？"

原泓怔了怔，连忙将与容弈一起编好的一番谎话说给他听："当年凤婧衣生下的是一对双生子，岳州那个是体弱多病的哥哥，还有一个弟弟养在丰都，所以……这件事你也不用太过歉疚，起码还有一个孩子在她身边。"

"那傅家的人是怎么知道她行踪的？"夏侯彻追问道。

"虽然费了些功夫，但是查到傅锦凰之前躲到了玄唐境内，潜伏在了凤婧衣的一些亲信身边，不过现在已经找不到人了，玄唐境内也在搜捕她。"原泓说道。

至于，孩子出生之时经历的流离之苦，以及玄唐皇帝与傅家联手要置孩子于死地的事，他便只字未提，且也将回报的消息都压了下去。

不然，是个人一听也会怀疑起孩子的身世，何况是这个人。

好在一般外面回报的消息，都会先送到他和容弈手里，再由他们将重大的消息禀报于他，所以只要他们两个人瞒过他，没什么意外的话，便也能将事情压下去了。

只是，要怎么从丰都把那个孩子弄回来，就有些让他们头疼了。

不过，既然是大夏的皇子，断没有让北汉的皇帝给养着的道理。

"就这些？"夏侯彻剑眉微拧。

原泓想了想，然后点了点头。

"你跑过去这么多天，就只查到这么两句话？"夏侯彻冷然道。

"能查到这些已经很不容易了，你又不是不知道，现在那里已经不是你的地盘了，玄唐防大夏跟防狼似的，咱们的人往那边多看一眼，都恨不得操刀子跟咱们干起来。"原泓一边说着，一边起身自己去桌边倒水，以背对着他，唯恐让他看出了眼底紧张之色。

"朕一直想不通的是，傅锦凰为什么恨她，她初进宫里的时候就要置她于死地，现在谋划这样的事情杀了她的儿子，可是又为何要借朕的手来杀那个孩子。"夏侯彻拧眉想着，总觉得其中还有他所不知道的阴谋，却一时之间怎么也想不出来。

"宫里的女人争个你死我活的还少了，你那时候给她招的敌人还少了，还有你不是不知道，傅家在大夏落到那个地步，其中也有她的参与，傅锦凰这么恨她，也无可厚非。"原泓连忙解释道。

他都已经说了这么多了，这个家伙还在心存怀疑，还有完没完了。

夏侯彻听了想想也是那个道理，烦躁地挥了挥手，下起了逐客令："没事你先出去吧，朕要休息了。"

从听到他的第一句话，心情就烦躁得不行。

原泓抱怨地瞥了他一眼，起身一边走一边唠叨："大老远地跑过来，说几句话就把人踢出门，当初一定是瞎了眼，跟了你这样的主子。"

夏侯彻心情不佳，懒得理会他，直到聒噪的人走了，屋内才安静下来。

暮色降临，屋内光线昏暗，他一身黑衣悄然融入在无边的黑暗中。

他总是在这样黑暗无人的时候想起她，可是仔细想来，自己却并没有多么了解她，甚至真的没有萧昱了解她。

即便她在他身边三年，许多事许多心思都是藏着的，他不知道她是哪一天生辰，他不知道她以前在玄唐是怎么生活，他不知道她喜欢什么东西不喜欢什么东西，他不知道她心中的自己是个什么样子……

他知道她骗了他三年，可是他总觉得在那三年的欺骗中，有那么一些时候他是真的遇到过真正的她。

也许很少，也许很短暂，但他感觉自己真的遇到过。

可是他越想拥有她，她却离他越远，远得让他难以触及。

虽然一行人寻到了燕州，寻了几日也未寻到冥王教的人所藏的地方，直到第四日有人回来禀报："皇上，燕山上有一处寺庙有些奇怪，城里很多地方我们都暗中寻访了没有什么可疑的地方，就是这座寺庙有些奇怪，只怕里面有鬼。"

"哪里奇怪？"夏侯彻不疾不徐问道。

"寺里不让香客上香，却又有时候放一些人进去，一个僧侣寺庙里面却还住着女人，那些放进去进香的人，还都是些有些身手的神秘人，所以……"黑衣卫统领说道。

"叫上原泓，过去瞧瞧不就知道了。"夏侯彻说着，拿起玄铁剑便出了门。

不管那寺里有什么，也要去看看，如果是跟冥王教有关的就最好，如果不是就再另外查找就是了。

反正，任何一丝能查到傅家的线索，他也不能放过。

一清早，原泓还没睡醒便被人给叫起来，跟着出了驿馆昏昏欲睡地爬上马背，抱怨了整整一路。

到了寺庙外，夏侯彻侧头道："你去敲门。"

"我？"原泓指了指自己。

"叫你去，你就去。"夏侯彻沉声令道，大有他再不自己去，就把他扔过去的意思。

原泓嘟嘟囔囔地下了马，到了寺外敲了敲门，可是半天没人过来开，于是又接着敲，还不见人来开，就直接撒火开始踹起门来了。
　　黑衣卫在林子里，看着在门口跟个泼妇又是骂又是踢门的人，不忍直视地扭开了头。
　　大约寺里的人也是被他吵烦了，一开门就拿一把刀出来："大清早的，叫什么叫？"
　　"我是来上香的。"原泓缩了缩脖子，说道。
　　"本寺不接香客，滚。"出来的和尚没好气地喝道。
　　原泓咬了咬牙，一出手便夺了对方兵刃，转眼把人踩在了脚下："本大人今天的起床气还没消呢，你还来给我添堵。"
　　夏侯彻远远看到原泓动了手，面色冷然地一抬手命令黑衣卫进寺里。
　　这样的和尚，一看就不是出家人，寺中肯定有不可告人的秘密。
　　被原泓制住的和尚一见情形不对，立即扯着嗓门大叫，让寺里的人赶紧撤退。
　　可是黑衣卫已经将该庙各个出口都堵住了，又哪里容得了他们逃脱，待到一番交战结束，黑衣卫统领过来禀报道："皇上，所有人都制住了，除了一个女的还活着，其他的都已经死了。"
　　夏侯彻扶剑进了寺庙里，一一扫过了院中的尸首，看得出来死的和尚手上都是常年使过的兵刃，若真是出家之人，是甚少使这样伤人的东西，可见这寺里的和尚都是假和尚。
　　"一个活口都没有？"
　　"全都以命相搏，便是擒住了活口也自尽了。"
　　夏侯彻在寺里里外外走了一圈却并没有发现有什么可疑之处，这才问道："那个女的在何处？"
　　"在后面的禅院。"黑衣卫统领一边说着，一边前面带路。
　　原泓看着一路的死尸，叹气道："看吧，又白忙了一场。"
　　冥王教的人太过谨慎，就算他们有抓到的活口，也都自尽而不愿落在他们手里，也正因为这样，才让他们每次追查到的线索少得可怜。
　　只是，这么下去要何年何月才能找到傅家和楚王他们。
　　夏侯彻跟着黑衣卫统领进了禅院，看着被押着吓得瑟瑟发抖的妇人，冷声问道："你是什么人，在这寺里又做什么？"
　　"我……我不是坏人，我不是跟他们一伙的。"妇人说着，不住地磕着头说道，"我是被他们抓到这里来的。"
　　夏侯彻冷眸微眯，这样胆小怕事的怕也不是冥王教内部的人，于是起身到了内室，在屋内打量了一圈，正准备出去却听到柜子里发出一点细微的响动。
　　黑衣卫统领拨剑靠近柜子，喝道："什么人在里面！"
　　里面没有人说话，却又发出了一点响动，像是有什么从里面在敲着柜子。
　　"打开。"夏侯彻站在柜子前下令道。

黑衣卫小心上前打开了柜子的门，一堆衣物之中一个孩子从里爬着探出头来，小手揉了揉眼睛，长得极是清秀漂亮，圆圆的眼睛瞅着一屋子的人愣了愣，然后又费力地往外爬似是想要出来。

"这里怎么有个孩子？"原泓站在一旁皱眉道。

夏侯彻冰冷的目光瞬间变得柔软，莫名又想到岳州那个死在自己手里的孩子，上前将那个孩子从柜子里抱了出来。

不知怎地，这孩子的眉眼竟让他看着看着，有了她的影子。

孩子从他怀里挣扎着下了地，可能是刚刚学走路的年纪，走起路来摇摇晃晃的，好像随时都要摔一跤似的，在屋子里自己走着好像在找什么。

夏侯彻将孩子抱到了外室，望向被押着的妇人问道："这是你的孩子？"

那妇人闻言望了望孩子一眼，连忙摇了摇头："不是，不是我的，我被他们抓来的时候这个孩子已经在这里了。"

"外面那些人是什么人？"夏侯彻追问道。

"我不知道，只是偶尔外面会有人来看这个孩子，有人称外面的为教王，还一再嘱咐我要好好照顾这个孩子，别的我不知道，也很少出这个院子。"那妇人战战兢兢垂着头说道。

"看来，这个孩子跟冥王教的关系匪浅。"原泓说道。

夏侯彻沉默，侧头望着在屋里走着找东西的孩子，对于冥王教的人他一向不手软，可是这个孩子却总让他想起岳州的那一幕惨剧。

"这个孩子朕带走了，你安排人在寺庙周围守着，再有人来的时候定能有所收获，若是不成，就带着这妇人安排一个孩子，把他们引出来。"

"带回京？"原泓挑眉望了望他，又望了望站在他边上的小家伙，"你脑子没问题，这可能是冥王教内的孩子。"

"你废话真多。"夏侯彻说着，弯腰一把抱起了孩子先行离开。

小家伙倒也不认生，望了他一会儿，伸着小手摸着他脸上浅浅的疤痕，柔嫩的小手贴在他的脸上，让人的心都不由自主为之柔软。

他薄唇扬起，伸手抓住孩子小小的手，道："不管你爹娘是谁，以后朕就是你的义父好不好？"

小家伙也不知听懂没有，看着他在笑，小小的脸上也跟着洋溢起笑容。

原泓跟着出了门，看着抱着孩子走在前面的人不由得叹了叹气，知道他是因为岳州之事才对这个孩子手下留情，可是这个孩子留在他们手里，到底是福是祸也未可知。

"喂，以后引狼入室什么的别怪我没提醒过你，东西可以乱捡，孩子你也敢乱捡？"

夏侯彻全然不理会，径自抱着孩子一边走一边道："嗯，要给你取个名字，就叫……懿儿好不好？"

"干吗要跟姓容的叫一个名字，还是跟上官邑一个字的邑？"原泓不知他说的是哪个字，便叫唤道。

"壹次心的懿。"夏侯彻说着。

壹次心，一辈子只心动一次。

因着要避免冥王教的人再追查到孩子，下了山夏侯彻便将孩子裹在了自己的披风里，快马进城回了馆驿。

谁知刚一进门，小家伙便哭起来了。

对于他这样第一次接触这么小的孩子的人，实在不知道该怎么招架。

原泓看着姿势别扭地抱着孩子的大夏皇帝，出声道："是饿了吧！"

这个时候大人都该用早膳了，别说是孩子了。

"让人做吃的来。"夏侯彻一边哄着不住哭泣的孩子，一边催促道。

原泓一边打着呵欠，一边出去吩咐了厨房准备了孩子吃的东西，两个大男人手忙脚乱地喂了孩子吃了早饭，已经累得满头大汗。

"一顿饭都这么折腾人，你确定你要带回去养？"

夏侯彻也不由得皱了皱眉头，他也不知道带孩子是这么折腾人的事，可是这个孩子……

他舍不得不管不顾，初见之时还在他身上看到了她的影子。

原泓瞅着孩子清秀漂亮，睫毛修长，咕哝道："这是男孩儿还是女孩儿？"

一边说着，一边去拉开孩子的裤子去看。

夏侯彻无语地瞪着扒人裤子的人，越来越怀疑自己，当初怎么就请了他入朝为官了。这样的人，明显脑子有问题。

"啊哈哈，是个小子，不过长得这么漂亮还真看不出来，我还以为是个小姑娘呢。"原泓笑嘻嘻地说道。

小家伙自己在屋里走着转着，对于陌生的地方很是好奇的样子。

"懿儿，过来。"夏侯彻拍了拍手叫道。

小家伙扭头望了望他，转身自己走了回来。

原泓皱了皱眉，咕哝道："这名字怎么听怎么硌硬人。"

跟姓容的名字一个音，也跟北汉皇帝以前的名字一个音，真不知道他是怎么取的。

夏侯彻瞥了他一眼，将孩子抱起放到桌上，打量了一番道："这孩子刚会走，也不知道有多大了。"

"这样子，也就一岁左右，能走了应该也学着说话了。"原泓拍了拍手吸引他的注意，教道，"懿儿，叫叔叔，叔叔。"

小家伙望了他一眼，又低着头玩自己的手，含糊不清地叫了声，"娘娘……"

"他叫什么？"原泓问道。

夏侯彻想了想，道："好像是叫娘。"

之后，不管原泓怎么逗怎么教，孩子叫出口的永远都只是娘娘。

"哎，可怜的孩子，这么念着你娘，现在就要被人拐跑了，以后再也见不到你娘了。"原泓一边逗着他玩，一边咕哝道。

夏侯彻一听便有些不乐意了，瞪了他一眼道："你这张嘴，废话还真是多。"

"你本来就是抢了别人的孩子，还不许我说了。"原泓说着，将孩子抱起，"是不是，小懿儿。"

夏侯彻起身将孩子从他怀里抢回来，沉声下令道："好好把交代你的事情办好了，若是有人找过来，尽快查清这孩子的身世。"

若是冥王教的孩子，他也不准备送回去的，若是一般人家的孩子，还是送回到他爹娘身边吧。

不过，他也确实是想将这个孩子养在自己身边，总觉得与他有一点莫名的缘分。

甚至在想，如果死在了岳州的那个孩子不是她的孩子，也许……

小家伙很乖巧，除了饿急了会哭，一般都是不哭也不闹的，坐在他腿上抓着他的袖子揉着玩得不亦乐乎。

"那我们就要继续留在这里守株待兔吗？"原泓一边逗着孩子玩，一边问道。

如果对方能送上门来，只怕会是条大鱼。

"你安排几个得力的人，明天把这个孩子先送到云台山苏妙风那里。"夏侯彻说道。

他现在当务之急要追查傅家和冥王教的事，带着个孩子在身边多有不便，可送回盛京也不一定安全，思来想去只有先送到她那里最好。

"好。"原泓没有多问，便应了下来。

他们追着冥王教的人四处跑，时不时就是刀光剑影的，实在不适合将这个孩子带在身边，而且在查清楚孩子跟冥王教的关系之前，实在不适合让更多的人知道，放宫里养着就更不合适了。

第五十章
重回盛京

丰都，凤凰台。

凤婧衣已经自宫里回来两天了，萧昱让人送信回来说明日回来，陪她一起带瑞瑞到庙里上香祈福，她便就推迟了一天等着了。

午后阳光正好，她和紫苏带着孩子到果园里摘果子，小家伙站在葡萄架下仰着小脑袋，伸着手就兴奋地叫道："果果，果果……"

小家伙认识的东西不多，但凡是个圆的东西，他都会说是果果。

紫苏立即就给他摘了下来，剥了皮还没喂给他就被瑞瑞一把抓住塞到自己嘴里了。凤婧衣无奈失笑，抱起他让他自己伸手去摘。小家伙最近特别喜欢往果园跑，甚至喜新厌旧也不去找小兔子玩了。

"瑞瑞，吃果果。"紫苏又剥好了喂给他。

"才刚长牙，别让他吃太多了。"凤婧衣道。

紫苏一边给他喂，一边笑语道："就是因为长牙了，才要他多吃些东西练牙口。"

所以，她和沁芳一天挖空了心思地给他做能吃的东西，小家伙在她们的喂养下也长得无比壮实。

其实，她还是比较喜欢乖巧的熙熙，每次看到这个孩子都会想到他，只是这样的事，大家都默契地埋在心里，没有再说出来。

她和沁芳都知道，凤婧衣一直将熙熙长命锁的锁片带在身边，有时候早上进去的时候，她都是攥在手里的。

"瑞瑞，下来自己走，娘亲抱不动你了。"凤婧衣说着，蹲下身将他放到地上，小家伙抱着她的腿不肯撒手，非要她再把自己抱起来。

紫苏看着凤婧衣腿边蹭着撒娇的小家伙不由得失笑，放下篮子走近伸着手道："我抱你好不好？"

小家伙扭头看了她一眼，还是朝着凤婧衣伸着小手。

凤婧衣无奈，只得又将他抱了起来，小家伙高兴地搂住她的脖子，生怕她再把自己放下去了。

三个人在果园里玩闹了一下午，回到住处已经快天黑了，紫苏去洗水果，瑞瑞就一直跟在她后面转悠，生怕错过了好吃的东西。

沁芳端着一碟糕点送过来，道："明天出去估计得好几个时辰，我做了这个，可以带着给孩子饿了的时候吃。"

小家伙跟紫苏过来，一看到桌上的盘子就赶紧过来了，伸着小手叫道："饭饭，饭饭……"

凤婧衣拿了一块给他，叹道："你们两个也太惯着他了。"

"孩子喜欢就好了。"沁芳看着小家伙吃得香，笑着说道。

"你看他现在这圆滚滚的样子……"凤婧衣好气又好笑，就是紫苏和沁芳两个人太宠着他，小家伙总是个圆滚滚的样子，抱一阵都觉得累得慌。

沁芳笑了笑，道："奴婢去准备晚膳了。"

紫苏又给他剥了葡萄，小家伙拿着没有自己吃，反倒是跑到了她跟前伸着小手要给她。

凤婧衣伸手接了过去，朝紫苏叮嘱道："别给他吃太多，一会儿还要用晚膳。"

三个人正在屋子里玩得高兴，外面传来宫人请安的声音，不一会儿萧昱便已经进门了。

瑞瑞从紫苏端着的盘子里一手抓了一颗葡萄，见萧昱进来了就冲他伸着手要给他："果果……"

萧昱笑着走，倒真接了过去吃了，笑着道："看来种个果园，还真是不错。"

凤婧衣倒了茶递给他，问道："宫里的事，都安顿妥当了？"

"以后早朝改成三日一次朝会，若是有紧急事情就直接面呈于我，省得时间全浪费在赶早朝上了。"萧昱接过茶抿了一口，伸手摸了摸瑞瑞的头，道，"所以明日不用进宫了，有事他们会把折子送过来。"

"这样做，朝中不会有异议吗？"凤婧衣担忧地道。

玄唐以前就是改为了三日一次朝会，平日若是无关紧要的小事就直接上呈。

"哪里天天都有那么多事要朝议的，这样也没什么不好。"萧昱一边说着，一边也帮着给瑞瑞剥葡萄。

小家伙吃了不少水果和糕点，她怕他会撑着，晚膳便不让他吃了，结果他抱着桌腿哭得好不凄惨，让人哭笑不得。

"让他吃吧，小孩子正是长身体的时候，吃完了带他出去走一走就好了。"萧昱说着，也不顾她答不答应，就吩咐了沁芳去给瑞瑞拿吃的。

果然，晚膳完了，小家伙肚子已经撑圆了。

萧昱给她取了披风，有些心虚地笑了笑："到园子里走走吧，难得清闲。"

三人一道出了门，瑞瑞自己走在了前面，不时停下来好奇地仰头看看挂着的灯笼。

萧昱自然地伸手牵住她，不紧不慢地跟在孩子后面走着，幽幽说道，"阿婧，什么时候，我们才能有一个孩子？"

他可以等，可是他也想知道，他还要等多久。

一天天看着这个孩子长大，他也希望有一个属于他们的孩子。

凤婧衣怔了怔，抿唇沉默着没有说话。

他的要求是合情合理的，可是她的心里却是不由自主的紧张。

萧昱沉默地看着前面走着的孩子，不敢侧头去看她此刻的神色……

"三个月，给我三个月。"凤婧衣说着，眼底满是决绝。

她知道，朝中已经有人开始提及立储之事，可是瑞瑞终究不是他的孩子，他们之间的关系不能一直这样僵持下去……

她想要的一切，他能给她的一切，都给她了，她不能再这样下去。

萧昱怔然侧头望向她："阿婧……"

听到她这样的回答，他本是高兴的，可是高兴之后却又有点难过，她不是真的打心底放下过去，只是又一次理智地在做一个选择而已。

大约是近几日宫中事情太多，次日一早她和瑞瑞都起床了，萧昱竟还睡着。

她将孩子带出去换好了衣服，照顾着用了早膳，打点好了准备到庙里的东西，里面的人才醒。

萧昱用了早膳，处理了一早从宫里送过来的折子，这才和他们离开了凤凰台前去佛光寺祈福上香。

佛光寺离丰都还有一段路，瑞瑞在马车上格外兴奋地爬来爬去，坐了才一会儿就开始到处找沁芳放在马车上的糕点。

一行人到了寺里的时候，已经到了午后，因着是微服出来，除了跟着来的紫苏，便只有况青等几人护卫。

佛光寺是北汉有名的佛家圣地，往来的香客也是络绎不绝，凤婧衣下了马车便准备抱瑞瑞下来，却被萧昱抱过去了。

"到山门还有一段路呢，这小子也不轻，我抱着吧。"

凤婧衣笑了笑："好。"

而后，自己跟紫苏一起走在边上。

小家伙趴在萧昱肩膀上，眼睛直直盯着紫苏提着的篮子，一个劲儿地念叨："饭饭，饭饭……"

紫苏哭笑不得，拿了一块糕递给他，小家伙很快就消停下来了。

两人带着瑞瑞到寺里，请高僧为其诵经祈福，谁知道他竟是听着听着赖在她怀里睡着了，让她对着一众僧侣尴尬不已。

好不容易祈完福了，要为他问吉凶，小家伙却是怎么也在里面待不住了。

"紫苏，你带他出去转转，别走远了。"

紫苏给了他一块糕点，小家伙欢喜地接过便让她给牵走了，出了门没几步，手里的东西已经被吃掉了。

"你啊，这么能吃，会被你娘亲嫌弃的。"她无奈说着，却还是又拿了两块，让他一手拿了一个。

小家伙跟着她在寺里看各殿的佛像，倒也没怎么吵闹了。

紫苏经过月老殿，看着里面祈愿的年轻男女不少，想到佛光寺里有名的圣地，心下一动便牵着瑞瑞进去了，说道："瑞瑞在这里等着。"

小家伙哪里肯听话，松了手就自己在殿内好奇地瞧着佛像，然后就围着殿内的柱子转着走，转了两圈便晕得一下摔倒在地。

一位香客看到将他扶了起来，小家伙望着地上已经被摔碎了的糕点，小嘴开始扁起要哭，那香客看了从自己的篮子里的油纸包取了一块糕点给他："好了，不哭了。"

小家伙好奇地抬头望她，看见人起身走了，自己也跟在后面往外走，可是大门的门槛太高出不去，便只有放弃了。

凤婧衣二人寻过来，萧昱将趴在殿门处的小家伙抱了出来，瑞瑞低头望了望手里的糕点，然后递到了他的嘴边："饭饭……"

萧昱失笑："我不吃，你吃。"

小家伙却还是伸着手，固执地说道："饭饭……"

萧昱无奈只得接了过去，享用了他的东西，几人在寺里待了一阵，便一起下了山准备回凤凰台了。

谁知，刚把孩子放上了马车，他便感觉到胸腔血气翻涌。

紫苏一见面色不对，连忙上前把了脉，大惊失色道："是中毒……"

凤婧衣怔怔地望了望坐在马车上的瑞瑞，喃喃道："是不是刚才瑞瑞的糕点……"

早上都还好好的，若有可疑之处就唯有刚才瑞瑞给的那块糕点。

紫苏连忙打开了糕点盒子，查看了一番道："没有毒的。"

"况青你去寺里看看，有无可疑之处。"凤婧衣说着，连忙和紫苏一起将萧昱扶上了马车。

如今当务之急是先回凤凰台医治，可是思来想去，也只有刚才在寺里瑞瑞手里的东西可能被来往的香客中人动了手脚。

这若不是瑞瑞一时兴起给了萧昱，此刻中毒的便可能是瑞瑞了。

马车在官道上疾驰如飞，凤婧衣抱着瑞瑞看着萧昱面色泛着黑色，一颗心也紧紧揪在了一起。

紫苏不停地冲着赶车的侍卫催促，紧张地望了望她说道："我学的医术不多，得尽快回去找空青才是。"

从早上到寺里这一路，唯一会被人动手脚的时候，也只有她带着瑞瑞进了月老殿，那一会儿的工夫，这若是有个三长两短，她便是罪人了。

只是，瑞瑞还小，那会儿在殿中遇上什么人，发生什么事，他也不知道，更加说不出来。

萧昱强打着精神，伸手拉住凤婧衣紧张得有些发凉的手："放心吧，没事的。"

他有些庆幸，出事的是他而不是这个孩子。

她刚刚才失去了一个孩子，若是瑞瑞再有什么意外，让她如何是好。

他一个大人抵抗能力总比孩子要好些。

"会不会又是傅家的人？"紫苏愤怒地问道。

熙熙就被他们害了，现在竟又来对这个孩子下手，实在让人忍无可忍。

凤婧衣眉头紧拧，一手不由得将怀中的孩子搂紧了几分，差一点……差一点连瑞瑞也失去了。

只是，现在脑子一团乱，她一时也理不出个头绪来，只想尽快回到凤凰台，医治好萧昱所中之毒。

瑞瑞并不知发生了什么，只是看着几个人奇奇怪怪的，赖在她怀里也不敢出声。

"一定有人一直盯着凤凰台这边，不然不会这么巧也在庙里。"萧昱虚弱地提醒道。

"我知道，我知道，你别说话了，我会让人去查的。"凤婧衣紧张地道。

这一切，本不该让他来承受的。

因为他，北汉的太子之争波及了她和玄唐，可同样的，她带给了他许多本与他无关的灾难……

马车在凤凰台外面停下，凤婧衣放下瑞瑞和紫苏一边扶着萧昱下马车，一边道："叫空青到冬之馆，快！"

凤凰台的侍卫听到响动，也连忙赶了过来帮忙扶人，凤婧衣这才将瑞瑞从马车上抱了下来快步跟了进去。

"这是怎么了？"沁芳出来，一看到被侍卫扶进来的萧昱，大惊失色问道。

"让人通知公子宸找淳于越来丰都，还有让人看看凤凰台附近是否有可疑之人，无论发现什么，一律回来禀报。"凤婧衣急急吩咐道。

对方既然下手，所下之毒只怕是非同一般，一般人也难以应付。

"好。"沁芳也来不及进去细看，连忙照她的吩咐下去了。

凤婧衣抱着孩子进了殿内，空青和紫苏正在床边一脸沉重地诊治着，个个皆是一脸紧张之色。

过了一个多时辰，况青带着人回来，进殿问道："陛下如何了？"

凤婧衣侧头望了望床上的人，空青还没有说话，具体情况如何她也不甚清楚，将孩子交给边上的宫人带着。

"况青，我们出去说。"

"是。"

两人出了内殿，况青取出装着的糕点道："这是从月老殿找到的，从正殿出来的时候末将一直带人跟在紫苏姑娘和瑞少爷后面，并无可疑之处，当时也带着人在月老殿外面守着，唯一有机会动手脚的，就可能是月老殿的香客之一，只是当时庙内人来人往的，我等也并未去仔细注意出入的人。"

凤婧衣沉默地转着手上的扳指，说道："陛下中毒之事，暂时不要让朝中知晓，让凤凰台上下口风紧点。"

虽然江阳王一派是除掉了，一时也震慑住了朝中的势力，可他毕竟刚刚登基，若是这事传到丰都城里，势必会有一番大的波动，再有人趁机落井下石，麻烦可就大了。

"可是，此事能瞒得了这两天，后天的朝会陛下总要露面。"况青担忧地道。

凤婧衣想了想，道："此事，待我与陛下商议过再说。"

这个时候，萧昱若是有个三长两短，北汉可就真的要天翻地覆了。

"是。"

凤婧衣一转身，看到被宫人牵着站在身后的瑞瑞，好似是被屋里紧张凝重的气氛吓着了，平日很调皮的，这会儿竟乖巧得不得了。

他虽躲过一劫，可若是里面那个人有个什么意外，她要怎么办。

她走近蹲下身抱住他，沉重叹息："瑞瑞，娘亲已经失去了你哥哥，不能再失去你了。"

小家伙伸着小手抱她，软软糯糯的声音唤着她："娘娘……"

凤婧衣松开他，心疼地摸了摸他圆乎乎的小脸，朝着边上的宫人叮嘱道："这两天好好照顾孩子，不要出冬之馆。"

萧昱中毒，她既要追查凶手，又要帮他应付宫里，只怕分不了多少心思照顾孩子。

"是，皇后娘娘。"

凤婧衣敛目深深呼吸，缓缓站起身举步走进内室，准备面对接下来的滔天风雨……

空青诊治完，整个人已是满头大汗，收了银针望向床上的人，说道："还好赶回来了，这毒也不是一下就致人性命的，会让人煎熬上一段日子才会彻底致死，所以我可以施针加上用药控制毒性蔓延，但是这样你的身体就会一天比一天虚弱，如果二十天内不能服用解药，毒发之时将会承受加倍的痛苦而……"

最终的后果，他没有说明，但他相信听到的人也是知道的。

"是什么毒，如果你家公子过来，能有办法吗？"凤婧衣望了望床上的人，焦急地追问道。

空青抿唇沉默了一阵，坦言道："公子来了，只怕也没那么容易。"

淳于越确实医术过人，但是他也是人，不是任何的病症都能医治得好。

空青方才那番话的言下之意，这所中之毒，恐怕没有那么简单能解了。

凤婧衣不安地站在床前，手心里满是冷汗，还有二十天，可是不知道是中了什么毒，她要从哪里去找回解药。

"你们在这里照看吧，我去抓药。"空青说着，收拾了东西出去。

紫苏哭着望向她，道："都是我的错，我没有照看好孩子，才出了这样的事。"

若不是她跑到月老殿去祈福，将瑞瑞放在边上没有看住，怎会让人有了可乘之机。

凤婧衣伸手拍了拍她的肩膀，安抚道："没事，你去帮忙照看瑞瑞吧。"

事情已经出了，她再责怪紫苏也是于事无补。

紫苏望了望床上躺着的人，咬了咬唇默然离去，眼中满是泪水。

她太低估了凤婧衣和孩子所处环境的危险，她不曾想到他们的周围有着那么多千方百计要置他们于死地的人，自己才一时疏忽就酿成如此大祸。

凤婧衣到床边坐下，看着床上因为中毒而面泛黑色的人，喉间哽咽着半晌也说不出一句话来。

"不是还有淳于越吗，别担心。"萧昱唇角扯出一丝笑意，安慰她道。

"对不起……"凤婧衣低头痛声道。

他平日里饮食起居也都有专人验过的，最后却是瑞瑞将有毒的东西给了他，让他成了这个样子……

如果可以，她宁愿承受这一切的是她自己，而不是他。

萧昱撑着坐起身，抬手拭去她脸上的泪痕，道："阿婧，我相信我们都是福缘深厚的人，那么多难关都过来了，这一次也一样。"

他还舍不得死，舍不得就这样离她而去。

"对，还有二十天，一定会有办法的。"凤婧衣抬眼望着他，坚决地说道。

萧昱倾身抱住她，在她耳边呢喃道："阿婧，我不怕死，我只是不想就这样离开了你，我们说好了要一辈子在一起的，一辈子……"

从很久很久以前开始，她就已经是他生命中不可或缺的唯一。

她的快乐就是他的快乐，她的悲伤就是他的悲伤。

从相遇的那日起，一颗叫凤婧衣的种子就扎根在了他的心里，一天一天，一年一年，

第五十章 重回盛京

长成了参天大树，若要让他舍弃，将其连根拔起，他可以想象得到，那是何等生不如死的痛苦。

凤婧衣沉默地敛目，抑制住眼底的泪意："你不会死，一定不会。"

她欲起身，却被他按在怀中。

"让我抱抱你。"萧昱低语道。

凤婧衣没有动，任由他抱在怀中，可是一想到如今的一切，一时间却怎么也想不出一条出路来。

良久，空青端着药进来，在门口轻咳了一声，里面拥抱着的两人这才松了手。

凤婧衣接过他端过来的药，吹了吹才递给萧昱："先把药喝了。"

萧昱接过药碗喝了，过了一会儿面色倒是比先前好一些了，只是人却依旧没什么血色。

空青收拾了东西，走之前欲言又止地望了她一眼，又一语不发地出去了。

凤婧衣在房里坐了一会儿，扶着他躺下说道："你先休息一会儿，我出去交代些事情。"

"嗯。"他点了点头，没有多问。

凤婧衣起身出去，看着面色沉重地坐在外面的空青，连忙问道："你要说什么，现在可以说了。"

他那会儿是要说什么的，只是碍于萧昱在，又没有直说。

空青起身，沉吟了片刻问道："当年你从北汉带回冰魄之时，金花谷师傅给你的那颗毒药……在哪里？"

凤婧衣皱了皱眉："应该在大夏宫里。"

当时淳于越给了她，她就随意放在寝宫里的一处藏着了，只是他怎么突然问起这个？

"我想，他中的毒就是跟师傅给你的那颗毒药加以其他之物炼制而成的。"空青如实说道。

那颗毒药本是要她拿去毒死大夏皇帝的，可阴差阳错却辗转落于他人之手，害了萧昱。

这番话若是他方才在里面说出来，可想而知会让她有多为难。

"怎么会？"凤婧衣一个踉跄跌坐在椅子上，周身的血液都在寸寸变凉。

"师傅研究新的毒物和药物都会有记载，记载这些东西的人就是我，所以可以肯定一定是那种毒加了其他东西。"空青为难地说道。

凤婧衣深深呼吸，稳住心神问道："可配得出解药？"

"当初师傅所制的那颗毒药，是与那颗冰魄所制的解药相生相克的，原是想着如果你拿着药救了夏侯彻，若是将来到了万不得已之时用了那颗毒药，这世上再无冰魄，便也再无解毒之药。"空青说着，认真望向她道，"如果能找到你当年带回去的那颗解药，就算不能解了药毒，也能清除他体内的一部分毒，再设法解余毒，想必也会轻松一些。"

"一定要那颗冰魄所制的解药吗？"凤婧衣追问道。

当初回去就让人给了夏侯彻，如今还在不在大夏宫里都不知道，可就算是还在，她又要怎么去拿回来。

"除非，你能再找出第二个冰魄，否则即便是公子来了，也是一样的。"空青决然说道。

当初公子就怕她下了毒会后悔，所以才制了以冰魄为引的毒药，让她即便再想救人，也无药可救。

可谁承知道，夏侯彻骗了所有人，根本就没有中毒，自然那颗解药也是没有服下的，若是还在大夏宫里能找回来，那便也再好不过了。

凤婧衣紧紧抓着椅子的扶手，怎么也没有想到会是这样一种结果，她带回去没有毒杀那个人，到头来却是害了萧昱，也险些害了自己的儿子。

当初千里迢迢到北汉寻找冰魄为那个人解毒，如今她又要去大夏将那颗药讨回来。

可是，她又要怎么去面对他，面对杀了他们孩子的他。

空青知她为难，可是思前想后，还是说道："如果找不到那颗冰魄所制的解药，解去他身上一半的毒，那么便是公子来了也救不了他。"

这是出自金花谷的毒，虽然被下毒之人掺杂了其他毒物，但是有些东西是不会变的。

只是发生了这么多事，她好不容易从大夏回来了，现在又要去那里，又要去找那个人，这无疑是让她万分为难的抉择。

可是不去，萧昱就一定活不了。

凤婧衣敛目沉默了许久许久，睁开眼睛说道："我去。"

话音刚落，内殿却传出声音："不准去！"

他方才就觉得他们两人神色有异，所以才下床跟了出来。

萧昱扶着门出来，定定地望着她道，"阿婧，你不准去大夏。"

他不能再让她见那个人，绝对不能。

凤婧衣起身，咬了咬唇说道："可是没有那颗解药，你……"

如果不是她将冰魄带去了大夏，也不会发生今天的一切，这一切都是她造成的，于情于理她都应该站出来解决。

"一定还有其他办法，等淳于越过来再说，不管怎么样，你不能再去大夏，不能再去……"萧昱决然反对道。

她本就还放不下那个人，他们多见一次面，多说一句话，都有可能让夏侯彻彻底抢走她，他不能让这一切发生……

"萧昱……"

她扶住他，相劝的话还未说出口，却被他紧抓了手臂道："阿婧，答应我，不许再去大夏，不许再见那个人。"

凤婧衣看着他眼底的慌张和哀恸，沉默地点了点头。

她当然知道，他如此反对的理由，可是她不去，难道要这样眼睁睁地看着他一天一天地毒发，直到离开人世吗？

她看过很多人死，也有很多人离开了她，可是她最害怕看到死的人是他，而他的死，还是因为她。

由于萧昱的强烈反对，她只能暂时搁置前往大夏的想法，先安顿宫中内外的事。

朝会的前一天夜里，凤婧衣安排了马车将他送回了宫里，因着需要亲信在身边照顾，可又不好将瑞瑞一个人留在凤凰台，便将孩子一起带进了宫里。

只是萧昱所居的乾坤殿出入的人多而繁杂，瑞瑞待在这里多有不便，便让沁芳带着他住在了坤宁殿，为了以防万一让方嬷嬷留下一起照看，也好在如今宫中没有其他嫔妃，也没什么人会过去找她，只要不出门便也没什么。

乾坤殿东暖阁，萧昱面色疲倦倚在榻上看折子，只是如今的身体看着看着就闭上眼睛睡着了，凤婧衣给他盖上了薄毯，接替了他的工作，将折子替他看了，若是能拿定主意的事就替他批了，若是拿不定的大事，便搁在一旁等他醒来了再看，如此也省得他再多费心力。

因为一早吩咐过崔英，不得随意放人进来，殿内便只有他们两人。

崔英端着药进来，看到榻上的人睡着了，反而是皇后在替皇帝批着折子，顿时大惊失色："皇后娘娘……"

凤婧衣闻声抬眼，萧昱也跟着被吵醒了，看到崔英一脸惊惶之色，再一看她手中的朱笔便也知发生了什么。

"此事，你看到了，也权当没看见。"

"可是……"崔英战战兢兢地跪在地上，陛下再宠皇后娘娘，可这毕竟是国家政事，怎么能容得她去插手其中。

萧昱坐起身，看着他道："起来吧。"

阿婧给他帮忙也不是一回两回了，只是她仿他笔迹仿得像，一直没有人发现而已，崔英陡然看到这一幕，自是有些难以接受的。

崔英起身，端着药到了近前。

萧昱拿了两封折子，递给他道："看看，看得出是两个人批的吗？"

崔英放下药碗，接过一一打开仔细瞧了瞧，哪里瞧得出哪个是皇后批的，哪个是陛下批的，看陛下这般云淡风轻的样子，看来也是默许了皇后这样做。

这两日送出去的折子，大臣们倒也没发现什么异样，也许……真的只是他想得太多了。

"朕现在身体不如以前，皇后帮朕批示也没什么，这也不是第一回了，不必大惊小怪的。"萧昱说罢，端起药碗将药喝了干净。

崔英垂首回道："是。"

"这几道，我拿不定主意，你自己看吧。"凤婧衣将没批的几道折子递给他，说道。

"嗯。"萧昱顺手接了过去，面色平静。

崔英怔然在一旁站了一会儿，看着一起忙碌的两人，想来皇后娘娘以前在玄唐也是执政之人，做这些事倒也是有经验的，应该出不了什么差错，而且仿起陛下的笔迹，还真是惟妙惟肖，让人辨别不出。

他退了下去，暖阁内又是一片沉寂。

萧昱以拳抵着唇，一阵阵剧烈的咳嗽，凤婧衣连忙放下手上的事过去："你怎么样？"

半晌，他摇了摇头，咳嗽却是久久不止。

"萧昱，你让我去吧。"她恳求道。

这样看着他一天不如一天，她心急如焚，一刻也不得安宁。

"阿婧，这件事，我们不要再说了好吗？"萧昱止住咳嗽，面色微沉地望着她。

"我只是去取回解药，我一定会回来的。"凤婧衣认真地说道。

"我说不行，就是不行。"萧昱决然道。

凤婧衣咬了咬唇，焦急不已地道："可是没有解药，你会死的！"

"阿婧，你明明知道我在怕什么。"萧昱目光哀痛地望着她，嘶哑着声音说道。

他当然不想死，可是他们的又一次再见，会发生什么，会成什么样，他不敢去想。

"我只是去拿回解药就回来，你为什么就是不信？"

"我不是不信你，我是不信他。"萧昱沉声道。

夏侯彻不是那么容易放手的人，她若去了再想回来，又岂会那么容易。

凤婧衣知道自己是劝不过了，于是深深地沉默了下去。

可是，时间本就不多了，她若再不启程去，只怕能拿到，她也赶不及回来了。

萧昱看着她默然侧开头，眼中泪光闪动，于是软下语气道："阿婧，我们等淳于越回来，他总会有办法的。"

凤婧衣敛目叹了叹气，没有说话。

原本每天早朝，改成了三日一次的朝会议政，自然时间也比以前早朝要久得多，以他现在的身体状况撑两个多时辰无疑是很难的。

一早将人送到了正殿，她去坤宁殿看了一下瑞瑞，待了一个时辰，便早早回来带着空青在偏殿等着了。

听到正殿退朝的鼓声，她便赶紧到了门口，萧昱撑着进了暖阁内，整个人已经站不住晕厥过去，她和宫人七手八脚地将人扶进了寝殿，空青诊了脉道："他会一天比一天虚弱，恐怕再过些日子，连行走都是问题。"

隐月楼现在恐怕还没找到淳于越，即便他赶过来了，没有冰魄，也是徒劳。

凤婧衣神色沉重地站在床前，微微抬了抬手："你们先下去吧。"

崔英和空青先后退了出去，萧昱一直昏迷着，直到天黑了才醒过来。

"醒了？"

萧昱睁开眼睛，看着坐在床边眼眶微红的人，心疼地唤道："阿婧……"

他不禁在想，自己这样的固执真的好吗？

这件事情是因为瑞瑞而起，他的身体状况有一点变化，她都是心急如焚，可现在自己要她这样一天一天看着自己渐渐衰亡，让她一个人饱受愧疚、害怕、恐惧……

凤婧衣扶他坐起来，说道："晚膳备好了，要吃吗？"

"好。"他苍白的唇，微微动了动。

一顿晚膳，谁也没有再说话，气氛显得沉重而压抑。

深夜，萧昱入睡之后，凤婧衣悄然披衣下床，换下了一身华贵的后服，换上了一身便装出了乾坤殿。

"皇后娘娘，马匹已经备好了。"况青道。

"好。"

况青思前想后，说道："皇后娘娘，还是末将护送你前去吧。"

大夏与北汉的关系一直敌对，她一个人前去，实在危险。

"会有隐月楼的人跟我一起，你留在丰都便是，陛下还有许多事需要你做，还有坤宁殿那边，闲杂人等不得出入。"凤婧衣叮嘱道。

"是。"

她向况青和崔英交代好了一切，便先去了坤宁殿，瑞瑞已经睡下了，沁芳是知道她今天夜里要走的，想来她会来看看孩子的，便一直等着没睡。

床上的小家伙玩闹了一天，正睡得香甜，就连她坐在床边也没有一丝觉察。

凤婧衣倾身吻了吻孩子稚嫩的小脸，摸了摸他柔软的头发，低语道："瑞瑞，要听话一点。"

萧昱一再反对她去拿解药，可是日子一天一天过去，二十天已经所剩不多，他的身体状况已经一天不如一天，她不能再这样干等下去了。

"主子，你是要一个人去吗？"沁芳担忧地问道。

"已经让人通知了沐烟，她会带人跟我会合的。"凤婧衣给孩子盖好了被子，起身说道。

沁芳送她出了坤宁殿，坚定地说道："放心吧，瑞瑞我和紫苏会照顾好的，你自己路上小心。"

有人频频对两个孩子下手，谁又知道下一个目标会不会是她。

"嗯。"凤婧衣点了点头，很快便消失在夜色中。

她趁夜离开了丰都，一路马不停蹄赶往大夏境内，到约定的地方与沐烟等人会合。

　　沐烟天生爱热闹，一知道她要去盛京，便八卦兮兮地追问："你跟萧昱怎么了，去盛京是要见夏侯彻的吗？你俩不是真准备旧情复燃吧？"

　　凤婧衣侧头瞥了她一眼，一边快马加鞭地赶路，一边道："萧昱中毒了，我去找解药。"

　　"这事也该去找淳于越，夏侯彻能管什么用？"沐烟紧随其后地抱怨道。

　　"我一句两句跟你说不清楚，办完事再说。"凤婧衣有些不耐烦地道。

　　沐烟一见她神色焦急，知道不宜再追问下去了，于是便一声不吭地跟着赶路。

　　只是心里依旧忍不住地在想，这要是夏侯彻再死皮赖脸地不肯放人，她再被他给扣在了盛京，那事情可就更难办了。

　　毕竟，那样的事那鬼皇帝也不是第一次做了。

　　她这么跑到盛京去，不等于就是自投罗网吗？

　　来的路上已经得到消息，原本在燕州境内的夏侯彻，也因为朝中政事起程回宫了。

　　如果他没回去，他们溜进宫里也许还能把东西偷回来，一旦他回了宫里，他们别说去偷东西了，就是想进了承天门都不容易。

　　三天快马连夜赶到了盛京，进城的时候天已经黑了。

　　"喂，这不是去皇城的路。"沐烟牵着马忍不住出声问道。

　　既然是要去宫里，自然要先去承天门那边，她怎么反倒在城里七拐八拐的。

　　"先去丞相府。"凤婧衣淡声说道。

　　原泓一回京便被押在宫里看了两天的折子，一回来倒头就睡了。

　　听到有人敲门，不耐烦地翻身起来，一把拉开门便吼道："不是说了我要睡觉……"

　　"原大人，好久不见。"凤婧衣站在门外道。

　　"你……你怎么在这里？怎么进来的？"原泓瞬间被吓醒了，揉了揉眼睛看着站在房门外的人。

　　沐烟笑眯眯地摆了摆手打招呼，如实说道："后院翻墙进来的。"

　　原泓望向凤婧衣，侧身让两人进了门，直接问道："说吧，又要使什么幺蛾子？"

　　她千里迢迢从北汉跑到盛京来，铁定是没什么好事的。

　　凤婧衣不紧不慢地坐下，开门见山说道："我想请原大人帮个忙。"

　　原泓嘲弄地笑了笑，哼道："什么事，还劳你北汉的皇后娘娘亲自来找我帮忙？"

　　凤婧衣知道他是怕自己来了惹出麻烦，便说道："当年我从金花谷带回来一颗解药，原大人可否帮忙从宫里带出来。"

　　如果可以，她并不想自己去宫里找那个人。

　　原泓想了想，好像夏侯彻当年设计靳太后之时，她是从宫外带回去那么一颗药，现在应该还在宫里的，不过夏侯彻收得严实，他也不知道是放在哪里了。

"你要那东西干什么？"

"救人。"凤婧衣坦言道。

原泓眸子微眯，寒光一闪："北汉皇帝要死了？还是你儿子……"

凤婧衣沉吟了片刻，还是实话实说了："有人下毒害瑞瑞，不过孩子没有中毒，阴差阳错害了他。"

原泓烦躁地挠了挠头，其实在他看来北汉皇帝真毒发身亡倒也好了，只是原本是冲着那孩子去的，先前夏侯彻已经害死了一个孩子，于情于理这个忙他是应该帮的。

"能不能帮，你倒是给个痛快话？"沐烟不耐烦地催促道。

原泓想了想，望向凤婧衣道："你干吗不直接进宫去找他？"

凤婧衣沉默良久，反问道："你很希望我去找他？"

以她对夏侯彻的了解，便是她去要了，他也不会轻易给她的。

与其如此，她不如请原泓帮忙，也许更容易一些。

他是大夏皇帝，她是敌国皇后，大夏与北汉从来都是敌对，这样的立场和身份，他们实在不适合见面。

"你容我想想办法。"原泓说出这句话，便也是答应了她们。

可是，要想知道那东西藏在哪里，又要在他眼皮底下偷出宫来，哪有那么容易。

不过，这个人不进宫去，也确实是对的。

"我们的时间不多，所以……"凤婧衣目光恳求地说道。

"我尽力而为。"原泓说着，抬眼望向她，郑重说道，"不过，我有一个条件。"

"你说。"凤婧衣道。

原泓望了望外面，确定周围无人，方才道："如果我帮你拿到你要的东西，那个孩子……要送回大夏。"

凤婧衣沉默地抿唇，久久没有回答。

"岳州的事你还想重演吗，现在已经有人对他下手了，可见再让他留在北汉已经不安全了。"

"这是人家的亲生儿子，你说给你就给你啊。"沐烟看不过去插嘴道。

原泓并没有理她，径自对着凤婧衣继续说道："这一次他是躲过去了，那下一次呢，孩子回大夏，我会设法养在安全的地方，到合适的时机再告诉他，虽然我不希望孩子母亲是你，但他也毕竟是大夏的皇子。"

也是如今，唯一的皇子。

大夏的帝位，将来总要有人继承，可若那个人一直到现在这副不立后不纳妃的德行，他总要做一手准备。

凤婧衣沉默着没有说话，虽然自己也有打算在将来万不得已之时将瑞瑞送回大夏，可是真的要离开他，她只想一想就已经心如刀割。

再者，自己又如何放心将孩子交给一个外人。

"此事，我不能现在答应你。"

"好，但是若真到大夏需要这个皇子回来的时候，便是不答应，我也会把他带回来。"原泓说着，到书案旁写了一封密信，说道，"等你回去的时候，带着这封信，去见一下凤凰台附近的一户袁姓人家，将来若是孩子有难处了，就送到那里。"

凤婧衣微怔，接过了他递来的信，想来是原泓和容弈知道了孩子的身世，派过去的。

"多谢。"

原泓约定好三天之内把东西找到，她和沐烟也就直接在丞相府住了下来，虽然并不怎么招主人的待见。

一连赶了几天的路，沐烟早早便自己寻了地方倒头睡觉，凤婧衣却忧思难眠，萧昱知道她来了大夏，肯定很生气。

夜里下了雪，这是大夏今年的第一场大雪。

一清早打开门，外面已经是白茫茫一片，凤婧衣系好斗篷，到了前厅，原泓正愁眉苦脸地坐在那里，眼眶微青，看样子是一晚上也没睡觉。

"你现在急也没用，我要这一大早进宫去，他才更会怀疑我别有目的。"

他一向没什么事是绝对不会进宫去的，昨天才回来，今天又巴巴地跑过去，谁都会觉得奇怪。

"嗯。"凤婧衣没有多问，只是淡淡地应了一声，说道，"你可以想办法问孙平，他伺候皇帝饮食起居，皇极殿大大小小事务都由他经手，兴许会知道。"

原泓打了个呵欠，瞥了她一眼问道："如果那颗解药已经不在了，那怎么办？"

"会在的。"凤婧衣决然道。

她有感觉，那颗药还在大夏宫里，只是在她所不知道的地方。

如果真的没有了，她就真的不知道该怎么回去面对那一切了。

"问句不该问的，别人下的毒，为什么解药会是大夏宫里的这一颗？"原泓问道。

凤婧衣站在屋檐下，抬手接住一片飘落的雪花，指尖一片清凉："当年那颗解药是以冰魄为引制成，我从金花谷带回解药的同时，也带回了一颗毒药，两个是相生相克的，只是一直没用就留在了大夏宫里，不知是被什么人给偷去了，炼制成了其他毒药，所以……那颗解药是能解一半毒性的。"

原泓震惊地望着她，不用想也知道带回来的那颗毒药是给夏侯彻准备的，以她当时在他身边的亲近，要对他下毒几乎是易如反掌啊。

而当时，以她的立场，要做那样的事也是无可厚非的。

她没有毒害他，那颗毒药竟阴差阳错害了她现在的丈夫，也险些害了她的儿子。

"我尽力给你们找回来。"

第五十章 重回盛京

凤婧衣静静望着自天飘落的雪，定定地说道："我知道我本不该再来这里的，可若此次中毒的不是他，便会是瑞瑞，抑或是我，他是替我们挡下了这一劫。"

"你将他伤得太深，出现一次便是在他心上扎一刀。"原泓望着她的背影说道。

她与那人认识也有好些年了，从未见他像这几年这么寂寥。

"所以，不管再发生什么，我不会再见他。"凤婧衣决然道。

这是说给原泓，亦是说给她自己。

她是将他伤了，可何尝不是将自己也伤了。

"你自己知道就好。"原泓道。

她来大夏的消息还没传到方湛那里，否则又岂会放她活着离开。

说实话，他很意外这个人做事会这么顾全大局，若要是她真回头去找那个人，那可就真的是难为他们，难为大夏了。

不过，好在她也不是那么头脑发热的人。

"那颗毒药会被人从宫里找到带走，想必宫里还有别人的眼线，你还是及早揪出来好。"凤婧衣扭头望了望他，提醒道。

"这个不用你操心。"原泓说着，起身一边离开一边道，"有什么需要自己跟管家说，我去睡一觉就准备进宫。"

凤婧衣淡然一笑，没有多问。

原泓一觉睡到下午，方才慢慢悠悠地让人准备了马匹进宫去，到皇极殿的时候，夏侯彻正在接见朝中臣子议政。

他便被孙平先带到了暖阁等着，趁着孙平离开的工夫，便满屋子地翻箱倒柜找东西。

可是，里里外外连床底下都找了，也没找到凤婧衣他们所说的那颗解药，这个最应该藏的地方没找到，这偌大的皇极殿他又该往哪里找去。

他一边在屋里闲逛，一边连个花瓶都去摇一摇看一看，唯恐自己有漏掉的地方。

"这到底藏哪儿了？"

凌波殿和素雪园都已经废弃了，总不可能是藏在那里了，他该不是真的随手就扔了吧。

难不成是带身边了，只是这要想在他身上搜，再借他一百个胆子也下不了手啊。

"原大人在找什么？"孙平再进来，看着他忙碌的样子不由得问道。

原泓连忙停了手，睁着眼睛说瞎话："哦，刚才看到一只虫子，想把它捉住，可是又被它跑掉了。"

"虫子？"孙平皱了皱眉，"这里每天都有打扫，怎么会有虫子？"

"许是外面天冷了爬进来藏在哪个旮旯里你们没瞧见。"原泓争辩道。

"奴才一会儿让人再仔细找找，皇上还有一会儿过来，原大人再稍等一会儿。"孙平道。

"不急,不急。"原泓堆着一脸笑,摆了摆手道。

孙平奇怪地望了望他,默然地站在了一旁。

原泓一个人在屋子里转悠着,感叹道:"这暖阁,还真是变了好多,完全不是上官素以前在时的样子。"

孙平一听他提到那个名字,顿时变了面色:"原大人……"

原泓连忙捂了捂嘴,望了望外面,又道:"还真把上官素沾过的东西都处理了呢!"

"是,宫里上下,一件不剩。"孙平低声回道。

原泓想了想,问道:"当年上官素从金花谷带回来的解药,说是给皇上解毒的,他不是没用上吗,也给处理了?"

"原大人问这个做什么?"

"我就是问问,别的东西丢了也就算了,可那药肯定是难得的灵药,丢了怪可惜的。"原泓一边说着,一边打量着孙平的面色。

"先前是奴才替皇上收着的,后来皇上自己要了回去,现在还在不在,奴才也不知道。"孙平如实说道。

原泓走近,压低声音神秘兮兮地问道:"那你知道他放哪里了吗?"

"原大人去问皇上不就知道了。"孙平道。

原泓干笑了几声,坐回榻上沉重地叹了叹气,他无缘无故地问起来,夏侯彻不起疑才怪了。

这找也找了,孙平这里也问了,难道真要从那个人身上下手才找得到?

过了不一会儿,夏侯彻自书房过来,看着愁眉苦脸坐在榻上的人不由得拧了拧眉。

"你这几日怎么来得这么勤快?"

"你当我想来,燕州那边一直没什么动静,对方也没有人到那寺里去找那个孩子,这要再往后查该怎么查?"他若不拿点正事打幌子,难不成要告诉他,自己是来帮人偷东西的。

其实这事,说来也奇怪,那个在寺庙里带走的孩子也不知是什么来头,后面他们再有人埋伏在那里,竟一直没有人过来找,也不知是真的没发现,还是发现了不敢露面。

"此事容朕处理完宫里的事,再作打算,不能再这么没头没脑地追查下去了。"夏侯彻一提及冥王教的事,眉眼瞬时掠过一丝沉冷的杀意。

"那个孩子呢,一直放在云台山吗?"原泓问道。

那小家伙倒是乖巧听话,带回盛京来养着倒也不错。

"暂时先留在那边吧。"夏侯彻说完,微眯着眼睛望着他,"你这个时候进宫,就是为了跟朕说这些?"

虽然这些话也说得过去,但他总觉得有些怪怪的。

"不然你想我说什么。"原泓说着起身,一边打量着屋里,一边道,"亏你还把这宫里翻了个新，什么跟凤婧衣有关的一件不留，结果咧？"

"你废话真多！"夏侯彻面色微沉道。

"以前那么些好东西，你都扔了啊？对了，她从金花谷带回来的那颗解毒的药扔了没有，想扔的话扔给我，我想从金花谷买个药都得费好多功夫的。"原泓笑眯眯地说道。

要知道，当年但凡是给凤婧衣用的东西，无不是宫里顶好的，他一看不过去就全扔了，可真是够浪费的。

夏侯彻剑眉一横："与你何干？"

"我打赌，你还留着吧。"

夏侯彻懒得理他，揉了揉眉心往内室走，一边走一边冷声道："没事滚回府去，朕现在没工夫搭理你。"

"喂，你……"话还没说完，寝殿的门已经被人关上了。

原泓愤然地在门外来回走了几趟，还是离开了暖阁，行至书房的时候说是要进去取几道折子，这样的事常有，宫人便也没有阻拦。

于是，他又将书房翻了个遍，结果还是一无所获，只得空手而归再另想办法。

他前脚刚出了宫，暖阁里夏侯彻声音沉冷地道："孙平，谁在里屋翻了东西？"

虽然东西都放回原位，但也有移动的痕迹。

孙平连忙进去，回话道："刚才原大人说是屋里有不干净的东西，所以在屋里找了一下。"

"不干净的东西？"夏侯彻拧了拧眉，又问道，"那他还说了什么？"

姓原的，今天总感觉有点怪怪的，好似心怀鬼胎。

孙平回想了一番，如实说道："就说了这里东西都变了，嗯，也问起了那颗解药的事。"

夏侯彻薄唇紧抿，他那么火急火燎地要那东西干什么？

他若真是想要，大可光明正大地说，又这么拐弯抹角地到底是在打什么主意？

"让太医过来给原大人看看。"

"原丞相已经出宫了。"孙平如实回道。

"你和黑衣卫去丞相府看看，把太医也带上，看看他到底闹腾什么。"

"是。"孙平领了命，下去交代好了事情，和黑衣卫统领带着两名太医出了宫，直奔丞相府。

原泓刚从凤婧衣和沐烟屋里出来，管家便来传说是宫里来人了，险些吓出他一身冷汗。

"来的是谁？"

"是孙公公和两名太医。"

原泓这才暗自松了口气，瞥了一眼凤婧衣她们的房间低声道："你过去说一声，就说

宫里有人过来了,让她们别出来。"

"是。"

他交代好了,这才去前厅应付孙平和太医。

孙平到了前厅,黑衣卫统领这几日肠胃不适,一进了府中便向仆人打听了后院如厕之处,回来的时候看到不远处的马厩里拴着两匹马。

府里养马倒并不稀奇,让他奇怪的是这两匹是北汉的马,且是很难得的好马,由于经常要在外奔波对马匹了解也不少,这两匹马分明是刚刚长途跋涉来盛京的。

前厅那边,原泓很快便将孙平和太医给打发了,将人给送出了府转身才松了一口气。

看来,得尽快想办法把东西拿到让她们走人才行,否则这样下去,迟早得露了馅不可。

孙平带着人回到宫里时,天已经黑了,夏侯彻在书房忙碌着政事,见他回来了头也未抬:"去看过了,怎么样?"

他比原泓先回京,想着是不是在燕州出了什么事,他没有跟他说实话。

"原大人没有生病,也没有受伤,壮实得很呢。"

"也没有中毒?"夏侯彻抬眼问道。

"没有。"孙平摇头道。

夏侯彻眉眼微沉:"当真没有?"

"两名太医都诊过了,没有。"孙平道。

一行同行而归的黑衣卫统领望了望夏侯彻满脸疑云,上前道:"其实,原大人府上还有一件事,有些奇怪。"

"说。"

"原大人一向不好养马的,可属下在府内的马厩看到了两匹马,还是两匹北汉的马,细细看过马匹,应该是这两日才从北汉来盛京的。"

"北汉的马匹?"夏侯彻眉眼顿沉,原泓从来不好养马,这应该是别人的。

可是,他能与北汉的什么人扯上关系?

突地,他一下想到榆城发生的事,倏地扶着书案站起身,原泓能认识的出自北汉的人……除了她,还有谁?

他心念一动,疾步如风地绕过堆满奏折的书案往外走。

孙平看着疾步绕过书案准备出去的人,连忙取了皮裘小跑着跟上去:"皇上要去哪里?"

"丞相府。"

丞相府内,原泓几人用了晚膳,正合计着要怎么进一步从夏侯彻那里问到那颗解药的线索,管家便惊慌失措地冲了进来:"大人,不好了……"

"有话好好说,慌什么慌?"原泓看着没点定力的管家,有些恨铁不成钢。

"皇上带黑衣卫,把丞相府都给围住了。"管家回道。

原泓刚站起身,听了便觉一阵腿软,怔怔地望向坐在对面的人。

这个时候,他带人围了他的府第,十有八九是已经得了什么消息了。

"我……我先出去看看。"他镇定下来,决定先出去探探口风,看能不能应付过去。

可总感觉自己是要大祸临头了,上一次帮着把她给放走了,这一次又把人给藏在了自己府里……

他熄了屋里的灯火方才离开,凤婧衣和沐烟谁都没有说话,沉默地坐在黑暗的屋子里。

她不知道他是怎么知道的,但她知道该来的,她终究是躲不过。

不该再相见,却又总是不期而遇。

果真,过了不一会儿,外面便传来一阵嘈杂之声,隐约是原泓在阻拦什么人说话的声音,但明显却是没拦住的。

"凤婧衣,我知道你在这里,你是自己出来,还是朕翻遍丞相府把你揪出来!"

那声音,回荡在府内的每一个角落,震得她的心一阵阵钝痛。

"我说你好歹是一国之君,大半夜地跑到这里闹腾什么,你要找凤婧衣去北汉找姓萧的要,跑我这里算怎么回事?"原泓看着发疯一样在院子里找人的夏侯彻,没好气地抱怨道。

这个人一向冷静自持,睿智过人,偏偏这辈子做了最疯狂的一件事就是爱上了一个最不该爱上的女人,而在那个女人已经另嫁他人之后,竟还一直难忘不舍。

夏侯彻站在雪地里,环顾着四周,丝毫没有将他的劝阻放在眼里。

黑暗的屋内,凤婧衣静静地坐着,没有动也没有说话,无边的黑暗掩去了她所有的表情和神色,就连坐在对面的沐烟也不知道她现在的心思。

"我出去。"沐烟说话间起身,扯了扯身上的衣服,又弄乱了头发,往门外走去。

紧闭的房门被人打开,黑暗的屋内有人出来,夏侯彻闻声望去,面色却渐渐沉冷了下去。

原泓看着一身衣衫不整的沐烟出来,抬手捂了捂脸,她是要干什么,再想脱身也不用这么糟蹋他的名声吧。

她这副鬼样子出来,是个人看到都会以为他跟她有一腿好吗?

早知道跟凤婧衣扯上关系就是麻烦不断,他一开始就不该放她们进来啊。

沐烟瞥了一眼怔怔望着自己的夏侯彻,望向站在他边上的原泓娇滴滴又羞怯地出声道:"原郎,出什么事了?"

原泓被她那一声惊天地泣鬼神的"原郎"叫得汗毛直竖,尴尬地笑了笑:"没事,没事。"

刚才饭桌上那能吃能喝的泼妇样，一转眼成了这么娇滴滴的样子，实在让他一时间难以接受。

夏侯彻冷眸微眯看着从屋内出来的人，难道……真的是他猜错了吗？

原泓一见边上的人一瞬怔然的面色，便连忙道："现在你满意了？还要看什么？"

夏侯彻很快又冷静下来，望着站在门口衣衫有些不整的人："北汉来的？"

沐烟望了望原泓，假装不知地问道："原郎，这是……"

原泓嘴边一阵抽搐，却还是不得不硬着头皮道："问你话，你直说就是了。"

"是从北汉来的。"沐烟娇声回道，那声音连她自己都暗自恶心了一把。

"跟什么人来的？"夏侯彻一眨不眨地盯着她问道。

"跟一个随从。"沐烟道。

她的随从，总不能是北汉的皇后。

"人呢？"夏侯彻犹不罢休地追问道。

沐烟羞赧地低头笑了笑，低声道："不方便在这里，出府去了。"

原泓哭笑不得地，她这么说分明是要让人以为，他方才是在这屋里跟她风流快活，自然不会有外人了。

虽然是个机智的做法，可实在是损失惨重，他的一世英名都毁于一旦了。

夏侯彻目光深冷地侧头望着站在边上的人，上下打量了一遍："你这么快还能把衣服穿这么整齐，还真是难得。"

原泓一怔，站在面前的人却已经举步朝着沐烟出来的房间而去了。

夏侯彻刚走了两步，一直在屋内的凤婧衣缓缓从黑暗的屋内步至门口："你不必为难他们，我出来便是。"

沐烟咬牙切齿地回头望了望，亏得她露这么多站在风雪里给她挡着，她自己倒是跑出来了，打了个喷嚏连忙裹紧了衣服，哆哆嗦嗦地离开找地方取暖去，反正自己留这里也帮不上什么。

原泓望了望从屋里出来的人，又望了望边上站着的人，心虚地溜之大吉。

他能帮的都帮了，后面的事就看她自己怎么应付了。

大雪纷飞，站在庭院里的人不一会儿身上便已经积了一层薄雪，却还是一动不动地站在那里，怔怔地望着站在灯影下的人，依稀还是他魂牵梦萦千百遍的模样。

他从来没想过，有朝一日，她还会再回到这个地方。

"你来盛京做什么？"

"你既然已经找到这里来了，自然也知道我是来干什么的，我要那颗解药。"凤婧衣直言说道。

夏侯彻自嘲地笑了笑，自己到底还期待什么，若非是她有必来不可的理由，她又怎么

第五十章 重回盛京

会出现在弑杀她亲子的仇人面前。

"你要了，朕就该给你吗？"

宫里的许多东西都舍弃了，可是她带回的那颗药他却是一直留着的，细算起来那大概是她唯一送过他的东西。

虽然，也是被他骗来的。

"你留着也没什么用，我需要它救人，请你还给我。"凤婧衣努力镇定着说道。

那颗药，是她从萧昱母妃的陵墓里拿回来的，而他又是因为瑞瑞才身中奇毒，她若不能拿到解药，又该如何回去。

"救谁？萧昱？"夏侯彻问道。

他举步走近，踩在雪上咯吱咯吱的声音在寂静的庭院里显得格外清晰。

然而，那一步一步也好似踩在她的心上，让她连呼吸都变得沉重起来。

凤婧衣没有回答，眉眼之间尽是焦急之色。

然而，她的沉默已经给了他答案。

夏侯彻站在了她的面前，墨色的长裘上已是雪白一片，直视着她嘲弄道："他若死了，对朕是再好不过了。"

不管是战场上还是情场上他就少了一个对手，没有人再跟他争夺天下也没有人再跟他争她。

"夏侯彻！"

"如果没有了他这个北汉皇帝，你也不必再做什么北汉皇后，不是吗？"夏侯彻道。

凤婧衣深深吸了口气，冰凉的空气像是无数根冰针扎在胸腔内一般满是寒意凛然的疼，却又竭力让自己的声音平静下来。

"就算不是北汉的皇后，也会是北汉的皇太后，不会跟你、跟大夏有任何关联。"

"不会跟朕有任何关联，那你今时今日又何必来求朕？"夏侯彻怒然道。

当年她为了给那个人报仇在大夏骗了他三年，如今又为了那个人来到大夏相求。

"解药的药引是北汉的冰魄，是我从他母妃的陵墓里拿回来的，你既然用不到，就让我拿回去救人。"凤婧衣请求道。

夏侯彻定定地望着她冷若冰渊的眸子，道："想要解药的话，跟我走。"

说罢，他转身离开。

凤婧衣定定地站在原地，她想拿到解药，她也知道若是这一去，怕是再难脱身了。

夏侯彻走了一段，停下脚步道："你若不想要，大可以现在就走，朕绝不拦你。"

她千里迢迢来了盛京，总不可能空手而回。

"我跟你走。"凤婧衣说着，举步跟在了他后面。

前面的人没有说话，只是默然朝府外走着，但却可以听到后面的脚步声。

他放慢了脚步，后面的人也跟着放慢了脚步，总是有意无意地保持着一段距离。

原泓和沐烟两人从房里探出头，看着一前一后离去的两人。

"这鬼皇帝也太不是东西了吧，还想再把人关起来不成？"沐烟说着就捋袖子，准备往外冲。

"行了，你别跟着添乱了，冲上去也不顶事儿。"原泓一把拉住她道。

"他这带进宫就出不来了，她还是瞒着萧昱跑来的，这要是回不去，那边还不得气死了。"沐烟气愤地道。

"那现在能怎么办，只能看她自己的本事了。"原泓道。

现在解药还没拿到，便是让她走，她自己怕也不会走。

"可是那鬼皇帝根本就没安好心。"沐烟愤然道。

"谁让东西现在在他手里，再等等看看。"原泓看着已经消失在夜色里的两人道。

沐烟叹了叹气，一侧头看着挨着自己的人，秀眉一横："你爪子往哪摸呢？"

原泓低头一看，自己刚才为了拉住要抽刀子动手的她，整个人把她手都抱住的，连忙撒了手退了几步。

沐烟理了理衣袖，利落地将方才弄乱的头发一绾，转身往榻上一坐道："你是答应了要把东西给拿到手的，现在你不能撒手不管，耽误了大事，我让你丞相府上下鸡飞狗跳信不信？"

原泓怪异地看着凶神恶煞的女人，实在难以想象方才那番作戏之时娇柔的样子是怎么做出来的："我说，凤婧衣身边，就没几个正常的女人吗？"

顾清颜是个杀人不眨眼的，好像还有一个喜欢扮男人的，这一个时而娇柔美艳时而凶恶骇人，个个都是怪物。

"你说谁不正常？"沐烟凤眸一沉喝道。

"我，我，我不正常。"原泓连忙先离开了，跟这样的怪物女人还是少打交道的好。

丞相府外，夏侯彻已经上了马车，可跟着出来的人却站在外面半晌也不肯上马车。

他伸手挑着车窗的帘子，冷然道："你还想在那里站到什么时候？"

"我可以骑马走。"凤婧衣道。

"看来你很希望让人都知道，如今的北汉皇后娘娘到了大夏的宫里？"夏侯彻毫不客气地道。

凤婧衣咬了咬牙，还是上了马车，但却尽量坐在了离他最远的位置。

夏侯彻沉声下令："回宫。"

马车内一片黑暗，谁也看不清谁的面色，只是偶尔被风卷起的车帘，透进沿路街道店铺的灯光。

夏侯彻伸手想要去拉她的手，却被她避开了。

"夏皇，请自重！"

"自重？"夏侯彻冷然失笑，"当初你在这里的时候……"

第五十章 重回盛京

"过去的已经过去了，我不想再去想，你也不要再执着。"凤婧衣打断他的话道。

"朕原以为自己是这世上最冷心无情的人，如今才发现，你的心才冷硬得可怕。"他怅然叹道，黑暗中的声音满是落寞。

可能，她的心也并非冷硬，只是所有真正的温柔全都是给那个人的，给他的只有冰冷的刀锋，无情的冷漠。

也许那三年对她而言已经过去了，可却是他怎么也过不去的魔障。

马车驶进承天门，停在了皇极殿外。

孙平带着宫人赶紧奔下玉阶迎驾，然而挑开车帘下了马车的人却是他们怎么也想不到的人，斗篷的风帽压得很低，他却还是认出来了。

是前皇后，也是如今的北汉皇后，凤婧衣。

只是皇上这个时候又把这个人带回来，到底是在想什么，举朝上下对玄唐、对北汉都视为大敌，若是知道了这个人来了盛京，势必又会引起一场轩然大波。

夏侯彻侧头看了她一眼，没有说话便举步前往暖阁的方向，她默然跟在后面，进了门便直接问道："现在可以把东西给我了吗？"

"好啊，你留在这里，朕就让人把解药送到丰都去。"夏侯彻道。

"夏侯彻，你不要强人所难。"

夏侯彻解下身上的皮袭，背对而立站在炭火盆前取暖："你是要回去看着他死，还是留在这里让他话，你自己看着办？"

只要他一日不给她解药，她就一日不会走，不是吗？

凤婧衣痛苦地望着几步之外的背影，哽咽着说道："我已经失去了一个儿子，就在数天之前，若不是他，我又差一点失去了我另一个儿子，夏侯彻，你是非要我身边的人都死绝了吗？"

夏侯彻背影一震，提起那个孩子，那个在岳州死在他手里的孩子，他顿觉深深的无力。

许久之后，出声道："你在恨我？"

"很小的时候我恨我的父亲将母妃和我们弃之不顾，母妃死的时候我恨靳家，玄唐亡国的时候我恨你和大夏，凤景差点毒发死在我面前的时候我恨你，我的孩子在我面前死掉的时候我也恨你，可是人一辈子那么短，我不想全都用来仇恨和算计，我只想清清净净过几年安稳的日子，没有国仇家恨，没有明里暗里要防备算计的人，如此而已。"她声音哽咽而颤抖，望着他的背影道，"所以，我不恨你了。"

夏侯彻闻言转身，望着她满是泪光的眼睛……

"我不恨你，但我也不可能爱你，不可能去爱一个敌国皇帝，一个害死我孩子的凶手。"她说罢，泪已夺眶而下。

玄唐长公主，北汉皇后，哪一个她都不可能去爱上大夏的皇帝。

夏侯彻一步一步走近，站在她的面前："那你告诉朕，你现在在哭什么？"

凤婧衣别开头，擦去脸上的泪痕，道："我没有多少时间了，我再不拿到解药回去，他就会死……"

"你就那么想他活？"他问道。

他曾想过，也许没有萧昱的话，他们不会是这个样子。

只要那个人还活着一天，她就永远无法回到他的身边。

"对，便是以我之命换他一命，我也要他活。"她凝视着他，坚定地说道。

"倘若，今天中毒垂死的人也有朕，这一颗解药，你要救朕、还是救他？"夏侯彻沉声逼问道。

那个人就比她性命还重要吗？

他嫉妒萧昱，却又该死地羡慕他，羡慕他那么早就遇见了她，羡慕他得她心心念念地牵挂。

而他费心思，怎么争，也争不来她一丝眷顾。

"救他。"她没有丝毫犹豫地回答道。

这是一个假设的问题，即便真有那一天，她也会救那个人，因为这条命是她欠他的，是他们的儿子欠他的。

若他会死，她会与他黄泉相见，在那个没有仇恨，没有牵绊，没有三国之争的世界告诉他，她爱他。

虽然没有他爱她那么深，可是她真的爱他，真的想他。

可是，人生在世，不是所有的事都可以不管不顾，随心而为。

一番争执之后，两人再没有说话，僵持着对坐了整整一夜。

孙平和宫人一直候在外面，直到天亮了才到门口提醒道："皇上，早朝的时辰快到了。"

夏侯彻薄唇微抿，起身去更换朝服，而后带着宫人前往皇极正殿早朝，甚至都没有派人留下看守她。

她敢跟他到了这里，没拿到东西就是让她走，她也不会走。

夏侯彻带着宫人离开，偌大的暖阁里便只剩下她一个人，一直紧绷的神经稍稍放松下来，以手支着阵阵发疼的额头，一路冒着风雪赶路，这两日也未合过眼，实在疲惫不堪。

她就是知道他会是这个样子，所以才没找他要，反而辗转去找了原泓，却不想还是败露了行踪。

可是事到如今，她又该怎样才能拿到解药回去才好。

她疲惫地敛目，头却越来越重，铺天盖地的倦意袭来，直接就趴在桌上睡着了。

夏侯彻虽吃定了她不会甘心空手而归，但在朝上却还是不放心，一下早朝没有如往常一样去书房，直接便来了暖阁，算算时间也到用早膳的时辰了。

哪知，一进门就看到人趴在桌上睡着了，放轻了脚步到了桌边，睡觉的人却连做梦都紧拧着眉头，满是化不开的愁绪。

可仔细一瞧才发现，面色有些异样的潮红，不由得伸手探了探她额头，温度有些烫手。

"好像是着了风寒发烧了。"孙平在边上低着声音说道。

"去请太医……"夏侯彻说着，转念一想宫里的太医大多都是认得她的，让他们过来免不得会走漏风声让大臣知道，于是道，"你出宫找个医术好信得过的大夫进宫来。"

"是。"孙平低声应了，便赶紧离开换了身便服出宫去。

夏侯彻解了她身上的斗篷，小心翼翼将人抱回了榻上放着，许是近些日赶路太过疲惫，一向睡眠浅的她，竟然都没有惊醒过来。

他给人盖好被子，便沉默地坐在了边上痴痴地看着沉睡的人，喃喃低语道："朕到底要怎样做，你才肯回头看我，只要你说得出，便是刀山火海，朕也愿不惜一切去争一回。"

床上的人沉沉地睡着，并不曾听到他的话。

"可是你太绝情了，一丝机会都不肯给朕，但凡有别的办法让你留下，朕也不愿这样逼迫于你。"他幽幽地说着，眸光温柔如醉。

也许，在她眼中，他永远都是个恶人，他害得她家破人亡，害死了她的儿子，可是要他眼睁睁地看着她与别人长相厮守，他日日心如刀割。

他也一次又一次努力过要忘掉关于她的一切，可是他做不到。

所以他只能认了，自己是真的爱上了一个不该爱上的女人，一个从来不曾爱过他的女人。

他握住她的手贴在自己脸上，自言自语道："凤婧衣，如果朕早知道朕会像现在这么爱你，一定会早早找到你，不会给你任何机会去遇见别的男人，那样的话……你的心里，你的眼里便只有朕。"

他坐在那里，时不时自言自语说着话，直到孙平回来在门外低声禀报道："皇上，大夫找来了。"

夏侯彻敛目深深呼吸，敛去脸上的怅然，恢复成平日的冷峻威严，淡声道："进来吧。"

孙平拉着大夫进来，铺了帕子在凤婧衣手腕上，道："快给病人诊脉吧。"

大夫低着头，始终不敢去看起身站在榻边的夏侯彻，他在盛京城中虽然也算小有名气，可哪里入过宫里来给人瞧病，且还是圣驾面前。

于是，原本一向得心应手的医术，这时候也就不得不一再地谨慎，几番确认了病人的脉象，跪在地上回话道："病人是受了风寒，加之最近太过疲惫才会如此，让她好好休息一下，服些药便无大碍。"

夏侯彻默然点了点头，沉声道："今日入宫之事，出了承天门不管任何人问起，你一个字也不得多说，否则你的医馆上下会知道是什么后果。"

"是，是，草民一定守口如瓶，绝不吐露半个字。"大夫冷汗直冒地磕头回道。

偌大个大夏，他若是违抗圣旨了，一家老小哪里还有活路。

孙平带了人出去开方子，然后打赏了银两，又亲自从后宫的偏门将人送出去，且一再叮嘱了不许出去乱说话。

回到皇极殿，看见还坐在榻边守着的人不由得暗自叹了叹气。

那个人到了宫里，真不知道是好事还是坏事，不过皇上的心情却是明显比以前好了些，可若是北汉皇后被留在皇极殿的事传出去，满朝必是一番风雨，御史台也免不得一番口诛笔伐说他是昏君了。

大夏与玄唐也好，与北汉也罢，都是积了几百年的仇怨了，这天下间最不该有交集的两个人，若是有了仇恨以外的东西，只会让天下万民所不齿。

他刚刚回到皇极殿，便见从承天门进来的当朝丞相原泓。

"孙公公，皇上呢？"

"在里面，原大人有事的话，奴才进去禀报一声。"孙平说道。

虽然原丞相平日里出入皇极殿一向随意，可现在里面那么个情况，他这么冲进去，势必会触怒龙颜。

"行，去吧去吧。"原泓道。

孙平连忙进了暖阁去，在门外低着声音道："皇上，原丞相有事求见。"

夏侯彻头也未回，下令道："让他回丞相府待着，没朕传召，不准踏进承天门一步。"

上一次在榆城，就是他帮着她跑了，这一次他不能让他再来添乱了。

孙平怔了怔，还是出去如实转告了原泓。

"什么，嘿，还真跟我摆起皇帝架子了，信不信爷我辞官不干了。"原泓不服气地叫嚣道。

孙平没有说话，只是默然站在一旁听着他发牢骚，等着他自己走人离宫。

原泓唠唠叨叨了一阵，望了望暖阁的殿门，问道："昨晚发生什么事了？"

孙平想了想，回道："好似是吵了一架，今儿个一早凤姑娘病了，这会儿还没醒呢。"

现在这情势，他不可能像以前一样称皇后，更不可能一口一个北汉皇后娘娘，只得折中称之为凤姑娘。

"病了？"原泓皱眉道。

"大夫说是最近没休息又受了风寒才会病倒，应该没什么大碍。"孙平回道。

"那……他到底准备怎么办？"他现在见不到人，只能从孙平这里打听消息。

"皇上的心思，奴才哪能知道，这会儿人没醒，他在里面看着呢。"孙平道。

原泓在外面来来回回地走着，火大地道："他不是真脑子坏掉了想把人留在宫里吧……"

"原大人，你还是先回府去吧。"孙平劝道。

原泓一抱臂稳稳站在外面，道："我不走，有些话不说了，我是不会走的。"

孙平叹了叹气，见劝不下便道："那原大人自便吧，奴才告辞了。"

原泓站在外面不肯走，可是这风口上，站了不多一会儿就开始冻得直哆嗦。

暖阁内，夏侯彻不愿去书房，便让孙平等人将折子都搬过来批，听到孙平禀报外面的人还没走，也没有出声理会。

凤婧衣昏昏沉沉地睡到了天黑，睁开眼看着房顶顿时一震，倏地一下坐起了身，这才发现自己不知何时竟然已经躺到了榻上。

"醒了？"夏侯彻搁下手中的折子，抬头问道。

凤婧衣一语不发下了榻穿好鞋袜，规规矩矩地坐到了桌边。

"你生病了。"夏侯彻起身，坐到她对面说道。

"多谢夏皇关心，本宫已经无碍。"她言语举止，皆保持着应有的分寸。

夏侯彻吩咐孙平传了膳食过来，道："你一天没吃东西了，先用膳。"

凤婧衣看了他一眼，并没有拒绝用膳，她要想拿到东西回去，就必须有足够的体力与他周旋。

可是，一天又过去了，留给她的时间也越来越少了。

她沉默吃饱了饭，搁下碗筷望向对面的人："夏侯彻，我再留在这里，对你对我都没有好处，这其中道理不必我说你也懂。"

"好事也好，坏事也罢，那也是朕的事。"夏侯彻冷然道。

凤婧衣疲惫地叹了叹气，想不出该要怎么与他谈判。

他想要什么她很清楚，那是她给不起的。

"不是说便是舍了性命也要救他，现在不过要你留在这里，就可以让他活一命，你却不肯了？"夏侯彻道。

凤婧衣声音有些沙哑颤抖："你非要……如此逼我吗？"

"那你呢，你就非要回那个地方，北汉就那么好吗？"夏侯彻愤然道。

"对，那个地方就那么好，起码那里没有人逼我做不愿做的事，起码那个地方不是我的牢笼……"

夏侯彻起身离开，不想自己再与她争执下去，哪知一出了暖阁便看到寒风里瑟瑟发抖的原泓。

"你可是舍得出来了？"原泓一边抖，一边说道。

"你还不走？"夏侯彻剑眉一横道。

原泓打量着他的神色："怎样，又吵起来了，又气得不轻吧！"

这世上，也只有凤婧衣那女人有本事，把他气成这副德行。

"找地方喝点去，一醉解千愁。"原泓道。

夏侯彻烦躁地叹了叹气，一语不发地走在了前面，去了就近的西园。

原泓赶紧去酒窖搬了两坛酒，给他倒了一碗，自己倒了一碗方才坐下，"难不成，你还真打算把她关在宫里一辈子？"

"朕没有关她，是她自己不走。"夏侯彻沉声道。

"好，是她自己不走，可是这样你能留她多久？"原泓抿了口酒，认真地望向他说道，"十天、二十天，若是北汉那个人死了，她只会恨你一辈子。"

夏侯彻眉眼一沉，冷冷地瞪着他："你这是准备投靠北汉去？这么为北汉说话？"

"我是就事论事，她与萧昱相识比你早比你久，你认不认？"原泓道。

夏侯彻沉默。

"她在意萧昱胜过你，你认不认？"

夏侯彻无言以对。

"你真以为萧昱死了，她就是你的了？一个活人也许你还争得过，可若对一个死人，一个因她而死的人，便是你再争一辈子，她也会恨你，难道这就是你要的结果？"原泓反问道。

夏侯彻不知道，他却是清楚的，萧昱这次是因为那孩子才会中毒，若是她拿不回解药回去救人，她这一辈子也无法原谅自己，无法原谅他。

夏侯彻端起酒一饮而尽，一向清明的眼睛茫然一片："那你要朕怎么办？放他们回去相亲相爱，朕连看她一眼，都看不到？"

他不甘心，真的不甘心。

原泓给他倒了酒，叹了叹气道："感情的事，强求不来的，她已经死了一个儿子，若是萧昱再有三长两短，她焉能不恨你？"

"她恨朕的还少吗？何必在乎多这一桩？"夏侯彻端起酒饮尽，嘲弄冷笑道。

原泓烦躁地挠了挠额头，说道："其实，她对你也并非到绝情绝义的地步，可你再这样下去，就真的连最后一点情分都断了。"

别的话怎么劝，他也听不进，能听进的也只有关于她的了。

"情分？"夏侯彻冷嘲一笑哼道。

原泓想了想，说道："起码，当年为了救你，她真的有去找那颗解药，而且在当时她还从金花谷带回一颗毒药，自然是给你准备的，以她当时在你身边的条件，要下毒杀你是再简单不过的事，她自始至终也没有下毒，如今那颗毒药被有心之人盗了去，炼制成奇毒险些毒害了她第二个儿子，不过阴差阳错中毒的是萧昱……"

夏侯彻怔怔地听着，还是有些相信他所说的一切。

"那个孩子的事已经无可挽回,若是这一次萧昱再死了,这仅有的一点情分就真的断干净了,你就真想让她恨你一辈子,也让她在自责和痛苦中过一辈子。"原泓语重心长地说道。

他现在防备甚深,他若是自己不愿放人,便是他们有天大的本事,也不可能拿到东西把人送出大夏去。

他知道他的软肋在哪里,便只好找准了地方下手了。

夏侯彻沉默地看着他,似是在思量着他的话,久久没有回过神来。

原泓知道,自己的话开始动摇他的心了,于是接着说道:"你总说你爱她,可是你都没有真正了解过凤婧衣是什么样的人,她没有对你下手足可见是个心肠软的人,玄唐,萧昱,还有那一帮子帮着她的人和你之间,两害相权取其轻,她自是向着那边了。"

夏侯彻没有说话,只是静静地听着他的话。

"如果你把她留在这里,行,你有本事留得住,但她即便在你身边在你眼前,也是处处与你敌对,可若你成全了她,便是她回去了,也永远欠你这份情。"原泓说道。

为了解除眼前的困境,他真是豁出去了。

当然,凤婧衣的情分远比他所说的要深厚,否则也不会生下那两个孩子,只是人生在世,总有该肩负的责任。

即便她现在不再执政玄唐,但玄唐的许多人还看着她这个玄唐长公主,更何况如今她还是北汉皇后,以她行事的禀性又怎么会去背弃自己的亲人和萧昱而选择他。

所以,不管她心里有没有夏侯彻,做那样的选择无可厚非。

谁会放着身边一个萧昱那样的人不喜欢,去喜欢以前斗得你死我活的仇敌,不是谁都跟他一样是个疯子。

第五十一章
朕的孩子

北汉，丰都。

凤婧衣一走多日，萧昱的身体一日不如一日，虽然朝中人不知是身中奇毒，但也不由得开始纷纷猜测是不是得了什么不治之症。

自先帝驾崩之后，一直深居简出的太后也赶到了乾坤殿探望，萧昱只得打起精神来应付。

"陛下已经病成这个样子了，宫里又没几个人，皇后这个时候怎地也不在？"高太后不悦地道。

"皇后出宫去请神医了。"萧昱说道。

虽然那日一觉醒来，得知她已经去了大夏之后心痛难当，可如今他只能选择等待和相信，相信她一定会回来。

只是一天一天过去了，依旧没有她回来的消息，他也不知道自己还能不能活着等到她回来的那一天了。

好不容易将高太后打发走了，他整个人都有些虚脱无力了。

崔英扶着人，劝道："陛下还是先休息吧。"

萧昱无力地摇了摇头，道："扶朕到书桌。"

他现在这样的身体状况，政务已经多有耽误，哪能一直休息下去。

崔英瞧着心疼，却还是扶他到了书案后坐下，服侍他批阅折子，只是现在他那身体状况实在让人忧心，批了不一会儿便又以拳抵唇咳嗽起来。

"陛下，奴才请空青过来。"崔英道。

萧昱摆了摆手，摇头道："无碍，歇一会儿就好。"

她一天一天地不回来，他总忍不住去想，她是不是又见了那个人，他们现在又在做什么，又在说什么……

他知道她会回来，可是夏侯彻那样的人又怎会让她去了又走。

只可恨，他现在这副样子，连去找她回来的力气都没有。

高太后带着人离开乾坤殿，对于皇后的去向却仍旧是满腹疑云，不知怎么地一直觉得这个玄唐长公主神秘兮兮的让人看不透。

当年玄唐亡国之后，她有到北汉来露过一面，之后又走了，那些年在什么地方，做什么事也没有人知道。

而且明明已经有了一个孩子，朝中提及立储君之事，萧昱却是一再推托，就让人觉得有些可疑。

摆驾回宫之时，远远看到一个孩子蹲在路边上玩耍，一想这宫中上下这般年纪大的孩子，只有养在坤宁殿的那个小皇子了。

高太后微一抬手示意仪仗止步，自己举步上前浅笑道："你怎么一个人在这里？"

瑞瑞抬眼看了看她，说道："找果果。"

高太后蹲下身，仔细打量着这个孩子，竟看不出一丝与萧昱的相似之处。

"你要去哪里找果果，婆婆带你去好不好？"

小家伙一听眼睛一下亮了，起身便真准备跟她走，看护的宫人连忙跑了过来，将他抱起道："瑞少爷，你怎么在这里？"

高太后闻言凤眸微眯，孩子的称呼怎么这么别扭。

"奴婢见过太后娘娘，孩子要用午膳了，奴婢告退。"宫人抱着瑞瑞，匆匆行了一礼便快步走开了。

皇后一再叮嘱不能把孩子带出去，哪知道她不过一转身没看住，他就自己跑出来了，这回去了可怎么向沁芳姑姑交代才好？

高太后缓缓站起身，看着匆匆抱着离开了的人，不由得沉了沉眉眼，侧头对边上的贴身宫人道："你出宫去府里，让人悄悄去查一查玄唐长公主前些年在哪里，还有这个孩子的事。"

"是。"宫人垂首回道。

"等等。"高太后叫住人，又交代道，"让人去找江湖人查，不要自己插手其中。"

毕竟，现在北汉的皇帝还是萧昱，若是高家的人去查被他知道了可就麻烦了，总要给自己留点后路，还是暗中请江湖上的人去查保险一点。

这个孩子，还有看顾这个孩子的宫人，都让人觉得奇奇怪怪的。

坤宁殿，沁芳准备好午膳一出来，殿内上下哪里还有孩子的踪迹，一时连忙急着寻找，远远看到宫人抱着孩子，快步上前："怎么出去了？不是说过不许带孩子出去的吗？"

宫人一见她疾颜厉色的样子，连忙回道："就在门口，没走多远。"

沁芳接过孩子抱着，又问道："出去可遇到什么人了？"

宫人一个哆嗦，有些不敢说话。

"说啊！"沁芳急声问道。

瑞瑞的身份尴尬，若是让有心之人知道了，现在主子不在宫里，陛下又重伤在身，可不能再出乱子了。

"没，没有，就在门口看了看就回来了。"宫人连忙回道。

这事若是说了实话，她的罪过可就真的大了。

沁芳这才松了口气，扫了一眼周围的宫人道："以后都给我记清楚了，孩子若是出了坤宁殿的大门，有你们好受的。"

"是，沁芳姑姑。"宫人连忙问道。

他们都是太子殿下的亲信，虽然没有人说过这个孩子，但种种表现来看，只怕这个孩子的身世是有问题的，不敢让外面的人知道。

只是，不管有没有问题，也已经不是他们操心的事。

"饭饭，饭饭……"瑞瑞朝着沁芳叫道。

沁芳无奈笑了笑，抱着他回去用膳，只是一想到乾坤殿那边，不由得暗自叹了叹气。

主子一走也好些天了，还不见回来，恐怕是真的在盛京遇上麻烦了。

可若再不尽快回来，乾坤殿那边可就真的撑不了多少天了。

大夏盛京，皇极殿。

夏侯彻已经两天不曾露过面见她，她也没有出过暖阁，只是每天到了时辰，孙平会带着宫人送膳过来，菜色都是以前她吃的口味。

孙平又带着人来送了午膳，她想了想问道："这几日，原大人有进宫来吗？"

她一直不出去，沐烟和原泓应该会想办法帮忙的，应该也会进宫里来了。

"前几日倒是来了的，带着皇上在西园喝酒喝得大醉，还是奴才差人把他送回府的。"孙平如实说道。

凤婧衣微微皱了皱眉，夏侯彻这两日不露面，可是她即便去找了他，却也不知该怎样才能将解药从他那里要回来。

她能在这里一天一天地跟他耗，可是丰都那边，萧昱的身体状况怎么耗得起。

既要顾着瑞瑞那边，又要处理政事，他现在还能撑多久，她也不敢去想。

一想到这些，她再也没胃口用膳。

孙平自皇极殿伺候完圣驾午膳再过来时，桌上的饭菜还是一口未动。

"是饭菜不合口味？"

凤婧衣摇了摇头，道："不是，没什么胃口而已。"

孙平看她一脸愁绪，也没有再多问，带着宫人将已经凉透的饭菜撤了下去，回书房去。

"用完了？"夏侯彻搁下碗筷问道。

孙平知道他问的是暖阁那边，于是回道："一口没动，像是心事重重的样子。"

夏侯彻薄唇紧抿，他承认原泓所说的不无道理，可是要他就这么放她回去，回到那个人身边，真的是太难了。

难道，他与她……就真的没有在一起的可能吗？

他只这样一天一天地跟她耗，耗到她真的沉不住气了，答应留在盛京，他再拿出那颗解药。

这样的无声对峙，对她是煎熬，对他又何尝不是。

他当然知道，自己要留下一个敌国王后将会掀起怎样的滔天风雨，可是他不怕，他相信他可以压得下去，他真的怕的是，无论他怎么期盼，冷硬的她却不肯给他一丝机会。

时间一天一天过去，凤婧衣也一天一天地焦躁不安。

三天后，她终于无法再继续等下去，在孙平过来传膳的时候开了口。

"我要见他。"

孙平怔了怔，默然离开暖阁去了书房传话。

"皇上，她说要见你。"

正在批折子的夏侯彻闻言笔下一顿："你说什么？"

"凤姑娘要见你。"孙平又一遍说道。

夏侯彻搁下朱笔，沉默了一阵方才起身前往暖阁。

暖阁之中，凤婧衣静静坐在桌边，桌上的晚膳一口未动，身上披着来时穿着的狐裘斗篷。

他屏退了孙平，独自进步在桌边坐下："你要见我？"

"是。"凤婧衣点了点头，起身站到了桌边，垂头跪在了地上哽咽道，"夏侯彻，我需要那颗解药，求你……还给我。"

她没有时间了，再不回去，就连他最后一面，她怕也见不上了。

夏侯彻看着扑通一声跪在自己面前的人，黑眸瞬间掀起暗涌，却紧抿着薄唇久久都没有说话。

当年传出那个人战死消息的时候她来了他身边要为他报仇，南宁城重遇的时候她冒死挡在了他面前，如今她千里迢迢来了盛京又为了他下跪相求……

"只要你留在这里，朕即刻就派人把解药给他送去，这样的条件对你而言，就那么难做到吗？"

凤婧衣垂着头没有说话，这颗解药即便能带回去，也只能解去他身体里一半的毒，能保他一年，或许几个月的性命。

若是以这样的条件换回去的解药，以他的性格只怕宁死也不肯用的。

夏侯彻站起身，低眉瞧着跪着的她，说道："只要你点一点头，这颗解药就能送到北汉去。"

凤婧衣抬头满是泪水的眸子望着面前站立的男人，眼眶的泪悄然滑落。

那样绝望而疏离的目光，陌生得让他心头一颤，隐约觉得是有什么崩断了她心里的最后一根弦。

她深深吸了口气，逼回眼底的泪，喃喃道："或许，我本就不该来。"

夏侯彻目光哀痛地看着她，他只是想她留在他身边，为什么就那么难呢。

凤婧衣站起身，膝盖有些发麻，哑着声音道："告辞！"

说罢，举步离开。

夏侯彻一把拉住擦身而过的人，紧张地问道："你要去哪里？"

"我该回去了。"凤婧衣冷然道。

"你就真要看着他死？"夏侯彻紧紧抓着她的手臂道。

凤婧衣头也未回，只是说道："我答应他要回去的，没时间了。"

夏侯彻不肯松手，却也不愿给她解药放她回去，于是沉默地僵持着。

"夏皇，你可以放手了，我没有拿你的东西，你说过我可以想走就走。"凤婧衣冷言道。

"朕说了，只要你点头留在这里，朕就派人送解药过去，你宁愿回去见一个死人，也不愿留在这里换他一命吗？"夏侯彻不肯放弃地追问道。

她不是那么想救他的命吗？

为什么连这样的条件却不肯答应。

凤婧衣侧头望着面目冷峻的人，缓缓说道："他不会要我以这样方式换回去的解药。"

萧昱早将她看得重于生命，她知道。

也正是因为怕发生这样的事，所以他才一直反对。

她拿开他抓在自己手臂的手，举步出门，走入满天风雪的夜里。

夏侯彻快步追了出去拉住她："你不能走，朕不准你走。"

凤婧衣甩开他的手往后退，却踩到石阶上的雪一滑，整个人便滚了下去。

"婧衣！"夏侯彻倏地瞪大了眼睛，跟着冲下台阶拉住她，自己也跟着滚了下去，却将她拉住紧紧护在了怀中。

两人滚落到了阶梯下的雪地里，凤婧衣一起身却是先制住了他的穴道，而后不动声色地打量了一眼，确认他并无重伤，站起来转身便往承天门去了。

"我爱你！我爱你！我爱你！……"他坐在雪地里，冲着她的背影大声道。

凤婧衣脚步一顿，脸上冰凉一片，分不清是雪水还是泪水。

夏侯彻看到她停下了脚步，黯淡的眸光一亮，恨不能起身奔过去，只可惜自己一时却动不了。

"凤婧衣，不管你以前是谁，我以前是谁，我爱你，我想跟你在一起，白头到老，永不分离。"

凤婧衣缓缓回头，隔着夜色中的飞雪看向他，一咬牙转回头举步而走，且越走越快，生怕自己会再抑制不住地回头。

可是那一声一声的我爱你，却如魔音一般回响在她的耳边，震得她心房生生地疼。

孙平解不了穴，打着伞赶过来替他挡着，可是雪地里的人却还是痴痴地望着已经空无一人的承天门。

她走了，再也不会回来了。

凤婧衣出了宫直接便去了丞相府，叫上沐烟便立即起程，原泓也慌忙起来准备送她们出城。

"东西拿到了吗？"

"没有。"凤婧衣上了马道。

"那……"

"走吧，城门快关了。"凤婧衣说着，已经策马而去。

沐烟上了马，也赶紧打马跟了上去，可是好不容易找到这里来，却终究还是白跑了一趟。

两人一路马不停蹄地赶往北汉，第四天的夜里才到了北汉边境，却被突然而来的兵马给截住了去路。

沐烟正准备拔刀动手，夜色中一人一马策马而来，勒马叫道："等一等，等一等……"

凤婧衣勒马回望，渐渐才看清是原泓。

原泓勒马停下已经累得上气不接下气，爬下了马走到她们马前，掏出怀里的盒子递给她道："他让我送来的。"

凤婧衣定定地看着原泓递来的东西，一时间竟有些不敢伸手去接。

原泓喘顺了气，催促道："你不就为了这东西来的，还不拿着？"

她俩出了盛京，第二天一早，孙平就带了这东西到他府上。

凤婧衣伸手接了过去，一颗心翻涌起百般滋味，沉默了良久方才道："替我谢谢他。"

"行，我会说的。"原泓道。

"你可以安排瑞瑞安身的地方，安排好了我会将他送回大夏，那个地方……终究不安全。"凤婧衣道。

这颗解药拿回去了，她还要设法找另一半解药，怕是不能全心照顾着孩子。

若再有人害他，她也不一定能保护得到。

原泓微讶，却还是点头应下了："好，准备好了，我会派人通知你。"

"告辞。"凤婧衣说罢，一拉缰绳出关，奔向北汉的境内。

北汉，一场大雪让萧昱原本就孱弱的身体负担更重了。

又是三日一次的朝会，空青一早送了药过来，看他面色实在不好便劝道："你现在的身体状况，实在不适宜去早朝。"

公子虽然也写了信回来教给他稳住毒性的办法，但此毒已经让人加入了其他的毒物，且一时之间他也无法诊断出是加了什么东西，只是写了诊断的各种线索去问公子，但得到的回信是让他们等到凤婧衣拿到解药回来再说。

因为，唯有先解了那一半的毒，才能诊断出另一半的毒是何物，从而寻找解药。

只是，前往大夏寻找解药的人，却一直没有消息回来。

"无碍，朕还撑得住。"萧昱说着，已经穿戴好了朝服，扶着崔英的人前往正殿。

空青叹了叹气，只得帮着崔英送他上朝去，而后在门外等着。

早朝进行了不到一个时辰，里面便传出一阵嘈杂之声，宫人一脸慌张地奔出来："大夫，陛下吐血昏倒了，崔总管请你进去。"

空青一听连忙赶了进去，一群宫人和大臣正围着倒在地上的萧昱，他上前把了脉朝崔英道："先送去暖阁。"

朝臣一片混乱，暗自纷纷担忧起北汉的未来，先帝刚刚大行不久，新帝又成了现在这个样子，将来北汉该何去何从，不免让人心生担忧。

崔英和宫人将萧昱送回了暖阁安置，几位重臣也纷纷跟过来询问病情，陛下先前一直好好的，从登基后没多久就开始病倒了，一日比一日严重，也不让太医过来诊治，只留了那么一个据说是金花谷来的大夫在跟前，他们询问是什么病也一直没个准信。

而且，陛下病重成这般，身为六宫之主的皇后却不在宫里，也没人知道她去了哪里，一切的一切都透着古怪。

空青在内室忙碌着，崔英焦急万分地站在一旁等着，直到宫人进来低声道："崔总管，外面几位大人都吵着要进来探望陛下，奴才们快拦不住了。"

崔英望了望床上还未醒的人，无奈地叹了叹转身去殿外应付一众大臣，可是这纸终究包不住火，若是皇后娘娘再不带解药回来，这边可就真的要出大乱子了。

他费了好一番功夫方才将外面的一干大臣给打发走了，回了殿中昏迷的人还是未醒。

"空青大夫，陛下怎么样了？"

空青收起银针，无奈地说道："我已经尽力了，若是解药还是不回来，大约人也就这样一直昏迷到去了。"

原本就身体虚弱，加之一场大雪又染了病，他能撑到今天已经很不容易了。

"可是皇后娘娘……"崔英沉重地叹了叹气，他们在丰都也根本不知道那人在大夏到底已经怎么样了。

"先等着吧。"空青道。

他想,那个人一定会回来的,当年为夏侯彻拿冰魄都如期回来了,何况是为萧昱,她一定会设法赶回来的。

可是,一天过去了。

两天过去了……

三天过去了……

四天过去了……

萧昱的脉象越来越弱,乾坤殿上下更是个个提心吊胆,不分昼夜地守在床前,还要应付不断过来询问打听消息的朝中大臣。

虽然他们也都守口如瓶,但皇帝缺席三天一次的朝会已经让他们猜测到了情况怕是不好,纷纷都站出来请高太尉暂理朝政,甚至都有人提议要代天子立诏传位于汉阳王。

陛下在位一直未曾确立储君,自然是不想那个才一岁的孩子即位的,如今放眼北汉皇室,还能继皇位的,便只有汉阳王一人了。

这可急坏了崔英,先帝好不容易将皇位传给了陛下,这登基还不到一个月就出了这样的事,如今宫里陛下昏迷不醒,皇后又不在宫里,若再这样下去,势必会起祸乱不可。

第五日,高太后也前来探望,而后在乾坤殿下了懿旨,让高太尉和武安侯暂时主理政事,以免误了朝政大事,其他的事等陛下醒了再做打算。

这样的举动,正是趁着混乱将大权交给了高氏一族的自己人。

她原以为对付他们还要些工夫的,没想到萧昱登基才几天,自己就这副半死不活的样子了,这倒也给她省了心。

崔英和况青两人眼看着大权将要落于他人,又何尝不着急,只是现在的情势又哪是他们两个人的权力所能左右的。

夜幕渐渐笼罩了天地,乾坤殿静寂得让人压抑,明天又是朝会的时间,太后那样的懿旨,朝会之后会发生什么,他们谁也无法预料。

反正,不会是什么好事,他们历来是跟随先帝和陛下的,如今先帝驾崩,陛下垂危,若是大权落到心怀不轨之人的手里,他们所有人将来会是什么下场。

崔英看着还在床边看护的空青,想要询问一下的,可看他面色沉重的样子,想来问到的也不会有什么好结果,只得将到嘴边的话又咽了下去。

外面风雪交加,乾坤殿又是一夜艰难的等待,空青面色沉重地坐在床边,一直把着床上之人的脉搏,唯恐自己一时疏忽会耽误了救治,可是脉息越来越弱,他却始终束手无策。

如果这世上能有第二颗冰魄,他就一定还能有办法救活他,可是原本在北汉的这件东西,早在几年前已经辗转被带去了大夏,再也找不到第二颗。

这也是,那个人不得不去大夏的理由,但凡这世上还能找到第二颗,她也不会去向那个人要。

况青也知次日的朝会非同寻常，夜里亲自带了侍卫在宫门巡视，远远听到夜深人静的皇城外传来马蹄声，整个人不由得警觉了几分。

凤婧衣勒马停在已经关闭的宫门外，门外的守卫一见人下了马，也顾不得请安便立即朝宫门内高声禀告："皇后娘娘回宫，开宫门！"

况青一听连忙下令开宫门，看到外面进来的人只觉心头的大石落了地："末将见过皇后娘娘！"

凤婧衣一边快步朝着宫内走，一边问道："陛下如何了？"

"已经昏迷五天了，空青大夫说撑不到明天夜里了。"况青回道。

凤婧衣一听，不由得加快了脚步，只是雪天路太滑走得急险些摔了一跤，沐烟及时出手扶住她："这都回来了，还差这么一小会儿，急什么。"

凤婧衣没有说话，只是快步继续往宫内赶着，乾坤殿的宫人远远看到雪地里快步而来的一行人，喜出望外地朝里面报道："是皇后娘娘回来了，是皇后娘娘回来了……"

"谢天谢地，可算是回来了。"崔英长长地松了一口气，一边念叨着一边出来迎驾。

凤婧衣也顾不上跪了一屋子请安的人，直接进了暖阁内殿将带回的解药交给空青道："东西带回来了，你快设法救人吧。"

空青望了望她，虽然想到她会回来，但她真的把解药从夏侯彻的手里拿回来了，还是让他颇有些意外。

"好。"他接过去，就立即取出淳于越前些日让人送来的药，兑了水化成药汁，而后才将药丸给萧昱服下。

凤婧衣站在一旁，看着他给人服了药施了针，方才开口问道："要多久能醒？"

空青把了脉，望向她道："虽然服了解药，但要一下恢复过来是不可能的，得两三日才能醒。"

沐烟搬了凳子坐在炭火盆前取暖，伸着脖子望了望围在床前的一堆人，朝她叫道："行了，药也带回来了，你还准备穿着你那都结了冰的斗篷到何时？"

凤婧衣扭头望了她一眼，知她是好意便自己解下了斗篷，因着一路风雪斗篷落了雪结了冰，有些硬硬的。

崔英连忙吩咐宫人去煎了驱寒的汤药，备了暖手炉过来给她，道："奴才差人去坤宁殿通知一下沁芳姑娘，那边也担心得一天过来打听好多次。"

"不用，我坐一会儿就过去了。"凤婧衣道。

她等了一阵，等到空青说脉象已经好转了，方才起身道："我先回坤宁殿，天亮再过来。"

"我也去。"沐烟跟着起身道。

一直没机会来看她和夏侯彻的儿子长成什么样了，这回来了可不得去看一下才甘心。

崔英吩咐了宫人提灯照路,将两人送回到了坤宁殿,沁芳也是知道了乾坤殿今日发生的事正愁得睡不着觉,听到外面有人说是皇后娘娘回来,连忙从屋内赶了出来。

"主子,你可算是回来了,陛下如何了?"

"已经好转了,只是还没醒来。"凤婧衣进了屋,问道,"瑞瑞睡了吗?"

"嗯。"沁芳点了点头,一边给她们倒茶,一边说道,"你这一走好些天,开始还挺听话了,最近几天晚上吵着要找你,好不容易才哄睡了。"

"辛苦你了。"凤婧衣感激地笑道。

"在哪,在哪,我要看。"沐烟一脸兴奋地朝沁芳问道。

"主子带你去吧,我给你们准备些吃的。"沁芳笑着道。

一连走了这么多天,她也挂念孩子挂念得紧吧。

凤婧衣起身进了内室,撩开帐子坐到床边,看到睡得香甜的小家伙,眉目间缓缓现出温柔的笑意。

每每一看到这胖乎乎的小家伙,心情都会不由自主地柔软和愉悦。

只是看着他与那人相似的眉眼,想到自承天门走出的一幕幕,心头一时间百味杂陈。

"这才多大点,怎么尽往他老子的样貌长?"沐烟低声嘀咕道。

凤婧衣默然坐着没有说话,她已经答应要将瑞瑞送到大夏交给原泓,可是回来一看到他,又哪里舍得将他送走。

她已经失去了熙熙,如今连瑞瑞也要失去了吗?

沐烟侧头望了望她,也猜到她是为了要送走孩子的事发愁,说道:"我去看看沁芳做什么吃的。"

说完,起身出去了。

凤婧衣和衣躺下,凝视着安睡的孩子,伸手轻轻摸了摸他柔软的头发,低头轻轻地吻了吻⋯⋯

一直紧张的宫中因为萧昱的好转,都悄然松了一口气,可是宫外却又一场无声的风暴将要笼罩而至。

深府的太尉府书房,灯火通明。

管家自后门将一名黑衣人带进书房,掩上了门,小心地在门口守着。

书房之内,除了当朝太尉高启,还有武安侯。

"到底有什么重要的消息,非要见了面才能说?"高启沉声问道。

来人头戴着黑纱斗笠,看不清面容,开口的声音却是清越从容:"你们不是一直在打听凤皇后的事,她的事我可是清楚得很。"

"哦?"武安侯细细打量着站在灯影下的人,说道,"你是什么人,我们又凭什么相信你所说的话?"

"我说我的,你们若是愿意相信便相信,不愿相信,在下也不强求。"那人不紧不慢地说道。

"你到底想说什么？"高启不耐烦地追问道。

他和武安侯这样冒险派人追查皇后的秘密，这幸亏是皇帝病重不醒，让他知道了，他们岂会有好果子吃。

"我想说的，一定是你们想要的答案。"那人笑了笑，自顾自地坐了下来，"你们不是想知道凤皇后这些年在哪里吗？只要到大夏盛京随便找个朝中官员，就会知道玄唐的长公主是什么人了。"

近前大夏与北汉敌对，边境也都断绝往来，加之夏侯彻和萧昱都有意将事情压着，否则早就传得北汉人尽皆知了。

"要说就说，别绕弯子。"武安侯催促道。

"大夏皇帝曾经有个很宠爱的妃嫔，并散尽六宫将其立为皇后，那个人……就是如今你们北汉的皇后娘娘，玄唐的长公主凤婧衣。"那人一字一句地说道。

"你说什么？"高启震惊地站起身。

"她可是在大夏宫里三年，受尽大夏皇帝的宠爱。"那人说着，不由冷冷地笑了笑，"不仅如此，你们难道不想知道，北汉皇帝一直不愿立那个孩子为储君的真正原因吗？"

高启和武安侯相互望了望，眼底尽是微妙的阴沉之色。

"因为，那个孩子根本就不是北汉皇室的孩子，他是你们的皇后娘娘和大夏皇帝的亲生骨肉。"那人斩钉截铁地说道。

"你……你说这话，可有证据？"高启既激动又害怕地追问道。

皇帝一直不愿立那个孩子为储，只怕也是知道那不是自己的亲生骨肉，北汉一国之君竟娶了一个残花败柳为后，还养着敌国的皇子，当真是糊涂啊。

"证据自然是有的，否则我也不会来见太尉大人和侯爷。"那人说着，起身道，"天亮之后，会有人来府上找你们的。"

说罢，转身准备离开。

"你到底是什么人，为什么要来告诉我们这些？"武安侯目光沉沉地望着神秘人的背影，冷声问道。

虽然他们是别有居心，可也不想平白被人利用了。

那人站了一会儿，说道："江阳王对我有恩，却无辜惨死，这个仇总要有人为他报的，该说的话我都说了，至于你们信不信，等天亮拿到证据就知道了。"

说完，径自开了门，按着来时的路自后门离开，消失在漫天的风雪中。

天色微明，凤婧衣一路飞奔多日未合眼，倒在床上就渐渐睡着了。

瑞瑞睡在里侧，迷迷糊糊地醒了，小手揉了揉眼睛侧头看到睡在边上的人，爬过去就搂住她脖子，亲昵地唤道："娘娘，娘娘……"

凤婧衣被他给闹醒了，睁开眼伸手摸了摸他圆乎乎的小脸："睡醒了？"

小家伙似是怕她走了，小胳膊紧紧搂着她的脖子不肯放手。

凤婧衣侧头亲了亲他的小脸，说道："瑞瑞快松手，娘亲要给你穿衣服。"

她一边说着，一边拉开了他，拿过放在床边的衣服，一件一件给他穿戴好了，一边给他穿着鞋，一边笑着问道："要不要去吃饭饭？"

"要饭饭。"小家伙笑着道。

凤婧衣笑了笑，将他抱着放下床："走吧。"

小家伙站在原地不肯走，伸着小手可怜兮兮地道："娘娘抱……"

凤婧衣无奈笑了笑，弯腰将他抱了起来，实在拿这黏人的小家伙没办法。

沁芳知道他每天早上起来一定会要吃的，所以早早就备好了，看着过来的母子俩笑着道："起来了。"

凤婧衣抱着他到桌边坐下，要放他到椅子上坐，他又抱着她的脖子不肯撒手，她只得让他坐在自己怀里。

沁芳盛了刚煮好的粥过来，瞅着黏人的小家伙笑道："这么黏着娘亲，以后长大了可怎么好？"

凤婧衣一边给他喂饭，一边笑语道："还小，由着他吧。"

孩子本就没有父亲在身边，加之熙熙的早夭，她总不想再委屈了这个孩子。

"瑞瑞，姨娘喂好不好？让娘亲先吃饭。"沁芳拍了拍手，想要去抱他，小家伙又一扭头趴到了母亲怀里。

昨天夜里做好了吃的，进去看她睡着了就没叫她起来，这会儿又被这小家伙缠着。

"没关系。"凤婧衣笑了笑，又问道，"沐烟呢？"

"沐姑娘还睡着呢，临睡前说她没睡醒不准去叫她。"沁芳道。

"我走这些日子，宫里可出了其他的事？"凤婧衣一边给儿子喂早饭，一边询问道。

萧昱一直病着，她又不在宫中，免不了会生出些事端。

"还好，就是昨日太后下了懿旨让高太尉和武安侯代陛下暂理朝政，今天的朝会也不知会议些什么。"沁芳如实说道。

凤婧衣皱了皱眉，高家打什么主意，她怎么会不知道。

"现在离朝会还有多久？"

沁芳去看了看更漏，过来回道："还有不到半个时辰。"

凤婧衣沉默了一阵，说道："给我准备好衣物，我一会儿去乾坤殿看看。"

"是。"沁芳快步离开，去帮她准备好皇后凤袍。

陛下如今还未醒来，宫中可不能再出乱子了。

凤婧衣给瑞瑞喂完了早饭，自己草草吃了几口便回了寝殿更衣，小家伙却一直跟在她后边……

她换好了衣服，瑞瑞又跑了过来抓着她衣袖不肯撒手："你在这里跟沁芳姨娘去找小兔子好不好，娘亲一会儿就回来了。"

虽然她也想多些时间跟孩子在一起，可是今天的朝议非同寻常，她又不能带着他一块儿过去，不然这个关头孩子的身世再被人发现了，只会惹来更大的麻烦。

小家伙扁着嘴，泪眼汪汪地看着她，就是不肯松手放她走。

这性子，真是跟某人如出一辙。

"沁芳，你先过去打听着消息，我稍后再过去。"

沁芳无奈地笑了笑，自己先去了乾坤殿先找崔英打探朝会的消息。

凤婧衣只得先留下来哄着黏人的小家伙，如今还在她身边就这么一步都离不得，她要是将他送去了大夏，他得哭闹成什么样？

一想到这些，不由得阵阵心酸。

她蹲在那里，紧紧搂着站着的孩子，温声低语道："瑞瑞，你要快快长大些。"

也许，等长大一些了，即便她不在身边，他也不会再这般哭闹。

可是，真要把他送到没有她，也没有父亲的地方，她怎么也狠不下这个心来。

小家伙不知道她怎么了，只是噘着小嘴，在她脸上亲了亲，然后冲着她笑起来。

过了许久，沁芳从乾坤殿赶了回来，说是朝会已经开始了，武安侯称病未进宫，由高太尉主理朝会。

凤婧衣看着在一旁自己玩着的瑞瑞，低声说道："沁芳，你看着点，我去看看。"

说罢，趁着瑞瑞还没看到这边，轻手轻脚地出了门离开。

乾坤殿，高太尉坐在玉阶之上打量着满殿的朝臣，似是体会到几分君临天下的滋味，似模似样地主持着朝会，分析大臣上奏的每一件事。

凤婧衣过来先去了暖阁看了萧昱，听了空青的诊断之后，才带着崔英到了乾坤正殿的门外，没有直接进去，只是站在了门外听着里面的动静。

一直小心翼翼的高太尉，今天还真是意气风发，说起话来简直都有些一人之下万人之上的气势，着实让她有些意外。

"皇后娘娘，要进去吗？"崔英问道。

凤婧衣摇了摇头，后宫女子不得干政，这是北汉历来的规矩，她来这里也并不是要教训高太尉，只是想知道他们到底准备打什么主意，也好让自己有个应对之策。

朝会近两个时辰，她一直站在门外听着，直到朝会结束，里面的大臣纷纷出来，看到站在门口的人一时面色有些难看，但还是规规矩矩地行了礼："臣等见过皇后娘娘。"

正从里面出来的高太尉一见不由得怔了怔，但也很快镇定了下来，眼底掠过一丝轻蔑的冷笑，举步上前施了一礼道："微臣给皇后娘娘请安。"

"高大人，诸位大人免礼，陛下卧病在床，今日的朝会有劳高大人了。"

"为北汉尽忠是臣等应尽之责，皇后娘娘言重了，不知陛下身体如何了？"高太尉道。

"已经寻得良药，太医们在一起诊治，说是过一两日就能醒过来了。"凤婧衣淡笑说道。

高太尉面色微僵，但很快恢复如常，问道："不知娘娘是到何处寻到灵药的？"

"神医淳于越那里。"凤婧衣道。

她与高启在先帝驾崩之时，也是偶尔有见过几面，但今日的说话和眼神都有些奇怪，让她有些不寒而栗的冷。

"真是有劳皇后娘娘了。"高太尉垂首道。

"陛下卧病这两日，前朝大事就有劳高大人和武安侯爷了。"凤婧衣一脸诚恳地拜托道。

"能为陛下和皇后娘娘分忧是微臣的荣幸，定不负所托。"高太尉道。

凤婧衣微笑颔首，带着宫人离开。

高太尉缓缓抬起头，望着远处的皇后仪仗满是鄙夷与嘲弄，一个人尽可夫的女子，带着自己的私生子，有何颜面堪为北汉皇后，母仪天下。

凤婧衣一边折回暖阁，一边朝崔英吩咐道："让况青派人，这几日盯紧点高太尉府和武安侯府，来往的人都一一入宫回报。"

虽然不知道高家打什么主意，但毕竟现在对方还没出手，没有一点证据，只得静待时机。

可是，她却没有想到，那场悄无声息的阴谋却是冲着她和她的孩子而来的。

回了暖阁，她看着空青一脸疲倦之色，想来是自己离宫之后，一直守在萧昱跟前劳累过度所致，开口道："我在这里看着，你也去休息吧，若是有事再让人去叫你。"

空青望了望床上的人，知道已经没有大碍也就没什么好担心的，跟着崔英下去休息了。

凤婧衣坐到床边，床上睡着的人憔悴而苍白，脸上胡子拉碴的，她接过宫人递来的湿帕子擦拭着他的脸上，喃喃低语道："我知道，我没有听你的话，你一定很生气。"

"陛下没有生娘娘的气，只是一直担心着，当时险些要出宫去追你回来的，只是身体不适被空青大夫给强行拦下了，可每天却是让人打听边境处的消息好多回。"方嬷嬷站在一旁说道。

她之前是跟在先皇身边的，所以玄唐长公主的事也是多少知道些的，陛下向先皇提出要娶玄唐长公主为太子妃之时，原以为他是会反对的，没想到竟然满口答应了。

那时候先皇说，便是自己和那玄唐长公主相比，陛下也会弃他而选择后者，他又何必非要他选择其一，唯一担心的是将来玄唐长公主与大夏皇帝之前的纠葛被朝中人所知会惹来麻烦。

最近也隐约从沁芳那里听说陛下与玄唐长公主在玄唐多年的点点滴滴，虽然对这新皇后心里还是有个疙瘩，却没有一开始那般抵触了。

毕竟，且不说陛下喜欢她，便是在朝大臣的女儿，论及聪慧睿智，临危不乱也没几个能胜过她去的。

凤婧衣手上的动作怔了怔，一语不发地坐在床边，直到紫苏急匆匆地从坤宁殿过来，到了床边低声说道："我帮你在这里看着，你快回去吧，瑞瑞找不到你哭得厉害，我跟沁芳怎么哄都哄不住，没办法了。"

凤婧衣望了望床上还躺着的人，道："那你多留心点，有事让人过去通知我。"

说罢，起身离开了暖阁。

一路回到坤宁殿，刚一进门便听到小家伙响亮的哭声，不由得加快了脚步进屋从沁芳手里将他抱了过来："好了好了，娘亲在这里呢，不哭了，不哭了……"

小家伙一把搂住她的脖子，虽然止了哭泣，却还是不断抽噎着。

她无奈地轻拍着孩子的背安抚，念叨道："你是男子汉，怎么能动不动就哭，会让大家笑话的。"

小家伙头歪在她肩膀上抽抽搭搭的，脸上还挂着泪珠子。

一个男孩子，又黏人，又爱哭，她真的开始有些担心，他以后长大了会成什么样子。

沁芳看到瑞瑞终于没哭了，可算是松了口气："本来还玩得好好的，一扭头不见你了就满屋子找，找不到就哭，怎么哄都哄不住。"

这小家伙平日里就是自己摔一跤都不会吭一声的，可每次一找不到母亲就哭得让人束手无策，主子走了这些日子，她和紫苏就光每天哄他就费了不少功夫。

凤婧衣抱歉地笑了笑："看来，这些日子可是有够让你们费心了。"

沁芳淡笑，言道："也就是每天睡觉前看不到你会哭，平时还是挺听话的，就是现在你一回来了，又黏你了。"

凤婧衣侧着头看着他，又是好气又是好笑，可现在她就是说什么，他也不一定听得懂，只得想办法慢慢地教了。

"娘娘，果果……"小家伙咕哝道。

凤婧衣一听，知道他是想要她带他去凤凰台的果园玩，可能是到宫里又不能出门，小家伙待得不怎么高兴了。

可是现在萧昱还未醒，许多事情还千头万绪的，她一时之间还不能带他回凤凰台。

于是抱着他到榻上坐下，从果盘里给他拿了橘子，他这才肯从她怀里脱身，只不过玩一会儿又要抬头看一看她，似是生怕她会又走了。

瑞瑞缠着她走不了，她只得等到天黑将他哄睡了，方才赶去乾坤殿那边照看萧昱，再赶在天亮之前又回到坤宁殿去，以免他一起来看不到自个儿又哭闹。

一连两天，高太尉和武安侯主持朝政大事，倒也是都做得井井有条，并无什么可疑之处，这让她有些安心，却又有些莫名的奇怪。

只是况青在宫外监视太尉府和武安侯府也并未发现什么可疑之人，她也不得不打消自己的怀疑……

好在萧昱身体状况在不断好转了，她也就渐渐松了口气。

第三天夜里，她哄着孩子睡着了赶到乾坤殿守着，知道今天他会醒了，便吩咐了方嬷嬷备了膳食留着，一连昏睡了这么些天，全靠药养着，身体自然是虚弱得不行了。

虽然空青说了会醒来，可是她坐在床边还是等得焦心，唯恐会再出了什么问题，故而都不敢合眼地盯着。

直到天快亮了，床上的人长睫微颤，虚弱地睁开眼睛便看到坐在床边的人，一时恍然还以为自己在梦中……

"你醒了。"凤婧衣微笑道。

萧昱这才回过神来，虚弱地抬手握住她的手，感觉到手上的温度才相信，她是真的回来了。

"你什么时候回来的？"

"好几天了，你一直没醒来。"她浅笑说道。

"我以为，你不会回来了。"他虚弱地笑道。

她默然笑了笑，扶着他坐起身靠着软枕，叫了空青过来诊脉。

空青把了脉之后，说道："我再开些药，不过还要再卧床休息一两日才能下地走路。"

萧昱没有说话，只是定定地望着坐在床边的人，似乎还是有些难以相信她从大夏回来了，而且带着救他命的解药回来了。

北汉新帝死里逃生的喜悦笼罩着乾坤殿，然而这份喜悦持续了不到两个时辰，便被一早送入宫中的数百道请求废后的折子击得支离破碎。

不知是何人的暗中操作，北汉皇后曾为大夏皇妃的消息传遍丰都，甚至说那一岁的小皇子，都是她与大夏皇帝的私生子。

文武百官纷纷请求废后，就连宫门外都聚集不少百姓要求皇帝废弃皇后，另立贤良淑德之人。

况青进来禀报完，暖阁内便陷入了死一般沉寂。

萧昱沉默地坐着，只是眼底的目光，深藏怒意。

这是一场精心策划的阴谋，否则怎么可能无声无息地就在一夜之间，盛京上下都知道了这个他们一直苦苦隐藏的秘密。

事情闹到了这样的地步，便是他们有天大的本事，也难堵天下悠悠之口。

那是他们一直隐藏的秘密，也是他心里不可告人的伤痛，他最心爱的女子曾经属于另一个男人，如今这道伤被人血淋淋地撕开，晾在了天下人的面前。

即便他再想自欺欺人地当作那些事都没有发生过，也不可能了。

凤婧衣咬了咬唇，站起身来准备离开，却被坐在床上的人一把抓住了手。

"阿婧！"

"皇后娘娘，乾坤殿外跪满了上奏的朝臣，这个时候……你还是不要出去的好。"况青道。

早在北宁城的时候他就见过她，也早就知道她与大夏的瓜葛，再后来陛下执意娶了她，这一切他也都是看在眼里的。

可若不是情深难舍，哪个男人会娶一个已经失去清白，还有了别人骨肉的女子，更何况还是一国之君的北汉王，即便是这样，他也将其立为皇后，未曾纳过一妃一嫔。

可现在，天下臣民是不会容许这样一个女子作为北汉皇后的，更容不下那个流着大夏皇室血脉的孩子。

"你们都先下去吧。"萧昱扫了一眼崔英等人。

崔英和况青带着宫人退了下去，却无不是面色沉重的样子。

"阿婧，事情我会处理的。"萧昱虚弱地说道。

凤婧衣侧头望着窗外，沉默了许久出声道："萧昱，这一关我们过不去的，你废了我吧。"

所有的一切不是他的错，也不该由他来承受这些指责和羞辱。

这样的事就算放在平民百姓身上也是世人所不容的，何况是身为一国之君的他。

这段婚姻她带给他的，从来都不是幸福。

"阿婧！"萧昱紧紧抓着她的手，决然道，"这世上没有任何人，任何事，可以成为让我放弃你的理由。"

凤婧衣回头看着他深深凝视的目光，满怀歉疚："萧昱，我不想带给你的总是麻烦。"

今天只是丰都城的人知道，只怕过不了几日，全天下的人都会知道，这件事除了废弃她，根本压不下去的。

只要她一日还在北汉宫里，天下的人都会说北汉皇帝的头上戴着绿头巾。

"总会有办法的，你相信我。"萧昱沉声说道。

这件事，用不了多久就会传到大夏去，那时候便是原泓他们再想隐瞒，那个人也会知道孩子的事。

他若是在这个时候废弃了她，他就真的是失去她了。

凤婧衣在他坚持的目光中，默然点了点头。

萧昱苍白的唇勾起些许的笑意，朝着外面道："崔英，宣大臣们到乾坤殿，朕要早朝。"

"是。"崔英应了声，连忙派了人去外面传话，自己去准备朝服和朝冠。

"况青，一会儿护送皇后回凤凰台，没有朕的旨意谁也不得踏进凤凰台一步，抗旨者就地格杀。"萧昱道。

现在这个情形，她和孩子再留在宫里只会成为千夫所指，高太后只怕也会借机去闹事，还是先让他们回凤凰台清净些。

"可是你现在……"凤婧衣担忧地望着面色尚无血色的人，这本是她惹出来的，结果让他一个人在这宫里面对，自己却去躲清净。

"我这里有空青和太医们照看，你和瑞瑞再留在宫里不方便，先回凤凰台，朕身子好些了就回去看你们。"萧昱笑容苍白地说道。

凤婧衣知道，自己留在这里只会惹来更大的麻烦，便点头道："若是有事，让人到凤凰台通知我。"

萧昱沉默了一阵，看着她问道："孩子……你要怎么办？"

凤婧衣微震，垂下眼帘道："我会送他去大夏。"

事情到了这个地步，就算原泓他们再想瞒着那个人，他也一定会知道这一切。

虽然她也想将孩子留在自己身边抚养，可是她还要帮萧昱寻找另一半解药，加之如今这般境地，瑞瑞再留在她的身边，未必是什么好事。

她不是没有想过送走他的那一天，可没有想到，这一天会来得这么快。

萧昱没有再多问什么，起身下床更衣，准备去正殿参加朝会，只是人尚还虚弱，一站起身整个人都一个摇晃。

凤婧衣扶住他，亲自帮他穿好了朝服戴好了朝冠，扶着送到了暖阁门口嘱咐崔英道，"你多注意些。"

不一会儿，外面朝会的鼓声响起，况青进来提醒道："皇后娘娘，我们该走了。"

凤婧衣望了望空荡荡的暖阁，屋中还弥漫着淡淡的药味，这样的时候她不该走的，却又不得不走。

"末将已经安排了沁芳姑娘她们带着瑞少爷上了马车，这会儿已经在宫门外等着了。"况青道。

"走吧。"凤婧衣叹了叹气，系上斗篷出了暖阁，直奔宫门外的地方。

虽然一路低着头，但她依旧清晰地感觉到宫门处守卫们探究的目光，只是碍于她现在还是皇后的身份，不敢多说话。

她到了宫门处上了马车，沁芳抱着瑞瑞已经在马车里，沐烟骑着马冷冷扫了一眼宫门处的侍卫："看什么看，没看过美女啊。"

马车缓缓驶出宫门，穿过人来人往的街道，偶尔可以听到街边的说书人正说着她的名字，至于说的是什么，她不用想也知道。

最近监视高家和武安侯府的人并未发现什么异常，如果不是他们，这件事又是谁在背后搞的鬼，难道是那个下毒的凶手？

不过，能知道这么多，也不难猜到是与什么人有关了。

傅锦凰啊傅锦凰，你还真是无所不用其极地要害我。

"娘娘……"瑞瑞见她不理自己，从沁芳那里爬到了她怀里赖着。

凤婧衣低眉看着他，怜爱地摸着他软软的头发，一想到要将他送走，心头便是阵阵痛如刀绞。

回了凤凰台，沐烟看她面色沉郁，也不好追问什么，但是一想到那会儿宫里指指点点的那些人，心里就阵阵堵得慌。

凤婧衣抱着瑞瑞回了冬之馆，几个时辰都没有开口说一句话，沁芳和紫苏看着心疼，却都默契地没去向她询问什么。

虽然她们也很想知道她到底是如何打算的，可是她自己不开口说，她们也实在难以开口问她。

午膳过后，她哄着孩子午睡了，方才朝紫苏道："先前我托你们帮我安排去大夏的人都安排好了吗？"

沁芳一听顿时变了脸色："主子，你……"

紫苏眼眶倏地一红："你要把瑞瑞也送走？"

那些人是安排着到了万不得已之际，把孩子送回大夏的，如今她向她问及，不就代表她是打算把瑞瑞送走了。

"你去安排好吧。"凤婧衣望着床上熟睡的孩子，低声说道。

"可是……"紫苏心中气愤，却又咬了咬唇出门去了。

这孩子便是她们相处过也会舍不得，何况是那人拼了性命生下的骨肉，真的要送走，她比她们更舍不得。

可是眼下的境况，这个孩子再留在这里，只会更加危险，不如让他回自己的亲生父亲身边。

"沁芳，给我找几个箱子来吧，要带的东西要给他准备着。"凤婧衣说着，声音不由自主地哽咽了。

沁芳眼眶一红，沉默地下去给她准备了空箱子过来，凤婧衣将瑞瑞要穿的衣服一件一件从衣柜里取出来，重新叠了一遍放进箱子里。

春夏秋冬要穿的分开放得整整齐齐，还有他喜欢的玩具，就连他爱吃的东西和做法，也都悄然拿笔写了一篇放到了箱子里。

不知不觉，已是泪流满面。

夜里，况青打探了消息回来，看着屋子里忙碌着收拾东西的人禀报道："皇后娘娘，陛下在朝会上病重昏倒了……"

凤婧衣闻言眉头一紧："现在怎么样了？"

他本是该卧床休息一两日的，朝会上诸多的事情一急，身体自是承受不住的。

"已经好了，传话说让皇后娘娘安心在凤凰台。"况青回话道。

凤婧衣默然点了点头，道："高家和武安侯府那边可查到什么动静？"

"在娘娘不在宫里的时候，高家的人秘密派了人向江湖人打听皇后娘娘和孩子的事，不过具体他们是从什么人那里得知的，末将还没查到。"况青如实禀报道。

"你看能不能从哪里找到个一岁左右的孩子带回来，寄养在凤凰台一段日子，最多十天就会送回去。"凤婧衣说道。

也许傅锦凰的人还在丰都附近，可是现在敌在暗，她在明，若是被她发现瑞瑞被送回大夏，保不准她不会在半路上下手。

所以，务必得让她相信瑞瑞还在这里，这样瑞瑞在回大夏的路上才能安全些。

况青很快明了她的用意，道："末将几个远房亲戚那里倒是有好几个孩子，可以想办法找到带过来住几天。"

"多谢了。"凤婧衣感激地道。

沁芳准备了晚膳，正出去叫宫人帮忙送膳，却看到一人悄悄地坐在角落里哭，耐着性子走过去："好好地哭什么哭，晚膳好了，快帮着送过去。"

那小宫女望着她，扑通一声跪了下来，哭着道："都是奴婢的错，那天没看住瑞少爷，他跑出去撞见了太后娘娘，当时奴婢一心急叫瑞少爷，估计……估计就是那时候闯下祸来了。"

沁芳一听气得脸上青一阵白一阵："你……你惹出这样的事，回去怎么没说？"

"我也不知道，会成现在这样。"宫女哭得泣不成声，当时怕被责罚就没说，哪里知道过了没多少天，就闹出这样的事来。

这两天好好一想，那天高太后看着孩子的样子，神情很是奇怪。

沁芳无奈地叹了叹气："现在已经这样了，你哭又有什么用？"

若是早一点知道，也许在主子一回来的时候还能有时间应对，现在一切都晚了。

三日后的黄昏，紫苏回到了凤凰台，说是一切都准备好了。

凤婧衣正喂着瑞瑞用晚膳，只是点头应了一声，朝沁芳道："下午准备的糕点都装好了吗？"

"都装好了。"沁芳声音有些哽咽，再一看正在吃饭的瑞瑞，全然不知道自己将要被送到另一个地方，亲昵地赖在母亲怀里。

瑞瑞这么黏着她，这要是送走了，一觉醒来看不到母亲，该哭得多伤心。

凤婧衣喂着孩子吃了晚膳，一如往常地陪着他玩耍，直到天黑了才慢慢哄着他睡了，给她裹上了小被子抱着朝外走去。

可刚一脚踏出门，泪水便夺眶而出了。

她咬了咬牙，横下心抱着他朝着凤凰台外而去，沐烟已经在马车上等着，看着她抱着孩子出来，一向急性子的她也不好出声催促。

第五十一章　朕的孩子

凤婧衣抱着孩子到了马车外，低头吻了吻孩子柔软的头发，泪落不止。

所有人都等着她，却没有一个人出声催促。

半晌，凤婧衣咬了咬牙，将孩子递给马车上的沐烟："到了盛京记得送信回来。"

"好。"沐烟接过孩子抱着，紫苏也跟着上了马车。

凤婧衣不忍去看孩子离开的样子，别开头沉声道："快走吧。"

可是，听到马车越驶越远，她抑制不住地追了过去，追了好远追上马车，趴着车窗叮嘱道，"要是他哭了，耐心点儿哄他，每过两个时辰记得喂他喝水，还有……还有晚上不能给他吃太干的东西，他肚子会难受……"

"放心，我们会好好照顾他的。"紫苏哭着说道。

凤婧衣停下脚步，看着马车渐渐远去，最后消失在无边的黑夜里。

她的两个孩子，一个已经与她生死相隔，这一个又要去往远方，此生再难相见。

北汉数万臣民要求废后的浪潮遍布国内之时，也传到了大夏境内。

原泓不想再留在京里对着堆积如山的奏折，死活求着要出去追查傅家的行踪，于是京中所有的事都丢给了夏侯彻自己处理，自己却带着人离开了盛京，准备一边追查傅家的事，一边游山玩水。

哪知道，他前脚出了盛京城，后脚边关便有数道加急的折子送到了皇极殿去。

既是加急奏报，夏侯彻一向都会优先处理，可是接过孙平递过来的奏折看了一眼，不由得面色大变，目光狠厉地望着三个送报入京的士兵道："北汉废后折子，是谁上的？"

三个人相互望了望，齐声回道："是小的。"

孙平一见不对劲，连忙拆了另外两道密折，打开扫了一眼道："皇上，这个也是……"

夏侯彻攥着折子的手一阵颤抖："这是什么时候的事？"

"已经有五六日了，如今北汉国内皆是要求北汉王废弃皇后的请愿，只是有传言说皇后的孩子是私生子，所以……"一人如实禀报道。

"私生子？"夏侯彻眼中怒意翻涌。

按那孩子的出生推算，若不是萧昱的子嗣，便只能是他的骨肉。

凤婧衣，你这个该死的女人，骗得朕好苦啊！

第五十二章
双子重逢

一个时辰后，已经出盛京的原泓被夏侯彻圣旨召回。

好不容易能清闲一下了，结果还不到一天时间就又被叫回来，心中愤怒的程度可想而知，气冲冲地进了书房："喂，我说……"

谁知，刚一进门一道折子便劈头盖脸砸了过来，他忙不迭地接住，再一看御案之后面目沉冷的帝王，再怎么迟钝也发现气氛不对劲了。

"这件事，你是不是该给朕一个交代？"夏侯彻咬牙切齿地道。

容弈一直在邻近玄唐的凤阳，原泓也受命去追查过玄唐的事，以他们两个人的本事不可能不知道孩子的身世，可是若不是北汉举国上下闹出废后之事，若不是这三道折子送到他这里，他到现在都还不知道，他竟是有过两个儿子的。

可正是因为他不知道，一个孩子就在岳州死在了他的手里。

原泓打开折子扫了一眼，面色顿时沉了下去："这个……"

此事，他派去北汉的人也秘密回报了，却不曾想到北汉闹得举国皆知，边关竟有人上奏到皇极殿了。

"别告诉朕，你会不知道孩子的事。"夏侯彻目光冷锐地望着他，他没想到，他一直深为倚重和信任的两个人，竟然瞒了他这么大的事。

原泓沉吟了一阵，知道是瞒不过去了，于是老实交代道："是，我知道，那个孩子失踪的时候，萧昱写过一封信请你帮忙找人，就是说了孩子的身世，不过当时我赶到岳州的时候已经晚了，所以……把信烧了。"

那个时候，他怎么告诉他，死的是他的亲生儿子。

"容弈呢，他也早就知道了吧？"夏侯彻冷声质问道。

"对，他比我还先知道，孩子出生的时候玄唐皇帝容不下你的儿子们，一出生就抱出宫要送走，姓萧的他们找了一个月才找回来，那个时候他就知道了。"原泓如实说道。

事到如今，他再遮遮掩掩地也没什么用了，索性全告诉他算了。

"你知道，他也知道，你们竟然联起手来，骗了朕这么久。"夏侯彻刷地一把抽出放在架子上的玄铁剑指着他，咬牙道，"如果朕早知道，那个孩子怎么会死在岳州，怎么会死在朕的手里？"

他就在她的面前，亲手杀了他们的孩子。

"凤婧衣本就不打算让你知道这一切，否则她也不会带着你的孩子嫁给萧昱，不管她是玄唐长公主，还是现在的北汉皇后，她都不是该与你再有牵扯的人。"原泓直视着他怒意翻涌的黑眸，铮然言道，"这些道理，她都知道，只有你自己不明白。"

"那是朕的儿子，朕比你们任何人都有权利知道他们的存在，可是你们千方百计地瞒着朕，朕一直将你们视为左膀右臂，可你们却将这样的事瞒了朕？"夏侯彻怒喝道。

"你难道忘了，大夏有多少人死在她手里，又有多少人恨不得她死，凤婧衣那样的女人费尽心机才夺回玄唐，难道你认为自己能够让她为了你而弃玄唐于不顾？"原泓面色郑重，语重心长地说道，"只要她一天还是玄唐长公主，就不可能和你在一起，更何况如今是北汉皇后的她。"

虽然如今玄唐是小皇帝凤景掌权，但多数朝臣还是冲着玄唐长公主而效忠于他，如果凤婧衣转而投入了大夏，她苦心夺回了的玄唐必然会分崩离析。

也许她对他有情，但这份情远远没有到能让她抛弃一切的地步。

这本就是一段不该开始的孽缘，即便有缘相遇相爱，也终究不会有好结果。

"这笔账，待朕回来再跟你们细细清算。"夏侯彻收剑入鞘，面目冷沉地离开。

"你要真对她好，这个时候就不该去蹚这浑水！"原泓转身，冲着他的背影道。

夏侯彻脚步一顿，出口的声音冷而沉："朕的家事，用不着你管。"

说罢，出了皇极殿，扬长而去。

原泓跟着出了门，远远看到承天广场上策马而去，奔出宫门的人。

他还真是不死心，这样的关头他再跑去了丰都，不就告诉天下人，北汉皇后是真的给自己丈夫戴了绿帽子吗？

即便凤婧衣对萧昱不是男女之情，但总算也有相识数十年的情分，怎么可能会在这样的关头背弃他，让他受尽天下人的耻笑。

一世精明睿智，却偏为了一个女人疯了一回又一回。

"原大人，这些折子……"孙平捧着刚刚送进宫的折子，望了望站在门口的人。

如今皇上不在宫里了，按以往的规矩，都是送到他手里处理的。

原泓头疼地抚了抚额，埋怨道："一甩手走了，又要我来收拾烂摊子。"

第五十二章 双子重逢

他是赶着去谈情说爱了，他却要在这里做牛做马，还要遭他骂，真是倒了几辈子霉，跟着他入朝为官了。

北汉丰都，凤凰台。

丰都城和宫里因为废后之事闹得沸沸扬扬，但凤凰台却安静得不可思议。

从瑞瑞被送走，凤婧衣已经两天两夜没有合眼，坐在床上抱着孩子睡过的小枕头，一闭上眼睛全是他哭着找自己的样子。

两天了，他肯定哭了。

凤婧衣想着，眼中不由得泛起泪光，望着空空荡荡的房间，心也跟着空落落的。

"主子，奴婢准备了晚膳，你吃点吧。"沁芳劝道。

凤婧衣摇了摇头："你们吃吧，我没什么胃口。"

"你这两天也没吃多少，这样下去身体怎么吃得消，再过几天紫苏她们应该就会差人送信来了。"沁芳道。

孩子在的时候，这里总是热热闹闹的，这一下子送走了，没有了孩子的笑闹声，总感觉冷清得让人难过。

凤婧衣拭了拭眼角，将枕头放了下来，问道："宫里有什么消息？"

"已经接连几位老臣辞官了，说陛下一日不废后，一日不再入仕。"沁芳道。

城里的百姓好似也知道了娘娘在凤凰台，这两日有不少跑来闹事的人，陛下派了兵马驻守在山下，没让他们闯进来。

"青湮和公子宸这两日有消息回来吗？"凤婧衣收拾起心情，问道。

"昨天就跟你说了，你说让放在书房。"沁芳道。

"哦。"凤婧衣点了点头，起身往书房去，走了一段回头道，"沁芳，你明天入宫将后服取回来，然后到丰都城守着。"

"什么事？"沁芳不解问道。

"要是那个人来了，就带他到青山寺，就说是我的意思。"凤婧衣道。

她知道，他一定会来。

他来北汉，无非是为了她和孩子，若是他去找了萧昱，这场风波只会越闹越大，置萧昱于更加艰难的境地。

沁芳愣了愣，随即反应过来，她所说的人是指大夏皇帝夏侯彻。

"是。"

凤婧衣举步去了书房，看了青湮她们最近送回来的消息，提笔回了让人送出去，然后一个人用了晚膳。

晚膳后，一个人取了剑到了僻静的花园里练剑。

近年来多数时候都是养尊处优，这点拳脚功夫都荒废了，她要去与公子宸等人会合，还要为她的儿子报仇，还要帮萧昱找回另一半解药，必然是需要用到手中的剑的。

如今丰都闹到了这般地步，她再留在这里只会风波不止，原本送走了瑞瑞她就该起程的，但她知道那个人一定会来。

所以，她就是在等着他，那个她最怕见，也最想见的人。

沁芳次日进了宫将坤宁殿的凤袍和后冠都取了回来，冬之馆的寝阁却空无一人，拉住了宫人询问，"主子呢？"

"皇后娘娘在后园里练剑呢，一早起来就在那里。"

沁芳寻到后园，果真看到后园的人正在林子里练剑，好些年不见她使剑，如今三尺青锋在手依旧迅捷一如以往。

多年主仆，她也隐约猜到，她是准备走了。

如今朝中闹到这个地步，萧昱不肯废后，即便她站出来，也只会让事情越来越不可收拾，不如去做她能做到的事。

而她唯一放不下的，便是知道来丰都找孩子和她的大夏皇帝会闹出麻烦，所以是打算见了他再走。

她没有上前去叫她，默然离开了园子，前往丰都城等着夏侯彻的到来。

城中来来往往谈论的，都是关于废后以及玄唐长公主在大夏的事，不管有的没的，怎么离谱怎么传，已然到了不堪入耳的地步。

她一开始气不过，还会与人争上几句，但最后再争也是徒劳无功，只得选择了沉默。

一连等了三天，她在一清早入城的商旅中看到夏侯彻一行人，虽然扮作商旅的模样，但她毕竟在大夏宫里三年，要认出来也并没有那么困难。

因着城门口人来人往，她一路跟着进了城，看到人少了才快步跑了上去，随行的侍卫以为是刺客，一下拔了剑出来，吓得她一个踉跄后退。

夏侯彻勒马回头看了看，见是她便微微抬了抬手示意侍卫收剑。

沁芳左右看了看，这才走近马前说道："我家主子说，请你到青山寺一趟。"

夏侯彻凤眸微眯，既是她来传的话，必然就是那个人的意思。

沁芳见他没有说话，又道："出城一直往东走的山上，主子说让你到那里等她。"

这若不是她拦下了，他莫不是要直接闯到宫里去了。

这若是让朝中的人知道大夏皇帝找来了，事情还不知得闹到什么地步了。

想来主子也是想到这些，才让她在丰都等着他们。

夏侯彻冷冷地望着马下的她，随即一掉马头出了城往东而去。

沁芳跟着出城看着一行人走了，这才上了马车回凤凰台去，回去的时候，凤婧衣还在园子里练剑，一见她回来了便收了剑。

她近几日都是到夜里关城门的时候才回来的，今天这个时候回来，想必是那个人已经到了。

"主子，我找到他们了，这会儿已经到青山寺去了。"

"嗯。"凤婧衣点了点头，说道，"准备马车，我换身衣服就走。"

"是。"沁芳退了下去，准备马车，也吩咐了况青带亲信随行保护。

凤婧衣回了房中，简单沐浴后换上了沁芳从宫里取回的皇后凤袍，头发也是金凤钗绾起的，一向不施脂粉的她拿珍珠粉盖了盖最近有些憔悴的面色，方才系上斗篷出门。

一出门才发现，天又下起雪了。

况青知道她是要去见大夏皇帝，本还是想着要不要派人回宫禀报陛下一声，可见出来的人一身凤服凤钗，便知道她的意思。

她去见那个人，也是以北汉皇后的身份去见。

凤婧衣上了马车，放下车帘道："走吧。"

青山寺建在山上，夏侯彻独自站在建在断崖边的亭子里，凛冽的寒风吹得衣袍猎猎作响。

他远远看到山下的马车，正走过方才他来时的路，他知道是她来了。

他不由得暗自想着，见她该说些什么，他不想这一次的见面又是争吵，尤其不想当着孩子的面……

孩子长了多高了，他又叫什么名字，他是否乖巧听话。

山下，凤婧衣轻撩起车窗的帘子，也看到山崖边亭子里站着的人。

马车停在了山下，凤婧衣下了马车，侧头道："你们在这里等着我就行。"

沁芳从马车上取了伞递给她，叮嘱道："山路滑，小心点。"

凤婧衣淡笑点了点头，撑开油纸伞，转身看着已经积了雪的石阶，举步拾阶而上。

虽然知道他会来，虽然也是打定了主意要见他，可真到临见面的时候，心里却仍旧忍不住地慌乱，对于这个人，她一向是难以招架。

夏侯彻知道她到了，便从断崖的亭子里回了寺里，无人的寺里很安静，安静得让他清晰地听到了她来的脚步声。

凤婧衣站在寺门外，过了好一会儿举步进去，看到屋檐下面目冷峻的男人不由得放慢了脚步，隔着不远不近的距离站在雪地里。

"你来了。"

虽然就在数日之前还在盛京见过，但与他每一次的相见，都恍然如隔世般遥远。

夏侯彻看着斗篷下红色的凤纹服，眉眼微微一沉，"看来，你并不希望朕来？"

她穿成这样来见他，唯恐他不知道她现在是北汉皇后吗？

不知道是不是对他的怒火习以为常，她显得很平静，只是道："解药的事，谢谢你。"

夏侯彻见她站在雪地里，举步走了过去，站在她面前沉声质问道："凤婧衣，朕只问你为什么，为什么要带着朕的孩子，嫁给他？"

如果他早知道那两个孩子的存在，他绝不会让自己的骨肉流落在外，落入他人之手。

等他知道的时候一切都晚了。

凤婧衣握着伞柄的手紧了紧，平静说道："不管有没有那两个孩子，我都是会嫁给他的。"

她的归宿，从来不在大夏，亦不会在这个人身上。

"他们是朕的孩子，朕的骨肉，你凭什么一个人就决定他们的人生，凭什么要让朕的孩子躲躲藏藏，活得那么见不得光？"夏侯彻眼底血丝狰狞。

凤婧衣不忍对上他那双灼灼的目光，侧头望向别处说道："如果你来是为孩子的事，我已经让人送他去盛京了，你回去自会有人带他去找你。"

一说起孩子，她眼眶不由得一酸。

"凤婧衣，你真是够狠。"夏侯彻咬牙切齿道。

对他，对他的儿子，她都能这么轻易舍弃，这样的铁石心肠，连他都自愧不如。

凤婧衣没有去看他，朝着边上走开了几步，背对着他说道："瑞瑞没怎么出过远门，初到大夏可能会有些水土不服，只要注意饮食，十来天就会好，他喜欢水果，最喜欢甜葡萄，喂的时候要把皮和籽去了，不然他会一块儿吃掉，他还喜欢养小兔子小猫，他比一般孩子好动，要是没看住就会自己跑了……"

夏侯彻听着她一句一句嘱咐，一颗心寸寸柔软下来，努力让自己平静下来，自己不是来找她吵架的。

虽然他一直想要孩子，可是像他那样长大的人，根本就不知道该如何去照顾一个孩子，自小不得父亲喜爱的自己，他也希望他的孩子不要像他那样长大。

"朕不一定能照顾好他的，他需要你这个母亲的照顾……"

"他应该已经到盛京了，傅家和冥王教的人一直在伺机对他下手，我不希望他和熙熙一样再出事，你尽快回去吧。"凤婧衣急急打断他的话说道。

"你根本就是故意的，你明知道朕会来，你还提前让人将他送走。"夏侯彻愤怒地望着她漠然以对的背影道。

她知道他会来找她和孩子，所以早早让人将孩子送去了盛京，即便他来了，她不会跟他走，而他又不能不顾孩子继续在这里逗留下去。

论及谋算人心，她当真无愧于玄唐长公主的名号。

"对。"凤婧衣坦然承认道。

她就是知道他会怎么做，所以才让沐烟和紫苏先送了瑞瑞走，若是孩子还在她这里，他定会无所不用其极也要把他们母子带离北汉。

可是在这样的关头，她不能走，更不能跟他走。

瑞瑞去了盛京，他就必然是会回去的。

"你既然今日不要他，当初又为何要将他生下来？"夏侯彻一把抓住她的肩膀，迫使她回过神来面对自己。

凤婧衣出口的话，却答非所问："一直有人盯着孩子，现在是别人家的孩子在我那里，才没被人发现瑞瑞被送走了，但这样的障眼法瞒不了多久的，你晚回去一天，他就多一天的危险，你我都不想岳州的事再重演……"

"凤婧衣，你不要跟朕提岳州，那孩子的死朕是凶手，你也是。"他愤怒地望着她那双静若死水的眼睛，痛苦地吼道，"如果朕早知道他们，朕绝不会容许任何人动他们一根头发，可是你又在骗朕，从头到尾都在骗朕！"

凤婧衣侧头望向一边，说道："你怨我也好，恨我也罢，事已至此，我也不想再多说什么了，孩子在我这里已经不安全了，我希望你能比我更好地保护他。"

"你想留下就把他留着，不想留下就扔给朕不管不顾了，你真做得出来！"夏侯彻冷嘲道。

凤婧衣没有说话，冷冽的空气随着呼吸进入胸腔，满是冷冽入骨的疼。

一时间，两个人都沉默了下去，只有风雪飘摇的声音。

"凤婧衣，你到底要朕怎样，才肯去大夏？"夏侯彻软下语气道。

他需要她，他们的孩子也需要她。

"她不会跟你走，这辈子都不会。"一道夹杂着怒意的声音从寺外传来，一身白色长袍的萧昱站在了寺门口，目光沉冽地望着寺内的两人。

沁芳也跟在边上，望向凤婧衣的面色有些为难，她和况青本是在山下等着的，哪知道陛下怎么会突然寻到了这里来。

"这是朕与她的事，不需要你来多言。"夏侯彻冷声回道。

萧昱走近，与她并肩而立："她现在是北汉皇后，与夏皇能有何事？"

废后之事在北汉闹得人尽皆知，他又怎么会不知道这个人会来，从他们一到丰都就知道了，却不想沁芳先找到了他们，让他们来了青山寺。

既是沁芳去传的话，她必然是来见他的，他又如何还在宫里坐得住。

"自然是关于孩子的家事，所以还请北汉王暂且回避一二。"夏侯彻针锋相对道。

"你脚下踩的是北汉的国土，该回避的人也是你。"萧昱冷声道。

崔英和沁芳在寺门外看得胆战心惊，一个是她孩子的父亲，一个是她如今的丈夫，可这两个人见了面从来都是水火不容。

何况，如今北汉还因为那个人，闹得满城风雨。

"朕此行只为来带回自己的妻儿，不想与北汉王起什么冲突。"夏侯彻道。

萧昱怒极，顺手拔了身旁护卫的剑，凌厉如风地劈了过去："她现在是北汉皇后，与你与大夏，再没有半分关系。"

若非这个人的存在，他与她又何至于走到如今的地步。

夏侯彻以剑相抵，咬牙切齿道："可全天下的人都知道，你的北汉皇后却是朕儿子的母亲！"

"你还有脸提自己的儿子吗？就在不久之前的岳州，你已经亲手杀了你的亲生骨肉，就在他亲生母亲的眼前！"萧昱沉声喝道。

静寂的寺内庭院因着两人的交锋，杀气凛然。

"若不是你出来横刀夺爱，朕的儿子也不会惨死！你早就该死了！"夏侯彻手中玄铁剑，剑风凌厉，摧魂夺命。

若不是这个人的存在，他一定还有机会挽回的。

"该死的人是你，是你当年害得她国破家亡，朕与她相识之时，你又在哪里？"萧昱道。

"相识多年又如何，全天下的人都知道她生下的是朕的儿子，难道你还看不到自己头上的绿头巾吗？"夏侯彻冷声嘲弄道。

两人越战越狠，剑身相击，火光迸溅，院中的鼎炉也被迸得四分五裂。

萧昱双手握剑连连将对方逼退数步，咬牙切齿道："若非当初她不生下孩子，这一生都难再生育，你以为朕会让你的孩子出生？"

夏侯彻目光一震，失神之下被他刺了一剑，划破了衣袖，却抬眸望向几步之外的人。

"这就是你生下两个孩子的理由？"

凤婧衣如刺在喉，久久没有发出一丝声音。

"告诉朕，你为什么生下他们？"夏侯彻怒声质问道。

凤婧衣深深呼吸，知道自己若不给他个答案，他是决计不会罢休的，缓缓望向他道："是，因为我若不生下他们，我就再也无法生育，所以……我不得不生下你的孩子。"

可是，没有人知道那两个孩子在她腹中一天一天长大的时候，她是多么喜悦，当他们出生抱到她眼前的时候，她又是多么骄傲……

而这一切，她却不能告诉他，就像一直以来，她所有真正的心事，不能与他分享一样。

夏侯彻怔怔地望着她的侧脸，过了许久嘲弄地笑道："……原来如此。"

他真傻，还以为她是念着往日情分生下他的孩子，还以为她的心里终究是有他的。

可是他怎么就忘了，如果是那样，萧昱和玄唐皇帝又怎么会容忍孩子出生……

想来，也正是因此，孩子一出生才会被玄唐皇帝给送走。

"如今，你的孩子也已经回盛京了，请你不要再来纠缠不清，打扰我们的生活。"萧昱将剑递给侍卫，顺手牵起站在雪地里的凤婧衣离开。

夏侯彻颓然站在原地，定定地望着她冷漠转身的背影，他是真的想带她回去，想她和孩子一起回到他的身边。

可是不管他说什么，做什么，她却始终不愿跟他走。

或许，他们的相遇本就是错的，只是他自己一直执迷不悟。

凤婧衣脚步微顿，却始终没有勇气转身去看他："苏姐姐心地良善，聪慧过人，你若是照顾不了，尽可让她回宫帮你，你不要再来找我了，我不会跟你走，这辈子都不会。"

说罢，她被萧昱牵着出了寺门，沁芳回头看了看还站在雪中的人，有些于心不忍。

萧昱一行人已经出寺下山了，她走近到夏侯彻跟前劝道："你若真为她和孩子想，就尽快回去吧，不管是北汉还是冥王教的人无不想着对他下手，已经没了一个，总不能连这一个也护不住。"

从孩子出生到现在，为了两个孩子，她是真的已经吃了太多苦了。

她说完，快步离开，跟着下了山去。

萧昱走下山，面上已经没了血色，扶着马车便呕出血来。

"你……"凤婧衣连忙一把扶住。

他身上只解了一半的毒，之前一醒来又遇到那样的事未曾好好休养，方才与夏侯彻一番交手又动了真气，身体自是承受不住了。

"没事。"萧昱摇了摇头，由着她和崔英帮忙扶上了马车。

"陛下，回宫里还是回凤凰台？"崔英马车外问道。

"回凤凰台。"萧昱低声说道。

宫里就没一刻清净的时候，还是先送她回凤凰台。

他有些疲惫地靠着马车，手却一直紧紧地拉着她。

"对不起，我不该一个人来见他的。"凤婧衣低语道。

可是，她也知道他们两个人见了面，少不得便是针锋相对，可他终究是知道了，也找到这里来了。

萧昱苍白地笑了笑，并没有言语。

她派人将孩子提前送往盛京，他便知道她是不会跟他走的，否则夏侯彻势必是要将她和孩子都带走的。

她穿着凤服来见他，便是以北汉皇后的身份来的，他又能说什么。

若非是她将那人拦下了，只怕他进了宫，只会将事情闹到更加难以收拾的地步，他又如何能怪责于她。

青山寺里的人一直站在原地，身上已经积了厚厚的一层雪，等在山下的黑衣卫看到北汉帝后的车驾离去，方才上山到了寺里。

"皇上，他们已经走了。"

夏侯彻木然地将剑收入鞘，举步出了青山寺，远远望向丰都城的方向……

原本，他是要直接到北汉宫里去，让那个人不得不下旨废后，如此他便也就能带她和孩子走了。

可是一进城，知道她要在这里见他，却什么都不管不顾地赶了过来。

到头来，却是落得这般结果。

如今，孩子已经回了盛京，他在这里是耽误不得了。

他晚一天回去，孩子便多一天危险，一想到岳州夭折在自己手里的那个孩子，便是他再不甘心离去，他也不得不先回去，安顿好孩子再作打算。

一想到已经在盛京等着他回去的儿子，他忍不住归心似箭。

自北汉回盛京是要经过云台山附近的，想到瑞瑞一个人在宫里难免寂寞，似乎懿儿是和他差不多大的，一起带回去也算有个玩伴。

再者，对于带孩子的事，他虽有心，却难免不得其法。

如今他身边尽是大男人，只交给宫女们带着也难免不放心，懿儿送到云台山也有好些日子，苏妙风带孩子应该比自己要有些经验。

于是，回京途中便先去了云台山，将收养的那个孩子和苏妙风等人一并带回了盛京去。

然而，他回了盛京整整两天，也没有人带着孩子来找他，一想到在丰都之时她和沁芳那番叮嘱的话，他哪里还坐得住，和原泓分头带着人在盛京四下寻人。

夏侯彻那边正发了疯地找孩子，城中僻静的民居里，紫苏却带着瑞瑞玩得不亦乐乎。

沐烟从外面回来，有些看不过去地道："我说，你还要玩多久，人家孩子他爹都快找疯了。"

紫苏一听，一把将瑞瑞抱着道："我舍不得。"

熙熙没有了，她好不容易跟这个混熟了，又要送到别人那里去，这一送了以后就再也见不着了。

"他娘都舍得，你还舍不得，你别没完了，再不送过去，盛京城都要被掀翻了。"沐烟道。

她出门走了三条街，尽是找孩子的，可都只问有没有看到过一岁左右的孩子，却没一个知道孩子长什么样。

紫苏想了想，道："就一天，再留一天。"

"明天你不送，我可不客气了。"沐烟道。

"知道了，知道了。"紫苏说着，给孩子戴上帽子抱着出门道，"走，我们去买果果。"

两人从僻静的小巷子绕到路上，寻到了城中最大的酒楼里才买到了甜葡萄，紫苏避着城中找人的黑衣卫到了糕点铺方才将他放了下来，"自己站一会儿，不许跑啊。"

这小胖墩抱起来还真是挺费劲儿的。

她在铺子里挑糕点，瑞瑞就站在脚边上玩，扭头望着外面人来人往的人，突地看到外面停着的马车一个孩子探头看着，他跑到门边好奇地伸着脖子望着对方。

紫苏一回头看到小家伙在门口，连忙走了过去拉回来，边上的绿衣侍卫提着东西擦肩而过出门上了马车,看着趴在马车窗口张望的孩子不由得笑了笑。

"懿少爷在看什么?"

她跟着望了望,只看到一个紫衣女子拉着个孩子进了糕点铺里面。

"时辰不早了,先回宫吧。"说话的人,正是刚刚从云台山回来的苏妙风,在苏家小住了两日,今日是要送孩子到宫里去。

紫苏牵着瑞瑞进去,可刚松了手,一回头小家伙又在门口不知道张望什么。

次日一早,瑞瑞还没醒,紫苏就将他的东西一一收拾好了,可越收拾就越舍不得,磨磨蹭蹭都到了午后,才被沐烟一再催促着出门。

哪知道,小家伙一上了马车,就开始哇哇大哭起来,怎么哄都哄不住。

沐烟听得心烦,驾着马车就朝着皇城的方向去,大约是因为那天一觉醒来就在马车上再没看到他娘了,这小家伙就十分不喜欢待在马车上。

从北汉到盛京来,一路哭得让她俩都使尽了浑身解数了。这好不容易听话了几天,这一下子又闹腾开了,沐烟只觉得一个头两个大了,凤婧衣那女人还真是交给了她们一个大麻烦。

马车到了承天门,但又哪里进得去,守门的侍卫也知道宫里这些天一直在找个什么孩子,如今来的人说是送孩子来的,可是皇帝和原丞相都出去了不在,只得让人先去皇极殿禀报了孙总管。

孙平那边刚安顿好了苏妙风在宫中住下来,一回皇极殿便见侍卫跑了过来。

"孙公公,外面有两个女子带着个孩子,说是来找皇上的,这几天皇上一直在城中找个孩子,是不是……"

"那还不放人进来。"孙平说着,快步朝着承天门而去。

沐烟驾着马车进了承天门,马车内一直传出孩子的哭闹声,孙平见马车一停下,连忙上前撩起了车帘。

"你们是……"

虽然皇上是在找孩子,可也保不准是别有用心的人混进来的,还是先问清楚再说。

"夏侯彻呢,还要不要他儿子了?"沐烟揉了揉有些发疼的耳朵问道。

孙平听了,连忙打发人出宫去报信,皇上和原大人这会儿还带着人在外面找呢,盛京找了两天没人,今儿个一早就准备往北汉的方向去。

紫苏抱着哭闹不止的孩子下了马车,一边哄着一道:"能不能先进去,这地方怪冷的。"

孙平虽然对两人身份还存有怀疑,但还是领着两人朝着后宫的方向去了,皇极殿是朝廷重地,在不明确两人身份的前提下,实在不好把人带进去。

他领着紫苏走在前面,沐烟朝后面的宫人道:"把后面两车东西都拿下来,全是那小祖宗的家当。"

大夏又不是穷得养不起孩子，凤婧衣也真够可以的，吃的穿的玩的一样一样全让她们千里迢迢地带过来。

宫人哪里听她的话，孙平走了一段回头使了个眼色，示意他们照做。

他想凑上去看看孩子长什么样，哪知那小家伙哭得厉害，一见生人靠近，更是哭得凶了。

他只能隔着几步走着，见后面的人一直哄不住便道："要不你们到苏夫人那去，皇上之前收养了个孩子，跟这孩子差不多一般大，小孩子有了玩伴了，兴许就好了。"

"行吧行吧。"紫苏一边哄着哭闹的瑞瑞，一边应声道。

因着懿儿身体较弱，盛京冬天里又冷，便先安顿在了素雪园里。

孙平带着她们过去的时候，屋里却不见人。

"苏夫人和懿少爷呢？"

"去湖边看鱼去了。"宫人回道。

孙平扭头看着里面还哭闹不休的孩子，连忙吩咐道："快去请回来。"

紫苏累得满头大汗，将瑞瑞放到暖榻上："你哭什么哭，不想见你爹啊？"

瑞瑞窝在她怀里，一边哭一边叫着娘娘，这可把紫苏给愁坏了。

沐烟实在受不了他那响亮的哭声，起身便先出去了，在外面转了一圈回来，估摸着夏侯彻那边差不多也该回来了，于是便又折了回去。

还没到门口，一个孩子便从花林子里钻了过来，她不由得愣了愣："嘿，你怎么跑出来了？"

小家伙仰头望着她，眨了眨眼睛没有说话。

"怎么连衣服都换了？"沐烟瞧了瞧，又皱了皱眉，"咦？怎么还哭瘦了？"

她说着，顺手牵着便进了门了，可是一进到内室就不由得傻眼了。

暖榻上，紫苏正抱着抽抽搭搭的孩子哄着，瑞瑞在她怀里抱着，那她牵回来的是谁啊？

紫苏只顾着哄那一个，倒没注意到那边，只是道："沐姐姐，你倒杯水过来，这家伙哭这么久，嗓子都哭哑了。"

沐烟哪里顾得上给她倒水，直接将自己牵的孩子拎到了她面前："你……你先看这个……"

"什么……"紫苏不耐烦地一扭头，看到站到榻边的孩子一下子愣住了，然后又低头看了看还赖在自己怀里的瑞瑞，"这……这是怎么回事？"

沐烟还有些不相信，将榻上的瑞瑞抱着放到地上和牵进来的孩子并排站着，可是两个怎么看怎么像，只是一个圆润些，一个清秀些。

"该不会……"

第五十二章 双子重逢

紫苏拉过另一个孩子，手忙脚乱地扒开他的衣服，看到孩子身上熟悉的胎记顿时喜出望外地一把抱进怀里："是熙熙……熙熙他没有死，是他……"

这世上能和瑞瑞长得这么相像的人，身上又有着那胎记的人，只有熙熙。

"该不是见鬼了吧！"沐烟拧着眉看着她抱着的孩子，不是说死在了岳州，还是凤婧衣亲眼看见的，怎么会又活生生地在这里。

紫苏激动地摸着孩子的脸，眼中满是泪光："就是他，就是他……"

他在金花谷住了那么久，她天天带着他，怎么还会认错了。

虽然不知道岳州到底发生了什么事，可是她可以肯定，眼前的这个孩子就是熙熙，和瑞瑞一母同胞的双生兄弟。

沐烟扶着暖榻坐着，一时间还是有点难以接受这么大的冲击。

紫苏抹了把脸上的泪水，牵着瑞瑞站在熙熙面前，说道："记住了，这是哥哥，哥哥……"

瑞瑞看了看她，又愣愣地望了望站在对面，和自己长得几乎一模一样的人。

"熙熙，这是弟弟，弟弟……"紫苏兴奋地给两人介绍，也不管他们听不听得懂。

熙熙没有说话，只是微皱着小眉毛，然后一伸小手揪住了瑞瑞的小圆脸，瑞瑞不甘示弱也伸着手去揪他。

紫苏连忙拉开了，一手牵着一个，兴奋激动的心情溢于言表，扭头对坐在榻上还发愣的人道："沐姐姐，这个好消息要告诉公主，她要是知道熙熙还活着，一定会高兴的……"

"对了，刚才那太监说这孩子怎么的来着？"沐烟道。

紫苏兴奋的脑子一团乱，想了想才道："收养，好像是说收养的……"

可是，这其中是怎么回事，还得等夏侯彻回来了才能知道。

不过，总归是件大喜事了。

沐烟正想着细问的，才发现那太监根本不在这里，就连个伺候的宫人都没有，正纳闷着扭头看到窗外，房子周围竟然已经围了好多侍卫，只怕那死太监是把他们当成了居心不良之人，下令侍卫们在周围看守。

她正窝着一肚子火准备出去算账，却听到外面传来声音。

"皇上，就在这里面呢。"

话音一落，夏侯彻和原泓一行已经进了门，绕过屏风进来一看到坐在地毯上的两个孩子一时间也有些傻眼了。

"这……这是怎么回事？"孙平望了望左边，又望了望右边，怎么会有两个长得一模一样的孩子。

"怎么是两个？"原泓也一下被搞得晕头了。

紫苏拉着瑞瑞，望向夏侯彻道："这一个是公主让我们送来的，那一个是你收养的，不过你运气好，这两个都是你儿子。"

夏侯彻走近，蹲下身看着并排坐着的两个孩子，若不仔细分辨还真的难以认得出谁是谁。

"虽然我不知道你是从哪里收养到这个孩子的，不过我可以肯定，他也是你的亲生儿子，是和瑞瑞一母同胞的哥哥。"紫苏如实说道。

夏侯彻双手摸着两个小家伙的脸，眼中隐有泪光，惊喜交加地将两人都拥入怀中，爱怜不已地一一亲吻着他们的额头，微微哽咽着念叨道："朕的儿子，都是朕的儿子……"

瑞瑞有些不喜欢他的亲吻，小手一伸捂住他的嘴，嫌弃地扭开了头。

原本气氛有些沉重的屋内，一下子被小家伙给逗乐了。

熙熙因着已经与他相处了些日子，又比较乖巧听话，被他抱着倒也没有反抗。

原泓跟着坐在地毯上，拍了拍笑着道："来，来干爹这里。"

瑞瑞瞅了他一眼，扑到了紫苏怀里，撒着娇小声道："娘娘……"

紫苏抿唇摸了摸他的头，知道他又是想他娘了。

"既然认祖归宗已经认完了，是不是该说说那个孩子的事了，我回去也好对他们娘有个交代。"沐烟望向夏侯彻和原泓说道。

不管这孩子是怎么死里逃生的，但只要这孩子还活着，总归不是坏事。

原泓一看只顾着跟儿子逗着玩的夏侯彻，说道："岳州是怎么样不知道，估计当初凤婧衣也没看清那个人抱的是不是自己的孩子，只凭衣物和那长命锁就以为是自己的孩子。"

沐烟听了，觉得也有几分道理，于是又问道："那这个孩子，你们从哪里找到的？"

"这是从岳州那事之后，我们追查冥王教的人，在燕州的一座寺庙里发现的，当时寺里有不少高手保护着这个孩子，从当时抚养孩子的奶娘口中得知冥王教的新教王来看过这个孩子，我们原本以为他是冥王教中谁的孩子，他一时兴起就抱回来说要自己养着，谁知道那么巧，救回来的就是他自己的儿子。"原泓说道。

"不管怎样都好，孩子没事就最好了。"紫苏说着，笑着摸了摸熙熙的头。

"可是那冥王教的人干吗要把孩子掳去养？"沐烟不解地望了望两个小家伙。

原泓就着瑞瑞的小果盘，拿着葡萄吃着，而后说道："虽然当时岳州那掉包是怎么回事还不知道，不过对方把这孩子掳去肯定是有目的的，谁让他老子是大夏皇帝，老娘又是玄唐长公主，还有一个后爹是北汉皇帝……"

夏侯彻听到冷冷地横了他一眼，吓得他连忙缩了缩脖子。

"总之，这孩子牵连重大，有他在手里，用来威胁人什么的，再好不过了。"原泓道。

好在，他们是把这孩子救回来了，不然他在冥王教手里，指不定会成了对付大夏和北汉的棋子。

夏侯彻没有说话，只是心疼地抱着熙熙，若非是她们将这个孩子送回来了，他到现在都还不知道自己的另一个儿子一直就在自己身边。

紫苏看着眉目清秀的熙熙，伸手拉着他的小手喃喃道："要是你娘能看到你该有多好，她那么想念你。"

熙熙自小生下来体弱，她对这个孩子一直偏爱些，只是天不遂人愿，这个孩子在她身边的时间太少。

"连自己的亲儿子说不要就不要了，你确定你说的是凤婧衣那石头女人？"原泓冷哼道。

亏得某人千里迢迢地跑去了，结果还不是空手回来。

"你知道什么，满嘴胡说的，为了生下他们两个，她难产都丢了半条命，怎么可能不要他们。"紫苏说着，眼眶不由得泛红，抱着瑞瑞说道，"哪知道孩子一出生，凤景趁着她还没醒就带走送出宫了，她为了追回他们在雨里找了快一天，熙熙被人放到山上的庙里，她那时候走都走不了，是爬上山才找到他的，她不要他们，他俩也不会活到现在了……"

"紫苏！"沐烟打断她的念叨，这些事本就不是该让这里的人知道的。

夏侯彻定定地望着说话的人，目光中难掩震惊之意，他虽知道孩子出生的时候出了事，却不想她是吃了那么多苦的。

而他却一直在质问她，痛恨她。

如果她真的只是因为那样的原因而生下孩子，孩子被送走的时候又何必冒死去追，那时候送走了，不也给她少了许多麻烦？

紫苏大约也知道自己说了不该说的话，咬了咬唇望向沐烟："沐姐姐，你快把熙熙还活着的消息告诉公主，她一定很想知道。"

"明后天就回去了，回去了再告诉她也是一样的。"沐烟道。

紫苏望了望两个孩子，说道："可是我现在不想回去了，我想留下来陪熙熙和瑞瑞。"

"拜托，你又不是他们娘？"沐烟道。

"他们两个，我都照顾了好久的，比起别人要有经验多了，我要是走了，瑞瑞身边没个熟人，晚上一哭起来谁哄得住？"紫苏道。

"行行行，你爱留就留吧，反正你家主子也不在。"沐烟道。

紫苏小心翼翼地望了望一直不怎么说话的夏侯彻，恳求道："我能留在这里的吧，瑞瑞身边没熟人他会哭得厉害，而且熙熙身体不怎么好，之前在金花谷也是我照顾的，我会把他们照顾得很好的。"

"可以。"夏侯彻道。

两日后，沐烟自盛京起程回丰都，随行的还有代夏侯彻前去送信的原泓，可是他们到的时候，凤凰台已经空无一人。

原来，早在夏侯彻离开丰都的第二天，凤婧衣就已经离开了，至于去了什么地方，没有告诉沁芳，也没有告诉萧昱。